Holger Nicklas, 1971 in Innsbruck geboren. Nach Wien, Rom und Berlin lebt er seit 2003 in Karlsruhe. Seit frühester Jugend eng mit Literatur verbunden, leitet er eine Buchhandlung in Baden-Baden. Mit Co-Autor Johannes Hucke hat er in Lindemanns Bibliothek die Krimis „Strafraum“ und „Totland“ veröffentlicht. Jetzt liegt mit „Der Teichkehrer“ sein neuer Kriminalroman vor.

Holger Nicklas

Der Teichkehrer

Ein Baden-Krimi

Lindemanns Bibliothek

Auf der gesamten, uns bekannten
Welt gibt es nur einen Urgrund,
der den Menschen antreibt: Angst.

1

Dicht stand die Feuchtigkeit in der Luft, spontan wechselnd wehte sie dem frühen Spaziergänger mal als Nebel, mal als Sprühregen entgegen, überzog Bäume und Sträucher mit einem Pinselstrich aus Wasser, fiel in dicken Tropfen von den Blattspitzen. Julia Brunner joggte am liebsten früh morgens durch den Hardtwald. Zu dieser Tageszeit konnte sie in absoluter Ruhe, von ihren Mitmenschen unbehelligt, ihrer Wege laufen – allein zu sein verlieh ihr Sicherheit.

Als sie den Schlosspark durch den Eingang am ehemaligen Linkenheimer Tor betrat, überlegte sie kurz, in welche Richtung sie sich wenden sollte. Einem spontanen Impuls folgend entschloss sie sich, abweichend von ihrer gewöhnlichen Strecke, nach links zu laufen, immer dem niedrigen Mäuerchen entlang.

Die feuchte Luft war eine Wohltat für ihre trockene Stadtlunge, über Nacht hatte sich eine in dieser Region für die letzten Apriltage seltene Kälte breitgemacht. Nordwärts laufend durchmaß sie mit langen Schritten den Schlosspark, der zum größten Teil vom Nebel verschluckt wurde und Julia mit einem abschirmenden Einheitsgrau umhüllte, aus dem nur hin und wieder ein von der Nässe schwarzer Stamm hervorlugte. Verwundert bemerkte sie, dass alle Geräusche der nahen, soeben erwachenden Stadt von der dichten Nebelwand verschluckt wurden. Rein gar nichts war zu hören, selbst die sonst so lautstark zwitschernden Vögel schienen, verstummt der Feuchtigkeit Tribut zollend, ihre Köpfe unter dem Gefieder versteckt zu haben.

Mittlerweile hatte sie die Hälfte des Wegs an der nördlichen Mauer zurückgelegt. Julias Atem ging schneller, ihr Körper arbeitete auf Hochtouren. Als sie links des kleinen Tempels vorbeilief, bog sie einer Eingebung folgend ab und querte die feuchte Wiese. Dabei streifte ihr Blick über den eben verlassenen Schotterweg. Kurz meinte sie, einen Schatten vorüberhuschen gesehen zu haben. Im Weiterlaufen schaute sie deshalb noch einmal zurück, doch die graue Nebelwand versperrte ihr die Sicht. Hinter dem Tempel bog sie in einen schmalen Weg, der in engen Windungen durch einige Buschreihen führte. Der weiche Boden vibrierte dumpf unter ihren gleichmäßigen Schritten. In Gedanken zählte Julia den Takt, in dem sie sich vorwärts bewegte, bis sie ein störendes Geräusch aufschreckte. Sofort versuchte sie, leiser aufzutreten und horchte in den Nebel. Da war es wieder! Deutlicher diesmal. Irgendwer oder irgendetwas kam schnell auf sie zu. Ängstlich blickt sie hinter sich, konnte aber wegen des dichten Gestrüpps nur wenige Meter weit sehen. Als sie das Ende einer Buschreihe ereichte, bog sie blitzschnell ab, tauchte in ein dunkles Eibenwäldchen, huschte hinter einen Stamm und blieb stehen.

Angestrengt lauschte sie. Ihr Atem ging schnell. Sie konnte ihn nicht kontrollieren, befürchtete, dass er weithin zu hören war. Das Blut rauschte laut in ihren Ohren. Um sich zu beruhigen, atmetet sie tief ein und aus, so wie ihre Yogalehrerin es ihr beigebracht hatte.

Diese Technik half sofort. Das Rauschen in ihren Ohren wurde leiser. Rief da nicht jemand ihren Namen? Noch während sie darüber nachdachte, merkte sie, wie absurd dieser Gedanke war. Weniger absurd jedoch waren die schweren, langen Schritte, die beunruhigend schnell näher kamen. So lief nur ein großer, massiger Mensch.

Sie musste weg hier, raus aus diesem Wald. Wenn sie die Wiese erreichen konnte, würde sie zumindest sehen, wer sie da verfolgte. Blitzschnell schoss sie hinter den Stämmen hervor, zwängte sich durch einen Rhododendronbusch und stolperte einen kurzen Abhang hinunter. Gerade als sie die Schienen der Schmalspurbahn überquerte, brach ihr Verfolger aus dem Gebüsch. Mittlerweile hatte er den Abstand deutlich verkürzt. Bald würde er sie eingeholt haben.

Panik drohte sie zu überwältigen. Ein Schrei formte sich in ihrer Brust, verkümmerte jedoch in ihrer trockenen Kehle. Mit letzter Kraft versuchte sie zu beschleunigen. Sie rannte um ihr Leben, das Stechen in der Brust nahm sie kaum noch wahr. Ihr ganzes Hoffen richtete sich auf die Wiese am See; dort mussten noch andere Leute sein.

Doch wer sollte denn dort sein, so früh am Morgen? Die Erkenntnis traf sie mit voller Wucht: Sie war alleine! Niemand würde ihr helfen. Sie unterdrückte den Impuls, sich umzudrehen. Das war ihr Glück, denn im selben Moment klatschte ihr rechter Fuß auf etwas Hartes. Die blauen Steine, die direkt zur Majolika führten, hätten sie fast zum Stolpern gebracht. Der See war nun zum Greifen nah. Fast hatte sie es geschafft – nur ein paar Meter noch! Vielleicht wartete dort ja doch Rettung. Gerade als sie das Dämmerlicht der Bäume hinter sich ließ, wurde ihre Schulter hart von einer Hand gepackt. Schlagartig entwich die letzte Kraft aus ihrem Körper. Julia strauchelte, stolperte noch einige Schritte vorwärts und stürzte zu Boden. Ihr letzter Gedanke war, unter keinen Umständen die Augen zu öffnen. Die Angst darin wollte sie ihrem Peiniger nicht zeigen. Diesen Triumph würde sie ihm verwehren. Dann fiel sie ins Dunkel.

Als sie die Augen wieder öffnete, blickte sie direkt in das Gesicht ihres Mannes Heiner. Seine Stimme klang besorgt.

„Was ist denn? Alles OK?“

„Nein. Aber ... “

„Hast du dich verletzt? Tut dir was weh?“

Julia bewegte vorsichtig Arme und Beine, hob den Kopf an.

„Nein. Alles OK. Geht schon wieder.“

Mühsam rappelte sie sich hoch. Ein leichter Schwindel zwang sie, sitzen zu bleiben. Ihr Mann setzte sich neben sie ins Gras. „Warum hast du denn nicht auf mich gewartet? Ich hab dich doch gerufen!“

Hatte sie sich also doch nicht geirrt. Aber Heiners Stimme war nicht zu erkennen gewesen – vielleicht der Nebel. „Ich habe nichts gehört. War so in Gedanken vertieft ... das bin ich immer beim Joggen.“

Heiner sah sie fragend an. „Läufst du immer in diesem Wahnsinnstempo? Kein Wunder, wenn du dabei zusammenklappst. Stell dir vor, was hätte passieren können, wenn ich nicht zufällig ...“

„Was machst du eigentlich hier?“, unterbrach ihn Julia. „Ich dachte, du liegst zu Hause im Bett und schläfst.“

Heiner grinste. „Das solltest du auch. Ich wollte dich überraschen. Hab dir ein wenig Vorsprung gegeben und bin dann hinter dir hergejoggt ... ich wollte mal sehen, wie es so ist, frühmorgens im Park, wollte mal mit dir am See sitzen.“

„Danke auch! Das nächste Mal warnst du mich bitte vor! Weißt du eigentlich, wie sehr du mich erschreckt hast? Was weiß denn ich, wer mir in dieser Nebelsuppe hinterherläuft, Ich hatte solche Angst! Verdammt noch mal, Hein!“ Weiter kam sie nicht. Die Anstrengung, die Angst und der Schock waren einfach zu viel. Weinend vergrub sie ihr Gesicht in Heiners Schulter.

„Jul. Beruhige dich. Ist doch alles gut jetzt.“ Heiner strich über ihr Haar, redete beruhigend auf sie ein. Als sie sich wieder ein wenig gefangen hatte, entschuldigte er sich tausendmal und drückte sie fest an sich. „Das war wohl eine dumme Idee.

Ich mach's nie wieder. Versprochen! Hab es aber wirklich nett gemeint."

„Ja, weiß ich doch! Vergeben und vergessen. Aber weißt du ... irgendwie war es heute morgen so seltsam ... anders ... ich weiß auch nicht genau, wie ich es sagen soll."

„Der Nebel?"

„Ja. Nein. Nicht nur der Nebel. Da ist noch was anderes. Hörst du?"

„Was meinst du? Ich kann gar nichts hören."

„Eben. Das ist es ja. Normalerweise ertönt um diese Uhrzeit ein prächtiges Vogelkonzert. Und heute: Nichts. Kein einziges Zwitschern."

„Stimmt. Jetzt, wo du es sagst. Schon seltsam ..."

Beide lauschten in den Morgen, schauten sich um. In der Krone des alten, mit dicken Stäben abgestützten Kastanienbaumes über ihnen war alles ruhig. Auch aus den Linden nebenan drang kein Geräusch. Sogar der Wind hatte sich gelegt, alle Blätter standen still. Langsam stieg der Nebel aus dem See, verdichtete sich zu bizarren Schwaden, floss wieder auseinander und zog Richtung Wald. Das alles geschah unmerklich langsam und doch veränderte sich die Szenerie: Vom Rand schob sich ein Schemen in die Mitte. Julia und Heiner starrten auf das Wasser, auf dem immer deutlicher ein Schatten sichtbar wurde.

Auch wenn sie sein Gesicht nicht sehen konnten, spürten sie deutlich, dass er zu ihnen herübersah. Ganz ruhig verharrte er dort am Rand der künstlichen Steininsel. Dann, nach endlos scheinenden Momenten, kam er bedächtig näher, wobei sich seine Beine nicht bewegten. Vielmehr schien er über den See zu gleiten. Meter für Meter näherte er sich dem Ufer.

Eine plötzliche Kälte ließ Julia frieren. Ihre Glieder versteiften sich, das Denken fiel ihr schwer. Sie warf einen Blick auf Heiner und erkannte, dass es ihm ähnlich ergehen musste. Unnatürlich starr saß er da und schaute gebannt auf die Erscheinung im See. Auch Julia konnte ihren Blick nun nicht mehr abwenden. Die Gestalt, wiewohl sie sich ihnen bis auf wenige Meter genähert hatte, war immer noch eigenartig unscharf. Fast sah es so aus, als ob sie an den Rändern verwischte. Die Kälte war nun so intensiv, dass Julia unkontrolliert zu zittern begann. Wie Blei lag es auf ihren Augenlidern, ihr Körper lechzte nach Schlaf, Ruhe, Stille.

„He, Sie da!" Heiners raue Stimme ließ sie hochschrecken. „Was machen Sie da im Wasser?"

Der Angesprochene blieb stehen. Bedächtig holte er einen länglichen Gegenstand hinter seinem Rücken hervor und hob ihn über den Kopf. Im selben Moment schob sich eine dichte Nebelschwade vor die Gestalt. Als sich die Nebel wieder verzogen, war niemand mehr auf dem Wasser zu sehen.

„Verdammt! Was soll das?"

„Was war das, Hein?"

„Keine Ahnung! Irgendein Irrer? Allerdings ..."

„Allerdings was?"

Ihr Mann reagierte nicht. Laut schnüffelnd drehte er mit fahrigen Bewegungen seinen Kopf in verschiedenste Richtungen.

Heiner fühlte etwas, was kurz vorher noch nicht dagewesen war. Es war nur ein Hauch, fast weniger als nichts. Eine schwache Ahnung eines süßlich-herben Duftes strich die Innenwände seiner Nase entlang. Ein Bild flammte vor seinem inneren Auge auf: Er saß in völliger Dunkelheit auf einer Terrasse. Mücken sirrten durch die schwüle Luft, Gelächter drang aus dem Haus zu ihm heraus. Er bewegte seine Hand Richtung Gesicht und mit einem Mal war der Duft so intensiv, dass es ihm fast den Atem nahm. Ein hellroter Punkt glomm im Dunkel auf, Rauch kräuselte an seinem rechten Auge vorbei.

Da wurde ihm schlagartig klar, woran ihn dieser Geruchshauch erinnert hatte. Es roch genau wie im Karibik-Urlaub vor zwei Jahren, als er die dominikanische Zigarre geraucht hatte!

„Heiner! Nun sag schon: Was war das?"

„Ich weiß nicht! Eigentlich konnte ich nur Umrisse erkennen. Nichts Genaues. Ich frag mich, wo der hin ist?"

„Na, der kann sich ja nicht in Luft aufgelöst haben. Meinst du, dem ist was passiert?"

„Was soll dem denn passieren?"

„Na, ertrinken vielleicht?"

„Ertrinken? Jul! Das Wasser ist gerade mal knietief, wenn überhaupt. Nein, da kann niemand ertrinken."

„Und wo ist der dann geblieben?" Ein genervter Unterton schlich sich in Julias Stimme.

Heiner gab keine Antwort, zuckte nur mit den Schultern. Suchend schweifte sein Blick umher. Kein Mensch weit und breit.

„Hein, mir ist das unheimlich ... hast du das auch gespürt? Diese Kälte ..."

„Hm, ja. Ich konnte ich mich gar nicht mehr bewegen. Dieses Gefühl der Leere. Ich musste mich echt zusammenreißen, um dem Typen etwas zuzurufen."

„Wenn es denn ein Typ war."

„Ja was denn sonst? Glaubst du jetzt an Geister?"

„Nein. Aber ... was soll das sonst gewesen sein?"

„Ich glaube, wir beginnen zu spinnen. Komm! Wir laufen einmal um den See und schauen, ob wir jemand finden. Wenn der aus dem Wasser kommt, muss der ja eine Tropfspur hinterlassen."

Heiner nahm ihre Hand und marschierte los. Auf der gegenüberliegenden Seite trafen sie einen gebeugt gehenden Mann, mit großem Rucksack auf dem Rücken und einer Plastiktüte in der Hand.

„Entschuldigen Sie", sprach Heiner ihn an, „haben Sie gerade eben jemanden aus dem Wasser kommen sehen?"

Der alte Mann warf Heiner einen schwer zu deutenden Blick zu, dann ging er weiter.

„Hallo! Können Sie ... So warten Sie doch!"

Da der Mann jedoch nicht stehenblieb, mussten Julia und Heiner hinter ihm hergehen. Julia war mit ihren Nerven am Ende. Mit schriller Stimme schrie sie dem Alten hinterher, endlich auf sie zu warten. Da blieb der Angesprochene plötzlich stehen, wandte sich um, ging ein paar Schritte auf Julia zu und sah ihr direkt in die Augen.

„Ein Unglück, junge Frau. Großes Unglück wird kommen. Seien Sie gewarnt, denn Er ..." Mitten im Satz brach er ab und ging schlurfend davon.

„Wer, Er? Was, Er?"

„Lass ihn, Jul! Das ist doch ein Spinner! Irgendein Penner, der sich das Hirn weggesoffen hat und nun von seinen eigenen Halluzinationen eingeholt wird ... Komm, wir gehen nach Hause."

„Und was ist mit diesem, diesem Mann da im See? Wir können doch jetzt nicht einfach gehen und so tun, als ob nichts geschehen wäre!"

„Doch. Was können wir denn sonst tun?"

„Die Polizei anrufen. Die müssen den See durchsuchen, vielleicht ..."

„Die lachen uns doch aus, Jul. Die halten uns für verrückt."

„Mir egal. Ich bleibe hier und ruf die an. Das lässt mir sonst keine Ruhe mehr. Gib mir einfach dein Handy, dann kannst du gehen."

Julia bedachte Heiner mit einem derart finsteren Blick, dass dieser seufzend sein Handy hervorholte und die Nummer der Polizei wählte. Mit einem besorgten Seitenblick auf Julia erklärte er dem diensthabenden Polizisten, wo sie sich befanden, was sie gesehen hatten und welche Vermutung sie hegten. Der Polizist bat sie, an Ort und Stelle zu bleiben, und versprach gleich eine Streife in den Schlosspark zu schicken. Während Julia sich einigermaßen beruhigt auf einer nahen Parkbank niederließ, ging Heiner am Ufer hin und her. Er versuchte eine Erklärung für das spurlose Verschwinden des Mannes im See zu finden. Doch so sehr er sich mühte, es kam nichts dabei heraus. Nur eines wusste er mit Sicherheit: Dieser Morgen würde nicht ohne Folgen bleiben, Unheil lag in der Luft.

Währenddessen eilte Klaus Zehntner, besser bekannt als „der Philosoph", stadtbekannter Obdachloser, freundlicher Wegelagerer und Sprücheklopfer, aus dem Schlosspark Richtung Stadt. Er, den so schnell nichts aus der Fassung bringen konnte, der schon so vieles in seinem Leben gesehen und erlebt hatte, Leid und Freude, Kummer, Angst und Sorgen, er nun war zutiefst betroffen. Niedergeschlagen. Verwirrt. Verängstigt. So etwas hatte er noch nicht erlebt. Diese abgrundtiefe Traurigkeit, die er empfunden hatte, machte ihm Angst.

Als er die Erscheinung auf dem Wasser erblickt hatte, war ihm gleich klar, dass eine große Bedrohung davon ausging. Eigentlich wollte er sofort das Weite suchen, aber dann sah er durch eine Nebellücke das Pärchen auf der gegenüberliegenden Seeseite im Gras sitzen. So unbedarft, als hätten sie keinen Schimmer von der Gefahr, in der sie sich befanden. Er wollte rufen, doch seine Stimme versickerte im Hals. Auch zum Gehen konnte er sich auf einmal nicht mehr entschließen, im Gegenteil, jetzt zog ihn der See geradezu unbändig an. Vergessen, alles vergessen, das wollte er. Jeden Preis hätte er dafür bezahlt, wenn in diesem Moment ein Barmherziger seinem unwürdigen Leben ein Ende bereitet hätte. Wie in Trance trugen ihn seine Beine langsam ans Ufer. Als er gerade ins Wasser steigen wollte, erscholl eine Stimme, die ihn aus seinem hypnotischen Zustand riss. Gleichzeitig wurde die Erscheinung auf dem See für kurze Zeit vom Nebel verdeckt und war gleich darauf verschwunden. Aus und vorbei der Spuk. Gerade so, als hätte das Ganze nie stattgefunden. Tief in seinem Inneren jedoch konnte er noch die an seiner Seele nagende Verzweiflung spüren.

Auch jetzt noch, da er die Herrenstraße südwärts eilte, ließ ihn dieses Gefühl nicht los. Seine Blicke hetzten die Fassaden der alten Häuser entlang, tasteten sich von Erker zu Erker, versuchten die Schatten der dunklen Ecken zu durchdringen, in denen das Böse lauerte, auf seine Chance wartend, den unachtsam vorbeikommenden Menschen mit seinen Klauen zu packen und ihm seine grauenerregende Fratze zu offenbaren. Dies wäre das Ende.

Klaus Zehntner ahnte mehr als er wusste, womit er es hier zu tun hatte. Bilder längst vergangener Zeiten zogen durch sein Bewusstsein, Bilder von Kriegen und Seuchen, Krankheit, Verzweiflung und anderen Gräueln. Wollte er diesem Albtraum entfliehen, hatte er keine Wahl: Fort! Nur fort! Hier gab es keine Rettung mehr, nur Untergang und Tod.

Einem Schatten gleich huschte er über den von Scheinwerfern beleuchteten Steg. Auch wenn er darauf nur wenige Meter zurücklegen musste, war das die gefährlichste Stelle. Falls er hier entdeckt würde, wäre die Aktion gescheitert, noch bevor sie richtig begonnen hätte. Die zwei Bretter nebeneinander waren gerade einmal breit genug für einen Menschen, an der Uferseite lag der Damm, darauf die Container der Arbeiter, flussseitig schraubten sich dutzende Stangen des Hauptgerüstes in den Nachthimmel. Auf beiden Seiten ein scheinbar bodenloser Abgrund. Ein Fehltritt und dann Gute Nacht.

Das linke Brett gab etwas nach, als er seinen Fuß darauf setzte. Um nicht das Gleichgewicht zu verlieren, musste er sich extrem konzentrieren. Ein Bolzen quietschte in seiner Verankerung, das Brett federte knarzend. Zwei große Schritte noch, dann war er drüben. Sofort schwang er sich über die Absperrung des Gerüsts. Seine Hände umklammerten den kalten Stahl, während er mit den Füßen nach der unteren Ebene tastete. Auf einer Querstrebe fand er Halt. Er lockerte seinen Griff, bückte sich, für einen Moment auf dieser dünnen Stange gefährlich schwankend. Blitzschnell verlagerte er sein Gewicht nach vorne, weg vom schwarzen Abgrund, den er in seinem Rücken fühlen konnte, stieß sich ab und tauchte ins Dunkel des Gerüstes.

Hier, auf der unteren Ebene, war er relativ sicher. Die Wachmannschaften benutzten ausschließlich die mittleren und oberen Stege. Höchstens einmal pro Nacht kletterte einer von denen nach unten, um den Sockel der Aufschüttung zu kontrollieren. Dieser Sockel interessierte ihn nicht. Viel zu dick war er für sein Vorhaben. Ob er wollte oder nicht, er musste knapp vor der Flussmitte wieder hochklettern, auf eine besser bewachte Plattform.

Die vergangenen Tage hatte er viel Zeit in seinem Versteck am Rand der Baustelle verbracht, alles Nötige so gut als möglich ausspioniert. Doch der mittlere Bereich des Dammes entzog sich seinen Blicken. Ihm blieb nichts anderes übrig, als sich auf das wagemutige Abenteuer dieser nächtlichen Expedition einzulassen. Immerhin zahlte sich hierbei sein jahrelanges Training aus, konnte er all seine Erfahrung einsetzen.

Auf seiner Plattform herrschte fast vollkommene Dunkelheit. Den Hall seiner Schritte auf den dicken Eichenbohlen reduzierte er durch die weichen Gummisohlen an seinen Schuhen. Außerdem schützte ihn das stete Geräusch tropfenden Wassers. Er legte seine linke Hand an einen mächtigen Stein. Nass und kalt. Woher das Wasser kam, war ihm nicht klar. Ob es durch kleine Ritzen sickerte, oder von oben über die Krone lief, konnte er nicht herausfinden. Es schien von überallher gleichzeitig auf ihn einzuströmen. Er dachte an das riesige Staubecken hinter diesem Wall. Abermillionen Liter Wasser lagerten dort, drückten mit aller Macht gegen das Hindernis. Es erschien ihm plötzlich unmöglich, dass etwas von Menschen Errichtetes dieser Kraft standhalten sollte.

Aber er durfte sich nicht von seinen Gedanken ablenken lassen. Der Erfolg seiner Unternehmung hing davon ab, keinen einzigen Moment in der Konzentration nachzulassen. Das Wasser tropfte unaufhörlich in den Abgrund unter ihm, das Echo des Aufpralls auf dem Grundsee hallte unheimlich die Wand hinauf. Er fühlte sich wie in einem dieser Science-Fiction-Filme, in denen monströse Bauwerke in den immer bedeckten Himmel wachsen und den Menschen klein und kläglich wirken lassen. Was er letztendlich ja auch ist, dachte er.

Langsam setzte er sich wieder in Bewegung. Als das Geräusch strömenden Wassers lauter wurde, begann er mit dem Aufstieg. Die nächste Plattform war menschenleer, auch die darübergelegene fand er unbesetzt. Zwei Ebenen musste er noch überwinden, dann wäre er auf der Krone und könnte sich endlich selbst ein Bild von der besten Position machen.

Wieder griff er nach oben, ertastete die Querstangen, packte zu, stieß sich ab und zog sich hoch. Mittlerweile war er nassgeschwitzt. Sein Hemd klebte an Brust und Rücken, in den Augen brannte Schweiß.

Eine letzte Plattform noch. Er beschloss, auszuruhen, Kräfte zu sammeln. Sicherheitshalber ging er in die Hocke, denn das Licht der oben montierten Scheinwerfer erhellte auch seinen Standort. Kurz schloss er die Augen, ging sein Vorhaben im Geiste durch.

Plötzlich grub sich eine Hand fest in seine Schulter.

„He! Was haben Sie hier zu suchen?“

Der Schock ließ sein Herz für einige Schläge aussetzen.

„Aufstehen! Aber dalli!“

Er hatte nur diesen kurzen Moment, den musste er nutzen. Mit aller Kraft stieß er sich vom Boden ab und schnellte in die Höhe. Mit voller Kraft versenkte er seine Faust im Bauch des Gegners. Der gab einen überraschten Laut von sich, ehe er sich zusammengekrümmt an der Brüstung festhielt.

„Bist du irre?“, presste der Wachmann hervor. „Was soll das?“

Doch ihm war nicht danach, zu diskutieren. Von hinten schlang er seinen Arm um den Hals des anderen und drückte zu. Der Uniformierte schlug wild um sich, versuchte, dem Griff zu entkommen. Sein muskulöser Oberkörper zitterte vor Anstrengung, als er den ihn würgenden Arm Zentimeter für Zentimeter wegdrückte.

Er spürte, dass der andere stärker war. Mit Kraft allein konnte er ihn nicht besiegen. Fieberhaft dachte er an einen Ausweg aus dieser gefährlichen Situation. Weglaufen wäre sinnlos. Der Wachmann hätte Alarm geschlagen, noch bevor er das Ende des Gerüsts erreicht hätte. Dann säße er endgültig in der Falle. Für einen Sprung übers Geländer war der Abgrund zu tief. Kämpfen war auch keine Lösung, denn je länger sie miteinander rangen, desto mehr gewann der andere die Oberhand.

In diesem Moment befreite sich der Wachmann aus der Umklammerung und fuhr herum. Dann ging alles sehr schnell: Er duckte sich, rammte dem Uniformierten seinen Kopf gegen die Brust. Der krachte gegen das Geländer, das von dem Aufprall nach oben gedrückt wurde. Schnell packte er zu, riss den Wachmann nach vorne, drehte sich mit ihm um die eigene Achse und ließ los. Der Schwung ließ den Wachmann nach hinten stolpern, noch einmal prallte er gegen die Eisenstange. Das Geländer rutschte endgültig aus der Halterung und schwang nach außen auf. Für den Bruchteil einer Sekunde schien der Wachmann in seiner Bewegung erstarrt, dann kippte er hintenüber. Heftig mit den Armen rudernd fiel er ins Leere und wurde von der Dunkelheit verschluckt. Gleich darauf drang ein dumpfer Schlag von unten herauf, dann herrschte Stille.

Heftig atmend stand er da und schaute ungläubig auf das Loch im Geländer. Eben noch stand dort der Uniformierte, um Gleichgewicht kämpfend. Die Augen panisch aufgerissen hatte er ihn stumm um Hilfe angefleht. Täuschte er sich, oder hatte er ihm wirklich noch seinen Arm entgegengestreckt, bevor er abstürzte? Hatte er das absichtlich zugelassen? Hatte er soeben einen Menschen ermordet?

Panik überfiel ihn. Er musste weg. So leise wie möglich lief er zurück Richtung Ufer. Er scherte sich nicht darum, ob man ihn in den Lichtkegeln sehen konnte. Das war nun nicht mehr wichtig. Wer weiß, ob der Uniformierte im Abstürzen nicht noch den Alarmknopf gedrückt hatte. Vielleicht erwarteten sie ihn schon alle am Ende des Zugangs. Dann würde er springen, wie der Wachmann. Der Arme! Andererseits, was musste der sich ihm auch in den Weg stellen? Hätte sich doch nicht so wichtig machen müssen. Verdammt aber auch! Irgendwie war der ja selbst schuld an diesem Unglück. Jawohl, Unglück! Und außerdem war es für die große Sache auch mal nötig, Opfer in Kauf zu nehmen. Kollateralschäden sozusagen. Der Zweck heiligte die Mittel.

In diesem Moment hatte er das Ende des Stegs erreicht. Ohne innezuhalten spähte er einmal rundum und sprang er in einer geschmeidigen Bewegung ans Ufer und verschwand im schützenden Dunkel.

2

Als der Staatssekretär vor einer Stunde erfuhr, dass das Treffen nun doch im Blauen Salon stattfinden sollte, prüfte er noch einmal gewissenhaft den hohen Aktenstapel, der sich vor ihm auf dem sauber aufgeräumten Glasschreibtisch türmte. Er wusste, wenn die Ministerpräsidentin ihn dort empfangen würde, durfte er sich keinen Fehler leisten. Alles, wirklich alles, sollte er im Kopf haben und wenn nicht dort, dann zumindest in seinem Aktenstapel. Er musste wissen, unter welchem Stichwort etwas abgelegt war, in welchem Zusammenhang es mit anderen Ereignissen stand und warum es für ihre derzeitigen Überlegungen bedeutsam war. Es wurde von ihm verlangt, alle irgendwie relevanten Fakten und Daten parat zu haben, um den Ideen der Ministerpräsidentin das nötige Fundament zu verschaffen, oder, was unangenehmer war, die Ideen als weltfremde Träumereien zu klassifizieren.

In solchen Momenten wünschte er sich weit weg, fragte sich, warum ausgerechnet er und kein anderer hier neben der Landeschefin sitzen musste und fachlich höchst diffizile Diskussionen zu bewältigen hatte. Denn eines musste man der Ministerpräsidentin lassen: Sie war unglaublich gut informiert und das absolute Gegenteil einer linksorientierten, umweltbewegten Träumerin.

Genau darum arbeiteten sie auch so gut zusammen. Seine Fähigkeit, auch das scheinbar unbedeutendste Detail bei seinen Einschätzungen zu berücksichtigen, eilte ihm schon am Anfang seiner Karriere im Staatsdienst voraus. Unglaublich schnell erklomm er die Karriereleiter, öfters auch zwei Stufen auf einmal, was ihm nicht nur Freunde einbrachte. Einige Neider hatten wahrhaft versucht, ihn zu Fall zu bringen und schon damals hatte er gelernt, dass er sich nur auf eines hundertprozentig verlassen konnte: Sein unschlagbares Gedächtnis, eine Mischung aus Talent und harter Arbeit. Als er, jung noch, zum Staatssekretär wurde, hatte er es geschafft. In dieser Position konnte ihm niemand mehr gefährlich werden. Plötzlich waren ihm auch alle früheren Gegner freundlich gesonnen, versuchten sich bei ihm lieb Kind zu machen in der Hoffnung, dass ein wenig seines Glanzes auch auf sie fallen würde.

Speichellecker! Er verabscheute diese Menschen.

Umso mehr freute er sich darüber, nicht von ihnen und ihren Ränkespielen abhängig zu sein. Sein ganzes Augenmerk galt dem jeweiligen Ministerpräsidenten und dieser wusste, dass er sich auf ihn verlassen konnte.

Auch Lisa Enzle schätzte seinen Arbeitsstil. Das war der Grund, warum er schon häufig im Blauen Salon mit ihr, der derzeitigen – ersten grünen – Ministerpräsidentin, zusammen gesessen hatte. Dort pflegten sie einen freien Gedankenaustausch, der von keinen parteipolitischen, moralischen oder anderen althergebrachten Hemmnissen eingeschränkt wurde. Von dem, was dort drinnen gesprochen wurde, drang nichts nach draußen. Darauf konnten sie beide sich verlassen.

Lisa Enzle warf einen Blick auf ihre Armbanduhr. In wenigen Minuten würde ihr eifrigster Staatssekretär den Blauen Salon betreten, würden sie sich über die neuesten Entwicklungen beim Thema erneuerbarer Energien austauschen. Sie wandte sich vom Tisch ab und ging zu den hohen Fenstern hinüber. Draußen gleißte klarstes Frühlingslicht. Das unschuldige Grün der Bäume im Park der Villa Reitzenstein ließ die Welt frisch und jung erscheinen. Das ewige Lied der reinigenden Wiedergeburt, dort draußen hallte es vielstimmig durchs Ländle.

Auch Lisa Enzle fühlte sich frisch. Frisch und ausgeruht. Sie konnte auf eine zufriedenstellende Hälfte der Legislaturperiode zurückblicken. Was kaum einer gedacht hatte, war eingetreten. Die grün-rote Koalition, in der die Grünen als stimmenstärkste Partei die Ministerpräsidentin stellten, war nicht nach wenigen Monaten gescheitert. Im Gegenteil: Aktuelle Umfragen sahen sie und ihre Partei in einem nie dagewesenen Stimmungshoch. Die Arbeit der Landesregierung wurde positiv bewertet und sie als Chefin dieser Zweckgemeinschaft bekam die besten Noten. Diese Aufwertung ihres Egos war der eine Grund für ihre gute Laune. Der andere war, dass es in letzter Zeit besser um ihre Ehe stand als die Jahre davor und das trotz der vielen Termine und des akuten Zeitmangels. Oder eventuell auch gerade deswegen? Sollte sie darüber mal ernsthaft nachdenken? Lauerte in diesem vermeintlichen Idyll schon der Keim der Zerstörung?

Nein! Da war sie sich sicher. Auch ihr Mann bestätigte ihr, dass er sich noch nie so wohl gefühlt hatte. Vielleicht lag es an ihrer neu gewonnen Sicherheit, ihrer Entschlusskraft, die alles Träge und Miefige der letzten Jahre fortgeweht hatte.

Der Chefposten im Land hatte sie wirklich verändert. Jetzt merkte sie auch, dass die alte Weisheit, das Macht Sexappeal verleiht, durchaus stimmte – und nicht nur bei Männern!

Das Klopfen an der Tür unterbrach ihre angenehmen Gedanken. Mit einem wehmütigen Gefühl kehrte sie in die Realität der Villa Reitzenstein zurück, drehte den Fenstern den Rücken zu und lächelte dem eintretenden Staatssekretär aufmunternd entgegen. Nachdem sie beide auf derselben Seite des großen Tisches Platz genommen hatten, streifte ihr Blick einmal durch den Blauen Salon, den sie wegen seiner den Gedanken freien Lauf lassenden hellen Atmosphäre so schätzte, dann war sie wieder mit Leib und Seele die hochkonzentrierte Ministerpräsidentin.

Die nächste Stunde gehörte den regenerativen Energien, ihrem Steckenpferd, das sie so sicher durch den Wahlkampf getragen hatte. Eigentlich hatte ihr Vorgänger einen nicht unerheblichen Anteil an ihrem derzeitigen Erfolg, auch wenn das heute zum Glück niemanden mehr interessierte. Aber durch dessen Idee, die Anteilsmehrheit an Baden-Württembergs größtem Energieversorger zu erwerben, konnte sie ihre Vorstellungen durch ganz legale, direkte Einflussnahme umsetzen.

Nun war es jedenfalls so, dass durch die von ihrer Regierung geschaffenen Rahmenbedingungen ganz Baden-Württemberg auf einem guten Weg war, endlich mal wieder die Vorreiterrolle bei einem innovativen Thema innezuhaben.

Sie hatte die Weichen dazu gestellt und der Zug rollte langsam an. Eigentlich könnte sie zufrieden sein, aber sie wollte mehr. Das würde eine intensive Stunde werden und sie freute sich darauf.

3

Obwohl auf dem Adenauerring an diesem Morgen nicht viel vom Berufsverkehr zu merken war, entstand an der Ampel vor der Universität ein kleiner Stau. Der Grund dafür war eine bunte Truppe, die mit Transparenten provokant langsam über die Straße Richtung Audimax zog. Einige Teilnehmer dieser kleinen Demonstration blieben mitten auf der Fahrbahn stehen, steckten Flugblätter unter die Wischerblätter der Autos, lachten über einen Fahrer, der seinem Unmut über die Verzögerung Luft machte. Die unvergleichliche Leichtigkeit der Jugend!

Die kühle Luft von gestern war fort, weggeblasen von einem milden Südwind. Weiß und rosa blühten die Kastanien, der Mai überschritt die burgundische Pforte.

In einer dunklen Limousine saß ein Mann um die Vierzig. Markante Gesichtszüge waren noch zu erahnen, doch die Spuren von gutem Essen hatten sich darüber gelegt, so dass Mund und Kinn weich, fast schon sinnlich wirkten. Etwas vernachlässigt wirbelte sein kurzes braunes Haar um den Kopf, der letzte Friseurbesuch schien länger zurückzuliegen. Die glattrasierten Wangen gingen fließend in beginnende Geheimratsecken über, was eine leicht intellektuelle Ausstrahlung begünstigte. Dieses Gesicht wäre einem flüchtigen Betrachter nicht lange im Gedächtnis geblieben, wären da nicht diese Augen. Augen so blau wie der Himmel auf Kinderbildern, ein Blau, das strahlte und Düsternis aufzuhellen vermochte, durch und durch vollkommen schien. Der Blick daraus war klar und unverstellt, ein

Blick, dem die wenigsten Geheimnisse standhalten konnten und der das berufliche wie private Leben des Kriminalkommissars Benjamin Lienz nachhaltig beeinflusste.

Eigentlich wollte er um diese Uhrzeit im Hardtwald joggen, doch ein Anruf seiner Chefin machte all seine Hoffnungen auf einen geruhsamen Wochenstart zunichte. Er solle sofort nach Iffezheim zur Großbaustelle fahren. Ein Wachmann sei tot aufgefunden worden. Bis heute abend wolle sie seinen Bericht auf dem Schreibtisch, immerhin handle es sich bei dieser Baustelle um ...

Lienz hörte nur mit halbem Ohr zu. Es war ihm ohnehin klar, dass seine Chefin nur ihn um diese Uhrzeit anrufen würde; er musste sich immer um die undankbaren Fälle kümmern.

Als sich die Studentenschar verzogen hatte, zog er unter den Scheibenwischern das Flugblatt hervor, warf einen kurzen Blick darauf. Ein Aufruf, einer Demo zu folgen. Natürlich für eine bessere Umwelt, gegen die Ausbeutung und das Großkapital. Unterzeichnet von den Green Heroes.

Lächerlich, dass die sich immer englische Namen geben mussten. Aber immerhin: Der intellektuelle Nachwuchs hat noch politisches Interesse, vielleicht kommt ja doch eine bessere Generation nach.

Lienz zerknüllte das Flugblatt, warf es aus dem Fenster und startete den Motor. Automatisch sprang das Radio an.

„... wenn wir unsere Energieversorgung zukünftig umweltfreundlich gestalten und gleichzeitig sorgsam mit unseren Ressourcen wirtschaften wollen, führt kein Weg daran vorbei, massiv in den Ausbau der Wasser- und Windkraft sowie in die intensive Nutzung der Solarenergie zu investieren. Diese Themen sind nicht erst seit heute aktuell, neu aber, meine Damen und Herren, ist, dass dieser Ausbau keine Kann-Option mehr ist, sondern ein unumgängliches Muss! Wir stehen mit dem Rücken an der Wand. Die Erderwärmung ist in den letzten zehn Jahren deutlich schneller als prognostiziert vonstatten gegangen. Die

Atomkraft ist wegen der ihr innewohnenden Gefahren ein Auslaufmodell. Das unmäßige Verheizen von Kohle verbietet sich von selbst. Wenn wir unsere Emissionen nicht unverzüglich drastisch reduzieren, schaufeln wir unser eigenes Grab. Das muss so in aller Deutlichkeit gesagt werden ..."

Immerhin, Mut hat sie, die grüne Ministerpräsidentin Lisa Enzle, dachte Lienz. Vor drei Jahren, nach dem für alle völlig unerwarteten Wahlsieg, hatte ihr kaum ein politischer Beobachter eine Chance gegeben, das erste Regierungsjahr zu überstehen. Die Erinnerung an die Aufregung der Wahlnacht ließ den Kommissar schmunzeln. Er zumindest hatte sich diebisch gefreut, dass den renommierten Politikprofis mal ein Denkzettel verpasst wurde. Die fassungslosen Gesichter der Verlierer sowie die mit dieser Situation sichtlich überforderten Journalisten waren die Rundfunkgebühren der letzten Jahre wert. Polemiken und Schimpftiraden machten die Runde, sogar Verschwörungstheorien wurden ausgebreitet und mitten drin, in unerschütterlicher Ruhe, die Siegerin. Eigentlich hätte man schon an diesem Abend merken müssen, dass Lisa Enzle nicht zu unterschätzen ist.

Iffezheim. Das Wort ließ Lienz aufhorchen, schnell konzentrierte er sich wieder auf das Radio. „*... deshalb ist und bleibt der Ausbau Iffezheims zu einem Großkraftwerk im Verbund mit der kleineren, schon fertig gestellten Staustufe bei Neuburgweiher ein unabdingbarer Schritt zur Loslösung von fossilen Brennstoffen hin zu regenerativer Energie. Danke für Ihre Aufmerksamkeit.*"

Iffezheim. Bisher kannte er die Großbaustelle nur aus dem Fernsehen. Hohe Aufschüttungen, Dämme breit wie ein Fußballfeld, riesige Betonmauern. Eine einzigartige Maschinerie wurde dort in Gang gesetzt, mit keinem geringeren Ziel als einen Meilenstein der – wenn schon nicht Menschheits-, dann zumindest doch badischen Geschichte zu setzen. Auch die Proteste gegen dieses Bauvorhaben hatte er wahrgenommen, wenngleich die Berichte in den Medien deutlich kleiner und zurückhaltender ausfielen als die Reportagen über den Fortgang der Bauarbeiten. Getreu dem Motto: Für das große gemeinsame Ziel muss der Einzelne eben zurückstecken. Heute würde er sich also selbst ein Bild davon machen können.

Bei Baden-Baden verließ er die Autobahn Richtung Frankreich. Schon nach kurzer Strecke wurde der Verkehr umgeleitet, über die neu errichtete Pontonbrücke weiter südlich. Er hielt seinen Wagen rechts, folgte einer staubigen Schotterpiste, die vor einem hohen Wall endete. Lienz stellte sein Fahrzeug auf dem weiten Schotterplatz vor den Bauzäunen in der prallen Sonne ab. Kein Baum weit und breit, der Schatten spenden konnte; überhaupt kein Grün ließ das Gewühle in der Erde übrig. Kiesel, Steine, Felsen, alles grau und staubig.

Als der Boden unter seinen Füßen erzitterte, drehte Lienz sich erschrocken um. Aus dem breiten Tor der Baustellenzufahrt kam ein mehrachsiger Lastwagen gedonnert, eine Staubfahne wie einen Brautschleier hinter sich herziehend.

Der Wärter an der Einfahrt bat ihn, sich noch einen Moment zu gedulden, der Herr Bauingenieur Brunner werde ihn gleich abholen kommen. Der Kommissar musste nicht lange warten. Schon nach wenigen Minuten war Heiner Brunner bei ihm. Lienz geschulter Blick musterte ihn schnell von oben bis unten: Sportlich, knapp über dreißig, kurzes braunes Haar, hohe Stirn, strahlte er Kompetenz und Führungsstärke aus. Nur sein Blick war seltsam unstet. Immer wieder schien er in die Ferne abzuschweifen. Lienz notierte sich diese Besonderheit auf seinem inneren Notizblock.

Nach einer kurzen Begrüßung führte Brunner den Kommissar durch die Baustelle, den Deich hinauf, an dessen Basis sich mehrere Tümpel gebildet hatten.

„Vorsicht, Herr Kommissar. Der Boden ist durch die Baumaßnahmen extrem aufgeweicht. Wenn Sie da reintreten, gibt das eine große Sauerei. Da gehen sie glatt unter."

Unwillkürlich musste der Gewarnte an eine gut konservierte Moorleiche denken, die er als Kind einmal in einem Heimatmuseum gesehen hatte und die ihn dann nächtelang in bösen Albträumen heimsuchte. Von da an setzte er seine Schritte mit mehr Bedacht.

Bald hatten sie die Dammkrone erklommen. Von dort eröffnete sich ein beeindruckendes Panorama. Fast die gesamte Baustelle konnte er überblicken. Einem schnurgeraden Strich gleich zog sich die Staumauer durchs Wasser dem anderen Ufer entgegen. Riesige Felsblöcke versperrten dem Fluss seinen natürlichen Lauf, zwangen ihn, innezuhalten, sich zu sammeln, Kraft zu schöpfen und diese in den Dienst der Menschheit zu stellen. Seiner Energie beraubt floss er am unteren Ende der Staumauer träge weiter Richtung Norden, der nächsten Staustufe bei Neuburgweiher entgegen. Dort würde ihm dann das letzte Quäntchen Kraft entzogen, sodass er brav gezähmt an Karlsruhe vorbei dem Meer entgegen streben könne.

Benjamin Lienz war von diesem Anblick zu gleichen Teilen beeindruckt und abgestoßen. Etwas Krankes lag über dieser Szenerie. Die aufgerissene Erde, die schlammgrau in der Sonne härtete, der an seinem fröhlichen Spiel gehinderte Fluss, nur noch ein trüber See, eine unwirkliche Kraterlandschaft, aus der alles Natürliche, jedwedes Leben verbannt war. Das ist alles, was der Mensch von den einst artenreichen Auwäldern übrig gelassen hatte. Nur das Sonnenlicht gleißte unbeeindruckt auf das trübe Gewässer. Heftige Zweifel befielen Benjamin Lienz, Zweifel, die weit über diese Baustelle hinausreichten, das gesamte Erdenrund miteinschlossen. Nicht zum ersten Mal war er davon überzeugt, dass der Mensch fleißiger denn je an seinem eigenen Untergang arbeitete.

„Dort unten wurde der Tote heute Morgen gefunden." Heiner Brunners Stimme riss den Kommissar aus seinen Gedanken. Das passt ja, dachte der Kommissar, doch schnell schob er professionell alles Persönliche zur Seite, war durch und durch der unerschütterliche Kommissar des Karlsruher Dezernats I, des Dezernats für Kapitalverbrechen. Sein Blick folgte dem ausgestreckten Arm seines Begleiters. Auf einer breiten Sandbank, die sich gut hundert Meter entlang des Staudamms Richtung Flussmitte zog, eilten einige Menschen hin und her. Mitten unter ihnen entdeckte Lienz eine bekannte Gestalt.

„Ah. Die Kollegen von der Spurensicherung sind schon da", stellte er an Brunner gewandt fest.

„Ja. Ein Herr, äh, Ruß ist dort mit seinem Team. Er meinte, dass ich Sie sofort zu ihm führen sollte."

„Reuß. Stefan Reuß. Danke, Herr Brunner. Wir sehen uns dann später. Wo kann ich Sie denn in diesem Moloch finden?"

Brunners Antwort kam mit Verzögerung, ganz so als ob er mit seinen Gedanken schon wieder weit weg wäre. „Sehen Sie die Baucontainer dort vorne? Der oberste rote ist meiner. Dort können Sie mich finden."

„Und der Wachmann, der den Toten gefunden hat?"

„Wartet im Container darunter." Wieder entstand eine Pause, in der der Kommissar seinen Begleiter mit Blicken zum Weitersprechen ermunterte. „Er ist noch sehr mitgenommen. Ein Arzt ist bei ihm ... das war ein großer Schock für ihn."

„Sicher." Benjamin Lienz verabschiedete sich mit einem Kopfnicken und stieg den steilen Deich hinab. Insgeheim wunderte er sich, dass ein so zerstreut wirkender Mann wie Brunner eine derart große Baustelle leiten konnte.

Stefan Reuß eilte ihm über die Sandbank entgegen. „Ah, der Herr Kommissar. Schön, dass Sie es hier raus geschafft haben. Ein netter Platz, um sich ein wenig die Beine zu vertreten."

„Tag, Herr Kollege. Wie ich sehe, haben Sie die ganze Familie mitgebracht. Wie schön! Wo gedenken Sie denn, zu lagern und die Decken auszubreiten? Gleich hier im Schatten der Felsen? Wie romantisch!"

Stefan Reuß und Benjamin Lienz verband seit Jahren eine unverbrüchliche Freundschaft. Gleich bei ihrem ersten Zusammentreffen war beiden klar, dass sie einer verwandten Seele gegenüber stehen. Ihre Art miteinander zu kommunizieren hatte schon bei einigen Kollegen Kopfschütteln, zuweilen sogar Ablehnung hervorgerufen. Sie focht das jedoch nicht an. Die Meinungen anderer interessierten sie nicht sonderlich – auch darin waren sie sich ähnlich.

Stefan Reuß wollte eigentlich Arzt werden, hatte aber während seines Studiums erkannt, dass er mit seiner ganz persönlichen Spielart der Ironie, die bisweilen in Sarkasmus überging, bei seinen Mitmenschen nur bedingt punkten konnte. Also zog er die Konsequenzen und konzentrierte sich fortan auf die Pathologie. Die Toten, wurde er nicht müde zu betonen, sind die besseren Patienten; sie hätten vollstes Verständnis für seinen schwarzen Humor, noch nie hätte sich einer bei ihm beschwert.

Nachdem er in einem Aufsehen erregenden Mordfall durch seine detaillierten Untersuchungen maßgebend dazu beigetragen hatte, den Ehemann einer Heidelberger High Society-Frau als Schuldigen zu überführen, hatte er seine Berufung gefunden. Er ließ sich zum Kriminaltechniker ausbilden und leitete seit einiger Zeit eine eigene Truppe. Die pathologischen Untersuchungen führte er dabei selbstverständlich eigenhändig durch.

„Komm! Ich führe dich zu einem kleinen Weiher, dort kannst du dich zur Ruhe betten ... ganz so wie der Wachmann heute morgen." Der Übergang von spielerischem Geplänkel zum ernsten Fachdialog vollzog sich fließend. „In diesem Becken wurde der Tote gefunden."

„Lag er noch darin, als ihr hier ankamt?"

„Nein. Der Wachmann der Frühschicht, ein Herr Josef Kern, hat ihn gemeinsam mit zwei Bauarbeitern ans Ufer gezogen. Nachdem sie erkannt hatten, dass er tot war, haben sie sofort den leitenden Bauingenieur benachrichtigt, der dann die Polizei alarmierte."

„Dann sind da also schon ein paar Leute über die Spuren drübergelatscht. Trotzdem noch etwas Verwertbares?"

„Einiges! Das Drüberlatschen macht nichts, denn der Tote wurde hier unten nicht mehr behelligt."

Ein fragender Blick von Lienz forderte den Kriminaltechniker auf, fortzufahren.

„Der Wachmann kam von oben. Dort, unter der Dammkrone, führt ein Weg auf einem Baugerüst entlang. Kannst du die durchbrochene Absperrung sehen?"

Lienz blickte nach oben und sah die lose nach unten hängenden Stangen der seitlichen Sicherung.

„Das reicht wohl an Fallhöhe. Gibt es Anzeichen von äußerer Gewalteinwirkung an der Leiche?"

„Du meinst, ob da jemand nachgeholfen hat? Also auf den ersten Blick: Nein. Aber dazu muss ich den Leichnam erst genauer untersuchen. Wer weiß, was ich dann noch finde. Klar ist, dass sein Genick gebrochen ist. Bei dieser Fallhöhe auch nicht weiter verwunderlich. Innere Verletzungen hat er auch davongetragen. War wahrscheinlich auf der Stelle tot."

„Nun. Danke erst mal. Rufst du mich an, sobald du Ergebnisse hast?"

„Großes Pfadfinderehrenwort. Außerdem schuldest du mir noch ein Bier!"

Damit ließ er Lienz stehen und ging zum Tatort zurück.

Als Benjamin Lienz Stunden später die B3 nach Karlsruhe zurückfuhr, ließ er seine Eindrücke Revue passieren. Beim Autofahren konnte er das am besten, das gleichmäßige Vorüberziehen der Landschaft versetzte seinen Geist in höchste Aktivität.

Er dachte daran, wie er sich die Absturzstelle oben auf dem Gerüst ansah, um einen ersten Eindruck zu bekommen. Die Sicherungsstangen waren eigentlich gut verankert und ziemlich stabil. Von alleine konnten die nicht herausspringen. Dazu war noch ein Detail ungewöhnlich: Zur Sicherung verliefen zwei Stangen parallel; die erste auf Hüft-, die zweite auf Kniehöhe. Beide Stangen hingen schräg nach unten ab, die obere jedoch deutlich stärker verbogen. Hatte der Mann versucht, sich festzuhalten und dabei die Stange durch sein Gewicht verbogen? Wie aber kam er in diese Situation? Und warum waren beide Stangen aus der Verankerung gelöst? Für Lienz war klar, dass das kein Zufall sein konnte.

Anschließend befragte er den Wachmann Josef Kern, der seinen toten Kollegen entdeckt hatte. Von ihm erfuhr er auch endlich den Namen des Opfers: Goran Vidic. Ein Kroate. Mitte Fünfzig, die Frau hatte ihn schon vor Jahren verlassen und die mittlerweile erwachsenen Kinder mitgenommen. Nach Kerns Meinung war Vidic ein unauffälliger Typ. Hatte mit niemandem Probleme, war nirgends angeeckt. Allerdings kannte er Vidic nicht gut. Man sah sich manchmal in der Pause, aß sein Vesper zusammen, ließ einander aber sonst in Ruhe.

Josef Kern hatte sich am Morgen gewundert, dass Vidic nicht am Übergabetreffpunkt auf ihn wartete. Auch im Pausencontainer konnte er ihn nicht finden. Also beschloss Kern, nach ihm zu suchen und ging erst mal den Bretterweg unter der Dammkrone entlang. Als er die abstehenden Sicherungsstangen sah, befürchtete er sofort Schlimmes. Um nach unten sehen zu können, beugte er sich seitlich über das Gerüst. Dabei hatte Kern den Vermissten gleich entdeckt. Die dunkle Uniform hob sich im frühen Dämmerlicht klar von der grünlichen Wasseroberfläche ab. In einem kleinen See trieb der Körper von einem Strudel erfasst ständig im Kreis. Kern brüllte nach unten. Als er keine Antwort erhielt, lief er Richtung Ausgang. Dort kamen ihm die Bauarbeiter der Frühschicht entgegen, folgten ihm zum Fundort und zogen den Toten aus dem Wasser.

Lienz befragte noch die Bauarbeiter, die Kerns Bericht bestätigten. Anschließend sprach er noch einmal mit Heiner Brunner. Leider konnte dieser ihm nichts über den Toten erzählen, zu den Wachdiensten hatte er kaum Kontakt. Immerhin gab er Lienz die Telefonnummer der zuständigen Firma. Dort würde er vom Büro aus anrufen.

Die Abenddämmerung fand Benjamin Lienz auf seinem Balkon, der auf die Hirschstraße hinausging. Mattrotes Abendlicht überzog die gründerzeitlichen Hausfassaden mit einem noblen Hauch von Patina. Der Kommissar stöhnte. Mühevolle Bürostunden lagen hinter ihm, Stunden ermüdenden Telefonierens und Recherchierens, Stunden, in denen er sich Wort für Wort den Iffezheim-Bericht abrang. Er wusste, mit wie viel Bedacht er seine Worte wählen musste, seine Chefin hatte ihm klar vor Augen geführt, dass alles, was in Iffezheim passiere, politisch relevant sei.

Lienz hasste politische Taktiererei, die Volksvertreter waren ihm, bis auf wenige Ausnahmen, in ihrem allzu durchsichtigen Versuch durch Nichtaussagen keine Wählerstimme zu verlieren, sehr zuwider. Er konnte es nicht leiden, wenn sein Geist eingezwängt wurde in das Korsett fremder Ränkespiele. Freie Assoziation war seine beliebteste Arbeitsmethode, damit erzielte er die besten Ergebnisse.

Es wartete noch viel Arbeit in den nächsten Tagen auf ihn. Vidic' Familie besuchen, sein Umfeld klären, den Wachdienst kontaktieren. Hatte Vidic Feinde? Konnte die Tat einen ausländerfeindlichen Hintergrund haben? Außerdem musste er noch die Kollegen vom Dezernat 2.1 bitten, sich mal in ihrem Bereich umzusehen. Vielleicht war der Name Vidic ja im Umfeld der Organisierten Kriminalität bekannt; immerhin gab es in den letzten Jahren ein paar Probleme mit kroatischen

Banden. Noch war dieser Fall ein weites, ungepflügtes Feld, doch er würde es bearbeiten. Und wie ein guter Bauer den Ertrag eines Feldes abschätzen konnte, war er sich ziemlich sicher, dass der Tod von Goran Vidic kein zufälliger war.

Das Geräusch von Holz, das über Stein entlangschrappte, ließ ihn herumfahren. Die Nachbartüre des Gemeinschaftsbalkons ging auf und heraus trat Judith Reblein, ein strahlendes Lächeln auf dem Gesicht.

„Da steckst du also! Kein Wunder, dass du nicht auf mein Klingeln reagierst."

„Du hast geklingelt?"

Judith Reblein bedachte ihren Nachbarn mit einem mitfühlenden Blick. „Grübelst du mal wieder an einem Fall, oder hast du Probleme mit der Chefin?"

„Beides!"

„Och, du Armer." Sie trat ganz nahe an Lienz heran, strich mit dem Zeigefinger über dessen Gesicht. „Hör auf, deine Stirn zu runzeln. Das macht dich gleich viel älter. Pass auf, mit der Zeit gräbt sich die so tief ein, dass du sie nie wieder weg bekommst."

„Wäre doch stimmig: Der grübelnde Kommissar ...", lächelte Lienz gequält.

„Auweia. Heute hat's dich aber erwischt ... Komm mal mit, ich weiß, was du jetzt brauchst."

Entschlossen nahm ihn Judith Reblein an der Hand, schob ihn grinsend vor sich her ins Zimmer, schloss die Balkontüre und zog die Vorhänge zu.

4

Auch auf dem KIT Campus war es ruhiger geworden. Kühle Abendluft kroch aus den Gebüschen, entstieg geöffneten Kellerfenstern, den staubigen Geruch alter Magazine mit sich führend.

Florian Sendlers Stimmungsbarometer schwang heftig hoch und nieder. Auf einer unbequemen Steinbank ohne Lehne saß er nun schon seit Stunden – oder waren es Tage? Er konnte es nicht genau bestimmen, viel zu lange jedenfalls. Kalt war ihm mittlerweile geworden, in seinem viel zu dünnen Hemd. Die Jacke hatte er heute Mittag zu Hause gelassen, von der Wärme des Tages getäuscht. Nun, selber schuld! Oder etwa nicht? Warum saß er denn immer noch hier rum? Er verfluchte seine schier unbezwingbare Hoffnung, seine hanebüchene Naivität und hoffte doch insgeheim weiter auf, ja, worauf hoffte er eigentlich? Darauf, dass sie doch noch kam? Ihm dutzende unglaubwürdige Ausreden auftischte, die er gierig wie ein Verdurstender aufsaugen konnte? Obwohl er genau wusste, dass der Trank vergiftet war, mit Lüge angereichert? Oder hoffte er, dass sie nicht mehr kommen würde, ihm seine dummen Träumereien klar vor Augen geführt wurden und er für seine Leichtgläubigkeit die verdiente Strafe erhielt?

Gerade, als sich Florian entschlossen hatte, den bitteren Tatsachen ins Auge zu sehen und sich von der Steinbank erhob, um endlich nach Hause zu gehen, kam sie doch noch über die Wiese vor dem Audimax auf ihn zugelaufen.

Lucie Augustini. Seine Angebetete. Die schönste, heiterste, begehrenswerteste Kommilitonin weit und breit. Fröhlich winkte sie ihm zu, strich wie nebenbei ihre langen, hellen Haare aus dem strahlenden Gesicht. Florian war von ihrem Anblick so überwältigt, dass er sich erst mal wieder setzte. Wäre doch peinlich, wenn er mit zitternden Knien vor ihr stünde, wie ein pubertierender Junge. Alle trüben Gedanken hatten sich auf wundersame Weise aufgelöst, sein eben noch immenser Groll auf sich selbst und die Welt im allgemeinen in der Abendluft verflüchtigt.

„Hi, Flo!", begrüßte Lucie ihn.

„Hey, Lucie."

„Mensch, es tut mir so leid. Ich bin zu spät, oder? Wann hatten wir ausgemacht? Um acht?"

Eigentlich hatten sie sich für sieben Uhr verabredet und Florian, um nur ja nicht zu spät zu kommen, traf schon eine halbe Stunde vorher ein. Mittlerweile war es fast neun Uhr. Tapfer lächelnd winkte Florian ab.

„Halb so schlimm. Bin auch ein wenig zu spät gekommen. Musste in der Bib noch etwas nachschlagen. So gesehen habe ich auch nicht allzu lange gewartet", log er.

„Da bin ich aber froh, sonst hätte ich echt ein schlechtes Gewissen gehabt."

Lucie ließ energiegeladene Blicke über ihren Kommilitonen gleiten. Wie gut er aussieht, dachte sie. Dieses unbestimmbare Dunkel in seinen Augen! Als würde irgendwo tief drinnen ein steter Schmerz an ihm nagen. Wann immer sie ihn ansah, kam ihr der Begriff Weltschmerz in den Sinn, über den sie einmal in einem Romantik-Seminar gestolpert war. Damals blickte sie verträumt im Hörsaal umher, bis sie an Florians unergründlichen Augen hängen blieb. Das absolute Gegenteil zu ihrem Wesen, das immer so hell und leicht durchs Leben flatterte. Zu leicht? Ach was! Schnell fasste sie Florian am Arm und zerrte ihn, schon wieder lachend, mit.

In der Campuskneipe war noch ein Tisch am Fenster frei. Dort nahmen sie Platz und warteten in gespanntem Schweigen auf ihr Bier. Nachdem sie sich zugeprostet hatten und der erste Schluck genommen war, hielt es Lucie nicht mehr aus. Die Ereignisse des Tages sprudelten nur so hervor.

„Das war ja alles so aufregend heute. Schon früh morgens sind wir los. Vor dem Audimax haben wir uns getroffen. Einige hatten schon Plakate dabei, wir anderen pinselten auf große weiße Laken noch unsere Slogans."

„Was ist denn euer Slogan?"

„Es gibt keinen bestimmten. Klar: Die ‚Green Heroes' stehen überall drauf. Wir sind ja die Organisatoren. Die Texte sind unterschiedlich. Wir hatten ‚weniger Emissionen', ‚Atomkraft, nein danke', ‚Nieder mit der Energielobby', ‚Stoppt Iffezheim' ..."

„Wieso Iffezheim? Das müsste doch in eure grüne Strategie passen. Wurde das nicht gebaut, um von der Atomkraft wegzukommen."

„Da siehst du!", fuhr Lucie empört auf. „Das ist genau das, was uns die Politiker weismachen wollen. Und jeder glaubt das, sogar unsere intellektuelle Elite, wie man an dir sieht. Ganz BaWü kann sich auf einmal grün fühlen, selbst die reaktionärsten CDUler. Und die Medien mit ihrer Berichterstattung schüren das Ganze noch. Das ist eine perfekt eingefädelte Manipulationskampagne."

„Na, na. intellektuelle Elite bin ich eigentlich nicht. Trotzdem, danke für die Blumen. Aber deine Ablehnung von dem neuen Wasserkraftwerk kann ich nicht verstehen."

„Aber das ist doch ganz klar. Hast du dir mal die Baustelle angesehen? Weißt du, wie es dort aussieht? Da ist nichts mehr! Alles platt gemacht. Die Auwälder sind verschwunden und mit ihnen die gesamte Fauna und Flora."

Florian musste sich eingestehen, dass er sich bisher keine Gedanken über die Begleiterscheinungen eines Kraftwerkbaus gemacht hatte. Eigentlich war er davon überzeugt, dass dieses

Projekt ein Schritt in die richtige Richtung war. Ganz so, wie die Medien darüber berichtet hatten. Ein bisschen fühlte er sich ertappt in seiner Rolle als braver Mitläufer, weshalb er nur halbherzig versuchte, dem Kraftwerk positive Seiten abzuringen.

„Aber wurde nicht ein gewisser Flurausgleich beschlossen? Irgendwo rheinabwärts? Und was ist mit dem Sicherheitsaspekt: Sollte durch die verminderte Fließgeschwindigkeit nicht die Hochwassergefahr minimiert werden?“

Lucie schüttelte unwillig den Kopf, trank in großen Zügen ihr Bier leer und wedelte mit dem leeren Glas in Richtung Bedienung. Dieser Abend machte deutlich mehr Spaß, als sie erwartet hatte. Wie sich jetzt herausstellte, hatte Florian nicht nur faszinierende Augen, sondern war auch noch echt süß. Außerdem konnte er gut zuhören, was, wie Lucie fand, auf ein einfühlsames Wesen hindeutete und in einer guten Beziehung zu den unverzichtbaren Zutaten gehörte. Seine Fragen zeigten, dass er wirklich versuchte, ihre Gedankengänge zu verstehen, selbst wenn seine Einwürfe mitunter reichlich naiv waren.

„Alles Argumente der Kraftwerklobby. Flurausgleich? Ha, dass ich nicht lache! Wo soll denn der geschehen? Der gesamte Rhein ist doch verbaut, da gibt es keinen Platz für Flurausgleich. Außerdem: Sind wir denn in China? Setzen wir einfach so tausende Tiere und Pflanzen um, nur weil es uns in den Kram passt? Von den Menschen, die den enormen Deichen weichen mussten, haben wir jetzt noch gar nicht gesprochen. Das sind alles Scheinargumente. Diese ganze Rhetorik dient nur dazu, einige wenige einen Haufen Geld an diesem Projekt verdienen zu lassen.“

Florian war zutiefst beeindruckt von dem Wissen, das Lucie sich angeeignet hatte. Von ihrem Engagement. Von ihrer Leidenschaft. Von Lucie selbst. Gerne wäre er auch so wie sie, Feuer und Flamme für oder gegen ein gesellschaftliches Projekt, würde sich mit Übereifer in Aktionismus stürzen. Sein

Temperament jedoch war anders; nachdenklicher, distanzierter. „Und wer sind diese Leute, die so gut daran verdienen, dass sie alle Skrupel über Bord werfen?“

Lässig winkte Lucie ab: „Die Regenerative-Energien-Lobby ... wobei da natürlich im Hintergrund auch wieder mächtige Finanzunternehmen agieren. Deswegen auch der Slogan: ‚Nieder mit dem Kapital‘.“

Obwohl Florian diese Aussagen zu vage waren und sich für ihn stark nach Verschwörungstheorien anhörten, gab er sich Mühe, ehrliches Interesse an Lucies Kampf zu finden. Er hörte sich alles genau an, hing an ihren zärtlich geschwungenen Lippen, die zu küssen er mehr als alles andere begehrte. Ihre Stimme schlug ihn so in Bann, dass er nur immer wieder zustimmend mit dem Kopf nicken und nachdenkliche Brummlaute von sich geben konnte. Stundenlang könnte er nur dasitzen und ihr zuhören, sich in der Melodie ihrer Sprache verlieren. Aufrichtig freute er sich über jedes verteilte Flugblatt, grinste über ihre Bemerkungen zu den Polizisten, die die Demonstranten von der Kreuzung Kriegs- Ecke Karlsstraße vertrieben hatten, fühlte die gleiche Empörung über genervte Autofahrer wie Lucie und fieberte dem positiven Ausgang des Unternehmens „Besetzung der Rathaustreppe“ entgegen. So gebannt war er von ihrer Erzählung, dass er ärgerlich hochsah, als sie kurz nach Mitternacht von der Kellnerin zum Zahlen aufgefordert wurden. Unglaublich, wie schnell der Abend verflogen war.

Nebeneinander schlendernd schoben sie ihre Räder langsam bis zum Brunnen am Berliner Platz. Dort standen sie noch eine Weile unschlüssig herum, füllten die Minuten mit albernem Gerede, da jeder den Moment des Abschieds so lange wie möglich hinausschieben wollte. Als es nichts mehr zu sagen gab und die Stille des nächtlichen Platzes sich über ihnen verdichtete, sie näher aneinander drückte, griff Florian nach Lucies Händen. Kurz standen sie sich gegenüber, dann riss sich

Lucie plötzlich los, schwang sich auf ihr Rad, trat zügig an, drehte sich noch einmal winkend und Kusshände verschickend um und verschwand hinter der nächsten Ecke.

Überrumpelt von diesem plötzlichen Abgang stand Florian noch einige Zeit allein vor dem Brunnen. Ein feines Lächeln hatte sich in sein Gesicht geschlichen. Die Erinnerung an die zurückliegenden Stunden ließ wirbelnde Wärmeströme in seinem Bauch rotieren. Es war ein durch und durch gelungener Abend. Einen Wermutstropfen gab es allerdings doch. Lucie hatte viel von den Jungs erzählt, die bei den Green Heroes mitmachten, vor allem auf einen gewissen Tom Reichle kam sie ständig zu sprechen. Das machte Florian ein wenig nervös, tief in ihm begann sich Eifersucht zu regen. Er fragte sich, ob Lucie in diesen Tom verliebt, oder, was noch schlimmer wäre, sogar mit ihm zusammen sei? Da ihn diese Vorstellung heftig verwirrte, versuchte er sich schnell damit zu beruhigen, dass Tom von Lucie nur deshalb so oft erwähnt wurde, weil er der Anführer dieser Gruppe war.

Während Florian in Richtung südlichen Stadtrand fuhr, ließ er seinen Gedanken freien Lauf. Er fragte sich, ob er da nicht etwas voreilig war, als er versprach, morgen mit zum Treffen der Gruppe zu kommen. Er wollte eigentlich nur seine Sympathie an Lucies grünem Engagement zum Ausdruck bringen, indem er ihr weitere Fragen zu den Green Heroes stellte. Aber nachdem er erst einmal sein Interesse bekundet hatte, ließ sie ihn nicht mehr vom Haken. So lange redete sie auf ihn ein, bis er sich bereit erklärte, gleich morgen an ihrem Treffen teilzunehmen.

Nun, eigentlich war das ja kein Grund, nervös zu werden, dachte Florian. Er konnte ja in aller Ruhe danebensitzen und sich die Leute erst mal anschauen. Dann würde er wenigstens wissen, mit wem Lucie ihre Zeit verbrachte und ob dieser Tom wirklich so ein großer Held war.

Florian versuchte seine Gedanken zu angenehmeren Aspekten zu lenken. Er sollte sich darüber freuen, dass Lucie ihn bei den Green Heroes dabei haben wollte. Auch über etwaige Nebenbuhler wollte er sich nicht mehr den Kopf zerbrechen. Immerhin hatte Lucie mit ihm und keinem anderen den heutigen Abend verbracht, einen Abend der wunderbaren, gelungenen Art.

Als er die Alb überquerte und durchs Bulacher Loch flitzte, war er wieder bestens gelaunt. Gleich würde er in sein gemütliches Bett klettern und mit den schönsten Erinnerungen an Lucie einschlafen. Da war er sich ganz sicher.

5

Die Turmuhr schickte fünf Glockenschläge an diesem Vorabend des ersten Mais über den bevölkerten Werderplatz, die trotz deren klarem Klang nicht ins Bewusstsein der Menschen drangen. Viel zu beschäftigt waren diese mit sich selbst und ihren alltäglichen Verrichtungen. Auf den Stufen zum Kirchenportal lagerte eine große Gruppe in abgerissener Kleidung. Zwei Männer stritten lautstark miteinander, ein dritter eilte hinzu. Mit weit aufgerissenem Mund, aus dem anstelle der vorderen Schneidezähne ein schwarzes Nichts gähnte, fiel er in ihr Gebrüll mit ein. Der Größere der beiden Streitenden schlug daraufhin dem anderen die Kappe vom Kopf, was bei diesem einen jähen Aufschrei auslöste. Da kam Bewegung in die Gruppe. Eben noch träge herumlungernde Körper sprangen hoch, schubsten einander die Treppen hinunter, riefen, schlugen, traten. Ein kurzer Furor. Schnell beruhigte sich das Gewusel wieder, wurden die angestammten Plätze aufs Neue besetzt. Der Unterlegene schlich mit eingezogenem Kopf vor sich hinmurmelnd davon, dabei knetete er seine wiedererlangte Kappe nervös mit den Fingern.

Um den Indianerbrunnen in der Mitte des Platzes jagten lauthals kläffend Hunde ewig im Kreis. Die Besitzer schauten ihnen dabei desinteressiert von den Kirchenstufen zu. Auf der gegenüberliegenden Platzseite waren alle Stühle vor dem Wolfbräu besetzt. Studenten fläzten lässig in der Sonne. Ihre Gesichter hinter dunklen Brillen versteckt, diskutierten sie über Gott und die Welt, vor allem aber über den gestrigen Abend, die fette Party, den mauen DJ und ihre Chancen beim anderen Geschlecht.

Da fegte ein Windstoß quer über den Platz, nahm alle Geräusche mit sich fort. Die darauf folgende Stille ließ alle Anwesenden verstummen. Erstaunt blickten sie sich um, suchten nach dem Verursacher dieser Leere. Die Abwesenheit von Geräusch und Lärm machte sie nervös, ohne zu ahnen, warum.

Angestrengt lauschten sie in den ruhigen Raum, hofften auf Veränderung, auf Aktion und Bewegung, auf irgendeine Art von Lebendigkeit. In dem Moment, als das Erstaunen langsam in Unbehagen umschlug, erschallte aus der Marienstraße schrilles Gelächter. Die Erstarrung des Platzes zersprang wie eine Glocke aus Glas und mit Getöse hielt eine mit Transparenten bewaffnete Truppe unter lautstarkem Skandieren sich wiederholender Sprechgesänge Einzug.

Eben noch verunsicherte Gesichter lösten sich, setzten schnell ein betont cooles Grinsen auf, um den Vorfall zu überspielen. Gespräche wurden an den unterbrochenen Stellen fortgesetzt, mit etwas zu lautem Lachen Anekdoten quittiert, die Gläser endlich ausgetrunken. Nach wenigen Momenten war die gespenstische Szenerie von eben nur noch eine Erinnerung an ein schnell am Fahrbahnrand vorbeiziehendes Hindernis. Zu kurz im Blickfeld, als das es dauernd im Bewusstsein haften bliebe, hinterließ es doch einen blassen Abdruck auf der Seele.

Zwei Stunden später betrat Lucie mit Flo im Schlepptau das Pfälzer Weinhäusel in der Marienstraße. Zielstrebig eilte sie durch den holzvertäfelten Schankraum in den weinüberwachsenen Hinterhof. Dort saßen an zwei zusammengerückten, auf dem unebenen Pflaster besorgniserregend wackelnden Klappmetalltischen acht Personen, der so genannte Inner Circle der Green Heroes. Als Lucie die Tische erreichte, erstarb das angeregte Gespräch und alle wendeten sich ihr zu.

„Das ist der Flo. Ihr habt ihn ja heute Nachmittag schon auf der Demo gesehen. Er macht ab sofort bei uns mit", sagte sie mit großer Bestimmtheit.

Florian fühlte sich unwohl, da jetzt die gesamte Aufmerksamkeit seiner Person galt. Eigentlich genoss er es, im Mittelpunkt zu stehen, allerdings nur, wenn er die Handlungsfäden in der Hand hatte und selbst bestimmen konnte, was als nächstes geschah.

„Äh, hallo allerseits!" Ein unglaublich matter Einstieg, ärgerte er sich über seine uninspirierten Worte. Doch auf die Schnelle war ihm einfach nichts Interessantes eingefallen. Einige der Anwesenden lächelten ihm wohlwollend zu, ein Hallo, ein herzlich Willkommen, ein Schulterklopfen.

Nun gut. So schlimm war sein Auftritt wohl doch nicht gewesen. Lucie zog ihn mit sich an die linke Stirnseite der Tische, wo zwei freie Stühle auf sie warteten. Die Gespräche wurden wieder aufgenommen, die Aufmerksamkeit von ihnen abgezogen.

Lucie stieg gleich voll in die Diskussion ein. Ihre Meinung über die beste Art, Publicity für die Green Heroes zu erhalten, hatte sie ihm ja erst neulich abends erzählt. So war er nicht gezwungen auf den Inhalt ihrer Worte zu achten, sondern konnte sich ganz dem lieblichen Klang ihrer Stimme hingeben. Dabei schaute er sich die Versammelten genau an. Einige Gesichter kannte er von der Demo, von Markus und Jo hatte er sogar die Namen behalten. Die zwei Mädels ihm gegenüber waren ihm von der Uni bekannt. Sie saßen in der Vorlesung über mittelalterliche Kultur vor ihm. Gudrun und irgendetwas mit H. Hanni, nein, Heidi oder so ähnlich hieß die Hübschere. Die steckten die ganze Zeit zusammen, egal wann man sie traf. Nach der Vorlesung hatte er sie auch schon ein paar Mal im Café gesehen und unverbind liche Grüße getauscht.

Das Paar neben ihm, das voll konzentriert der Diskussion folgte, ohne selber entscheidend einzugreifen, hatte er noch nie gesehen. Sie schienen in dieser Runde nicht so wichtig zu sein, denn schon zum wiederholten Mal wurde ein Einwurf von einem von ihnen einfach übergangen.

„Was hält denn unser Neuzugang von der Idee, die Flugblattaktionen auf die Weststadt auszudehnen?"

Flo zuckte unwillkürlich zusammen, als sich alle Anwesenden erneut ihm zuwendeten. Um Zeit zu gewinnen versuchte er erst einmal so vage wie möglich zu antworten. „Also, natürlich kann man das versuchen."

„Wohl wahr! Ist aber keine Meinung – und ich will wissen, was du persönlich davon hältst", bohrte die gleiche Stimme unerbittlich nach.

So ein Mist, ärgerte sich Flo. Hätte er doch mehr auf den Inhalt der Diskussion geachtet, anstatt sich in Menschenbetrachtungen zu ergehen. Ihm wurde klar, dass die Fragestellerin eine Antwort erwartete und ihn auch nicht in Ruhe lassen würde, bis er deutlich Position bezogen hatte. Er straffte seinen Rücken und sah sie direkt an.

Er blickte in ein ernstes, blasses Gesicht, das von langem dunklem Haar eingefasst wurde. Ihre Augen lagen tief und sendeten scharfe Blicke aus und doch meinte er darin einen sanften Zug zu erkennen. Sie war nicht im Sinne der Covergirls von Hochglanzmagazinen schön, doch wohnte ihr eine tiefere, faszinierendere Attraktivität inne.

Während er noch über seine Antwort nachdachte, wanderten ihre Hände unruhig über die Latten des Tisches, die Maserung des Holzes entlangfahrend. Als sie ihren Kopf ruckartig in seine Richtung bewegte, begannen sie beide gleichzeitig zu reden.

„Oder hast du ..."

„Also, ich meine ..."

Kurz herrschte verwirrte Stille, dann setzte Flo erneut an: „Ich denke, die Frage, ob wir da oder dort Flugblätter verteilen, ist eher peripherer Art. Viel wichtiger ist es, neue Aktionen vorzubereiten, Aktionen, die in den Medien landen, so dass uns größere Aufmerksamkeit zuteil wird."

Mit einem Auge schielte er zu Lucie hinüber, um zu erkennen, was sie von seinen Gedanken hielt. Da diese ihm anerkennend zunickte, lehnte er sich zufrieden zurück. Auch die dunkelhaarige Schönheit lächelte ihm zu und gab das Stichwort in die Runde weiter. Sofort entbrannte eine intensive Diskussion über die unterschiedlichsten Protestaktionen. Da Lucie sich nicht daran beteiligte, fragte er sie flüsternd, wer denn diese Dunkelhaarige sei und welche Rolle der mysteriöse Kerl neben ihr spielte, der bisher kein einziges Wort gesagt hatte, sondern nur in sich gesunken sein Bier trank. Lucie beugte sich seinem Ohr entgegen. Ihre langen Haare kitzelten sein Gesicht.

„Die, die dich angesprochen hat, ist Nadine. Nadine Genthner. Sie ist die Freundin vom eigentlichen Kopf der Green Heroes und der sitzt neben ihr. Das ist der, der bisher nichts gesagt hat: Tom Reichle."

„Warum sagt er nichts, wenn er doch der Anführer ist?"

„Der sagt schon noch was. Wart's nur ab. An den, wie hast du so schön gesagt, peripheren Diskussionen, beteiligt er sich nicht."

Wenige Minuten später war es dann soweit. Tom Reichle hob seinen Kopf und ließ seinen Blick langsam von einem zum anderen wandern. Ein Blick, der das eben diskutierte mit einem Schlag für nichtig erklärte, alle Meinungen vom Tisch fegte und die Speicher in den Gehirnen löschte. Doch da war noch etwas! Eine positive Kraft, in die Zerstörung dieses Blickes gebettet, eine ungeheure Energie, die die eben geschaffene Brache aufriss und neues Leben entfachte.

Nun gab es für Flo keinen Zweifel mehr, warum er der Anführer der Green Heroes war. Dieser Mensch war eine Naturgewalt! Wer vermochte diesem Charisma zu entgehen?

„Peripher also“, hakte Tom Reichle nach.

Er richtete den Fokus seiner Aufmerksamkeit auf den Neuen, der davon völlig überrumpelt wurde. Unruhig rutschte Flo auf seinem Stuhl herum, versuchte sich gerade zu halten, nicht unter diesem Blick zusammenzubrechen. Ein alter Trick, den er vor schwierigen Prüfungen seit der Schulzeit immer anwendete, half ihm dabei: sich seiner Umgebung bewusst werden und sie zu relativieren.

In diesem Fall wiederholte er innerlich, einem Mantra gleich, die Formel, dass er sich im schönen Gastgarten des Pfälzer Weinhäusel befand, der Abend lau, die Menschen nett waren und es somit keinen Grund zur Aufregung gab. Schon nach einigen Momenten kehrte seine Sicherheit zurück.

„Durchaus wichtig und berechtigt, aber dennoch eben nur peripher“, erwiderte er mit sicherer Stimme.

„Und was würdest du vorschlagen, sollten wir machen?“, fragte Tom mit spöttischem Unterton.

„Aktionen, die uns mehr Aufmerksamkeit bringen, die Aufsehen erregen ... wie Greenpeace, wenn die sich an einem Atommeiler abseilen, oder mit ihren kleinen Booten vor Walfängern kreuzen.“

„Aktionen. Schön! Und welche?“

„Erst mal müssen wir unseren Namen publiker machen. Jeder hier in Karlsruhe muss uns kennen. Green Heroes, das muss ein Markenzeichen sein! Wir könnten zum Beispiel auf eine zentral gelegene Fassade ein Graffito von unserem Logo sprayen. Dazu bräuchten wir allerdings einen Platz, an dem täglich hunderte Menschen vorbeikommen.“

Das alles sprudelte blitzschnell aus Flo hervor. Er wusste gar nicht, woher ihm diese Idee zugeflogen kam. Ob er sie schon länger mit sich herumtrug? Egal, jetzt war sie da! Hing im Raum, bei jedem Einzelnen unterschiedliche Bilder gebärend. Gut oder schlecht? Zu einfach? Sein Hemd klebte Flo am Rücken fest, so stark schwitzte er unter der Anspannung der letzten Minuten. Keine Sekunde ließ er den Anführer der Gruppe aus den Augen, wartete auf eine Reaktion. Als Tom endlich mit dem Kopf nickte, schlich sich vorsichtig ein erleichtertes Lächeln auf sein Gesicht.

„Keine schlechte Idee für den Anfang", erwiderte Tom generös. „Nun, nicht der Kracher, den ich mir erhofft hatte und auch nicht besonders originell, aber wir sollten unserem neuen Green Hero eine Chance geben. Vielleicht entsteht dabei ja doch etwas Sinnvolles. Also Leute: Bis zum nächsten Treffen möchte ich, dass mir jeder mindestens zwei großartige Aktionen vorschlägt. Ich will, dass ihr euch anstrengt! Lasst eure Köpfe rauchen und kommt mir bitte nicht wieder mit der x-ten Sitzblockade und ähnlich langweiligem Stuss!"

Stühle schleiften über den Boden, Rücken wurden durchgedrückt, Hände geschüttelt. Lockere Abschiedsworte flogen durch das Höfchen. Flo ergriff Lucies Hand und wollte sie mit sich ziehen. Diese wehrte jedoch ab.

„Ich muss noch ein wenig bleiben."

„Wieso? Ist doch vorbei jetzt!" Überraschung und Argwohn spiegelten sich auf Flos Gesicht. Er spürte, dass sie es sehen konnte, schämte sich dafür und konnte doch nicht anders. „Komm mit! Lass uns noch ein wenig durch die Südstadt spazieren!", versuchte er es erneut.

„Ich kann nicht! Ich gehöre zum Führungskreis der Green Heroes. Nach jedem Treffen gibt es eine Nachbereitung."

„Und wer gehört noch zu diesem Kreis?"

„Tom und Nadine, Jo und ich. Das Kleeblatt." Lucie versuchte es mit einem Lächeln, scheiterte aber.

„Und das muss unbedingt jedes Mal sein? Heute ist doch so ein schöner Abend ..." Schon während er die letzten Worte aussprach, spürte er deren fehlende Überzeugungskraft.

Lucie zuckte nur mit den Schultern. Eine bedauernswerte Geste, die ihm nur noch den eiligen Rückzug offen ließ. „Also bis bald mal!"

„Ich meld mich!"

Die letzten drei Worte peinigten Flo in den nächsten Stunden, während er ziellos durch den lauen Abend streifte. Ein Versprechen? Ein Hinhalten? Ein für ihn undurchschaubares taktisches Manöver. Ausdruck weiblicher Raffinesse?

Mitternacht war längst vorüber, als er sich endlich auf seinem Bett in Bulach ausstreckte. Von den körperlichen und emotionalen Anstrengungen des Tages ermattet, lag er auf dem Rücken, starrte an seine Zimmerdecke und während er langsam ins Traumland hinüberwechselte, erfasste er einen letzten Gedanken, klammerte sich daran fest und zog ihn mit sich hinüber ins Dunkel: Ein Versprechen!

6

Der Parkplatz unter den alten Platanen auf der Rückseite des Hauptbahnhofs war leer. So gesehen war der Zeitpunkt wirklich optimal gewählt. Flo blickte sich um, suchte die anderen. Linker Hand stand ein altes zweistöckiges Gebäude mit schief in den Angeln hängenden Fensterläden. Keines der Giebelfenster war erleuchtet. Langsam schlich er die Hecke aus Knöterich entlang, bog um die Gebäudeecke. Einige handgemalte Schilder hingen dort. Atelier soundso, er warf nur einen kurzen Blick darauf, ging weiter. Tiefe Schlaglöcher verwandelten sich zu gefährlichen Stolperfallen. Aufmerksam schlich er an stummen Fassaden entlang. Geschlossen war das große Metalltor, dahinter ragte ein geziegelter Schornstein in den Nachthimmel. Zeuge der großen Industrialisierung, als der Mensch noch an den unaufhaltbaren Fortschritt seines Geschlechts glaubte, erinnerte er jetzt mit seinem abgeblätterten Putz an die geplatzten Träume vieler Generationen. Die Lücke im Bretterzaun am Ende des Holperwegs war längst nicht mehr der Inhalt mutiger Kinderträume, der Schritt hindurch führte nicht in Reiche jenseits der Spiegel, fristeten dort doch nur Goldrute und Wegerich ihr kümmerliches Dasein im ewigen Halbdunkel der alten Industrieanlagen.

„Na, auch schon hier?"

Florian fuhr herum. Aus dem Schatten der Birken lösten sich vier Gestalten. Tom, Nadine, Lucie und, um das Kleeblatt zu vervollständigen, noch Jo. Sie nickten sich zu, nur Lucie trat einen Schritt näher und streifte wie zufällig Florians Hand. Sofort kroch wohltuende Wärme seinen Arm hinauf.

„Wartet ihr schon lange?"

Nicht auf die Frage eingehend, schnappte sich Nadine Florians Oberarm und zog ihn den schmalen Weg hinauf bis zu der Schotterfläche an dessen Ende. In ihrem Rücken führte der Weg weiter zu verschiedenen Ateliers, grellgelb leuchtete ein ehemaliges Postschild „STOP" in das Dunkel. Vor ihnen erstreckte sich das weite Gleiswirrwarr der Einfahrt zum Hauptbahnhof, Richtung Osten ragte dessen imposante Stahlkonstruktion in die Höhe. Die Beleuchtung schimmerte matt durch die halbblinden Glasfenster, ließ die Bogen der Halle wie ein großes, soeben gelandetes Luftschiff erscheinen. Nadine deutete auf die Fassade und warf Flo einen fragenden Blick zu.

„Immer noch bereit?"

„Klar!"

Zu weit war Florian schon gegangen, um jetzt noch einen Rückzieher zu machen.

„Gut. Wir haben folgenden Plan: Du schleichst dich über das Bahnhofsvorfeld bis zur rechten Säule der Stahlkonstruktion. Dort ist eine Leiter angebracht. Diese führt auf eine Balustrade ..."

Flüsternd erläuterte ihm Nadine den Plan der Green Heroes. Florian hörte schweigend zu, nickte nur hin und wieder. Alles schien gut durchdacht zu sein, nur ein Punkt bereitete ihm Sorge.

„Was, wenn jemand kommt? Dort oben sitze ich in der Falle. Gibt es einen Fluchtplan?"

Tom schüttelte fast unmerklich den Kopf, deutete auf Jo.

Dieser meinte: „Ich werde dich bis zum Bahnsteig begleiten und am Fuß der Leiter auf dich warten. Falls jemand kommt, versuche ich ihn abzulenken und von dort wegzulocken."

Nun, immerhin etwas, dachte Florian.

„Ich werde mich in der Mitte des Gleiskörpers postieren und alles filmen. Wenn alles klappt, stellen wir das dann ins Netz. Deshalb habe ich auch für alle schwarze Mützen mit – besser, wir machen uns so unkenntlich wie möglich." Lucie holte aus einem Beutel fünf dunkle Pakete hervor und Nadine drückte Flo einen schwarzen Rucksack in die Hand.

„Los jetzt", flüsterte Tom. „Ihr habt eine halbe Stunde bis der Güterzug aus Rastatt einrollt."

Jo und Florian eilten geduckt über einige Gleise, überquerten einen aufgelassenen Bahnsteig, balancierten einige Meter auf einem Gleis, um die Geräusche des wegrutschenden Schotters zu vermeiden und erreichten unbemerkt den Stahlträger am äußersten Bahnsteig. Flo atmete einmal tief durch, dann machte er sich an den Aufstieg. Als er seinen Fuß auf die vierte Sprosse stellte, gab diese ein unheilvolles Knarzen von sich. Schnell kletterte er weiter. Seine Hände waren rot vom Rost, Metallspäne ritzten schmerzhaft die Fingerkuppen. Diese Leiter schien schon lange niemand mehr hochgeklettert zu sein. Noch einmal quietschte eine Stange. Unwillkürlich blickte Florian nach unten und zuckte zusammen. So hoch hatte das vom Boden aus gar nicht ausgesehen! Leichter Schwindel erfasste ihn. Eilig nahm er die letzten drei Sprossen und hievte sich auf die Plattform am oberen Ende der Leiter. Diese bestand aus einem Gitterrost, der den Blick freigab auf die gut fünfzehn Meter darunter liegenden Gleise. Mit einem beherzten Tritt testete er die Festigkeit der Ebene. Laut pflanzte sich der dumpfe Ton den Stangen entlang fort.

„Schsch!", zischte es leise zu ihm herauf. Er drehte sich um und reckte in der Hoffnung, dass Jo ihn in dieser Entfernung sehen konnte, seinen Daumen in die Höhe. Dann tappte er vorsichtig los. In der Mitte angekommen, ließ Flo den Rucksack von seinem Rücken gleiten und holte mehrere zusammengefaltete Kartons hervor, einige Rollen Klebeband und diverse Dosen. So gut es in dem Dämmerlicht ging, setzte er die Kartonagen, wie Nadine es ihm zuvor beschrieben hatte, zusammen. Nun kam der schwierigste Teil. Nadine hatte ihm alles genau erklärt. Auf welcher Höhe er die erste Schablone anbringen sollte, wie viel Klebeband er brauchte und worauf er achten musste. Mit einer Hand hielt er sich am Geländer fest und kletterte auf die obere Stange. Immer noch in gebückter Haltung zog er die erste Kartonschablone hoch. Dabei wankte er beängstigend Richtung Abgrund, verlagerte jedoch blitzschnell sein Gewicht in die entgegengesetzte Richtung, riss die Schablone hoch und stützte sich nun mit beiden Händen an den verdreckten Glasscheiben vor ihm ab. Von unten schob er den Karton auf die vereinbarte Höhe und klebte ihn fest.

Erleichtert atmete er einige Male tief ein. Dann holte er aus seiner Sweatshirttasche die erste Dose hervor und schraubte den Deckel ab. Das Geräusch der Metallkugel im Innern, als er die Farbe aufschüttelte, erschien ihm wie das Bassgewumme einer Disko. Nervös blickte er sich um. Da niemand zu sehen war, drückte er den Zerstäuber und färbte die Aussparungen der Schablone mit leuchtendem Grün.

Gerade als Florian den zweiten Buchstaben in die richtige Position schieben wollte, hörte er unter sich Schotter knirschen. Er erstarrte und warf einen Blick zwischen seinen gespreizten, auf dem Geländer balancierenden Füßen nach unten. Dort stand ein Mann in Uniform zwischen den Gleisen am Ende des Bahnsteigs. Florian sah, wie der Uniformierte in seine Innentasche griff und etwas hervorzog, das er nicht genau erkennen konnte, aber einem kleinen Funkgerät ähnelte. Kalter Schweiß trat auf seine Stirn. Fieberhaft überlegte er, wie er von hier entkommen könnte.

Ein Klicken von unten ließ ihn zusammenfahren. Ein kurz aufblitzendes Licht beleuchtete das Gesicht des Beamten, dann erglühte ein roter Punkt. Da hatte er noch einmal Glück gehabt, dachte Florian, als der Rauch der Zigarette in seine Nase stieg. Immer wieder glomm der rote Punkt auf, immer wieder hoffte er, dass es das letzte Mal gewesen sei. Seine Arme und Beine schmerzten. Ungeheure Kraft kostete es, so angespannt auf der runden Geländerstange zu stehen, die Schablone in der Hand schien tonnenschwer zu werden. Unter der Mütze staute sich die Hitze, kondensierte auf seiner Stirn und lief ihm brennend in die Augen. Fest kniff er die Lider zusammen, merkte aber schnell, dass er mit geschlossenen Augen Schwierigkeiten hatte, nicht das Gleichgewicht zu verlieren und abzustürzen. Lange würde er sich nicht mehr in dieser Position halten können.

Endlich schnippte der Mann seine Zigarette weg und der Schotter knirschte erneut. Der Mann entfernte sich.

Völlig entkräftet kletterte Florian von der Stange und setzte sich auf den Gitterrost. Seine Hände zitterten, er fühlte sich völlig ausgepumpt. Weit weg wünschte er sich, wie ein Himmelreich erschien ihm in seiner Vorstellung sein Bett. Leise verfluchte er sich und seine Torheit; was musste er sich auch auf dieses waghalsige Unternehmen einlassen! Sollte er diesen Abend unbeschadet überstehen, würde er sich nicht mehr in solch aberwitzige Aktionen hineinziehen lassen. Das schwor er sich bei allem, was ihm heilig war. Stöhnend zog er sich hoch, biss die Zähne zusammen und begann von Neuem.

Zehnmal noch wiederholte er den Vorgang, dann war es vollbracht. Schnell packte er die Utensilien in den Rucksack, warf ihn sich über die Schulter und kletterte die Leiter hinunter. Dort erwartete ihn ein ungeduldiger Jo.

„Mensch, das hat ja gedauert. In zwei Minuten kommt der Zug. Los, lass uns abhauen!“

Flo konnte nur nicken. Er war zu ausgelaugt, um etwas zu erwidern.

Am Rand der Gleisanlagen wurden sie schon erwartet.

„Klasse!“, rief Lucie ihnen entgegen. „Du warst großartig, Flo!“ Fest schloss sie ihn in ihre Arme und hauchte ihm einen Kuss auf die Wange.

Auch Nadine rief aufgeregt: „Wow! Wenn das mal kein Signal ist. Schaut euch an, wie das leuchtet!“

Florian streifte die verschwitzte Mütze ab und drehte sich um. Zufrieden betrachtete er sein Werk. In großen giftgrünen

Buchstaben prangte ihr Logo auf der Westseite des Hauptbahnhofs. Green Heroes. Selbst aus dieser Entfernung konnte man es klar erkennen.

„Das wird für Gesprächsstoff sorgen morgen früh!"

„Und nicht nur dann."

„Klasse. Jetzt sind wir berühmt!"

„Echt geil, Wahnsinn!"

Tom beruhigte die aufgeregt durcheinander redenden Mitstreiter. „OK, gut gemacht. Das sollte fürs Erste reichen. Ich werde sicherheitshalber noch eins drauflegen und der BNN einen Tipp geben. Die sollen mal jemanden vorbeischicken und das fotografieren. Das muss auf die erste Seite des Regio-Teils. Also: Abmarsch und Ruhe jetzt!"

Nur mit großer Mühe ihre Erregung unterdrückend marschierten sie schweigend los. Vor der alten Fabrik trennten sie sich, Nadine, Tom und Jo verschwanden Richtung Busbahnhof, Flo und Lucie schwenkten nach rechts. Lucie schob sich neben Flo und ergriff seine Hand. Sanft drückte sie zu und heißes Glück floss durch seine Adern. Allein dieser Moment war jedes Risiko der letzten Stunden wert gewesen.

Schweigend durchquerten sie die hell erleuchtete Unterführung, in der irgendwelche Rieseninsekten Kunstwerken gleich an den Wänden entlangzufliegen schienen. Völlig unbeeindruckt schlenderten die zwei weiter. Von einem Kokon aus Fasern festen Glücks umwoben waren sie sich selbst genug. Am Albtalbahnhof warteten sie engumschlungen auf den Nightliner. Er hätte stundenlang so mit Lucie stehen können, doch schon nach kurzer Zeit fuhr die S 1 aus Ettlingen ein und erzwang ihren Abschied. Als die Bahn quietschend um die Ecke bog und Lucies Gesicht im hell erleuchteten Fenster aus seinem Sichtfeld verschwand, wusste Flo mit absoluter Gewissheit, dass er bereit war, alles zu opfern, um diesen Augenblick festzuhalten.

7

Der Mond scheute davor zurück, mit seinem reinen Licht den vernarbten Boden zu beleuchten. Tiefe Wunden hatte der Mensch der Erde zugefügt, Tag für Tag in ihren Eingeweiden gewühlt, das Unterste zuoberst gekehrt, mit lärmbrüllenden Maschinen Tod und Vernichtung über alles Leben gebracht. Lieber entließ er seine Strahlen weiter flussaufwärts. Dort lag der Stausee in tiefer Stille. Versiegt war der Furor des Tages, nur noch als blasse Erinnerung waren die Spuren der Baufahrzeuge dem sandigen Ufer eingeprägt.

Den glatten Spiegel des Sees kräuselten winzige Wellen, auf denen das Mondlicht in silberne Funken zerstob. Die Wellen schienen der Mitte des Gewässers zu entspringen, an der aufsteigende Luftblasen zerplatzten, die silbrige Oberfläche in hunderte Splitter brechend. Mit der Zeit verstärkte sich das sachte Blubbern zu einem heftigen Sprudeln, das das Wasser zu einem gewaltigen Trichter formte. Fast konnte man der Versuchung erliegen, aus dessen Mitte einen erzürnten Elementargeist auftauchen zu sehen. Geweckt aus jahrhundertelangem Schlaf, trachtete das seltsame Wesen nur danach, den Ruhestörer zu finden, um anschließend wieder in sein eigenes Reich zu verschwinden. Als es niemanden entdecken konnte, wurde die Suche hektischer. Schneller und schneller wirbelte es über den See, fegte einem Windstoß gleich flussabwärts und stürzte sich über die Staumauer.

An deren Fuß brachte es Bewegung in die nächtlich erstarrte Szene. Anfangs war es nur ein kleiner Ruck, der durch die

Konstruktion ging. Ein kurzes Knarzen, dem ein langgezogenes, schwer einzuordnendes, fast weltfremdes Geräusch folgte. Einem Eisenvogel gleich, der sich mit furchterregenden Krallen an die oberste Stange klammerte, um seinen rauen Schnabel zu schärfen; nur tiefer, mächtiger. Als mit einem schweren Rauschen ein Stück Hang abrutschte, schwebten die abgeflachten unteren Enden weit in die Höhe ragender Stahlstangen, eben noch fest auf dicken Klötzen ruhend, für einen kurzen Moment schwerelos in der Luft. Doch dieser Schwebezustand hielt nicht lange an. Unbarmherzig zog die Schwerkraft unzählbare Tonnen Holz und Stahl an sich, drückte die Stangen nach unten, dem verlorenen Boden hinterher. Ein Ziehen und Zerren hob an, ließ die gesamte Konstruktion wie unter heftigen Schmerzen aufstöhnen. Der Druck, der durch die minimale Verschiebung des Gerüstes entstanden war, wirkte gnadenlos auf das Metall der Verbindungsstifte ein, bewirkte kunstvolle Deformierungen. Kurze Zeit vermochte das unter extremer Spannung stehende Material noch dagegenzuhalten, dann erlosch sein Widerstand und der erste Stift brach mit einem dumpfen Knall entzwei. Weitere folgten, von unten nach oben ploppten sie, Sektkorken gleich, aus ihren Halterungen. Als die oberste Verbindung brach, knickte das Gerüst an dieser Stelle ein. Maulend spannten sich die Sicherungsschnüre, schabten schnarrend an der Mauer entlang, pendelten, ein, zwei Mal, versuchten, die Konstruktion zu halten. Doch die nach unten wirkende Kraft war nun nicht mehr zu bändigen. Der Beton um die Verankerungshaken begann zu bröckeln, die Haken wurden aus ihren Löchern gerissen und verschwanden sirrend in der Dunkelheit. Ein Zittern durchlief alle Ebenen des Gerüstes, Holzplanken barsten, armdicke Stahlstangen knickten wie Mikadostäbchen, die oberen Plattformen fielen auf die darunterliegenden, nahmen sie mit auf ihrem Weg abwärts. Langsam erst, dann schneller kippte das Gerüst nach vorne, riss alles mit sich, spuckte Holz, Stein, Metalle aus und brach endlich unter unvorstellbarem Getöse in sich zusammen.

Wenige Minuten später kehrte die Stille zurück, legte sich dicht über die Deiche. Kein Lüftchen kräuselte das Wasser und der See glich wieder einem dunklen Spiegel.

Im Gang des ersten Stocks der Kripo Karlsruhe herrschte dicke Luft. Lienz sah und hörte niemanden, wusste aber dennoch, dass die Stimmung im Keller war. Als er die Glastür vom Treppenhaus kommend durchschritt, konnte er sofort die negativen Schwingungen fühlen, die einem tiefen Bass glichen, der ein Musikstück kaum merklich untermalt und ihm dabei eine düstere Note verleiht. Lienz war also auf das Schlimmste vorbereitet, als er sein Dienstzimmer betrat, so dass es ihn nicht weiter überraschte, als er seine Chefin auf seinem Sessel sitzend vorfand. Bei seinem Eintreten schwang sie den Drehstuhl in seine Richtung und schenkte ihm ein freudloses Grinsen.

„Aha, der Herr Kollege Lienz gibt sich also auch mal die Ehre. Schön, dass Sie sich dazu herablassen, uns in den Niederungen des Polizeialltags zu besuchen."

„Guten Morgen, Chef. Was verschafft mir das frühe Vergnügen?"

„Früh ist wohl ein relativer Begriff. Soweit ich weiß, ist allgemeiner Dienstbeginn um 7.30 Uhr. Sine tempore. Auf meiner Uhr ist es fast halb neun. Aber mir ist natürlich klar, dass so ein bedeutender Kriminalkommissar wie der Herr Lienz nicht mit normalen Maßstäben gemessen werden kann."

Lienz wusste um die Aussichtslosigkeit seiner Widerworte, hatte die Chemie zwischen ihm und seiner Chefin, der Leiterin des Dezernats 1 der Kripo Karlsruhe, doch von Anfang an nicht gestimmt. Natürlich konnte er ihr jetzt erzählen, dass er morgens immer seine – für den Polizeidienst nicht unerheblichen – Trainingseinheiten zur Steigerung seiner körperlichen Fitness absolvierte. Aber der beißende Spott in der Rede seiner Chefin veranlasste ihn, seine Wut zu schlucken. Dass der Unmut seiner Chefin sich derart unverstellt Bahn brach, überraschte ihn. Normalerweise beließen es beide Seiten bei kleinen Spitzen und Anmerkungen. Er erhielt die undankbaren Fälle zugewiesen, die er dann zu ihrer Verärgerung dennoch klaglos bearbeitete. Heute jedoch schien das normale Beziehungsmuster außer Kraft gesetzt.

„So. Da verschlägt es Ihnen wohl die Sprache? Ist auch besser so, denn bei den Unverschämtheiten der letzten Zeit hätte ich nicht wenig Lust ..."

Mitten im Satz brach Elke Kerner ab, stützte ihren Kopf auf ihre Hand und massierte sich kurz die Stirn. Die vernichtenden Worte lagen ihr schon auf der Zunge. Sie auszusprechen, würde ihr größtes Vergnügen bereiten, um wenigstens einen kleinen Teil ihrer schlechten Laune auf ihrem Untergebenen abzuladen. Noch aber hielt sie sich zurück. Sie brauchte Lienz, so bitter das für sie auch war. Ihn zu vergraulen konnte sie sich nicht leisten, gerade deshalb fiel es ihr oft so schwer, ein neutrales Verhältnis zu ihm zu pflegen. Ohne ihn wäre ihr Team nur eine lahme Ente, nur wenige Kriminalkommissare hatten eine derart hohe Erfolgsquote wie er. Seine Ermittlungsergebnisse machten ihn bis zu einem gewissen Grad unantastbar.

Beunruhigt schaute Lienz zu seiner Chefin. Diese hob den Kopf und begann in ruhigerem Ton erneut. „Lienz, Sie müssen sofort zur Baustelle nach Iffezheim. Es ist wieder etwas passiert: Heute Nacht ist eines der großen Gerüste eingestürzt."

„Oh, nein", entfuhr es ihm, „nicht schon wieder!"

„Oh, doch!", entgegnete sie.

„Das kann doch nicht wahr sein! Wie konnte das denn passieren?"

„Nun, das werden Sie herausfinden und zwar so schnell wie möglich!"

„Gab es Verletzte?", fragte er und hoffte, dass Kerner nicht auf Tote zu sprechen kommen würde.

„Nein. Auch keine Toten, falls Sie das interessiert.“

„Immerhin keine Personenschäden.“

„Immerhin. Sieht man mal von der Dezernatsleitung der Kripo Karlsruhe ab, die das zweifelhafte Vergnügen hat, hier vor Ihnen zu sitzen. Die hat nämlich einen ordentlichen Schaden abbekommen heute Morgen.“

„Stuttgart?“, fragte Lienz vorsichtig.

„Stuttgart. Genau! Oder besser gesagt: Kriminaldirektor Engert. Theo Engert. Ist der Mann Ihnen ein Begriff?“

Mist, dachte Lienz. Der Engert also. Jetzt wusste er, warum die Laune seiner Chefin derart albtraumhaft war. Engerts cholerische Anfälle waren mittlerweile sprichwörtlich geworden. Wer das Pech hatte, in sein Visier zu geraten, musste ein verdammt dickes Fell haben. Andernfalls würde er nicht mehr lange bei der Polizei bleiben wollen, was ehrlich gesagt nicht die schlechteste Alternative wäre, denn nach einem Termin bei Engert konnte man normalerweise jegliche Karrieregedanken zu Grabe tragen. Engert war der scharfe Hund des Polizeiapparats. Als verlängerter Arm der Landesregierung überwachte er sämtliche Dienststellen des Landes und ahndete unnachgiebig jedwede Schlamperei, die auch nur im Entferntesten das Ansehen der Regierung beschädigen könnte.

Lienz versuchte, das Gespräch in ruhigeres Fahrwasser zu lenken. „Haben Sie sonst noch irgendwelche Informationen über den Vorfall?“

„Wie sollte ich die haben?“, giftete Elke Kerner. „Alles, was ich weiß, habe ich vom Kriminaldirektor höchstpersönlich. Er hat mich heute Morgen aus der Dusche geklingelt. Ich kam nicht einmal dazu, mich vernünftig abzutrocknen. Stand mit tropfenden Haaren zwanzig Minuten frierend im Flur, bis ich ihn so weit hatte, mir noch eine Gnadenfrist von einer Woche zu geben. Wenn wir bis dahin nichts haben, übernimmt Stuttgart den Fall. Dann sind wir raus, für immer!“

„Scheiße!“

„Ja! Scheiße! Und was macht mein ermittelnder Kommissar? Geht die Sache erst mal ruhig an, kommt am mittleren Vormittag zum Dienst, als hätte er alle Zeit der Welt."

„Aber ich war joggen", versuchte Lienz sich zu rechtfertigen. „Natürlich könnte ich auch im Fitnessraum im Keller des Präsidiums trainieren, aber worin liegt der Unterschied? Gut, ich wäre um 7.30 Uhr hier. Allerdings nicht in meinem Büro. Sie müssten mich also auch dann suchen."

„Nein, Lienz. Sie irren sich gewaltig. Erstens würde ich das nicht persönlich bewerkstelligen – irgendeinen Vorteil muss es ja haben, Chef zu sein. Und zweitens würde es gar nicht so weit kommen, denn ich würde einfach Ihre Nummer wählen und Sie über Ihr Diensthandy aus dem Fitnessraum holen. Im Wald aber scheinen Sie ja keinen Empfang zu haben."

In diesem Moment fiel ihm siedend heiß ein, dass er gestern Abend sein Handy kurz ausgeschaltet hatte. Er wollte nicht gestört werden, während er mit Judith eine schöne Stunde verbrachte. Er musste vergessen haben, es wieder einzuschalten.

„Entschuldigung, Chef. Funkloch vielleicht?"

„Hören Sie auf, mich zu verarschen, Lienz! Ich habe es satt. Satt, satt, satt! Ihre Eskapaden werde ich nicht länger akzeptieren. Sie werfen ein schlechtes Licht auf das gesamte Dezernat! Mir ist längst klar, dass Sie meinen, Sie wären etwas Besonderes und deshalb könnten Sie sich alles erlauben. Aber da irren Sie sich schon wieder! Die Bearbeitungszeit Ihrer Fälle liegt deutlich unter den Vorgaben, Ihre Berichte sind mangelhaft und zeugen einzig von Ihrer Unlust, diese zu verfassen."

Sie wusste, dass das nicht stimmte. Im Gegenteil! Trotzdem bereitete es ihr unbändige Freude, diese Worte auszusprechen. Sie spürte die Wut in ihren Adern kochen, fühlte, wie sie weiter wuchs und wollte nichts lieber, als sie ungedämpft mit voller Wucht Lienz entgegenzuschleudern.

Elke Kerner erschrak über ihre eigenen Machtphantasien. Wie hatte sie sich nur so von ihren Gefühlen leiten lassen können, wo sie doch eigentlich darum bemüht war, alle Kollegen gleich und vorurteilsfrei zu behandeln. Sie hatte sich gehen lassen, gehofft, Druck abbauen zu können und sich im Anschluss besser zu fühlen. Überrascht stellte sie jedoch fest, dass sie nach ihrem Ausbruch kaum etwas fühlte. Nur Leere. Und Scham. Diese stand ihr aufs Gesicht geschrieben, schnell stand sie auf, ging zum Fenster und wandte Lienz den Rücken zu.

„Wenn Sie beim ersten Zwischenfall genauer ermittelt hätten, könnten wir beide uns dieses mühselige Gespräch sparen", sprach sie, um Ruhe in ihrer Stimme bemüht, weiter. „Stuttgart macht Druck. Die haben die ganze Negativpublicity satt. Ich möchte nicht, dass uns der Fall entzogen wird. Das würde schlimme Konsequenzen haben – nicht nur für mich. Das heißt, dass Sie Ergebnisse bringen müssen. Egal welche und egal wie. Also, machen Sie sich auf die Socken. Je schneller, desto besser."

Schon halb im Gehen erkundigte sie sich noch nach dem toten Wachmann, fragte, ob Lienz zumindest in diesem Fall schon erste Ergebnisse hätte. Lienz hob zur Antwort nur matt die Schultern, worauf seine Chefin schnaubend das Zimmer verließ.

Lienz wusste nicht, ob er mit einem blauen Auge davongekommen war, oder dieses Gespräch gerade der Anfang vom Ende war. Er fragte sich, ob er den Bogen wirklich derart überspannt hatte, mit seiner zugegebenermaßen weiter gefassten Interpretation der Dienstvorschriften. Bisher war er allerdings immer davon ausgegangen, dass nur das Ergebnis zählte, nicht so sehr, wie man es erreichte. Dabei hatte er sich wirklich Mühe gegeben, nicht sonderlich aufzufallen. Er war keiner, dessen höchstes Ziel es war, so schnell wie möglich die Karriereleiter nach oben zu klettern. Er musste sich nicht künstlich in den Vordergrund spielen und ging deshalb auch den meisten Grabenkämpfen aus dem Weg. Auch hatte er nie für eine der um die Macht rivalisierenden Gruppen Partei ergriffen. Trotzdem hatte ihn heute sein persönliches Schicksal ereilt und dass, obwohl er seit dem Vorfall in München vor fünf Jahren beschlossen hatte, sich aus allem herauszuhalten und nur seinen Job zu erledigen. Sooft er daran zurückdachte, übermannten ihn Wut und Verzweiflung.

Lienz hatte damals gerade einen spektakulären Fall gelöst, an dem sich einige Kollegen schon monatelang ergebnislos versucht hatten. Am Abend nach der Pressekonferenz wurde im Dezernat kräftig das überwältigend positive Echo in den Medien gefeiert. Lienz war natürlich der Held des Tages. Sein Chef nahm ihn während der Feier kurz zur Seite und raunte ihm zu, dass er seine Beförderung beantragt habe und diese wohl in wenigen Tagen spruchreif sei. Er werde in Zukunft ein eigenes Team leiten. Vielleicht war es diese Nachricht, die Lienz die ihm eigene Vorsicht vergessen ließ, vielleicht wollte er auch nur einmal einen unbeschwerten Abend genießen. Auf jeden Fall trank er ein wenig mehr, als er vertragen konnte und flirtete ein bisschen heftiger als sonst mit einer Kollegin, die ihm schon seit mehreren Wochen zeigte, dass sie nicht abgeneigt wäre, wenn er nur wollte. Es geschah, als er gerade am Waschbecken der Herrentoilette stand. Die Türe öffnete sich einen Spalt breit und seine Kollegin schlüpfte herein. Ohne ein Wort zu verlieren schlang sie ihre Arme von hinten um Lienz Oberkörper und begann seine Brust zu streicheln. Für einige Momente war er angenehm überrascht und genoss die Liebkosungen. Dann plötzlich wurde ihm das ganze Ausmaß dieser Situation bewusst: Er war gerade dabei, Sex mit einer Kollegin zu haben, noch dazu in der Toilette. Das verstieß gegen alle seine Überzeugungen, zu oft hatte er erlebt, wie kompliziert Beziehungen unter Kollegen waren. Erschrocken fuhr er herum, um sich aus ihrer Umarmung zu lösen. Wahrscheinlich war seine Bewegung etwas zu impulsiv gewesen, auf jeden Fall stolperte seine Kollegin seitwärts und stieß sich dabei die Stirn am

Händetrockner. Ungläubig sah sie Lienz an, dann drehte sie sich wortlos um, öffnete die Toilettentür und rief um Hilfe.

Die Indizien sprachen eindeutig gegen Lienz. Außerdem hatte mindestens die Hälft des Dezernats selbst mit angesehen, wie er hinter der verletzten Kollegin aus der Tür trat. Eine Anklage wegen versuchter Vergewaltigung wurde auf Intervention seines Chefs zwar fallen gelassen und in den Vorwurf der sexuellen Belästigung abgemildert. Voraussetzung war aber, dass Lienz seinen Hut nahm und einer Versetzung in die Provinz zustimmte

Fünf Jahre lag das nun schon zurück, Wut und Verzweiflung waren milder Resignation gewichen. Ein kurzer Moment der Leichtsinnigkeit hatte seine Lebensplanung über den Haufen geworfen. Damals vergrub er in aller Stille seine Träume von einer Karriere im höheren Polizeidienst in einem abgelegenen Winkel seines Erinnerungsgartens. Nun, er hatte seine Lektion gelernt. In den letzten fünf Jahren hatte Lienz viel gearbeitet und wenig gelebt. Als zurückhaltend und unauffällig beschrieben ihn die meisten seiner Kollegen, zu keinem hatte er engeren Kontakt geknüpft. Er war vorsichtig wie ein Fuchs, wollte dem Schicksal keine erneute Angriffsfläche bieten. Und lange Zeit sah es ganz danach aus, als würde seine Taktik aufgehen und ihn von weiteren Unglücksschlägen verschonen.

Die Zeit der Schonung ist also vorbei, dachte Lienz. Anscheinend konnte er dem Schicksal, das ihm Zeit seines Lebens Stolpersteine in den Weg gelegt hatte, nicht entwischen. Es hatte ihm nichts genützt, frei jeglicher Ambitionen auf höhere Ämter zu sein. Obwohl er sich immer aus den Machtspielen herausgehalten hatte, war er nun völlig unerwartet mitten zwischen die Fronten geraten. Wollte er dort überleben, blieb ihm nichts weiter übrig, als dieses verhasste Spiel mitzuspielen. Eines jedoch schwor er sich: Er würde auf seine eigene Art spielen.

Eine halbe Stunde später saß er in einem Container, gut sechs Meter über dem Boden und ließ seinen Blick in den

Gesprächspausen über die vernarbte Landschaft wandern. Und das geschah recht häufig, denn sein Gesprächspartner versank von Zeit zu Zeit in grüblerischem Schweigen, von dessen Stille er angenehm in den Bann gezogen wurde. Lienz ließ ihn in aller Ruhe nachdenken, dass unnötige Eile zu nichts führte, wusste er schon seit frühester Kindheit. Er war im Außerfern aufgewachsen, dieser abgeschirmten und selbst in unseren modernen Zeiten zumindest im Winter schwer zugänglichen Bergregion. Dieser Landstrich mit seinen hohen Gipfeln, die in stoischer Gelassenheit Wind und Wetter trotzten und seit Jahrtausenden spöttisch auf das Treiben in den beschatteten Tälern hinabblickten, brachte eigenwillige Menschen hervor, die einen täglichen Kampf gegen die Unbilden des Gebirges fochten. Diese Konfrontation mit den Urgewalten der Erde lehrte ihn schon früh im Leben Demut und Geduld.

Er nippte an seinem erkalteten Kaffee, wartete immer noch auf Antwort. Die Luft über dem Tisch, der ihn von Brunner trennte, erschien ihm unnatürlich verdichtet, fast greifbar drückte ihr Schweigen auf den kleinen Raum. Die Stille wurde nur vom gelegentlichen Rasseln der Raupenfahrzeuge unterbrochen, das gedämpft durch die Scheiben in den Arbeitscontainer drang. Lienz wartete noch immer. Er vertraute auf das Zusammenspiel von Geduld, Schweigen und Zeit. In diesem ebenso einfachen wie alten Trick waren auch seine Erfolge begründet.

Diesmal aber kam Lienz zu dem Schluss, dass Brunner ihm die Antwort schuldig bleiben würde. Also setzte er erneut an.

„Herr Brunner, ist Ihnen jemand eingefallen?“

Heiner Brunner schrak hoch, schaute mit verwirrtem Blick zu Lienz, als ob dieser ihn aus einem Traum gerissen hätte.

„Fühlen Sie sich nicht wohl, Herr Brunner? Fehlt Ihnen etwas?“

„Nein, nein. Alles in Ordnung. Ich war nur ...“

„Sie waren nur?“

„Ich war nur ... ich meine, ich weiß nicht so recht ... ich glaube, ich habe den Faden verloren. Was war ihre letzte Frage?"

Lienz seufzte. So würden sie nie weiterkommen.

„Ich habe Sie gefragt, ob Ihnen irgendwer eingefallen ist, der ein Interesse daran haben könnte, die Baustelle zu sabotieren?"

„Darüber habe ich mir auch schon das Hirn zermartert. Aber wie ich es drehe und wende, mir fällt niemand ein, der so skrupellos wäre, einen Menschen zu töten. Vor allem jetzt, da dieses Projekt schon so weit gediehen ist. Das wäre doch absurd!"

„Nun, vielleicht war das mit Herrn Vidic ja auch nur ein Unfall. Aber was ist mit den Sabotageakten? Wer wäre dazu fähig?"

„Sabotage begleitet diese Baustelle ja von Anfang an. Verschiedenste Umweltgruppierungen haben gegen dieses Projekt protestiert. Sie erinnern sich sicher noch an die Ankettungen von Demonstranten an Baumaschinen?"

„Selbstverständlich. War ja auch ein Riesenaufmacher in der BNN. Allerdings kann ich Ihnen versichern, dass diese Leute nicht dafür verantwortlich sind."

„Wie können Sie da so sicher sein?"

„Verlassen Sie sich einfach auf mein Wort. Wir wissen, wo sich diese Verdächtigen zum Tatzeitpunkt befunden haben."

Brunner hob seinen Kopf, bedachte Lienz mit einem fragenden Blick. „Sie meinen, die Polizei überwacht sie? Ist das denn legal?"

Lienz zuckte nur vielsagend mit den Schultern und ging nicht weiter auf den Einwurf ein.

„Also, wer könnte sonst noch Interesse daran haben, die Baustelle zu stoppen?"

Plötzlich klarte das von dunklen Augenringen gezeichnete Gesicht Brunner auf. „Also, wenn Sie so wollen, können wir eine sehr lange Liste schreiben! Beginnen wir bei den politischen Gegnern, die Profit aus einem Scheitern der Ministerpräsidentin schlagen könnten. Dann die Atomenergiekonzerne. Denen ist der massive Ausbau der Stromgewinnung aus regenerativen Energien ein Dorn im Auge. Weiter geht die Aufzählung bei den Anwohnern, die von Lärm, Umsiedlungen und sonstigen Ängsten geplagt werden. Die Fischer sind auch noch unter die Lupe zu nehmen, die dürfen auf diesem Abschnitt nun nicht mehr angeln und last but not least Dutzende Umweltsplittergruppen, die nicht im Focus des öffentlichen Interesses liegen. Sie sehen, ich habe mich eingehend damit befasst und bin zu keinem weiterführenden Ergebnis gekommen." Brunner stieß ein kehliges Lachen aus, das den Kommissar unangenehm berührte.

„Mit anderen Worten: Es gibt keine konkreten Hinweise, denen wir nachgehen können."

„Sie haben es erfasst, Herr Kommissar!"

Wieder machte sich Schweigen breit, drückte wie schwüles Hochsommerwetter auf Lienz Kopf. Er sehnte sich nach der Kühle seines Büros, dort würde er noch mal in Ruhe alles überdenken. Er beschloss, diese Befragung abzubrechen. An einem anderen Tag würde Heiner Brunner eventuell gesprächiger sein, doch heute konnte er definitiv nichts zur Klärung der Todesursache des Wachmannes beitragen.

„Gut, Herr Brunner, machen wir Schluss für heute. Bitte denken Sie noch mal in Ruhe über alles nach. Ich werde Sie in den nächsten Tagen anrufen, vielleicht ist Ihnen dann ja noch etwas eingefallen."

Als er sich erhob, um den Container zu verlassen, griff Brunner nach seinem Oberarm und zog ihn über den Tisch in seine Richtung. Seine tiefen Augen nagelten ihn mit einem bohrenden Blick fest.

„Wissen Sie eigentlich, was das für uns hier bedeutet? Welcher Belastung mein Team ausgesetzt ist? Keiner weiß, wann und wo sich das nächste Unglück ereignen wird. Sicher ist nur:

Es wird kommen! Unbarmherzig schlägt es immer dort zu, wo wir es am wenigsten erwarten. Sie sollten ihre Zeit nicht damit verschwenden, einen Täter, den es nicht gibt, zu suchen. Schützen Sie uns! Das ist Ihr Auftrag! Schützen Sie uns, damit in Zukunft keine neuen Katastrophen geschehen können und wir diese Baustelle unbeschadet zu Ende bringen können! Geben Sie uns unsere Sicherheit zurück, damit wir wieder in Ruhe unserer Arbeit nachgehen können!"

Lienz war von diesem Gefühlsausbruch völlig überrumpelt. „Ja, doch ... klar, wir versuchen alles ... ich verspreche Ihnen, dass ich noch heute alles Nötige in die Wege leiten werde. Aber Sie, Herr Brunner, Sie sollten sich schonen ... machen Sie ein paar Tage Urlaub. Ich sehe ja, wie sehr Sie das alles hier mitnimmt."

Seine letzten Worte richtete Lienz auf einen mit kurzem braunem Haar bewachsenen Hinterkopf. Brunner war auf seinem Schreibtisch zusammengesackt, stützte den viel zu schweren Kopf mit beiden Händen mühsam gegen die schier unüberwindbare Schwerkraft ab. Langsam fuhren seine schlanken Finger durch seine Haare, streichelten mal die linke, mal die rechte Seite.

Der Kommissar wandte sich ab und verließ den Container. Auf der Treppe erreichte ihn noch einmal undeutlich Brunners Stimme. Auf der Rückfahrt ließ er sich ein ums andere Mal dessen letzte Worte durch den Kopf gehen. Er hatte nicht genau verstanden, was dieser ihm hinterher gerufen hatte. Er meinte, die Worte Nixen und Wassermännern vernommen zu haben und dass Brunner ihn aufforderte, in deren Reich mit der Suche zu beginnen. Lienz fühlte Mitleid mit Heiner Brunner. Dieser Mann musste ungeheuer unter Druck stehen, anders konnte er sich dessen Nervenzerrüttung nicht erklären. Er nahm sich das Versprechen ab, in Zukunft noch besser auf sich selbst achtzugeben; so wie Heiner Brunner wollte er nicht enden.

8

Heiner stand am großen Schlafzimmerfenster seines Hauses in Weiherfeld und blickte versonnen in den beginnenden Abend. Die Fensterflügel waren weit geöffnet, so dass die kühle Luft ungehindert in das Zimmer strömen konnte. Hinzu kam noch die Ruhe, die hier im Süden Karlsruhes besonders dicht war. Weit entfernt waren alle Durchzugsstraßen, Autobahnen, Schienen. Garten grenzte hier an Garten, bestanden von alten Obstbäumen, die um diese Jahreszeit in den prächtigsten Farben so verschwenderisch blühten, als gäbe es kein Morgen.

Den Vollfrühling würde er wohl für immer mit seiner Studienzeit in den österreichischen Bergen verbinden. Damals, als er entschieden hatte, sich auf Wasserbau zu spezialisieren, hatte er sich für zwei Semester an der Technischen Hochschule einer Alpenmetropole für ein Aufbaustudium eingeschrieben, denn der gute Ruf dieser Universität drang weit über die österreichischen Grenzen hinaus.

Als damals, nach einem nie enden wollenden Winter, endlich der Frühling ins noch kalte Tal zog, tat er das mit solcher Wucht, wie er es seither nie wieder erlebt hatte. Binnen weniger Tage wurde alles Graubraun vom hellgrünen Schmelzwasser des Flusses fortgespült. Blumen, Sträucher wie auch Bäume sprossen, keimten und trieben auf eine fast schon unanständige Weise. Selbst die Einheimischen, dieser oft ruppig und grob wirkende Menschenschlag, erblühten unter einsetzenden südlichen Winden. Alsbald erscholl in allen Gassen heiteres Lachen und ausgelassenes Treiben. Dieses Wunder frühlingshafter Wiedergeburt stand ihm immer noch klar vor Augen.

Am Fenster seines Häuschens in Weiherfeld roch er denselben Duft wie vor zehn Jahren. Weit beugte er seinen Oberkörper hinaus ins Freie, wandte seinen Blick nach rechts, um im Westen die Farbspiele der untergehenden Sonne zu genießen. Diese Stunde des fließenden Übergangs, in der die Welle der Geschäftigkeit langsam am Ufer der Wohnzimmergemütlichkeit ausläuft, war ihm die Liebste des Tages.

Als er mit einem tiefen Atemzug seine Lungen mit frischer Luft füllte, merkte er, wie die Anspannung der letzten Tage zaghaft von ihm abbröckelte. Die vielen kleine Sabotageakte auf der Baustelle, der Tod des Wachmanns und der Druck aus Stuttgart, dieses Vorzeigeprojekt zu einem zügigen, positiven Abschluss zu bringen, hatten ihn viel Kraft gekostet. Dazu noch dieses schwer einzuordnende Erlebnis im Schlosspark, das ihn nicht losließ, seine Nächte vergiftete und ihm den so dringend benötigten Schlaf raubte. Und nun auch noch der Gerüsteinsturz von letzter Nacht, der neue Verzögerungen, negative Schlagzeilen, Polizeibesuch mit sich zog. Vor einigen Stunden war er einem Nervenzusammenbruch so nahe wie nie zuvor gewesen. Er hatte das Gefühl, dass direkt vor ihm ein übler Abgrund lauerte, eine unheilvolle Anziehungskraft auf ihn ausübend, von dem er nur durch ein hauchdünnes Stück Seidenpapier getrennt war.

Das Klingeln seines Telefons riss Heiner aus seinen Gedanken. Er fischte sein Handy aus der Hosentasche und warf einen Blick aufs Display. Julia!

„Hallo, Jul!“, meldete er sich erfreut. Dann verfiel er in Schweigen. Aufmerksam hörte er zu, nickte nur hin und wieder mit dem Kopf. „OK. Bis gleich. Ich beeile mich.“

Der eben noch bezaubernde Frühlingsabend schmeckte plötzlich schal. Er straffte sich und eilte zu seinem Auto.

Zehn Minuten später parkte er direkt vor der Orangerie westlich des Schlosses. Die kurzen Wege waren einer der Vorteile der Provinz gegenüber den Großstädten. Zu gut waren ihm noch die langen Fahrzeiten von Berlin und Paris, den Orten diverser Praktika bei großen Bauunternehmen, im Gedächtnis. Das tägliche Gequetsche und Gedränge in den U-Bahnen, die vielen missmutig dreinblickenden Gesichter.

Als er aus den Bäumen auf die große Wiese hinter dem Schloss trat, war er von dem zauberhaften Anblick, der sich ihm eröffnete, tief berührt. Mitten auf der freien Fläche stand seine Frau. Ihr Gesicht schien in dem milden Abendlicht, das sanft den Park durchflutete, hell zu schimmern, mehr denn je, erschien sie ihm, wie ein Wesen aus einer anderen Welt.

Beim Näherkommen betrachtete er sie besorgt, suchte nach Zeichen von Kummer. Große Sorgen hatte er sich nach ihrem Anruf um sie gemacht.

Als sie sah ihn über die Wiese kommen sah, leuchtete ihr Gesicht auf. „Hallo Hein. Danke, dass du so schnell gekommen bist."

„Jul, was ist los? Was machst du hier? Warum sollte ich kommen?"

„Ich habe Angst, schreckliche Angst."

Heiner drückte fest ihre Hand. „Was auch immer dir Angst macht, vergiss es, Jul! Jetzt bin ich ja da, du brauchst keine Angst mehr zu haben."

„Das sagt sich so leicht."

„Nein, tut es nicht. Ich meine das ernst. Ich beschütze dich, egal vor was oder wem!"

Wieder musste sie lächeln. Ja, das war immer schon seine Vorstellung. Er, der edle Ritter, der seine Elfe vor allem Unheil beschützt. Aber diesmal war es viel komplizierter.

„Es ist gut, dass du bei mir bist, wirklich. Dann habe ich sofort das Gefühl, dass alles leichter wird. Bei dir – da ist Sicherheit."

Die Sätze kamen langsam. Ihr Blick wanderte über den Teich, verharrte auf der anderen Seite, an dem uralten Baum, dessen Äste von dicken Stangen abgestützt wurden.

„Dort drüben hat alles angefangen. Dort drüben, vor wenigen Tagen.“ Sie warf ihm einen kurzen, intensiven Blick zu. „Du weißt, wovon ich spreche“

Heiner spürte, wie es ihm den Magen zusammenzog. Nicht das!

„Hör auf, Jul! Da war nichts. Die Polizei hat es dir doch bestätigt. Nichts. Kein Mann im See, keine Spuren hinaus, niemand ist verschwunden! Es war ...“

„Es war was?“

„Es war einfach nur eine ... Täuschung!“

„Pah! Dass ich nicht lache! Eine Täuschung? Was soll der Mist? Du saßt doch neben mir und hast gebibbert!“ Ihre Worte glichen spitzen Nadeln, bohrten sich tief in ihn hinein.

„Ja, ich habe gefroren. Aber es war früher Morgen, ich war zu dünn angezogen, der kalte Nebel ...“

„Wir waren gerade erst gelaufen, Hein! Ja, der Nebel war kalt, aber das hätten wir nicht spüren dürfen, nicht auf diese Weise.“

„Vielleicht. Aber der Körper reagiert manchmal nicht so, wie er soll. Was weiß ich, warum uns so kalt war, dort am Ufer. Vielleicht waren wir übermüdet?“

Julia schüttelte unwillig den Kopf. „Nein! So war es nicht und das weißt du! Außerdem, was ist denn nun mit dem Mann? Hast du den etwa nicht gesehen?“

„Doch, natürlich. Auch ich meinte ihn gesehen zu haben.“

„Was heißt denn meinte? Hast du, oder hast du nicht?“

„Ich habe etwas gesehen.“

„Eben.“

„Die Sache ist nur die, ich weiß nicht, was es war.“

„So geht es mir auch. Genau das bereitet mir Angst. Wüsste ich nur, was da geschehen ist, wäre mir leichter ums Herz. Aber ich weiß nichts, rein gar nichts! Und das macht mich verrückt.“

Mit Schaudern erinnerte sich Hein an diese schrecklichen Momente, an die Trostlosigkeit, an seinen persönlichen Abgrund – und sein Entschluss stand fest: er musste einen kühlen Kopf bewahren und Julia von diesen Gedanken abbringen.

„Die Kälte war schon vorher da, die lag in der Luft ... und diese Erscheinung kann alles Mögliche gewesen sein. Schau mal, es war früher Morgen, wir waren ausgepumpt, noch nicht richtig wach, dichter Nebel lag über dem Park ... da können die Sinne schon mal getäuscht werden. Ein Schatten wird dann schnell zu einem Fabelwesen. Die Stille des Nebels zu einem unheimlichen Schweigen der Natur."

„Aber, es war doch alles total real!"

„Für unsere Sinne, für unser Hirn. Das heißt aber noch lange nicht, dass es auch außerhalb unseres Kopfes existiert." Er ergriff Julias Arm, zog sie mit sich. „Komm mit! Ich habe eine Idee. Setz du dich unter den Baum genau dorthin, wo wir saßen und ich gehe auf den Teich hinaus."

Widerwillig setzte sich Julia ins Gras und beobachtete ihren Mann, der über die unterschiedlich großen Betonquader Richtung Seemitte kletterte. Dort angekommen, drehte er sich zu ihr um, winkte mit den Armen.

„Was meinst du? War das hier, wo wir den Schatten gesehen haben?"

„Ja, nein, vielleicht. Kann schon sein, dass er ungefähr dort stand."

„Siehst du! Vielleicht war es nur ein früher Spaziergänger, der sich dann über die Betonquader entfernt hat, gut vom Nebel getarnt." Heiner war zu ihr zurückgekehrt, ließ sich neben ihr nieder. „Das würde auch erklären, warum wir kein Geplätscher und keine nassen Spuren entdeckt haben. Jul, das ist die Lösung: Unsere Phantasie hat uns einen miesen Streich gespielt!" Fast glaubte er selbst an seine Beweisführung.

Julia fuhr hoch, stieß ihren Mann entrüstet von sich. „Nein! Versuch' nicht, mir etwas vorzumachen. Diese Gestalt, wo auch immer sie herkam, bewegte sich geradewegs auf uns zu. Und sie hatte etwas in der Hand. Kein Spaziergänger würde so ein Gerät mit sich schleppen. Und außerdem: Was ist mit dem alten Mann, den wir auf der anderen Seeseite getroffen haben? Der hat das doch auch gesehen!"

„Der alte Mann ist ein stadtbekannter Penner, ein versoffner Obdachloser. Das hat dir die Polizei doch alles erzählt. Der quatscht öfters fremde Leute voll, gibt vieldeutiges Zeug von sich. Daher auch sein Spitzname: der Philosoph."

„Ob Penner oder nicht. Der stand genauso unter Schock wie wir. Seine Stimme werde ich so schnell nicht mehr vergessen. Der hatte furchtbare Angst!"

„Blöd nur, dass er seither spurlos verschwunden ist. Die Polizei hatte also keine Möglichkeit, ihm mal auf den Zahn zu fühlen – und wir konnten uns nicht bei hellem Tageslicht unter alltäglichen Bedingungen mit ihm unterhalten, um zu erfahren, was er wirklich gesehen hat."

„Ja seltsam, nicht? Löst sich doch dieser Philosoph direkt, nachdem er die Erscheinung gesehen hat, in Luft auf. Verschwindet auf Nimmerwiedersehen, genauso wie die Erscheinung selbst! Ist das nicht ein komischer Zufall?" Sie warf ihrem Mann vielsagende Blicke zu, die er geflissentlich übersah. „Ich weiß jedenfalls, was ich gesehen habe. Hör auf, mir weismachen zu wollen, dass ich mir das alles nur eingebildet habe."

Mit einem Mal überkam Heiner heftige Wut über Julias Starrsinn. „Verdammt!", entfuhr es ihm. „Du machst mich noch verrückt! Diese bescheuerten Gruselgeschichten! Was soll das denn? Ich möchte davon jetzt nichts mehr hören, verstanden? Es gibt keine übernatürlichen Phänomene oder ähnlichen Quatsch. Für alles gibt es eine Erklärung!"

Julia war zutiefst erschrocken über den Ausbruch ihres Mannes. Normalerweise war Heiner die Ruhe selbst, so außer sich hatte sie ihn noch nie erlebt.

Eisiges Schweigen lastete auf ihnen. Die Feuchtigkeit der Wiese kroch durch die Kleidung. Sie standen auf, gingen nebeneinander Richtung Ausgang. Gerne wollte Heiner die Hand seiner Frau nehmen, zärtlich darüberstreichen, sie beruhigen, aber er konnte nicht. Etwas hielt ihn davor zurück: Angst. Angst, dass seine Geste der Versöhnung zurückgewiesen werden könnte. Etwas, das noch nie geschehen war in ihrer Beziehung.

Erst als sie schon im Auto saßen, um nach Weiherfeld zurückzufahren, begann Julia von Neuem.

„Ich schlafe schlecht. Seit Tagen. Und ich weiß, dass du auch unruhig schläfst. Irgendetwas verfolgt uns in unseren Träumen. Gestern Nacht hatte ich einen furchtbaren Albtraum. Ich wanderte durch verödete Landstriche, war auf der Flucht vor einer bösen Macht und als ich an diesem schrecklichen Ort auf einer Waldkuppe ankam, hat es mich gestellt. Es war so furchtbar ..."

Weiter kam sie nicht. Schluchzend schlug sie ihre Hände vors Gesicht, lehnte sich an Heiners Schulter.

„Es ist grauenvoll, Hein, einfach grauenvoll!"

Endlich löste er sich aus seiner Starre, legte vorsichtig den rechten Arm um sie, wagte, sie an sich zu drücken. Dankbar rückte sie näher und schweigend fuhren sie den restlichen Weg nach Hause.

Als Heiner lange nach Mitternacht mit offenen Augen in ihrem gemeinsamen Bett lag und das Funkeln der Sterne draußen wegzublinzeln versuchte, kam sein aufgewühlter Geist nur langsam zur Ruhe. Der Disput wogte noch den ganzen Abend hin und her. Je mehr Julia darauf drängte, dass übersinnliche Kräfte im Spiel seien, desto heftiger widersprach Heiner. Erst als er zum Schein ein wenig einlenkte, beruhigte sich seine Frau wieder. Die Stimmung war trotzdem vergiftet und es fehlte nicht viel und er hätte die Nacht auf dem Sofa verbracht.

Sie hatten sich dann doch gemeinsam schlafen gelegt, aber ihm blieb der Eintritt ins Traumreich verwehrt. Wirre Gedanken spielten Verstecken mit ihm. Sie blitzten mal hier dann dort kurz auf, doch wenn er versuchte sie festzuhalten, zerflossen sie vor seinen Augen.

Was blieb, war ein Hauch von Ahnung, eine Spur, die schnell verwehte und nichts als Zweifel und Unsicherheit hinterließ. Es blieb ihm nichts anderes übrig, als weiter an der bewährten Strategie des Leugnens festzuhalten, obwohl er um dessen Aussichtslosigkeit wusste. Er fühlte sich in ein böses Spiel verstrickt, dessen Regeln er nicht kannte und in dem sein Gegner nur maskiert zum Vorschein kam.

9

Das Zischen der Kaffeemaschine löste Lienz' Blick vom Fenster. Das Kaiserwetter draußen rührte wild in seinen Hormonen. Kaiserwetter. Wieder so ein Ausdruck seiner Kindheit im Österreichischen.

Ob man das heute noch so sagen durfte, ohne als ewig Vorgestriger dazustehen? Egal! Dieser Maitag war viel zu schön, um sich mit dem eigenen Altern zu konfrontieren. Zum Glück hatte er dazu keinen Grund. Eigentlich war er ganz gut in Form, sah jünger als seine knapp 40 Jahre aus. Hatte sich gut gehalten, wie man so schön sagt. Naja. Obwohl, das hörte er schon gerne, wenn so über ihn gesprochen wurde. Und er tat ja einiges für seine Fitness: Die vielen frühen Morgenstunden, die er joggend im Wald verbrachte, bei jedem Wetter. Das schuldete er auch seinem Beruf. Ein dicker, unsportlicher Kommissar? Für ihn schlichtweg undenkbar.

Verlockend zog der Duft des frisch gebrühten Kaffees zu ihm herüber, also stemmte er sich aus seinen Sessel, holte sich eine Tasse, gab einen kleinen Schuss Milch hinein und goss das dunkle Getränk darüber.

Ein Nachmittag ohne Kaffee und Kuchen? Unmöglich, selbst wenn er auf den Kuchen mittlerweile immer öfters verzichtete. Diese Zurückhaltung war weniger seiner Figurerhaltung geschuldet, sondern einfach Folge eines Mangels an qualitativ ansprechender Süßwarenzubereitung. Gut, es gab ein paar Konditoreien, die durchaus passablen Kuchen herzustellen vermochten, das Lasch, das Brenner in der Karlstraße, das Schmidt in der Kaiseralle, aber niemand hier vermochte der böhmischen Tradition mit ihrer unerschöpflichen Vielfalt, die in weiten Teilen seines Vaterlandes hochgehalten wurde, das Wasser zu reichen. Wenigstens konnte man heutzutage überall gute Kaffeebohnen kaufen, die, frisch gemahlen, einen ganz annehmbaren Kaffee produzieren.

Die gefüllte Tasse in der Hand setzte sich Lienz aufs Fensterbrett und schaute auf den verwaisten Gehweg hinunter. Ein angenehmes Gefühl der Zufriedenheit erfüllte ihn und das zu Recht. Der ganze Tag verlief nach seinem Geschmack: Keine Wolke weit und breit, keine bedrückende Leichenschau, keine unangenehmen Termine bei Staatsanwälten oder Richtern, seine Chefin weit weg in Stuttgart, auf irgendeiner wichtigen Zusammenkunft im Landeskriminalamt. Endlich konnte er einige Aktenstapel von seinem Schreibtisch verbannen, lästigen Schreibkram alter Fälle erledigen und sich in Ruhe mit dem Iffezheimproblem auseinandersetzen.

Er begann damit, neue Ordner anzulegen. Das war seine persönliche Art, das Chaos, das in Ermittlungsarbeiten unausweichlich entstand, zu strukturieren. Diese Ordner waren die Grundlage seines Denkens und Handelns. Erst wenn alles schön säuberlich kategorisiert war, begann er mit der eigentlichen Gedankenarbeit. Der Trick dabei war, dass das Abheften und Ordnen ihm schon einen guten Überblick über die aktuelle Lage des Falles gab. Intuitiv erkannte er, wo noch Lücken zu schließen waren und bei welchem Detail er nachhaken musste.

Als Erstes hatte er heute die Gespräche mit Heiner Brunner protokolliert, mit seinen eigenen Anmerkungen ergänzt. Dann einen Ordner für den Wachmann Vidic angelegt, der allerdings außer den kurzen Gesprächsprotokollen mit seinen ehemaligen Kollegen leer blieb. Anschließend hatte er alle aktenkundigen Vorfälle des Staudammprojekts der letzten Jahre zusammengetragen. Eine nicht unerhebliche Menge. All die kleinen Delikte von Sachbeschädigung und Diebstählen, die Proteste der Anwohner und diverser Umweltgruppierungen, die Sitzstreiks, Blockaden und tätlichen Auseinandersetzungen hatte er durchgearbeitet. Jeden einzelnen Namen, der irgendwann im Laufe der Auseinandersetzungen zwischen Polizei und Demonstranten vermerkt wurde, notierte er in einem eigenen Ordner und fragte bei den Kollegen nach, was die Observierungen der betreffenden Leute für die Zeit des Gerüsteinsturzes ergeben hätten. Anschließend markierte er die Namen mit den Farben Grün, Gelb und Rot, was für unauffällig, noch mal überprüfen und verdächtig stand. Stundenlang arbeitete er so ungestört vor sich hin. Wenn er sich erst einmal in einen Fall verbissen hatte, gab es für ihn kein Halten mehr.

Als die Tür aufschwang, blickte er, verärgert über diese Unterbrechung, auf. Herein trat Radke, einer der wenigen im Dezernat, zu dem er eine intensivere Beziehung hatte aufbauen können. Ein Freund? Eher nicht. Aber immerhin ein guter Kollege, mit dem er sich ab und an gerne unterhielt. Radke gehörte zu der Minderheit, die nicht ständig damit beschäftigt war, entweder den starken Mann raushängen zu lassen oder die Karriere zu beflügeln. Darunter verstanden die meisten Kollegen, andere klein zu machen, in der leider nicht immer irrigen Annahme, damit von eigenen Unzulänglichkeiten abzulenken und sich selbst in einem besseren Licht zu präsentieren. Lienz hasste diese subtilen Rangkämpfe, ging ihnen so gut als möglich aus dem Weg. Schnell hatte er begriffen, dass Offenheit und Ehrlichkeit zu seinen Kollegen einem nichts als Scherereien einbrachten. Seitdem hielt er den Mund, wenn die anderen sich profilierten. Immerhin hatten alle mitbekommen, dass er bei diesen Spielchen nicht mitmachte, weshalb er auch von den meisten in Ruhe gelassen wurde. Sie sahen in ihm keinen potenziellen Gegner mehr, selbst wenn er zu den besten Ermittlern des Landes zählte. Nur Radke besuchte ihn regelmäßig in seinem Dienstzimmer, durchbrach den Wall des Schweigens, den er um sich errichtet hatte.

„Holla, was ist denn mit dir los? Warum schaust du so böse?"

„Tschuldigung. Hat nicht dir gegolten."

„Das will ich auch hoffen. Außerdem gibt's heute wirklich keinen Grund mit saurer Miene rumzulaufen. He, der Drache hat sein Nest verlassen! Heute können alle Kleinlebewesen sich endlich einmal nach Herzenslust frei bewegen."

Lienz grinste ihn an. „Und deshalb nutzt du die Gelegenheit, dich unbemerkt zu einem Ausgestoßenen zu schleichen?"

„Was heißt hier schleichen? Ich komme mit Pauken und Trompeten, wollte dich eigentlich zu einem Kaffee überreden, aber ich sehe, du bist mir zuvorgekommen."

Sehnsüchtig schielte er auf Lienz' Kaffee.

„Nun komm schon her. Ich geb dir auch was ab."

Dankbar nahm Radke den gereichten Becher. „Mhm. Dein Kaffee ist wirklich der einzige im Haus, den man ohne akute Vergiftungsgefahr trinken kann. Gott, oder wem auch immer, sei gedankt, für deine Wiener Wurzeln."

„Mit Wien hatte ich eigentlich nicht so viel am Hut. Das liegt genau am anderen Ende von Österreich."

„Papperlapapp. Alle Öschis haben Wiener Blut in ihren Adern."

Lienz warf ihm einen zweifelnden Blick zu, den Radke weglächelte. Er nahm noch einen großen Schluck, schaute aus dem Fenster. „Grandios heute, das Wetter. Ich weiß gar nicht, was ich noch hier mache?"

„Ich vermute, du arbeitest an einem Fall, oder zumindest an deiner Karriere. Da macht es sich nicht gut, früher zu gehen, vor allem, da unser Drache ja seine Zuträger hat."

Radke verzog beleidigt das Gesicht. „Ehrlich, das war gemein. Ich und Karriere ... Du weißt genau, was mich die Oberen können ..."

„Nein, und ich will es auch gar nicht wissen. Also, was treibt dich zu mir?"

„Na, ich werde doch noch mit einem Freund einen Schluck Kaffee trinken können, ganz ohne Hintergedanken."

Lienz schwieg, schaute ihn aufmunternd an.

„Nun gut. Dann erzähle ich eben doch etwas. Aber nur, weil du mich so bittend anschaust." Dieses Spiel war nichts Neues zwischen ihnen. Radke war ein guter Polizist, aber manchmal etwas zu unorganisiert. Deshalb kam er hin und wieder vorbei, um Lienz' Hilfe in Anspruch zu nehmen. „Ich arbeite da an einem total verrückten Fall, wobei ich gar nicht genau weiß, ob das überhaupt einer ist – eben das ist das Problem."

Während Radke zu erzählen begann, schweiften Lienz' Blick und Gedanken von seinem Gegenüber immer wieder ab, glitten durchs Fenster und schwebten durch den prachtvollen Maientag. Radkes Bericht vermochte er nur schwer zu folgen, er erschien ihm wirr und unzusammenhängend.

Plötzlich wurde ihm die Stille im Raum bewusst. Radke starrte ihn an. Lienz fragte sich, ob er das Ende der Geschichte verpasst hatte, oder ihm, noch schlimmer, eine Frage gestellt worden war.

„Sag mal, hörst du mir überhaupt zu?"

„Natürlich!", antwortete er etwas zu schnell, um bedächtiger hinzuzufügen „Also, da joggt ein Pärchen durch den Schlosspark, sieht einen Mann im knietiefen Teich ertrinken, sucht ohne Erfolg nach ihm, trifft einen Obdachlosen, der ihnen Angst macht und ruft die Polizei, die was tun soll?"

„Danke!" Radke machte ein säuerliches Gesicht. „Viel kürzer kann man die Nichtigkeit dieses Falles kaum ausdrücken ... anfangs habe ich mich auch geärgert, wollte wissen, warum ich mich mit diesem Blödsinn beschäftigen soll. Allerdings konnte ich mich der überzeugenden Argumentation unserer Chefin nicht entziehen."

„Oh, da bin ich aber gespannt!"

„Sie meinte süffisant, dass es schließlich ja irgendwer tun muss."

„Überwältigend."

„Und einleuchtend. Also habe ich mich mit der Sache beschäftigt und mich mit dem Paar getroffen. Und jetzt wird's spannend: Das sind nicht irgendwelche Spinner, die im Drogenrausch ihren Halluzinationen nachhängen, das sind zwei ganz vernünftige Menschen. OK, ein bisschen zu yuppiehaft, für meinen Geschmack, aber beide berufstätig, sie als Architektin, er als Bauingenieur. Stehen mit beiden Beinen auf dem Boden, haben Geld, sind gebildet, nicht unsympathisch, keine Kinder. So der Typ: Erst mal ein bisschen Karriere und Geld, später dann Familie, Kinder, trautes Heim. Ich hab sie in ihrem Haus in Weiherfeld besucht, erste Sahne sag ich dir! Haben die grandios ausgebaut. Und da sitzen sie mir also gegenüber, ausgesprochen zuvorkommend und schämen sich fast für ihre Geschichte. Das konnte ich ihnen förmlich ansehen."

„Für so einen Unsinn würde ich mich auch schämen! Hör mal, im knietiefen Wasser ertrinkt ein Mann, komm ..."

„Ja, aber das ist es doch! Sie schämen sich und erzählen es trotzdem. Warum tun sie das? Sie sind nicht verrückt, haben kein Drogenproblem. Sie wollen keine Publicity, im Gegenteil, bitten sie um absolute Vertraulichkeit. Obwohl sie also wissen, wie verrückt das alles klingt, erzählen sie es der Polizei."

„Hhm, hast du eine Vermutung?"

„Nein, nur so ein Gefühl. Die standen unter ungeheurem Druck. Sie wollten, oder besser sie mussten das erzählen, das musste raus. Fast sah es so aus, als ob sie Angst hätten. Und das, obwohl der Mann ein durchaus sportlicher Typ ist, sicher kein wehrloses Opfer."

„Fragt sich, wovor sie Angst haben?"

„Genau das wurde und wird mir nicht klar. Sie meinten, dass dieser Mann eine beängstigende, unheilvolle Ausstrahlung hatte. Keine Waffe oder so, auch kein direkter körperlicher Angriff, im Gegenteil, er verschwand ja vor ihren Augen. Und trotzdem: Seitdem lässt sie die Angst nicht mehr los. Er meinte, dass sogar seine Arbeit darunter litte, weil er sich nicht mehr richtig konzentrieren könne."

„Ich verstehe immer noch nicht, warum das Dezernat 1 damit behelligt wird."

„Nimm folgende Gedankenkette: Ein Mensch ertrinkt vor Zeugen, seine Leiche wird nicht gefunden, es sind keine Spuren zu entdecken, die darauf schließen lassen , dass er sich doch aus eigener Kraft retten konnte, liegt da in irgendeiner für uns nicht sofort erkennbaren Weise ein Verbrechen vor?"

„Die zwei müssen sich geirrt haben. Kein Mensch verschwindet spurlos! Das gibt es nicht."

„Aber dieser Mann wurde noch von jemand anderem gesehen. Der Obdachlose war ja auch dort."

„Welcher Obdachlose? Wo kommt denn der auf einmal her ... und was hat er gesagt?"

„Nichts. Wir konnten ihn nicht befragen. Das ging nicht. Der war wie vom Erdboden verschluckt. Dabei ist er aus Karlsruhe nicht wegzudenken, übrigens ein alter Bekannter von dir."

„Zehntner?"

„Genau, der Philosoph. Wir konnten ihn tagelang nicht finden, an keinem seiner üblichen Aufenthaltsorte. Selbst in den Notunterkünften tauchte er nicht auf. Und dann ist er heute morgen ganz unvermutet einer Streife in Ettlingen über den Weg gelaufen. Die haben ihn mitgenommen und sofort hierher gebracht."

„Und was hat er gesagt?"

„Nichts, rein gar nichts. Zuerst leugnete er, im Schlosspark gewesen zu sein. Als wir ihn mit der Zeugenaussage konfrontierten, zuckte er nur mit den Achseln. Es sei ja wohl nicht verboten, frühmorgens im Park zu sein. Ich versuchte, ihn zu beruhigen, habe ihm versichert, dass alles in Ordnung sei und es nur darum gehe, bei einer Vermisstensache zu helfen. Aber er schüttelte bloß fortwährend den Kopf. Er habe nichts gesehen."

„Das sieht dem Zehntner ähnlich." Lienz musste grinsen. „Ist bei Obdachlosen aber kein unübliches Verhalten. Die haben so viele schlechte Erfahrungen mit der Polizei gemacht, dass sie lieber schweigen und so tun, als wissen sie von nichts. Ehrlich, ich kann es ihnen nicht einmal verübeln."

„Es kommt noch seltsamer: Ständig behauptete er, dass er fort müsse, weg aus Karlsruhe. Fast hysterisch war er. Als ich ihm sagte, dass er Karlsruhe momentan nicht verlassen dürfe, weil wir eventuell noch ein paar Fragen an ihn hätten, wäre er fast ausgeflippt. Er schrie und tobte, war kaum unter Kontrolle zu halten. Ich musste ihm mit der Zelle drohen. Erst dann kam er zur Vernunft. Plötzlich gab er klein bei, versicherte, hier zu bleiben und schlich wie ein geprügelter Hund davon."

Kurz herrschte Stille im Zimmer. Lienz stellte seine Tasse ab, knetete seine Finger. „Das sieht dem Philosophen gar nicht ähnlich, so auszuflippen. Der ist eigentlich ein besonnener Mensch."

Radke rutschte unruhig auf seinem Stuhl hin und her. Er hatte noch etwas auf dem Herzen, wusste aber nicht, ob er das wirklich sagen konnte. Letztendlich siegte sein Vertrauen in Lienz. „Ich glaube, es gibt eine Gemeinsamkeit zwischen dem Philosophen und dem Yuppiepaar."

„Und die wäre?"

„Angst. Auch der Philosoph hatte Angst. Das ist der einzige vernünftige Grund, sich so aufzuregen. Er wollte fort, nur fort und es setzte ihm arg zu, hier bleiben zu müssen."

Lienz nickte nachdenklich mit dem Kopf. „Bleibt die Frage: Wovor?"

„Vielleicht gab es diesen Mann wirklich und er hat alle drei bedroht. Ich weiß noch nicht, warum, aber ich bin mir sicher, dass es dafür einen Grund gibt. Eventuell haben sie ihn bei etwas Verbotenem beobachtet und nun trauen sie sich nicht, die ganze Wahrheit zu sagen."

„Ich weiß nicht so recht. Das hört sich doch alles ein wenig konstruiert an ... aber trotzdem: seltsam ist es schon."

„Kannst du nicht mit dem Philosophen reden? Du hast doch einen guten Draht zu ihm."

„Das ist also der wahre Grund deines Besuches, hab ich recht?"

„Der wichtigste. Aber ich wollte auch deine Meinung hören ... nun, was meinst du?"

Langsam rückte der Minutenzeiger der Wanduhr weiter. Die Stille im Zimmer war zum Greifen. Jeder hing seinen eigenen Gedanken nach.

Etwas an dem Bericht ließ Lienz nicht los. An irgendeinem Punkt hatte sich etwas in seinem Gehirn verhakt, er wollte später darauf zurückkommen. Nun fiel es ihm nicht mehr ein. Enttäuschung im Blick wendete er sich wieder Radke zu.

„Ja, ich habe was beim Philosophen gut. Ich weiß nur nicht, ob ich es gerade für diese Sache einsetzen soll ... eventuell spreche ich erst einmal selbst mit diesem Paar. Wie heißen sie noch mal?"

„Brunner. Heiner und Julia Brunner."

Wie vom Blitz getroffen zuckte Lienz zusammen. Brunner. Natürlich. Das war es, was sich bei ihm festgehakt hatte. Der aus der Bahn geworfene Bauingenieur und seine Architektenfrau. Sportlicher Typ, hohe Stirn. Mensch, dass er nicht sofort geschaltet hatte!

Radke musterte ihn überrascht. „Was ist los? Kennst du die Brunners?"

„Der Brunner ist der Leiter des Staudammprojekts in Iffezheim. Ich habe ein paar Mal mit ihm gesprochen – der ist wirklich durch den Wind. Angst? Daran habe ich bisher noch gar nicht gedacht. Ich habe einfach angenommen, dass der durch den ganzen Druck am Ende ist ... ich dachte schon die ganze Zeit, dass deine Geschichte etwas in mir anklingen lässt, ich wusste nur noch nicht, was!“

„Das ist ja ein Zufall!“

„Oder auch nicht! Wie dem auch sei. Ich spreche mit dem Philosophen, gleich heute Abend.“

„Danke.“

„Schon gut. Mach nicht so ein Tamtam. Ich erzähl dir dann morgen, wie es gelaufen ist.“

Der sichtlich erleichterte Radke reichte Lienz die Kaffeetasse zurück. „Du hast was gut bei mir. Erinner' mich daran!“

Als Radke das Zimmer verlassen hatte, schnappte sich Lienz einen weiteren Ordner und schrieb in seiner leserlichen Schrift „Brunner-Zehntner“ auf die Rückseite. Dann nahm er seine Jacke und machte sich auf die Suche nach dem Philosophen.

Tische und Bänke des Starbuck's Coffeeshop waren bis in die Mitte der Kaiserstraße aufgestellt. Auch jetzt noch, am frühen Abend, waren die meisten Plätze belegt.

Mit einem Mal überkam Lienz eine überwältigende Lust auf Kaffee. Ganz von allein schlugen seine Füße den Weg Richtung Tresen ein. Der Cappuccino hier war wirklich nicht zu verachten, das musste er dieser Amibude lassen, auch wenn er gut auf den ganzen Schnickschnack drumherum verzichten konnte. Flavoured coffee! Vanille oder Amaretto, was sollte der Quatsch? Kaffee musste in erster Linie nach Kaffee schmecken – da war er Purist!

An der Kaffeebar stauten sich die Gäste. Geduldig stellte er sich ans Ende der Schlange.

„Einen Cappuccino zum Mitnehmen, bitte.“

„Einen Cappuccino to go“, wiederholte das Mädchen auf der anderen Seite des Tresens und stürzte sich sofort in hektische Betriebsamkeit, um ihm schon wenige Sekunden später mit einem strahlenden Lächeln den dampfenden Pappbecher zu geben. „Reichen zwei Stück Zucker, oder wollen Sie es etwas süßer?“

Lienz erstarrte. „Schau ich aus, wie so ein Studi-Weichei? Wenn ich Zuckerwasser gewollt hätte, hätte ich eines bestellt!“

Er erntete einen hoffnungslos überforderten Blick, sodass er ein etwas freundlicheres „Danke! Ein Päckchen wird vollauf genügen“, hinzufügte.

Seufzend verließ er den Coffeeshop. So eine Anti-Spaß-Generation! Die nahmen alles viel zu ernst, selbst das Abhängen, wie er mit einem Seitenblick bemerkte. Er nahm sich fest vor, in Zukunft wieder bei Ernesto in der Erbprinzenstraße seinen Cappuccino zu holen. Blöd nur, dass er dort nicht so kräftig schmeckte, aber wenigstens verstand der Barista Spaß.

Er begann mit seiner Suche im Schlosspark. Doch weder am See noch in dem angrenzenden Wäldchen konnte er den Obdachlosen finden. Ein Abstecher durch den Botanischen Garten brachte auch kein Ergebnis, wenngleich die vielen blühenden Bäume und Blumen seine Maienlaune wieder belebten. Schweren Herzens kehrte er diesem Paradies den Rücken und wendete sich erneut der Kaiserstraße zu. Er würde wohl in den sauren Apfel beißen und diese Rennstrecke bis zum Durlacher Tor abklappern müssen!

Doch was als Mühsal begann, verwandelte sich mehr und mehr in eine glückliche Frühlingspromenade. Die Kaiserstraße barst vor Leben: Cafes und Restaurants waren gut besucht, die meisten Tische belegt. Kein Wunder! Wer mochte nicht in diesem milden Lüftchen draußen sitzen und den schön herausgeputzten Menschen beim Einkaufen und Flanieren zusehen. Wo vor wenigen Jahren noch eine Straßenbahn an der anderen fuhr, das schrille Quietschen der Räder auf den Gleisen von den Häuserwänden widerhallte, erfüllte jetzt munteres Stimmengewirr die Luft. In aller Ruhe bummelten Menschen jeglicher Couleur durch Karlsruhes Innenstadt, die frühere, sprichwörtlich gewesene Muffigkeit der Nordbadener war wie weggeblasen. Kaum vorstellbar, dass eine nicht unerhebliche Anzahl der Bürgerschaft die Verlegung des Verkehrs unter die Erde verhindern wollte, wo dieser Schritt doch die einzige Rettung für die im Niedergang begriffene Karlsruher City war. Ein Glück, dass die ewigen Bremser und Bedenkenträger sich nicht hatten durchsetzen können.

Am Durlacher Tor angekommen, war Lienz zwar um Ein- und Aussichten reicher, von seinem Delinquenten fehlte aber weiterhin jede Spur. Er beschloss, noch einen letzten Versuch zu wagen und betrat die Rolltreppe, die in die Bahnstation hinunterführte. Der von modernsten Lichtmodulen hell erleuchtete Bahnsteig war gut gefüllt, und dass, obwohl die Bahnen im Drei-Minuten-Takt verkehrten. Schon kündete aufkommender Wind von der Einfahrt des nächsten Zuges.

Obwohl noch einige Sitzplätze frei waren, blieb Lienz stehen. Er genoss dieses Schaukeln der Wagen, das sanfte Hin- und Herwippen versetzte ihn in eine Art Trance. Wie im Nebel zogen die Stationen an ihm vorbei: Marktplatz, Herrenstraße, Europaplatz, Mühlburger Tor.

Als die Straßenbahn den Tunnel verließ, holte ihn das mächtig hereinflutende Tageslicht ins Hier und Jetzt zurück. Am Entenfang verließ er die Straßenbahn, wendete sich Richtung Alb, flussaufwärts schlendernd. Schon nach wenigen Metern verschluckten Büsche und Bäume den Straßenlärm der Südtangente. Lienz blieb stehen, atmete auf. Weit weg schien die Hektik der Stadt, fort auch alle Tageslast, fortgespült vom klaren Wasser der Alb. Unwiderstehlich gleißte und glitzerte das Sonnenlicht auf ihren kleinen Wellen, geheimnisvoll gurgelte sie ihre kühle Botschaft dem aufmerksamen Beobachter entgegen.

Kurz vor dem Kühlen Krug konnte Lienz unmöglich weiter. Der Sog des Wassers war zu mächtig, er musste hinein. Sofort!

Hastig streifte er seine Schuhe ab, krempelte die Hose hoch, entledigte sich seines Hemdes und stieg ins erfrischende Nass. Die Kälte war wohltuend, jagte Schauer über seine Haut. Kräftig stieß er beide Arme nach unten, spritzte Wasser hoch, über sich, stampfte mit beiden Beinen, bis eine Stimme ihn aus seinem Treiben riss.

„Na, wenn das mal nicht der Herr Kommissar ist."

Lienz fuhr herum, peinlich berührt. Wenige Meter entfernt, vom Stamm einer alten Weide halb verdeckt, saß der Philosoph. Schnell tapste er aus dem Wasser, trocknete Arme und Beine mit seinem Hemd, schlüpfte anschließend hinein. Die Schuhe in der Hand gab er, in einem hoffnungslosen Versuch, seine amtliche Autorität wiederherzustellen, seiner Stimme einen ruhigen und tiefen Klang. „Herr Zehnter! Welch ein Zufall. Genau Sie habe ich gesucht."

„Dabei hat ja jeder so seine eigenen Methoden."

„Ja, ich ..." Weiter kam Lienz nicht. Das breite Grinsen im Gesicht des Obdachlosen machte ihm schlagartig die Absurdität der Situation bewusst. Er schaffte es gerade noch, den Baumstamm zu erreichen, dann brach er in schallendes Gelächter aus. Immer wieder versuchte er, sich zu fangen, einen neuen Ansatz zu finden, aber über ein „Also, ich wollte ...", oder „Die Sache ist die ..." kam er nicht hinaus. Es dauerte lange, bis die zwei Männer sich wieder so weit beruhigt hatten, um miteinander sprechen zu können.

„Immerhin sind Sie ja erfolgreich gewesen. Sie haben mich gesucht, Sie haben mich gefunden. Nun, was kann ich für Sie tun?"

„Das ist eine lange Geschichte. Ich weiß gar nicht, wo ich beginnen soll ..."

„Nun, wie wäre es mit etwas zum Trinken, für den Anfang?"

„Ja, ich glaube, das ist eine gute Idee. Bin gleich wieder da!"

Mit großen Schritten eilte Lienz zum Kühlen Krug und kam kurz darauf mit zwei trüben Halben zurück.

„Zum Wohl! Auf den edlen Spender!"

„Auf die unverrückbare Wahrheit des Lebens!"

Der Obdachlose zuckte bei diesen Worten kaum merklich zusammen. Schnell schielte er zu Lienz, konnte aber nicht herausfinden, ob dieser etwas bemerkt hatte.

Schweigend saßen sie nebeneinander und tranken ihr Bier. Die Alb gluckerte keck über eine Schwelle aus aufgehäuften Steinen, aus den Büschen klangen dutzendfach gewagte Trillermelodien, ein Surren und Summen erfüllte die von der schräg stehenden Sonne angenehm erwärmte Luft. Lange saßen sie so und schauten auf das fließende Wasser.

Ihre Unterhaltung hatte sich dem trägen Rhythmus der Alb angepasst, kreiste um die großen und kleinen Themen des Lebens. Zweimal noch stand Lienz auf, um ihre Gläser aufzufüllen. Ein Satz des Philosophen hakte sich in ihm fest.

„Wissen Sie, Herr Kommissar, der Mensch hat sich angepasst. Allerdings wurde dadurch seine Wahrnehmung verändert."

„Was meinen Sie?"

„Ich meine das ganz allgemein. Wir sind ein Anpassungstier, in allen Bereichen. Nehmen Sie doch nur mal unseren Namen: Mitten in einer Situation größter Hormonausschüttung und höchster Unzurechnungsfähigkeit verpassen unsere Eltern ihrem Nachwuchs eine Worthülse, ein Begriff, der für die Umwelt für den Rest seines Lebens alles über diese Person enthalten soll. Eine größere Reduzierung des menschlichen Ichs kann man sich schwerlich vorstellen. Und was machen wir, während wir wachsen und gedeihen? Wehren wir uns gegen dieses Paket, das uns da ohne unsere Zustimmung aufgebürdet wurde? –Nein! Im Gegenteil! Wir versuchen alles, um in diese Hülle hineinzuwachsen, zwängen unser freies Ich in einen Namen und entwickeln uns so zu braven Peters, aufregenden Dianas oder eben lustigen Kläuschens. Anpassungstiere eben."

„Ist das jetzt nicht arg pessimistisch? Bin ich denn immer der Kleine geblieben, der Benjamin? Man kann sich doch durchaus aus diesem Namensgeflecht befreien, obwohl das mit der Diana ..."

„Die ja auch gerne mal eine Nuria oder Nora sein kann."

„Oder eine Lotta, eine Maren und ... und eine Doris."

„Doris?", echote Zehntner verwundert. „Doris? Nein, das passt nicht. Da könnte ja auch genauso gut die Elisabeth ..."

„Und Notburga ..."

„Verdammt, nein, das geht ja gar nicht ...!"

Der Rest des Satzes ging in lautem Lachen unter. Zehntner lachte aus vollem Halse, Tränen liefen über seine Wangen. Lienz krümmte sich vornüber, hielt sich den Bauch. Immer wenn er sich gerade ein wenig beruhigt hatte, löste ein Grunzen des Obdachlosen neue Lachkrämpfe aus. Es dauerte lange, bis er sich wieder einigermaßen beruhigt hatte.

„Aber es stimmt schon: Manche Namen sind echt ein Fluch."

„Klaus zum Beispiel."

„Und Regina. Da bleibt einem wohl nichts anderes übrig, als sich anzupassen."

„Ja, genau das meinte ich anfangs. Aber", von einem Moment zum anderen war Zehntner wieder ernst, „genau darin liegt die Gefahr."

„Welche Gefahr?"

„Die der Anpassung. Der Mensch als Anpassungstier ist selbst der größte Zivilisationsfolger. Denken Sie mal über die Gefahren nach, die den Menschen aktuell bedrohen. Wie reagiert der darauf?"

„Verstehe ich jetzt nicht."

„Stellen Sie sich einen großen Vogel vor, der langsam, seine scharfen Augen nach unten gerichtet, über uns kreist. Nehmen wir ihn überhaupt wahr, den Vogel? Erkennen wir die Gefahr, die von ihm ausgeht? Die Antwort kennen Sie: Nein! Wir meinen zu wissen, dass uns aus der Luft keine Gefahr droht. Also vernachlässigen wir unsere Wahrnehmung dieser Sphäre. Dafür hat sich unser Blick für die Gefahren auf dem Boden geschärft. Wir müssen auf Gegner reagieren, die sich mit unglaublicher Geschwindigkeit vorwärts bewegen und gnadenlos alles zermalmen, das sich ihnen in den Weg stellt. Das haben wir recht gut gelernt, sogar schon die ganz Kleinen sind darin geschult."

„Das ist so ein quasi evolutionärer Gedanke. Wer sich anpasst überlebt, der andere – nun ja. Aber das ist doch positiv zu bewerten."

„Schon, ja. Aber nehmen wir mal an, dass sich die grundsätzliche Gefahrenlage eigentlich nie geändert hat, sondern nur anders gewichtet wurde. Was sagt uns das?"

„Mir ehrlich gesagt nichts."

„Herr Kommissar, kommen Sie. Stellen Sie sich nicht dümmer als Sie sind."

„Ich weiß wirklich nicht, was Sie meinen! Hören Sie doch auf, in Rätseln zu sprechen!"

„Ich spreche nicht in Rätseln. Denken Sie nach. Was passiert mit einer Gefahr, die wir nicht erkennen?"

„Nun, sie ist immer noch gefährlich."

„Nicht nur das. Sie ist noch gefährlicher als früher." Seinen Worten zufrieden nachlauschend, lehnte sich der Obdachlose zurück, schloss kurz die Augen und fuhr dann fort. „Wir haben den Blick für die alten, die Urgefahren verloren. Wir erkennen sie nicht mehr. Unser Wahrnehmungsapparat ist derart überlastet von dem unsäglichen Lärm, den wir tagtäglich produzieren, von den nie versiegenden Bilderfluten im Fernsehen, dass er kurz vor dem Kollaps steht. Verstehen Sie: Der Mensch führt sich selbst zur Schlachtbank. Stellen Sie sich das ruhig mal bildlich vor. Kein beruhigender Anblick, selbst in seiner ihm innewohnenden Absurdität ängstigt er mich. Aber die Anderen um mich herum? Nichts! Und das ist das Kernproblem: Dem Menschen heute fehlt die Angst!"

„Na, jetzt übertreiben Sie aber. Jeder Mensch hat Angst, jeder!"

„Ja, natürlich hat er die. Aber er tötet sie ab, überspült sie mit Eindrücken, begräbt sie unter Aktionismus, betäubt sie mit Drogen bis er sie nicht mehr wahrnimmt, beziehungsweise nicht in den richtigen Momenten zulässt. Auch die Angst hat sich angepasst, bricht nur bei eigentlich kontrollierbaren Situationen wie einem spannenden Film aus. Wir haben die Angst in eine annehmbare Furcht umgedeutet."

Lienz warf ihm einen fragenden Blick zu. „Wovon sprechen wir hier überhaupt? Ich werde den Verdacht nicht los, dass Sie mir eigentlich etwas ganz anderes mitteilen wollen. Also: Was ist das für ein Gespräch? Hat es etwas mit ihrem Verschwinden nach Ettlingen zu tun? Würden Sie mir mal erklären, was Sie dort zu suchen hatten? Sie verlassen Karlsruhe doch nicht freiwillig, oder? Also, was treibt Sie um?"

„Nichts!"

„Wie nichts?"

„Ich will nicht darüber sprechen."

„Aber es ist wichtig."

„ ... "

„Für mich!"

Der Philosoph seufzte tief und lange. Dann wandte er sich dem Kommissar zu, blickte ihm scharf in die Augen.

„In Ordnung. Für Sie. Aber nur weil ich Ihnen noch etwas schuldig bin und weil ... weil Sie einer der vernünftigsten Menschen sind, die ich kenne." Er räusperte sich, holte tief Luft und begann mit seiner Erzählung. „Wie Sie sicher wissen, hat man mich aufs Revier mitgenommen. Ich sollte eine Aussage machen, zu den Vorkommnissen im Schlosspark. Das wollte ich aber nicht. Deshalb habe ich zuerst behauptet, gar nicht dort gewesen zu sein. Das war dumm. Natürlich gab es Zeugen, dieses Paar hat mich ja gesehen, hat sogar mit mir gesprochen. Das wusste die Polizei natürlich auch. Also habe ich zugegeben, dort gewesen zu sein. Dieser Widerspruch zu meiner ersten Aussage erhöhte nicht unbedingt meine Glaubwürdigkeit. Aber was soll's! Sich darüber Gedanken zu machen, war ab diesem Moment sowieso zu spät. Also habe ich mich weiterhin hartnäckig geweigert zuzugeben, etwas – ganz egal was – gesehen zu haben."

„Was Ihnen natürlich niemand mehr glaubte."

„Ja. Trotzdem bin ich dabei geblieben."

„Warum?"

„Weil ..."

„Ja?"

„ ... "

„Mein Kollege meinte, Sie hätten Angst gehabt."

„Und damit hat er verdammt recht. Sie wissen gar nicht ... können es ja gar nicht wissen." Die Worte versiegten. Lienz wartete.

Irgendwann begann Zehntner erneut: „Also gut. Ich saß am Ufer des Teiches und starrte auf das Wasser. Es war ungewöhnlich kalt für Ende April, auch der Nebel passte nicht zur Jahreszeit. Während ich also auf den Morgen wartete, darauf, dass die Sonne herauskam, verdichtete sich der Nebel immer mehr, bis ich schließlich nur noch wenige Meter weit sehen konnte. Und da geschah es! Ein Schemen schälte sich aus der grauen Wand, sah sich um und erblickte mich. Obwohl ich sein Gesicht nicht sehen konnte, war klar, dass er mich durchdringend musterte. Er nagelte mich förmlich fest. Mir war, als ob eine eisige Hand nach meinem Herzen griff. Ich wollte weg, nur fort, doch meine Füße gehorchten mir nicht. Ich war gefangen und ohne dass dieser Schatten mich körperlich bedrohte, erfüllte mich kaum zu bändigende Angst. Er kam näher, sein Blick wurde immer durchdringender. Diese Augen! Sie zogen mich an, schienen von Innen zu leuchten und dann ganz plötzlich öffneten sie sich und gaben den Blick frei auf, auf ... ich weiß es selbst nicht genau. Es war wie ein Brunnen, an dessen unterem Ende ein dunkler Spiegel aus Traurigkeit und Schwermut lag. Nicht zu ertragen dieser Anblick.

Ich sah, was er sah, dachte, was er dachte. Ich sah mich durch seine Augen. Er schaute bis auf den Grund meiner Seele, wog ab, schätzte und wertete, ob er mich gehen lassen oder vernichten sollte. Sein Urteil fiel wohl positiv aus, denn plötzlich stand ich wieder am Ufer und sah die Gestalt im Nebel verschwinden ... Am ganzen Körper zitternd, rappelte ich mich mühsam hoch. Es dauerte einige Minuten bis ich in der Lage war, mich zu bewegen. Als es so weit war, hatte ich nur noch ein Ziel: So weit wie möglich fortzukommen. Ich musste Karlsruhe verlassen. Dieses Ding, was auch immer es war, strahlte eine solche Bedrohung aus, dem kann sich niemand entgegen stellen. Ich traf dann noch auf dieses junge Paar. Ich glaube, sie waren ebenso fassungslos wie ich. Obwohl ich immer noch unter Schock stand, hatte sich der Ausdruck auf dem Gesicht der Frau tief in mich hineingefressen. Nackte Angst hatte ihre Züge verzerrt. Da war mir endgültig klar, dass ich von dort fort musste! Aber nun, nun sitze ich hier fest und kämpfe gegen diese Angst. Ein Kampf, in dem ich nur verlieren kann."

Lienz versuchte, das Gesagte zu verarbeiten, es in irgendeine Kategorie zu stecken. Vergebens.

„Warum sind Sie zurückgekommen?"

„Weil ich nachgedacht habe. Ich meine, zuerst lief ich einfach drauflos, immer weiter. Mit jedem Meter, den ich zwischen mich und den Schlosspark brachte, fühlte ich mich sicherer. Aber ich habe mit etwas vorgemacht! Das merkte ich am nächsten Tag in Ettlingen. Die Bedrohung war immer noch greifbar, vielleicht sogar noch massiver. Also beschloss ich, weiter zu ziehen, den Rhein aufwärts, doch schon nach wenigen Kilometern war mir klar, dass das der falsche Weg war."

„Wieso?"

„Mit jedem Schritt wuchs die Furcht in mir, als würde meine Flucht sie stärken. Ich war komplett verunsichert; so etwas Verrücktes hatte ich noch nie erlebt ... Ich kehrte um, blieb in

Ettlingen und dort, ich saß gerade am Brunnen am Marktplatz, fand mich die Erleuchtung!"

„Die Erleuchtung hat Sie gefunden, nicht umgekehrt?"

„Ja! Genauso war es. Alles erschien mir plötzlich klar, die Zusammenhänge lagen auf der Hand. Es ging nicht darum, zu fliehen! Man kann seinem Schicksal nicht entkommen. Das war es, was mir dieses Wesen mitteilen wollte, denn so viel scheint klar: Es wollte mit mir in Kontakt treten. Verstehen Sie? Ich musste zurück, mich der Gefahr stellen, die Angst, diese unerträgliche ertragen, um einem bestimmten Endzweck zu dienen. Welcher das ist, weiß ich noch nicht. Aber ich spüre: Lange wird es nicht mehr dauern!"

„Warum haben Sie meinem Kollegen nichts davon erzählt?", fragte Lienz etwas hilflos.

„Glauben Sie mir?"

„Ehrlich gesagt: Ich weiß es nicht."

„Eben. Wenn Sie mir schon nicht glauben! Was meinen Sie, hätten die mit mir gemacht? Im besten Falle würde ich in einer Ausnüchterungszelle sitzen. Oder in der Klapse landen."

„Wäre nicht verwunderlich."

„Obwohl ich die Wahrheit sage."

„Schwer zu glauben. Allerdings haben die Brunners, das Paar, das Sie im Schlosspark getroffen haben, sehr ähnliche Beobachtungen gemacht. Nur, was soll das alles? Wer oder was war das?"

„Was weiß ich? Er, der Wiedergänger!"

„Ein Vampir?"

„Vampir – so ein Quatsch!"

„Was dann?"

„Namen gibt es viele: Lucifer, Ahasver, Weltenwanderer, Dschinn, Dämon und so fort ... was halten Sie eigentlich von gefallenen Engeln?"

Darauf wusste Lienz keine Antwort. Mit Bildern schrecklicher Unwesen vor Augen konnte er keinen klaren Gedanken fassen. Da Zehntner den Faden weiter spann, kam er nicht in die Verlegenheit, etwas Sinnvolles erwidern zu müssen.

„Nicht die aus Fleisch und Blut natürlich, sondern die echten, die biblischen."

„Mit dieser Vorstellung kann ich nicht wirklich viel anfangen."

„Wieso? Was passt besser zu uns Menschen? Wir sind doch auch Gefallene, warum sollten sich dann nicht gerade die um uns kümmern?"

Lienz warf ihm einen skeptischen Blick zu.

„Ich meine das durchaus ernst. Was ich gesehen habe, war kein harmloser Fastnachtsspuk Dieses Wesen ging tiefer. Was es verbreitete, war pure Angst, Grauen, abgrundtiefes Grauen ... Ich habe nachgedacht, vieles hin- und hergewälzt. Noch nie habe ich von so einem Ding gehört. Aber die Angst, die es verbreitet, die ist mehr als real. Doch obwohl ich nicht sonderlich religiös bin, zumindest nicht im kirchlichen Sinn, löst dieses Erlebnis etwas in mir aus, was einem religiösen Gefühl recht nahe kommt. Das habe ich als Kind schon mal erlebt, beim Lesen alter Sagen: Hutzelweiber, umgehende Kapuziner, wilde Jagden, Hausgespenster und weiße Frauen ..."

„Das ist jetzt aber recht nebulös. Sagen sind Sagen. Das meiste davon ist pure Phantasie, beziehungsweise der Versuch von Menschen, die in früheren Zeiten gelebt hatten, unerklärliche Naturphänomene fassbar zu machen."

„Doch jede Sage hat einen wahren Kern, Herr Kommissar, das sollten wir nicht vergessen."

Lienz Kopf war schwer vom Bier und müde vom Denken. Lange würde er nicht mehr durchhalten. Er hatte viel erfahren und doch fehlte etwas. Der eine, bestimmte Hinweis war nicht darunter gewesen. Enttäuscht versuchte er es mit einer letzten Frage.

„War Ihnen sonst noch irgendetwas aufgefallen? Ein besonderes Merkmal? Ein Hinweis auf die Identität dieser Gestalt. Etwas Außergewöhnliches vielleicht?"

Zehnter schien den Fragen hinterherzulauschen. Erst als Lienz schon dachte, dass er keine Antwort erhalten würde, setzte Zehntner zu einer Erwiderung an.

„Jetzt wo Sie fragen, fällt mir etwas ein – das hatte ich ganz vergessen. Als dieses Wesen verschwunden war, machte sich ein Geruch breit, ein ganz eigentümlicher Duft."

„Ein Geruch also?", wiederholte Lienz.

„Ja. Auf einmal roch es nach verbranntem Gras. Nein, das stimmt nicht. Es war anders, seltsam. Fremd und durchdringend. Irgendwie süß und bitter zugleich, aber ungeheuer intensiv. Es haftete mir regelrecht an den Kleidern."

„Das ist alles?", brachte Lienz enttäuscht hervor.

„Ja. Leider. Mehr gibt's nicht."

Lienz war am Ende seiner Kräfte. Er konnte nicht mehr weitermachen, spürte, wie dieser ganze Irrsinn über ihm zusammenschlug. Es war Zeit für eine Pause.

„Ich glaube, es ist besser, wenn ich jetzt nach Hause gehe. Das muss sich alles erst mal setzen."

„Ich weiß, es ist schwer zu glauben, aber, Herr Kommissar, Sie werden noch an mich denken! Nur weil unsere Sinne die Gefahr nicht wahrnehmen, heißt das noch lange nicht, dass es sie nicht gibt."

„Ja, ja. Ich denke darüber nach. Bleiben Sie in Karlsruhe, falls ich noch Fragen haben sollte?"

„Natürlich!", gab Zehntner grummelnd zurück. „Das habe ich Ihnen ja gerade erklärt. Ich kann nicht weg, selbst wenn ich wollte."

„Danke, dass Sie so offen zu mir waren. Gute Nacht."

„Schlafen Sie gut, Herr Kommissar, schlafen Sie gut."

So schnell es sein müder Körper erlaubte, ging Lienz der Alb entlang heimwärts. Seine Gedanken überschlugen sich. In welchem Albtraum war er nur gefangen? So ein Wahnsinn! Dieses ganze Gefasel von Gefahr und Bedrohung. Ein Schatten! Was, zum Teufel, soll denn ein Schatten anrichten? Das hört sich eher nach einem kollektiven Horrortrip an. Aber was zum Teufel verbindet die Brunners mit Zehntner?

Doch so sehr er sich auch den Kopf zerbrach, er konnte beim besten Willen keine Verbindung zwischen den Dreien herstellen, was umso ärgerlicher war, da er genau spürte, dass diese Verbindung die Lösung barg. Er benötigte einen klaren Kopf, um endlich scharf denken zu können – doch das Gegenteil war der Fall: Er war zutiefst verstört. Obwohl sich alles in ihm gegen die absurden Geschichten des Obdachlosen sperrte, konnte er doch nicht anders, als ein Quantum Wahrheit darin zu erahnen. Das Grauen, das Zehntner erfasst hatte, war mit Händen greifbar gewesen. Kann ein Mensch sich derart in seinen Hirngespinsten verlieren, dass die Grenzen zwischen Wahn und Realität vollends verloren gehen? Natürlich. Die Psychiatrien sind voll von diesen Leuten. Andererseits stimmte Zehntners Beschreibung der Geschehnisse genau mit der der Brunners überein; ganz zu schweigen von der schrecklichen Angst, die alle drei erfasst hatte. Und die Brunners waren nun weiß Gott nicht geistesgestört. Steckte also doch ein Körnchen Wahrheit in diesen Auswüchsen der Phantasie? Ganz ausschließen konnte er das nicht, dazu hatte er schon zu viel Unerwartetes erlebt. Je länger er darüber nachdachte, desto mehr war er geneigt, der Sache Glauben zu schenken. Die Frage war nur, wo er mit der Suche nach dem Kern der Geschichte beginnen sollte?

Lautes Platschen ließ ihn zusammenfahren. Die Alb lag gänzlich schwarz, das Wasser war nicht zu sehen.

Da, noch einmal dasselbe Geräusch. Der Drang sich umzudrehen war übermächtig. Doch hinter ihm, das wusste er, wartete nur Dunkel. Dort gab es nichts zu sehen. Trotzdem spürte er ein sachtes Kribbeln die Wirbelsäule hochklettern. Er fühlte sich verfolgt. Mit aller Kraft versuchte er, sich nichts anmerken zu lassen und ging mit unveränderter Geschwindigkeit weiter. Reiß dich zusammen, dachte er, der Zehntner mit seinem

Gefasel macht dich noch ganz verrückt. Sagengestalten? Das war doch lächerlich!

Doch zum Lachen war ihm eigentlich nicht zumute. Schnell lenkte er seine Schritte nach der nächsten Unterführung Richtung Beiertheim. Als er die erleuchtete Breite Straße erreichte, drehte er sich endlich um. Erleichtert registrierte er, dass dort niemand war. Hatte er es doch gewusst: alles nur Hirngespinste!

10

„Ich weiß eigentlich immer noch nicht so recht, warum wir das machen?"

„Was machen?"

„Die Aktionen gegen Iffezheim! Warum gerade dieses Projekt? Ich meine, immerhin wird der Strom dort ökologisch erzeugt."

Der erste Eindruck täuschte. Obwohl die jungen Leute lässig auf und zwischen den Graswellen vor dem Schloss Gottesaue lagerten, war es nicht die Lust auf gemeinsames Abhängen nach einem anstrengenden Unitag, das sie hier zusammenführte. Entspannung gab es anderswo, selbst wenn sich alle Anwesenden bemühten, es genauso aussehen zu lassen. Lauwarmes Bier wurde aus Sixpacks gefummelt und geschlechterspezifisch verteilt; Corona für die Mädels, Rothaus für die Jungs. Laut klirrend stießen die Flaschen beim Zuprosten aneinander, es wurde geknufft und gebalgt, gekreischt und gebrüllt. So steckte das junge Stadtrudel sein Terrain ab, Eindringlinge wurden durch Drohgebaren auf Distanz gehalten. Keiner der anderen herumlungernden Musikstudenten wagte es, sich der Gruppe zu nähern, niemand konnte hören, was hier verhandelt wurde.

„Warum protestieren wir nicht gegen den Atommeiler in Phillipsburg, oder das neue Kohlekraftwerk, das erst vor Kurzem direkt bei Karlsruhe hochgezogen wurde? Das ist doch ein echter Klimakiller!"

„Weil wir was Neues brauchen!" Jos Antwort war ebenso kurz wie schroff, aber Florian ließ sich davon nicht einschüchtern.

„Aber warum gegen Wasserkraft? Das ist doch die sauberste Art der Energiegewinnung – zumindest relativ gesehen."

„Kapier's doch endlich ...", brauste Jo auf, doch Tom hob beschwichtigend die Hand. Ganz geübter Selbstdarsteller wartete er kurz, bis er sich der Aufmerksamkeit aller sicher war, dann begann er zu sprechen.

„Die Fragen von Florian sind nicht ganz unberechtigt. Immerhin ist er noch neu. Er hatte noch nicht die Möglichkeit, sich so intensiv wie wir mit der Materie zu beschäftigen. Außerdem ist es doch äußerst interessant zu sehen, wie sehr selbst kritisch denkende Leute wie er die Argumentation der Energielobby verinnerlicht haben."

„Aber ..."

„Kein aber", unterbrach Tom sofort. „Hör mir jetzt einfach mal zu – und ihr anderen auch! Ich bin mir gar nicht so sicher, ob jeder von euch das alles so richtig verstanden hat ... Also, sprechen wir von der grünen Bilanz des Megakraftwerks Iffezheim: Zuallererst wären da die so genannten Kollateralschäden. Peanuts im Vergleich zum positiven Endergebnis, wie uns immer wieder sorgfältig versichert wird. Kümmern wir uns also nicht um die versiegelten und plattgemachten Auwälder; die letzten ihrer Art am Oberrhein. Vergessen wir das Aussterben der Artenvielfalt von Pflanzen und Tieren, diese müssen dem höheren Ziel der „sauberen" Energieversorgung geopfert werden ... sprechen wir nicht von den paartausend umgesiedelten Menschen. So ist die Demokratie nun mal! Der Einzelne opfert seinen Egoismus für das Gemeinwohl, Mehrzahl siegt – Einzahl fliegt!"

Natürlich kannte Florian jedes dieser Argumente. Wieder und wieder hatte er sie in seinem Kopf hin- und hergewälzt. Und so bitter diese Auflistung für den Einzelnen sein mochte, stand doch das große Ziel, die Erde insgesamt lebenswürdiger zu machen, sie für die folgenden Generationen zu bewahren, im Vordergrund. Doch so ganz wohl war ihm bei dieser Sache nicht. In ihm rang die Idee der Menschenwürde, des freien und selbstbestimmten Lebens, mit der des Mehrheitsbeschlusses, somit der gelebten Demokratie. Allerdings musste es natürlich auch Minderheitenschutz geben. Immerhin war er ein aufgeklärter Mensch, der Unterdrückung strikt ablehnte. Doch was, wenn man sich manchmal über Andersdenkende hinwegsetzen musste, um ein Ziel zu erreichen, das für die gesamte Menschheit wichtig ist? Wie er es auch drehte und wendete, eine befriedigende Lösung war nicht in Sicht.

„Alle diese Argumente sind dir natürlich nicht neu, aber ...“, wieder machte Tom eine theatralische Pause, in der seine Zuhörer an seinen Lippen hingen, „ ... aber, wie Jo schon richtig bemerkte, liegt unser Ansatzpunkt woanders! Wir müssen ein Zeichen setzen, wenn wir Aufmerksamkeit erregen wollen. Proteste gegen die Atomenergie sind ein alter Hut, außerdem gibt es kaum jemanden, der ernsthaft gegen den Ausstieg aus dieser Form der Energiegewinnung argumentiert. Es geht hier doch nur noch darum, wie der Ausstieg gestaltet wird.“

Tom erntete zustimmendes Gemurmel, Köpfe nickten im Gleichtakt.

„Bei den Protesten gegen Iffezheim geht es um etwas anderes: Wir müssen die Verlogenheit der Politkaste aufzeigen! Das ist es, was wir wollen! Die tun doch so, als ob sie von der grünen Idee überzeugt wären, als ob Umweltbewusstsein ihr Handeln motiviere. Die grüne Ministerpräsidentin und mit ihr die gesamte Regierung wollen sich doch nur ein reines Gewissen erkaufen. Iffezheim ist ein durch und durch populistisches Projekt. Die wahren Gründe liegen im Verborgenen! Im Hintergrund ziehen große Energiekonzerne und Bauunternehmen die Strippen. Die Ministerpräsidentin ist nur eine willenlose Marionette in den Händen dieser Männer. Die gesamte Regierung ist gekauft! Mit dem Bau von Iffezheim versuchen sie doch nur von anderen drängenden Umweltproblemen abzulenken!"

„Und welche wären das?"

„Baden-Württemberg kauft immer noch billigen Atomstrom aus unsicheren Kraftwerken von unseren östlichen Nachbarn. Nach wie vor dürfen PKW ohne Maut oder Umweltabgabe durch die Lande rasen und die Luft verpesten. Nicht mal zu einem Tempolimit kann sich die Regierung durchringen. Die Automobilindustrie verschleppt seit Jahren die Entwicklung umweltfreundlicher Technologien, anstatt dem Zeitalter des unsäglichen Verbrennungsmotors endlich den Garaus zu machen. Aber es kommt schlimmer: Das größte Energiesparpotenzial wird gar nicht erst zum Thema gemacht. Die Hausdämmung in Deutschland ist dadurch, dass die meisten Häuser in der Nachkriegszeit gebaut wurden, miserabel. Wir heizen munter hinaus in unsere Straßen und Gärten, erwärmen fröhlich die Atmosphäre! Deutschland steckt viel Geld in die Manipulation der öffentlichen Meinung, um nach außen ein sauberes Image aufzubauen. Die meisten Leute denken immer noch, dass Deutschland einen Spitzenplatz im Bereich der Innovationen neuer Technologien belegt. Doch gerade beim Zukunftsthema erneuerbare Energien sind wir ideenlos wie kaum ein anderer Staat. Das muss ein Ende haben. Schluss mit der Heuchelei! Das gesamt Establishment muss fortgeschwemmt werden von einer Welle begeisterter Erneuerung! Besser heute als morgen!"

Tom hatte sich in Rage geredet, seine Stimme hallte laut über den Platz. Verwundert wandten sich ihm in der Nähe lagernde Studis zu. Als er sich der ungewollten Aufmerksamkeit bewusst wurde, sprang er auf, zeigte mit dem Finger auf die Neugierigen und brüllte mit tiefer Stimme über den Schlossgarten: „Ja, schaut ihr nur alle blöd! Nicht mehr lange und ihr werdet in eurer eigenen Selbstzufriedenheit ertrinken! Dann könnt ihr auf euren Musikinstrumenten den Untergangsblues spielen! Dann ist Schluss mit lustig, ihr dressierten Affen!"

Unangenehm berührt packte die am nächsten sitzende Gruppe Studenten ihre Sachen und verließ das Gelände. Alle anderen wendeten sich wieder ihren eigenen Gesprächen zu, versuchten den Wahnsinnigen mit seiner Meute zu ignorieren.

Langsam setzte sich Tom wieder in den Kreis seiner Anhängerschaft, zögernd brach Applaus aus, der immer kräftiger wurde. Die angespannte Stimmung löste sich, Jubelrufe, heiseres Juchzen und Jauchzen brandete auf. Eine neue Runde Bier wurde ausgegeben.

Da preschte Gudrun über den Rasen auf sie zu, heftig winkend. Als sie die Gruppe erreicht hatte, ließ sie sich völlig außer Atem auf die Wiese fallen. Sie deutete schnaufend Richtung Bierdepot. Florian öffnete ein Corona, reichte es weiter. Nachdem Gudrun ein paar große Schlucke getrunken hatte, setzte sie sich wieder auf und strahlte in die Runde.

„He, was ist denn mit dir los? Strahlt wie ein Honigkuchen! Hast 'nen neuen Lover, oder was?" Heidi stieß ihre Freundin in die Seite.

Diese schüttelte den Kopf. „Nee, das ist es nicht."

„Was ist es dann?"

Erneutes Grinsen in die Runde, bis es Tom zu viel wurde.

„Jetzt zick hier doch nicht rum! Spuck es schon aus!"

„Habt ihr's noch nicht gesehen? Auf Youtube? Es hat geklappt!"

„Was denn?"

„Na, unser Video! Hey Lucie, das ist echt geil geworden!"

Ein heilloses Durcheinander brach aus.

„Was? Das ist drin?"

„Hat's geklappt?"

„Zeig schon!"

„Ja los! Mach mal hinne!"

„Her damit!"

Alle bedrängten Gudrun, die ihren Laptop aus der Tasche zerrte. Das Hochfahren des Computers dauerte viel zu lange, nervöse Finger trommelten auf wippende Oberschenkel, Hände wurden geknetet, Lippen bekaut. Endlich war es so weit, die Verbindung ins Internet stand, Youtube war geladen.

„Hier unter Green Heroes." Gudrun klickte den Film an.

„Scheiße, ist das dunkel!"

„Hat was von Dogma."

„Ich sehe nur ein paar vermummte Gestalten. Ist das alles?"

„Hab doch Geduld. Da!"

„Ey, geil. Da oben steht Flo."

„Wow! Schaut echt gefährlich aus, wie du da oben auf dem Geländer balancierst."

„War's auch, du Blicker!"

Als am Ende des Films der Green Heroes Schriftzug in die Nacht leuchtete, brach Jubel aus. Hände wurden abgeklatscht, Lucie fiel Flo um den Hals.

„He, habt ihr das gesehen? 6.438 Mal angeklickt. Leute, wir sind berühmt!"

Noch mehr Bier machte die Runde, ausgelassen hüpften und tanzten die Green Heroes herum. Selbst Tom schien zufrieden, grinste selig in die Runde. Das hereinbrechende Dunkel beruhigte die Gemüter, einer nach dem anderen sanken sie zu Boden, hingen ihren Träumen nach. Nur Jo fand keine Ruhe. Sein Geist zeichnete atemberaubende Aktionen in den Nachthimmel. Er wollte Entscheidungen. Jetzt.

„He Tom. Sag mal: Wie geht's eigentlich jetzt weiter? Hast du schon eine Idee für 'ne neue Aktion? Wieder so was Großartiges à la Tom Reichle?"

Flo hakte nach. „Was meinst denn damit?"

„Tom ist ein Superhero des grünen Widerstands. Was der schon alles gemacht hat, davon kannst du nur träumen."

„Lass gut sein, Jo!", unterbrach Nadine. „Jeder weiß, was Tom gemacht hat. Das musst du jetzt nicht aufwärmen."

„Was heißt hier aufwärmen? Die sind immer noch heiß! Wer hat denn den Castor bei Mühlburg mit einer kleinen Sprengladung gestoppt, ohne erwischt zu werden? Wer hat sich an die Einfahrtstore gekettet, obwohl die Lastwagenfahrer in ihren Riesen-LKW mit Vollgas auf ihn zugehalten haben? Und wer hat das Benzin aller Baustellenfahrzeuge in nur einer Nacht abgezapft? Erinnert ihr euch noch an die gemeinen Artikel in der BNN?“

Jo erntete einige zustimmende Ausrufe. Flo war wirklich beeindruckt. Die meisten Aktionen kannte er vom Hörensagen, aber dass Tom hinter all dem steckte, hätte er nicht vermutet. Jetzt verstand er, warum die anderen der Gruppe ihm mit so viel Ehrfurcht, ja fast schon Unterwürfigkeit begegneten. Obwohl er sich selbst dafür verachtete, merkte er, dass auch er nicht umhin konnte, Tom zu bewundern. Es viel ihm zunehmend schwerer, sich dessen Charisma zu entziehen.

„OK, Leute. Genug Süßholz geraspelt. Ich hatte natürlich viel Glück bei meinen Aktionen. Sonst säße ich heute nicht hier, sondern im Knast. Also, wir müssen für die Zukunft planen. Erstens: Wie können wir aus der Youtube-Geschichte Profit ziehen? Wir müssen unsere Bekanntheit mit einer knackigen Botschaft verbinden. Zweitens: Welche Aktion ist stark genug, um in den Medien zu landen und der Regierung eventuell sogar den Gandenstoß zu geben?“

Die darauf losbrechende Diskussion wogte heftig hin und her. Am Ende unterstützten alle einen Sabotageakt der Baukräne. Diese waren allein durch ihre unglaubliche Höhe zu einer Art Wahrzeichen von Iffezheim geworden. Weithin sichtbar ragten sie aus der Rheinebene auf. Damit würden sie es auf jeden Fall in die Zeitung schaffen, vielleicht sogar ins Fernsehen.

Es war spät geworden. Die hell erleuchteten Rundtürme des Schlosses kontrastierten effektheischend den schwarzblauen Nachthimmel. Welch grandiose Kulisse für jedwedes Theaterspiel. Hier muss kein Lear, Othello oder Macbeth zweifeln, keine Julia ihren Romeo beweinen – das Leben wie es ist, in seiner unverstellten Art, reicht völlig aus. Doch leider sind die Vorhänge schon gefallen, das große Stück des Lebens spielt hier in der Provinz im Verborgenen.

Auf dem Nachhausweg hängte sich Nadine in Toms Arm und blickte ihn prüfend von der Seite an. „Is' was?"

„Mhm."

„Du bist nicht so zufrieden mit dem Abend, oder?"

„Wie auch? Ist ja alles schön und gut, was unsere Leute so machen, aber es fehlt an Durchschlagskraft. Die Bonzen da oben brauchen dringend einen vor den Latz geknallt. Wir müssen es denen so richtig zeigen, verstehst du? Kräne sind OK. Aber wir brauchen mehr."

„Was denn?"

„Wart's ab. Wenn es so weit ist, erkläre ich es dir."

„Du kannst es mir ruhig jetzt schon erzählen. Ich halte doch immer dicht."

„Glaub mir, es ist wirklich besser für dich, nichts davon zu erfahren."

Beunruhigt versuchte Nadine in Toms Gesicht zu lesen. Das er etwas vor ihr verheimlichte, war neu. Bisher hatte er ihr immer alles anvertraut. Ein seltsamer Gedanke kam ihr in den Sinn.

„Sag mal, vertraust du mir nicht mehr?"

„Natürlich vertraue ich dir. Mehr als jedem anderen Menschen. Fürs Erste reicht es, wenn ich dir sage, dass es einige Nummern größer ist als alles, was wir bisher durchgezogen haben. Da ist ne Menge Zündstoff drin, hochexplosiv sozusagen." Tom sah sie breit grinsend an.

„Du machst doch keinen Scheiß, oder?"

„Hast du Schiss?"

„Nee, aber ..."

„Genau das ist dein Problem. Immer dieses aber. Damit wirst du nie etwas erreichen. Wir müssen bereit sein, Opfer zu bringen, Risiko einzugehen, mal alles auf eine Karte zu setzen, ohne Rücksichtnahme auf irgendwelche Konventionen"

„Ja schon ..."

„Vergiss deine Bedenken! Du musst endlich lernen, deine Skrupel zu besiegen und deine bescheuerte christliche Erziehung hinter dir zu lassen."

„Ich bin doch zu allem bereit, Tom."

„Wirklich? Zu allem?"

„Was meinst du denn damit?"

„Ist doch klar: Bauernopfer!"

„Das meinst du nicht im Ernst."

„Doch. Jeder Mensch ist ersetzbar."

Nadine musste unwillkürlich schlucken. „Ich auch?" Ihre Stimme hörte sich mit einem Mal seltsam belegt an.

Tom lachte sie an, mit diesem strahlenden, doch zugleich kühlen Lachen, von dem sie nie genau wusste, wie sie es einschätzen sollte. Mit seinen kräftigen Armen zog er sie an sich. „Ach Nadine." Nur diese zwei Worte. Mehr sagte er nicht, so sehr sie sich auch nach einer Erklärung sehnte. Doch diesen Gefallen tat er ihr nicht.

Nach wenigen Metern entwand sie sich aus seiner Umarmung. Von trüben Gedanken beschwert, schlurfte sie freudlos heimwärts. Dabei hatte der Abend doch so vielversprechend begonnen! Oder machte sie sich da etwas vor? Hatte sie sich in eine Sache verrannt, aus der sie sich nicht mehr befreien konnte? Sie, die doch immer meinte, geradlinig und selbstbestimmt ihr Leben zu leben, die herablassend auf ehemalige Freundinnen nieder schaute, die ihr Leben dem ihres Freundes untergeordnet hatten. Sie war immer davon überzeugt gewesen, dass ihr das nie passieren würde. Das ließe sie sich nicht bieten ... und wenn doch? Was, wenn sie gerade dabei war, sich selbst zu verleugnen, wenn ihre Liebe zu Tom sie blind und gefügig machte?

11

Schweißgebadet wachte Heiner Brunner auf. Sein Herz raste. Hektisch tastete er mit den Händen neben sich, fühlte glatten Stoff. Kaum wagte er, die Augen zu öffnen. Der Wecker leuchtete mit grünen Zahlen die Uhrzeit in die Nacht. Halb fünf. Julias tiefes, gleichmäßiges Atmen erfüllte den dunklen Raum. Die schrecklichen Bilder seines Albtraums, in dem ihn eine abgrundtief böse Macht verfolgt hatte, standen noch deutlich vor seinem inneren Auge. Regelmäßig suchten ihn solche Träume in letzter Zeit heim, verfinsterten seine Nächte und raubten ihm den Schlaf. Ständig nagte Unruhe an seinem Geist, die einem schwarzen See in den tiefsten Gründen seines Ichs entsprang, einem See gefüllt mit kalter Angst. Die dringend benötigte Erholung blieb aus, eine schwere Mattigkeit füllte seine Tage. Wenn er sich doch nur ergeben, sich voll und ganz dem dumpfen Dösen ausliefern könnte, um dabei alles Belastende zu vergessen! Keine Baustelle mehr, keinen Druck von ungeduldigen Investoren, keine Spukgestalten, die ihm durch den Kopf geisterten. Die Wonne, die diesem Versprechen ungestörter Ruhe innewohnte, strahlte mit solch magischer Kraft, dass er am liebsten alles dafür aufgegeben hätte. Intuitiv wusste Heiner jedoch, dass er endgültig verloren wäre, wenn er diesem Wunsch nachgäbe. Er musste weiterkämpfen, ob er nun wollte oder nicht.

Auch Lienz kämpfte, wenngleich auch nur mit seinen Eindrücken, die die Perle unter den Bäderstädten bei ihm hinterließ. Baden-Baden lag schimmernd im milden Maienlicht. Fast unanständig stellte sie ihre Schönheit zur Schau, lieferte sich rückhaltlos den gierigen Blicken staunender Betrachter aus. Diese schwankten, ob dieses unverblümten Exhibitionismus, zwischen Abscheu und Erregung, wobei letztere meist obsiegte.

Obwohl der Kommissar regelmäßig nach Baden-Baden kam, um sich in den Thermen zu entspannen, erging es ihm an diesem Nachmittag ähnlich, als er aus der Parkgarage am Augustaplatz trat. Die Kurstadt hatte ihn immer schon auf eine seltsame Art fasziniert. Vielleicht war es die spezielle Dekadenz, die dieser Stadt innewohnte und in ihm verborgene Saiten zum Schwingen brachte. Seine Mutter hatte ihm viel vom Wien der letzten Jahrhundertwende erzählt, die österreichische Spielart des schwarzen Humors, die selbstverständliche Koexistenz von Lebensfreude und Untergangsstimmung hatte er mit der Muttermilch zu sich genommen. Für ihn schimmerte matt das Grauen hinter den herausgeputzten Fassaden, stets erkannte er die Einzigartigkeit des Lebens in den schlimmsten Übeln.

Die Freude am Reichtum sowie die bedingungslose Hingabe an eben diesen fanden hier in Baden-Baden ihren würdigen Rahmen. Wo man andernorts erstaunt aufgemerkt hätte ob des ausgestellten Manierismus, nahm man ihn hier als selbstverständlich zur Kenntnis. Es herrschte ein Überangebot an Schönem und Teurem, die Menschen waren schillernde Fassaden gewöhnt. Die Welt des Scheins, hier schlug ihr kaltes Herz.

Dieses permanente Spektakel ermüdete Lienz und obschon sein Auge gierig all die Pracht verschlang, fand er Reichtum eher im Verborgenen, damit blieb er seiner Herkunft treu.

Eine Gruppe beanzugter Krawattenträger ergoss sich in das Restaurant des Kurhauses. Um fünf Uhr war Heiner Brunner hier mit Lienz verabredet. Es war nicht einfach gewesen, einen Termin mit dem Bauingenieur zu vereinbaren. Das passe schlecht in seinen Tagesablauf, hatte Brunner morgens am

Telefon gemeint. Er eile von einem Meeting zum anderen. Ob man sich nicht an einem der nächsten Tage treffen könne? Lienz bestand auf dem Termin. Warum, wusste er eigentlich selbst nicht so genau. Da war dieses Gefühl am Morgen gewesen, unbedingt heute mit Brunner reden zu müssen. Widerwillig stimmte dieser am Ende doch noch zu, sich zwischen Kaffee und Abendessen eine Stunde Zeit zu nehmen; mehr sei aber absolut unmöglich. Lienz sollte sich um Punkt fünf im Kurhaus einfinden, das liege strategisch günstig zwischen zwei von Brunner aufzusuchenden Locations. Nun gut.

Lienz letzter Besuch des Kurhauses lag lange zurück und so war er etwas überrascht von der langweiligen Modernität des Interieurs. Weiße Deckenelemente kontrastierten die dunklen Ledersessel des Barbereichs, verschiedenste Beleuchtungstechniken verliehen dem Raum unerwartete Helligkeit. Dieser Ort hatte nichts mit seinen Erinnerungen an dunkle, Rauchschwaden erfüllte Barräume der frühen Neunziger gemein.

„Der vordere Bereich an den Panoramafenstern ist leider schon fürs Abendessen reserviert."

Brunner schälte sich aus dem braunen Leder, reichte Lienz mit sanftem Druck die Hand, setzte sich wieder und verschmolz fast mit dem Sitzmöbel. Lienz war von diesem Eindruck etwas verwirrt, sodass er die nächsten Worte Brunners nicht ganz mitbekam.

„ ... habe ich hier hinten Platz genommen. Schade um die Aussicht."

„Ja,ja. Macht nichts. Ist doch gerade richtig für ein ungestörtes Gespräch unter Männern."

Beide machten es sich in ihren Fauteuils gemütlich, fixierten mit ihren Blicken den Kellner, der ein wenig auf sich warten ließ. Endliche wurden die bestellten Biere vor ihnen abgestellt. Eigenartig, dass keine im Schwarzwald gebrauten Trunke ausgeschenkt wurden, dachte Lienz, was dem Genuss des ersten Schluckes aber keinen Abbruch tat.

„Tut mir leid, dass Sie extra nach Baden-Baden reinfahren mussten. Kamen Sie denn gut durch? Die Baustelle in der Autobahnausfahrt hat mich schon öfters Nerven gekostet."

„Die Baustelle war kein Problem. War auch noch zu früh für Berufsverkehr."

„Ja, das sieht nachher schon ganz anders aus; gut, dass wir jetzt erst mal hier sitzen Ich hoffe nur, dass Sie keinen Stau auf der Rückfahrt haben. Nur leider, wie ich schon sagte, eine andere Möglichkeit gab es nicht. Meine Tage sind momentan echt heftig. Ein Meeting jagt das andere. Den ganzen Tag Berichte, Bilanzen, Manipulationen und zwischendurch Smalltalk beim Kaffee. Sie verstehen?"

Nein, Lienz verstand nicht. Das war nicht seine Welt. Ihm wurde bewusst, wie unaufgeregt sein eigenes Dasein als Kriminalkommissar daneben war. Weit entfernt war seine Realität von den toughen, stets kämpfenden Kommissaren in Filmen und Büchern. Langweilig? Vielleicht. Manchmal. Trotzdem wollte er nichts anderes machen. Für ihn waren die seltenen Meetings mit den höheren Beamten aus Stuttgart schon grauenvoll genug, wenn es nur darum ging, die eigene Dienststelle in möglichst gutem Licht zu präsentieren, damit die Geldflüsse nicht versiegten. Nein, die Welt der Bürokraten war wirklich nichts für ihn.

„Wenn ich ehrlich bin, muss ich gestehen, dass ich nicht so ganz genau weiß, wie es sich anfühlt, den ganzen Tag mit Besprechungen zu verbringen. Ich bin wohl eher ein Praktiker."

„Da können Sie froh sein! Manchmal ist das schon eine rechte Qual. Dann wünsche ich mir nichts sehnlicher, als einfach zu meiner Baustelle zurückkehren zu können und das zu machen, was ich gelernt habe: Baustellen zu organisieren. Heute zum Beispiel konnte ich nur frühmorgens eine Stunde in meinem Büro sein. In dieser Stunde muss dann alles Relevante mit meinen Kollegen besprochen werden. Ein Ding der Unmöglichkeit, in so einer heiklen Phase des Baus! Dann bin ich gleich weiter nach Baden-Baden. Der erste Termin wartete um neun Uhr auf mich. Wenigstens gab's gutes Frühstück im Brenner's! Um elf trafen die Investorenvertreter ein. Wieder ein kleiner Imbiss, anschließend Stadtrundgang, dann Mittagessen ... so ging's den ganzen Tag. Und jetzt muss ich gleich noch ins Medici."

„Ist das nicht dieser Nobelschuppen am Augustaplatz? Ich glaube, ich bin eben daran vorbeigegangen. Mit Fackeln am Eingang."

„Genau das."

„Sah ja sündhaft teuer aus. Vor dem Eingang hing eine Tafel mit Photos von Prominenten, die dort verkehren. Irgendwie peinlich."

„Aber wieso denn?"

„Das ist mir alles zu aufgesetzt!"

„Ach was. Das ist ein sehr gutes Restaurant mit einer angenehmen Atmosphäre. Haben sogar einen Rauchersalon da. Das findet man kaum mehr heutzutage."

„Mag ja sein, aber dafür bezahle ich doch nicht solche Unsummen. Und das alles nur, weil irgendwelche Stars es chic finden, mit Geld nur so um sich zu werfen."

„Was ist falsch daran, sein Geld auszugeben?"

„Ich, ich ... es widert mich irgendwie an. So viel Geld, das da zum Fenster rausgeworfen wird und andernorts haben die Leute nicht genug, um ihren Kindern neue Schulsachen zu kaufen."

Noch während er es aussprach wusste Lienz, dass sich das arg pathetisch anhörte und er ärgerte sich darüber, wie ein unverbesserlicher Weltverbesserer zu argumentieren. Schwarzweiß war sonst nicht so seine Weltsicht. Doch noch bevor er seinen Lapsus berichtigen konnte, konterte Brunner lakonisch.

„Sieh an! Da staune ich aber. Steckt doch im Herrn Kommissar ein Kämpfer für die Armen und Schwachen! Sie sind also so eine Art moderner Robin Hood! Ist das der Grund, warum Sie zur Polizei gegangen sind?"

Lienz lächelte gequält. Heute saß ihm ein anderer Mann gegenüber, als der zerstreute und übermüdete Leiter einer Großbaustelle. Die Treffen mit den wichtigen Leuten schienen abzufärben. Wahrscheinlich musste man so sein, wollte man sich in dieser Welt behaupten. Zumindest hatte er jetzt eine Ahnung davon, warum sein Gegenüber mit der Leitung dieses Prestigeprojekts betraut worden war. Konnte also auch auf ganz harter Manager machen. Doch die Fassade war rissig, ließ Unverputztes durchscheinen. Lienz hörte die leisen Zwischentöne.

„Mal im Ernst: Es nützt ja niemandem, wenn die Leute, die Geld haben, es nicht mehr ausgeben. Ich denke, das wissen Sie ... aber lassen wir das. Sie wollten doch sicher nicht über die Schattenseiten des Kapitalismus mit mir sprechen?"

Nein, sicher nicht. Aber die anderen Schatten, die dunkelviolett unter Brunners Augen lagen, wären sicher ein lohnendes Thema, dachte Lienz. Er ging trotzdem nicht darauf ein, kehrte auf gesichertes Gebiet zurück.

„Nein. Ich wollte über die Organisation der neuen Bewachung mit Ihnen sprechen."

Mittlerweile hatte der Pianoman am Flügel Platz genommen und intonierte die ewigen Barklassiker – easy listening für die Upperclass. Das Licht dimmte fort und plötzlich war da doch diese unverwechselbare Baratmosphäre. Er bekam Lust auf ein zweites Glas, wog Durst gegen Gewissen ab, wobei ersterer die Oberhand behielt. Mit zwei kleinen Bierchen im Blut war Autofahren kein Problem. Er hob die Hand, blickte auf Brunner, dieser nickte und aus einem Finger wurden zwei. Diesmal passte der Barmann auf, sie mussten nicht lange warten.

„Ich habe ein sehr vertrauenswürdiges Unternehmen aus dem Elsass engagiert. Die sind mir empfohlen worden. Gerade bei unübersichtlichen Gefahrenlagen haben die große Erfolge erzielt. Heute Mittag haben wir schon die Baustelle besichtigt und mit Ihrem Stellvertreter gesprochen. Der hat uns auch sofort das benötigte Material zur Verfügung gestellt."

„So weit bin ich im Bilde."

„... "

„Wir telefonieren mehrmals täglich."

„Ah ja. Gut. Monsieur Lambert, der Chef des Wachdiensts, hat sich alles genau angesehen und anschließend einige Ihrer Mitarbeiter befragt. Danach besichtigte er das gesamte Areal, um für heute Nacht schon mal einen provisorischen Schutz zu organisieren. Bis morgen 16 Uhr will er sein ausgearbeitetes Konzept abgeben."

„Ganz schön flink, die Franzosen."

„Es wäre sogar noch schneller gegangen, doch leider fehlte uns ein wichtiges Puzzleteil."

„Und das wäre?"

„Ihre Einschätzung, Herr Brunner. Was meinen Sie, worauf die besonders aufpassen sollen?"

„Die müssen den See im Auge behalten!"

„Den See? Warum?"

Brunner sah Lienz verwirrt an.

„Wieso den See? Was meinen Sie damit?"

„Sie haben soeben gesagt, dass die Wachleute den See beobachten sollen."

Wollte ihn der Kommissar aufs Glatteis führen? Was bezweckte er damit, ihm blödsinnige Aussagen zu unterstellen? Verwundert stellte Heiner fest, dass ihm das heute schon zum zweiten Mal passierte. Auch sein Kollege hatte am Morgen versucht, ihm etwas anzuhängen, wofür er nicht verantwortlich war. Misstrauisch beäugte er den Polizisten, bevor er vorsichtig antwortete. „Ich habe also vom See gesprochen?"

„Allerdings."

Er tat so, als hätte er seinen Fehler erkannt. „Entschuldigen Sie. Ich meinte natürlich die Staumauer. Genauer gesagt die Schnittstelle zwischen Schleuse und Damm."

„Warum gerade dort?"

„Daran wird momentan besonders intensiv gearbeitet. Das ist eine äußerst heikle Phase. Wenn dieses Stück fertig ist, sind wir aus dem Gröbsten raus."

„Verstehe."

„Wo will Monsieur Lambert denn die Wachleute postieren?"

„Das verrät er nicht mal mir. Seine Devise heißt: Je weniger Menschen etwas wissen, desto sicherer ist es."

„Mir ist alles recht. Hauptsache, ab jetzt gibt es keine Pannen mehr. Wenn noch irgendwas passiert und sei es noch so unbedeutend ..."

„Um noch mal auf den See zurückzukommen ..."

„Ach, der See!"

„Was ist damit?"

„Nichts. Eigentlich."

„Aber?"

„Ich weiß nicht recht. Manchmal, wenn ich auf das dunkle Wasser schaue, denke ich, nein, ich denke nicht, vielmehr überkommt mich ein ... ein unheimliches Gefühl. Ganz so, als ob von diesem Wasser eine große Bedrohung ausginge."

„Wie sähe die denn aus?"

„Ach, vergessen Sie's!" Brunner wischte sich mit einer Hand die Müdigkeit aus dem Gesicht. Seine Stimme klang nicht mehr so fest und überzeugend und als er seine Hand nach dem Glas ausstreckte, konnte Lienz ein leichtes Zittern erkennen.

„Mit der neuen Bewachung werden ja auch die Pannen auf der Baustelle der Vergangenheit angehören."

„Das hoffe ich sehr."

„Sie hoffen bloß? Sie glauben doch an diese Firma?"

„Ja, natürlich."

„Also hat der Spuk jetzt auch ein Ende, oder?"

Die Frage stand im Raum, wurde sanft von Gershwins Melodien umspielt und verlief am weiten Strand der offenen Zukunftsträume. Da Lienz schwieg, setzte Brunner noch ein flehentlicheres „oder" hinterher. Die Stimmung war gekippt, die ganze Sicherheit des toughen Managers verflogen. Unverstellt spiegelten sich Furcht und Verwirrung auf dessen Gesicht, die mühsam errichtete Fassade war eingestürzt. Was dahinter zum Vorschein kam, hatte Lienz zwar dort vermutet, trotzdem war er schockiert von der Intensität des Angstgefühls, das ihm von Brunner entgegenschlug. Lienz wusste, dass er sehr vorsichtig vorgehen musste. Er wollte Brunner jetzt nicht drängen, keine falschen Fragen stellen. Brunner benötigte Zeit und Ruhe, nur dann würde er sich ihm öffnen. Langsam beugte sich der Kommissar über den Tisch, bohrte seinen Blick in den seines Gegenübers. Die Worte kamen langsam.

„Sie müssen mir versprechen ... bitte ... ich brauche Gewissheit ... ich, ich ... ich kann nicht mehr."

Stille. Lienz wartete. Nichts.

„Erzählen Sie es mir."

„..."

„Jetzt. Kommen Sie. Danach geht es Ihnen besser."

Flüsternd begann Brunner erneut. „Ich bin so müde. Ich kann nicht mehr. Ich bin am Ende meiner Kräfte. Diese Träume! Nächtelang kann ich schon nicht mehr schlafen!"

„Welche Träume?"

„Albträume, schlimme. Von Bedrohung, Verfolgung, Tod. Sie machen die Nacht zur Hölle und beschatten meine Tage."

„Und wie lange geht das schon so?"

„Das alles begann mit dieser verfluchten Erscheinung im Schlosspark!"

„Der Mann, der verschwunden ist?"

Brunner schrak hoch. „Was wissen Sie davon?"

„Nicht viel. Ein Kollege hat mir davon erzählt."

„Und? Was meint der?"

„Nun ja. Eigentlich nicht viel. Sie haben alles abgesucht. Keine Spuren, nirgends. Auch niemand, der vermisst gemeldet wurde ... vielleicht hat der Nebel Ihnen einen Streich gespielt."

Brunner schüttelte langsam den Kopf. „Das würden Sie nicht sagen, wenn Sie dabei gewesen wären. Das alles war mehr als real, grauenvoll. Dieser Blick lässt einen nie mehr los!"

Da fiel sein eigener Blick auf die Uhr am Handgelenk.

„Schon sechs", bemerkte er müde. „Ich muss weiter, Herr Kommissar. Die Leute, die auf mich warten, verzeihen keine Verspätungen."

Brunner stand auf, nahm sein Sakko, strich nochmals über sein Gesicht, Angst und Unsicherheit wie eine Maske ablegend und reichte dem Kommissar die Hand. „Bitte entschuldigen Sie den kleinen Zusammenbruch. Ich habe momentan einfach etwas viel um die Ohren."

„Sie müssen sich nicht entschuldigen. Aber tun Sie sich den Gefallen: Gehen Sie zu einem Arzt und lassen Sie sich krankschreiben. Nehmen Sie eine Auszeit!"

„Auszeit? Dieses Wort gibt es in meinem Beruf nicht. Ist schon wieder alles in Ordnung. Machen Sie sich keine Gedanken, Herr Kommissar!"

Auf dem Heimweg versuchte Lienz, die zwei Brunners unter einen Hut zu bringen, was ihm nicht recht gelingen mochte. Zu widersprüchlich erschienen ihm die zwei Seiten von dessen Persönlichkeit, die Unvereinbarkeit dieser Pole musste den armen Mann ja förmlich auseinander reißen. Ob er glücklich war mit seiner Berufswahl, in seiner Beziehung, seinem Leben? Glück? Ob man das überhaupt benennen konnte? Konnte er es denn? Unwillkürlich musste er an den Zwiespalt in seiner Seele beim Anblick Baden-Badens denken. Was war es, das ihm diese überwältigende Schönheit so verdross? Der Überfluss an hochwertigen Konsumgütern, die er sich nicht leisten konnte? War es Neid? So ganz vermochte er das nicht auszuschließen, auch wenn er gerne anders von sich dachte. Später zu Hause wollte er mit Judith darüber sprechen. Mal hören, wie sie darüber dachte.

12

„Sie haben also eine neue Wachmannschaft zusammengestellt?"

„Ja, das ganze Konzept ist neu aufgestellt worden."

„Mit fähigeren Männern?"

„Ich denke nicht, dass ..."

„Und habe ich richtig gehört, dass die Firma im Elsass sitzt? Musste das denn sein?"

„Was spricht dagegen?"

„Nun dieses Projekt ist, wie Ihrer Aufmerksamkeit schwerlich entgangen sein kann, ein Projekt der Landesregierung. Ich finde es deshalb etwas, wie soll ich sagen, delikat, dass Sie gleich noch die Franzosen mit ins Boot holen. Wenn jetzt noch etwas passiert, bekommen wir eine Ministaatskrise mitgeliefert. Wenn ich nur an die unzähligen Dienstvorschriften zur Handhabung grenzüberschreitender Polizeiaktionen denke ..."

Elke Kerner lehnte sich in ihrem Sessel zurück, wartete. Der Blick, mit dem sie ihren Kommissar bedachte, war jenseits von Genervtheit; eher konnte er eine Spur von Resignation darin erkennen.

Lienz dagegen war genervt. Genervt von der Art, wie seine Chefin ihn behandelte, genervt von der Hackordnung, genervt von den übervorsichtigen Bedenkenträgern, die alle Knotenpunkte im Polizeiapparat besetzt hielten. Nein, er hatte nicht an die Komplikationen gedacht, die daraus entstehen könnten, wenn französische Staatsbürger oder Firmen in einen deutschen Skandal verwickelt wurden. Er war so naiv, nur die bestmögliche Bewachung der Baustelle im Sinn zu haben. Jedwede Probleme zwischenstaatlicher Natur hatte er dabei geflissentlich ignoriert. Und die waren ihm auch, ehrlich gesagt, egal. Scheißegal.

Nur mit Mühe gelang es ihm, sich zu beherrschen. Er hasste die Versuche seiner Chefin, ihn immer wieder als dummen Pennäler dastehen zu lassen. Diese ganz spezielle Form der Demütigung hatte sie sich eigens für ihn erdacht. Nicht, dass sie mit den anderen Kollegen zimperlicher umging, aber diese Mischung aus Provokation und Unterweisung wandte sie nur bei ihm an. Nicht zum ersten Mal fragte er sich, was wohl dahinter steckte.

„Trotzdem. Es musste sein", erwiderte er trotzig.

„Ja?"

„Monsieur Lambert ist der beste auf seinem Gebiet. Die Referenzen sind eindeutig. Zudem kenne ich ihn aus einem älteren Fall. Er arbeitet äußerst verlässlich und zudem noch hundertprozentig diskret. Was man von gewissen deutschen Unternehmen nicht gerade behaupten kann."

Der letzte Nebensatz galt Elke Kerner persönlich. Sie war es, die den letzten Wachdienst ausgesucht hatte. Diesen Wachdienst, der so grandios gescheitert war und außerdem noch jede Panne sofort an die Presse weitergegeben hatte. Den Seitenhieb schien sie jedoch überhört zu haben. Mit einer lässigen Handbewegung scheuchte sie Lienz aus ihrem Zimmer.

„Hoffen wir für uns beide, dass Sie recht behalten. Ach ja, eines noch: Ich soll Sie schön grüßen, von Kriminaldirektor Engert. Er wartet immer noch auf Ihre Ermittlungsergebnisse!"

Draußen auf dem Flur lief er Radke in die Hände, der ihn mit sich in sein Büro zog.

„Komm mit. Ich hab da was für dich."

„Nicht auch noch du!"

„Wie meinst denn das?"

„Ach, nichts. Vergiss es!"

Radke schaute ihn mitfühlend an. „War's so schlimm?"
„Schlimmer."
„Pass auf, dann hab ich etwas, das dich wieder aufheitert."
Radke wühlte in einem hohen Papierstapel, legte Blätter von links nach rechts und wieder zurück.
„Eben war es noch da. Gleich hab ich's." Er wühlte weiter, drehte und wendete die Papiere, schüttelte seinen wuselig behaarten Kopf. „Da! Wusst' ich es doch!"
Zufrieden wedelte er mit einem Zettel vor dem sichtlich genervten Gesicht seines Kollegen.
„Setz dich! Jetzt komm schon, lass dich nicht noch länger bitten!"
Mit theatralischem Stöhnen ließ sich Lienz in dem orangefarbenen Plastiksessel nieder, der seine letzte Modernitätsphase in den frühen Achtzigern des zwanzigsten Jahrhunderts erlebt hatte. Resigniert streckte er Radke seine Hand entgegen.
„Nun gib schon her."
„Nichts da! Erst erzählst du mir, was es bei dir auf der Baustelle Neues gibt."
„Auf meiner Baustelle? Bin ich jetzt Ingenieur, oder was?"
„Keif nicht rum! Ich will wissen, ob du was über den toten Wachmann 'rausgefunden hast."
„Leider nein. Oder vielleicht doch, ein bisschen zumindest, aber das war nicht ich."
„Hä? Wie meinen?"
„Na, der Reuß hat mich angerufen und mir mitgeteilt, dass sowohl Vidic' Gesicht als auch Hals Spuren aufwies, die er sich nicht beim Sturz zugezogen haben kann."
„Mit anderen Worten: Er wurde 'runtergestoßen."
„Könnte zumindest sein, aber leider haben wir keinen Ansatzpunkt, wer das gewesen sein könnte. Ich fische da ziemlich im Trüben."
„Klasse. Da hab ich doch gleich noch was Passendes für dich. Bleib einfach sitzen und hör zu." Radke schenkte ihm ein schel-

misches Grinsen. „Das wird dich interessieren. Also ... gestern morgen, gegen 9.30 Uhr, hat ein gewisser Herr Merz im Oberwald ein seltsames Erlebnis gehabt. Er saß gerade auf einem Holzsteg und beobachtete die Wasservögel, als ganz unvermutet, etwa 100 Meter von ihm entfernt, auf dem Erlachsee eine Gestalt erschien, kurze Zeit über dem Wasser schwebte und dann im See versank."

„Nein, nicht noch so ein Spinner."

„Doch! Aber das Beste kommt noch. Herr Merz verständigte via Handy die Polizei, weil er einen Unfall vermutete. Die Kollegen haben sofort das gesamte Gelände abgesucht, auch Hunde und Taucher kamen zum Einsatz. Und das Ergebnis?"

„Lass mich raten: Sie haben nichts gefunden."

„Nicht den Hauch einer Spur."

Zufrieden reichte Radke seinem Kollegen den Bericht.

„Was soll ich damit?"

„Das passt doch zu deinen Brunners."

„Moment mal: Bis vor Kurzem waren es noch deine Brunners!"

„Wie du treffend bemerkst: Waren."

„Na das ist ja hervorragend! Hast du sonst noch irgendwelche durchgeknallten Typen, um die ich mich kümmern soll? Doktor Lienz wird's schon richten, oder wie?"

„Jetzt reg' dich doch nicht gleich so auf! Ich dachte wirklich, dass dich das interessieren würde. Immerhin warst du ja auf der Suche nach Antworten. Wie ist denn eigentlich das Gespräch mit dem Philosophen verlaufen? Du hattest versprochen, mir davon zu erzählen."

„Hab ich glatt vergessen. War einfach zu viel los."

„Und?"

„Schwer zu sagen. Das Gespräch war eigentlich ganz gut. Wir saßen an der Alb und tranken Bier."

„So stellt man sich das Leben eines Kriminalkommissars vor!"

„Man muss sich halt anpassen. Sonst erfährst du nix!"

„Ist ja schon gut! Ich verrate auch nichts."

„Da gibt's nichts zu verraten. War ja nach Dienstschluss und außerdem ein inoffizielles Gespräch."

Radke schaute erst verwundert, dann amüsiert.

„Mensch, Ben, die hat dich wirklich zermürbt, oder? Wo ist dein Humor geblieben? Hör auf, dich zu rechtfertigen und schieß endlich los!"

„'Tschuldige. Mir hat's heute wirklich jede Art von Humor verschlagen. Aber vielleicht kommt der ja wieder, wenn ich dir von meiner Unterhaltung erzähle. War echt schräg, teilweise ... Wir tranken also unser Bier und plauderten. Alles ganz locker. Als wir aber auf den Morgen im Schlosspark zu sprechen kamen, ist er ganz verwandelt gewesen. Hat die ganze Zeit versucht, mir etwas von einer großen Bedrohung zu erzählen."

„Welche Bedrohung denn?"

„Das ist es ja. Ich habe keine Ahnung. Der Zehntner ist ja manchmal etwas kryptisch. Er sprach von veränderten Wahrnehmungen und Bedrohungen, die wir Zivilisationsmenschen nicht mehr erkennen."

An dieser Stelle log Lienz. Er war dazu gezwungen. Seine wahren Empfindungen, zumindest soweit er sich selbst darüber im Klaren war, konnte er Radke unmöglich mitteilen, wollte er nicht seinen mühsam erarbeiteten Ruf als rationellen Denker aufs Spiel setzen. Außerdem wusste er ja selbst nicht, was er von der ganzen Sache halten sollte. Sooft er auch darüber nachdachte, immer blieb der Hauch einer Ahnung von etwas Bedeutendem, das ihm entgangen war, zurück.

„Klingt nicht uninteressant", erwiderte Radke und seine Gestik forderte Lienz unmissverständlich zum Weiterreden auf.

„Vielleicht. Als philosophischer Ansatz. Aber konkret weitergeholfen hat mir das alles nicht."

„Hat er denn etwas zu den Brunners gesagt?"

„Ja. Er hat die Geschichte bestätigt. Er scheint alles haargenau gleich erlebt zu haben."

„Immerhin weißt du jetzt, dass die Brunners nicht spinnen."
„Ach ja?"
„Etwa nicht? Wieso sollte ein Obdachloser sich zusammen mit einem gutsituierten Paar so etwas Abwegiges ausdenken?"
„Was weiß ich? Keine Ahnung. Ich finde keine Verbindung zwischen den Dreien. Warum ..."
„Und wenn es doch wahr ist?" Radke kaute nachdenklich auf seiner Unterlippe. „Es gibt keinen vernünftigen anderen Grund, als den, dass alles der Wahrheit entspricht."
Lienz stand die Verwunderung ins Gesicht geschrieben. War das sein bodenständiger Kollege Radke, der ihm da gegenüber saß? So eine Aussage hätte er ihm nicht zugetraut! Oder versuchte der nur ihn auf den Arm zu nehmen? Der Gesichtsausdruck seines Kollegen verriet jedoch nicht das kleinste Zeichen von Ironie. Lienz versuchte es mit vorsichtigen Gegenfragen.
„Vernünftig? Ein Mann erscheint, verbreitet Angst und Schrecken und verschwindet spurlos? Du hast eine eigenartige Definition von Vernunft."
„Hast du was Besseres?"
Lienz zögerte, bevor er verneinte. „Aber ich werde schon noch dahinterkommen."
„Wusste ich es doch! Du kannst den Bericht vom Merz behalten. Wie ich dich kenne, wirst du der Sache nachgehen?"
„Und du? Was machst du jetzt mit diesen Fällen?"
Radke schmunzelte. „Zu den Akten legen. Nichts gefunden, nichts verloren. Ich muss mich um Dringenderes kümmern. Befehl vom Drachen höchstpersönlich."
„Hhmm?"
„Körperverletzung in der Oststadt. Ein Mann hat seine Frau verprügelt und anschließend mit dem Messer bedroht. Außerdem gab's in Oberreut gestern Nacht eine Keilerei. Du siehst, da wartet Handfestes."
Lienz nickte mitfühlend, erhob sich. „Dann will ich dich mal nicht länger aufhalten. Danke für die Infos"

„Nichts zu danken ... und Kopf hoch! Die Kerner hat sie sowieso nicht mehr alle!"

Die Reifen gaben beängstigende Geräusche von sich, als Lienz mit überhöhter Geschwindigkeit die Kehren zum Durlacher Turmberg hochschoss. Mit aller Kraft musste er das Lenkrad festhalten, damit der Wagen auf der Straße blieb. Um aus dem Motor die volle Leistung herauszuholen, schaltete er ständig zwischen zweitem und drittem Gang hin und her. Hoch konzentriert visierte er den vor ihm liegenden Asphalt, für die vor den Fenstern im Abendlicht badende liebliche Landschaft hatte er keinen Blick übrig. Endlich war die scharfe Rechtskurve geschafft, so dass er auf der letzten langen Geraden noch mal ordentlich beschleunigen konnte, bevor er scharf in den Parkplatz linkerhand einbog. Mit einer harten Bremsung brachte er den Wagen zum Stehen. Er schnallte sich ab, zog den Schlüssel aus dem Schloss und schaute neben sich zum Beifahrersitz.

Dort saß eine bleiche Judith Reblein, eine Hand fest um den Haltegriff über der Tür gekrallt. Vor Anspannung waren ihre Fingerknöchelchen ganz weiß. Als Lienz sie so dasitzen saß, überfiel ihn schlechtes Gewissen. Er wollte sich entschuldigen, doch Judith winkte ab. Sie kannte solche Fahrten, hatte sie schon öfters über sich ergehen lassen, wusste, dass es kein besseres Mittel für Lienz gab, den Ärger eines Tages abzuschütteln.

„Besser jetzt?", war deshalb alles, was sie zu seiner rasanten Fahrt bemerkte, damit war dieses Thema erledigt.

Lienz nickte, stieg aus, öffnete die Beifahrertür und reichte ihr seinen Arm. Sie hakte sich bei ihm unter und zusammen stiegen sie die Treppen Richtung alten Turm hoch. Obwohl der Ausblick von der obersten Plattform überwältigend war, ließen sie das alte Gemäuer links liegen und gingen direkt zu Klenerts Restaurant. Gut, dass sie einen Tisch auf der Terrasse reserviert hatten, denn das Lokal war gut gefüllt.

Sie wurden von der zuvorkommenden Bedienung zu ihrem Tisch geleitet. Ohne sich abzusprechen, bestellten sie Prosecco Aperol als Aperitif. An einem Frühsommerabend wie diesem war es das geeignete Getränk, um müde Geister zu beleben. Während sie genussvoll das Prickeln auf der Zunge genossen, gaben sie sich ganz dem beeindruckenden Ausblick hin.

Die Sonne bettete sich nach langem Tagwerk hinter der Hügelkette des Pfälzer Waldes zur Ruhe. Ihre letzten Strahlen zeichneten die Kanten der Stadt weich, während in den Ecken schon das Dunkel kauerte. Ein König, dachte Lienz bei sich, wer gut 100 Meter oberhalb der Stadt einen der raren Sitzplätze ergattert hatte und in der glücklichen Lage war, von diesem milden Abendlicht, dem treuen Begleiter aller Sonnenuntergangshungrigen umflort zu werden.

Er spürte, wie sich sein Körper langsam entspannte, angenehm wanderten Blicke und Gedanken mäandernd umher. Dieses ziellose Sich-Treiben-Lassen im vollen Bewusstsein des Augenblicks war das allerhöchste Lebensglück, vollkommene Erfülltheit.

„Möchtest du erzählen, was heute los war?“

„Eigentlich nicht. Der Abend ist viel zu schön, um ihn mit Arbeitskram zu verderben.“

„Eigentlich.“

„Hhm?“

„Eigentlich musst du es aber doch loswerden. Ich kenne dich.“

„Irgendwann vielleicht. Nicht jetzt.“ Lienz ergriff Judiths Hand, strich zärtlich darüber, doch Judith entwand sich seinem Griff.

„Lieber gleich, dann ist das erledigt. Wenn du es jetzt nicht erzählst, hängst du den ganzen Abend deinen Gedanken nach und ich könnte ebenso gut alleine hier oben sitzen. Oder es sprudelt später aus dir heraus; aber da habe ich dich schon anderweitig verplant. Also, los.“

Lienz griente. Genau das liebte er so an dieser Frau. Obwohl sie sich gegenseitig ihre Freiheit ließen, keine Beziehung im herkömmlichen Sinne führten, kannte sie ihn besser als alle Frauen, mit denen er bisher zusammengewesen war, auch wenn das für Außenstehende nicht auf Anhieb erkennbar sein mochte. Das Paradoxon von Innigkeit und Distanz ging bei ihnen eine harmonische Beziehung ein. Vielleicht war es sogar genau das, was ihr kleines Glück ausmachte. Diesen Schmetterling, der sich stets entwindet und davonflattert, wenn man versucht ihn festzuhalten, aber sich gerne auf der geöffneten Hand niederlässt, wenn man ihn lässt.

„Du kennst mich besser als ich mich selbst und du hast natürlich recht: Dieser Tag lässt mich noch nicht los. Was hältst du davon, wenn ich uns ein Rindercarpaccio bestelle und anschließend erst mal über meine Chefin lästere?"

„Hört sich gut an – aber nur, wenn ich noch einen Prosecco bekomme. Der macht heute Abend eine Spontanverdunstung."

Während die beiden die Vorspeise genossen und Lienz von seiner Auseinandersetzung mit Elke Kerner erzählte, hatte die Dunkelheit ihre mächtigen Flügel aufgespannt. Tief unter ihnen erwachten endlosen Lampionketten gleich Karlsruhes Lichter. In langen Linien zogen sie übers Land und würden nicht rasten, nicht ruhen bis sie von der Morgendämmerung wieder ausgelöscht würden.

Judith liebte diese Abende mit Lienz; sie hörte ihn gerne reden. Während er sprach, konnte sie in aller Ruhe sein Gesicht betrachten: Volle Wangen, zwei tiefen Furchen, die quer über seine Stirn verliefen, die sanft geschwungenen Lippen.

Innerlich lachte sie über Lienz' Erstaunen die Feindseligkeiten seiner Chefin betreffend. Lange schon war ihr klar, dass Elke Kerner sich zu ihrem Untergebenen hingezogen fühlte und sich mit aller Kraft dagegen stemmte. Dass er da noch nicht selbst darauf gekommen war! Nun, sie würde es ihm bestimmt nicht sagen. Schlafende Hunde sollte man nicht wecken. Wozu auch? Besser, sie hielt ihn bei Laune – und das funktionierte am besten mit Essen.

„Mmh", seufzte sie genüsslich. „Ich kann Italien förmlich riechen!"

Auch Lienz war äußerst zufrieden und griff sich die Speisekarte. Hatte er vorher bei den Tagesempfehlungen nicht ein Wildhasenrückenfilet gesehen? Tatsächlich. Auf Preiselbeerschaum sogar. Da lief ihm sofort das Wasser im Mund zusammen. Ob Judith das wohl dekadent fand, Hasen zu essen? Eigentlich war ja nichts dabei, hatten die Menschen doch immer schon gemacht. Nur heutzutage stellten sich viele so an, waren nur noch Schwein und Rind gewöhnt – als ob Massentierhaltung und vor allem -schlachtung einem wilden Hasen vorzuziehen wären!

„Ich nehme den Fischteller und du? Wildhase?"

Er nickte. Wie konnte er nur an ihr zweifeln.

Schweigend genossen sie ihr Essen. Nur ab und zu unterbrachen sie die Stille, um kurze Belanglosigkeiten auszutauschen. Darin waren sie sich einig, dass das Verspeisen eines Mahls vollste Aufmerksamkeit erforderte, um selbst feinsten Geschmacksnuancen nachzuspüren. Essen als purer Sattmacher, noch dazu in einem guten Restaurant, wäre das Maximum an Ignoranz und Nachlässigkeit gewesen.

Als ihre Teller leer und die Gläser wieder gefüllt waren, lehnten sie sich behaglich zurück. Dies war die beste Zeit zum Sprechen, niemals sonst konnte man die Gedanken so von der Leine lassen, da der Körper jeglichem Zwang zur Nahrungssuche enthoben war und die einlullende Stimme der Sattheit allen Sinnen ein Wiegenlied sang. Der Druck des Tages war von ihm abgefallen und so konnte Lienz unbeschwert von der Neuorganisation der Iffezheim-Bewachung berichten.

„Hört sich doch gut an!", erwiderte Judith, als er fertig erzählt hatte.

„Finden auch alle, außer der Kerner."

„Vergiss sie. Wahrscheinlich ist sie nur neidisch, weil die von ihr ausgewählte Truppe so kläglich versagt hat."

„Das hab ich ihr in einem Nebensatz auch zu verstehen gegeben."

„Da wird sie sich aber gefreut haben ... Hoffen wir mal, dass jetzt alles glatt läuft auf der Baustelle. Wie geht es denn übrigens dem Ingenieur dort? Ist der immer noch so durch den Wind?"

„Sicher. Der macht zwar einen auf straight, aber wenn du mich fragst, ist es nur eine Frage der Zeit, bis der zusammenklappt. Lange kann es nicht mehr dauern."

„Der Arme. Der müsste sich krankschreiben lassen."

„Habe ich ihm auch gesagt, aber nur ein müdes Lächeln geerntet."

„Der sollte wahrscheinlich noch mal seine Berufswahl überdenken. Wenn er dem Stress nicht gewachsen ist, macht der sich doch kaputt."

„Schon, aber es ist nicht nur der Stress, da ist noch so eine komische Geschichte."

„Welche Geschichte?"

„Ach, ich weiß nicht. Vergiss es. Nicht der Rede wert."

„Jetzt machst du mich erst recht neugierig, Wenn du sagst, vergiss es, dann ist meistens was Interessantes im Busch. Los, raus damit."

Lienz machte ein gequältes Gesicht. „Ist aber wirklich nur wirres Zeug. Ich habe dich gewarnt."

Während er die Vorkommnisse im Schlosspark erzählte, geschah etwas Merkwürdiges. Das aufmerksame Gesicht Judiths, ihre konzentrierte Art des Zuhörens färbte auf ihn ab und gab der Geschichte eine Bedeutung, die er bisher nicht erkannt hatte. Je länger er berichtete, desto mehr schlug dieses abstruse Ereignis auch ihn in Bann.

„Ich finde das sehr spannend. Von wegen: Nichtig! Endlich passiert mal etwas Aufregendes in deinem Beruf."

Ein Schatten huschte über Lienz' Gesicht. Judith wollte am liebsten im Boden versinken. Welch eine Blödheit war ihr denn da rausgerutscht! Schon während sie es sagte, spürte sie die Falschheit des Inhalts. Aber da war es schon zu spät. Als ob in Bens Berufsleben nicht genügend passierte. Im Gegenteil! Wie oft wünschte sie sich, dass er einen ruhigeren Bürojob hätte und sich nicht immer wieder in Gefahr begeben müsste oder mit den Abgründen der Menschheit konfrontiert würde.

Kleinlaut versuchte sie ihren Fehler wieder auszubügeln. „Entschuldigung. Das war jetzt echt blöd ... ich weiß doch, dass bei dir genug passiert. Ich wollte nur meine Begeisterung über dieses, dieses Mysterium ausdrücken."

„Schon gut. Hast ja recht. Da ist wirklich etwas Faszinierendes an diesem Fall. Mir ist das eben beim Erzählen erst so richtig klar geworden ... aber es kommt noch besser!"

Judith sah ihn auffordernd an.

„Das alles habe ich ja vom Radke erfahren. Er war mit diesem Fall betraut und bat mich, doch mal mit dem Obdachlosen zu sprechen. Ich glaube, ich habe dir davon erzählt?"

„Sagen wir mal, du hast es erwähnt. So nebenbei. Also, was kam dabei heraus?"

„Nun, ich bin los, um ihn zu suchen. Was nicht ganz einfach war. Schließlich habe ich ihn an der Alb gefunden und dort haben wir einen wirklich interessanten Abend verbracht. Alles locker und entspannt. Als wir aber auf diese Erscheinung zu sprechen kamen, war er plötzlich ganz verändert. Der hatte richtig Angst. Das konnte ich spüren. Sein Bericht war ja etwas wirr, nein nicht wirr. Kryptisch trifft's eher. Voller Anspielungen auf Bedrohungen, die wir Menschen nicht erfassen. Am Ende verwies er noch auf alte Sagen ..."

„Ha! Das war es! Gleich als du diese Erscheinung erwähnt hast, ist etwas in mir angeklungen. Ich hab es gespürt, ohne zu wissen, was es ist. Jetzt ist es mir aber klar geworden."

Lienz schaute verdutzt auf seine Freundin.

„Schau nicht so. Sagen! Das ist es."

„Kannst du nicht deutlicher sprechen? Es reicht doch, wenn der Philosoph in Rätseln spricht."

„Mir geht es wie ihm. Auch ich habe sofort an alte Sagen gedacht. Mir fällt nur nicht ein, an welche genau."

„Jetzt scherzt du, oder?"

„Gar nicht. Du weißt doch, dass ich mich näher mit der Geschichte Karlsruhes beschäftigt habe. Auch die Sagen aus der Region habe ich gelesen, weil die viel über einen Landstrich verraten. Und da kommt mir jetzt doch eine Idee: An meinem nächsten freien Abend gehe ich in die Bibliothek und versuche herauszufinden, in welcher Geschichte diese Figur vorkommt. Vielleicht hilft dir das ja weiter?"

„Wenn ich nicht mitkommen muss. Ich hab's nicht so mit Bibliotheken. Außerdem haben wir demnächst ja einige Besprechungen und mit Stefan muss ich mich auch mal wieder treffen."

„Mit meinem Lieblings-Gerichtsmediziner?"

„Genau dem."

„Gut, wenn du das allein machst. Euren Humor vertrage ich keinen ganzen Abend."

„Dabei hat er dich so fest in sein Herz geschlossen. Immerzu fragt er nach dir."

„Hör auf."

„Nein, im Ernst. Ganz vernarrt ist er in dich."

Bei dieser Vorstellung musste Judith aus vollem Halse lachen und so ging dieser Abend unter vielerlei gegenseitigen Neckereien zu Ende.

Es ist eine wahrlich tragische Komponente des Lebens, dass solche Abende überhaupt einmal ein Ende haben müssen, dachte Lienz, als er mit Judith zum Auto schlenderte. Tröstlich stimmte ihn einzig der Gedanke an eine Wiederkehr – und dass kein Fernsehturm der Welt das Flair des Turmbergs in den Schatten stellen kann.

13

Soeben hatte der Dozent die Vorlesung beendet, sodass das Froschgequake von Florians Handy im allgemeinen Aufbruchsgeraschel unterging. Er warf einen Blick auf das Display. Lucie. Sofort schlug sein Herz schneller. Die letzten Tage waren die schönsten in seinem Leben gewesen. Wann immer es Vorlesungen und Seminare zuließen, manchmal auch während der Unterrichtsstunden – diese dem Alltag gestohlenen Momente waren sogar die schönsten – hatten sie sich getroffen. Eine halb von einem Busch verdeckte Bank vor dem Audimax und den Springbrunnen in der Allee zum Schlosspark erkoren sie zu ihren Lieblingsplätzen. Dort konnten sie stundenlang ungestört miteinander reden, Luftschlösser errichten und gemeinsamen Träumen nachhängen. Diese innigen Stunden gipfelten in dem Moment, als sie zusammen ins Bett krochen und ihre Bettdecke ein Bollwerk gegen den Rest der Welt bildete.

Nach ihrer ersten gemeinsamen Nacht schwor sich Florian, nie wieder zu duschen. Für immer wollte er Lucies Geruch auf sich tragen. Stundenlang hatten sie ihre Körper erkundet, herauszufinden versucht, was ihnen gut tat und dabei schnell entdeckt, dass sie hervorragend zueinander passten. Selbst als ihre Fingerkuppen schon taub vom vielen Streicheln waren, konnten sie nicht voneinander lassen. Wenn er vormittags heillos übermüdet in einem Seminar saß, konnte er ihre Berührungen immer noch auf seinem Rücken spüren. Und ihr Geruch war seit Tagen sein treuer Begleiter, obwohl er mittlerweile doch wieder geduscht hatte – wenn auch mit ihr gemeinsam.

„Heute abend um 8. Zieh was Dunkles an. Treffpunkt Albtalbahnhof. Gudrun kommt mit dem Auto. ILD. Lu".

Lucies SMS war ebenso knapp wie unpersönlich. Was sollte denn das? Hatte er irgendetwas nicht mitgekriegt? Ein wenig enttäuscht schrieb er zurück: „Was? Warum? Wohin? Gudrun?? Hatte ich nicht eingeplant. 1000 Küsse Flo".

Lucies Antwort fiel noch kryptischer aus. „Erklär ich später. Green Heroes. Halt dich bereit. Lu".

Florian schaute auf seine Uhr. Noch fünf Stunden. So lange hielt er es unmöglich aus. Was hatten die bloß vor? Ob es die zuletzt besprochene Aktion war? Flo hasste diese Geheimnistuerei vom Inner Circle. Außerdem passte ihm der Zeitpunkt überhaupt nicht. Warum gerade heute? Er wollte Lucie doch unbedingt seinen Lieblingsplatz auf dem Bulacher Hügel zeigen, um dort mit ihr zusammen den Sonnenuntergang zu genießen. Mist! Andererseits überkam ihn bei der Erinnerung an seinen letzten Einsatz, den Bahnhofsgrafittis, ein Prickeln, das es unmöglich machte, noch ein Fünkchen Konzentration aufzubringen. Also beschloss er, die Uni sich selbst zu überlassen, nach Hause zu gehen, sich auf sein Bett zu werfen und eventuell endlich ein paar Stunden Schlaf nachzuholen. Er durfte nur den Wecker nicht überhören.

Geschlafen hatte er natürlich nicht. Kein Auge konnte er zumachen vor Aufregung und Sehnsucht. Kaum lag er auf dem Bett, begann sein Bauch zu kribbeln, konnte er die Anspannung in jedem Muskel spüren. Also stand er wieder auf, holte sich etwas zu essen, blätterte im Spiegel. Doch schon nach wenigen Minuten drückte die Müdigkeit wieder auf seine Augenlider. Noch einmal versuchte er, Schlaf zu finden – mit dem gleichen Erfolg. Nachdem er dieses Spiel ein paar Mal wiederholt hatte, stand er entnervt endgültig auf. Er zog seine Sportklamotten an, schlug die Haustür hinter sich zu und joggte Richtung Klotze. Das kannte er bei sich schon seit Kindheitstagen: Wenn gar nichts mehr ging, half Sport. Auch diesmal schlug die Therapie voll an und als er nach Hause zurückkehrte, war er zwar körperlich erschöpft, aber geistig wieder fit. Er duschte ausgiebig, aß mit großem Appetit und fuhr in seine dunklen Jeans. Sicherheitshalber warf er sich noch ein Sweatshirt über, nur für den Fall, dass der Milde des Abends doch noch eine kühle Nacht folgen sollte. Immerhin wusste er ja noch nicht, wie lange die Aktion dauern würde.

Dementsprechend gespannt wartete er am Albtalbahnhof auf die anderen. Konzentriert beobachtete er die vorüberfahrenden Autos, immer auf der Suche nach Gudruns Golf. Als er ihn endlich auf der Gegenfahrbahn ausmachte, winkte er heftig mit beiden Armen. Der Golf wendete sofort, überfuhr die doppelte Sperrlinie und hielt direkt auf ihn zu. Wenige Zentimeter vor ihm kam der Wagen mit einer Vollbremsung zum Stillstand.

Aus dem Innenraum hörte er lautes Johlen. Lucie schwang sich aus der Hinterbank, schlang die Arme um ihn und begrüßte ihn mit einem langen Kuss. Die zwei Verliebten ernteten anerkennende Pfiffe und Zurufe.

„Macht, dass ihr reinkommt, ihr Turteltauben. Wir haben eine Verabredung!“, unterbrach Nadine vom Beifahrersitz aus die intime Szene.

Widerwillig ließ Flo Lucie los und nacheinander zwängten sie sich neben Markus auf die Rückbank. Das allgemeine Grüßen ging im Motorenlärm des losbrausenden Autos unter. Hinter dem Bahnhof bogen sie rechts in die Herrenalber Straße, fuhren weiter bis zur Autobahn und nahmen die Auffahrt Richtung Basel.

Nun konnte sich Flo nicht mehr zurückhalten. „Sagt mir mal endlich einer, wohin wir fahren?“

„Kannst du dir das nicht denken?“

„Naja, ich vermute mal Iffezheim.“

„Bravo!“

„Das war ja nicht gerade schwer. Aber was wollen wir dort machen?"

„Die Kräne!"

Flo atmete tief durch. Nun war es also endlich soweit. Er hatte sich schon gefragt, wann sie endlich zuschlagen würden, warum so lange gewartet wurde. Nun, da es gleich losging, verspürte er ein ungeahntes Hochgefühl. Denen würden sie es zeigen. Heute Nacht würde ein Zeichen gesetzt, ein unübersehbares. Danach würde nichts mehr so sein, wie es war.

Aufgeregt plapperten jetzt alle durcheinander. Die Luft zwischen ihnen vibrierte und obwohl die Nervosität alle innerlich förmlich zerfraß, machten coole Sprüche und Kampfparolen die Runde.

Das Ortsschild von Neu-Iffezheim, dem sie sich von Süden näherten, ließ sie schlagartig verstummen. Nichtssagende Ein- und Mehrfamilienhäuser, keines älter als zwei Jahre, säumten die Straße. Die Bepflanzung der Gärten hatte noch nicht genügend Zeit gehabt, sich voll zu entwickeln und so boten diese kümmerlichen Grünflächen einen trostlosen Anblick. Es würde noch Jahre dauern, bis dieser neue Ortsteil einigermaßen harmonisch wirken würde.

Als sie sich dem alten Ortskern näherten, wich ihre Aufregung einer gespannten Aufmerksamkeit. Wegen der nicht nachlassenden Proteste der Iffezheimer Ini-Gruppe gegen das Kraftwerkprojekt, die in der demonstrativen Umbenennung in Neu-Iffezheim gipfelten, waren Polizei und Bundesgrenzschutz in dem Dorf und seiner Umgebung massiv präsent. Wenn irgend möglich sollten sie ein Zusammentreffen mit jedweder Uniform vermeiden.

Deshalb durchfuhren sie erst mal langsam, was vom alten Ortskern übrig war, vorbei an Auberge, Sonne und Anker, umrundeten Kirche und Rathaus und schlängelten sich durch ein stilles Wohngebiet zur Galopprennbahn. Dort stellten sie ihr

Auto am Rand eines Parkplatzes so ab, dass es fast vollständig von einem großen Holunderbusch verdeckt war.

Nadine sprang als Erste aus dem Wagen, umrundete die Begrenzungshecken, spähte die Zufahrtswege entlang und warf noch einen besorgten Blick zur Rennbahn. Alles schien ausgestorben, kein lästiger Zeuge weit und breit. Schnell kehrte sie zu ihren Freunden zurück.

„OK. Jetzt wird's ernst." Nadines Stimme war dunkel, die Leichtigkeit der Autofahrt weggeblasen. „Der Plan ist folgender: Zuerst müssen wir mehr über die Sicherheitsleute herausfinden. Tom hat da schon ein paar Vorarbeiten erledigt. Hier."

Nadine teilte kleine Karteikärtchen an die Gruppe aus, während sie deren Inhalt zusammenfasste. „Es gibt eine neue Wachfirma. Die ist erst seit ein paar Tagen dabei und will natürlich nicht die gleichen Fehler machen wie ihre Vorgänger. Die Jungs sind hochmotiviert und ziemlich durchtrainiert. Also Vorsicht."

„Hört sich ja ermutigend an", meinte Gudrun.

„Hat ja niemand behauptet, dass das ein Spaziergang wird", gab Markus zurück.

„Das meinte ich auch nicht damit."

Nadine ging dazwischen. „Hört sofort auf! Das können wir jetzt gar nicht gebrauchen. Wir müssen uns voll und ganz aufeinander verlassen, oder wir können die ganze Sache sofort abblasen, verstanden?"

Gudrun und Markus nickten.

„Gut. Natürlich wird es schwer, an den Wachleuten vorbeizukommen, aber davon lassen wir uns nicht entmutigen, denn wir werden ihre Schwachpunkte ausnützen."

„Und die wären?", entfuhr es Flo.

„Zum Ersten rechnen sie nicht mit uns. Das Überraschungsmoment ist auf jeden Fall auf unserer Seite. Zum Zweiten kennen sie das Gelände noch nicht so gut wie wir, da sie eben erst seit wenigen Tagen da sind. Wir jedoch haben uns schon öfters reingeschlichen."

An dieser Stelle machte Nadine eine bedeutungsschwere Pause und Lucie übernahm.

„Es gibt eine Stelle weiter flussaufwärts, an der ein kleines Wäldchen bis an den Damm heranreicht. Das ist unser erstes Ziel. Von dort aus beobachten wir dann die Abläufe des Wachpersonals, um eine Lücke zum Durchschlüpfen zu entdecken."

„Wie Tom auf den Kärtchen vermerkt hat", fuhr nun wieder Nadine fort, „konzentrieren sich die Überwachungsmaßnahmen auf drei Stellen. Den Bauzaun an der Zufahrt, den Parkplatz der Baufahrzeuge und die Staumauer selbst. Also alles, was hier vor euch liegt." Nadines Arm beschrieb einen großen Bogen in der Luft, das gesamte nordwestliche Gebiet der Galopprennbahn einschließend. „Diesen Bereich werden wir nur im äußersten Notfall betreten. Wir halten uns mehr Richtung Süden, dort sind wir sicherer, denn das Staubecken, die Seitendämme und die Plätze, an denen die großen Kräne stehen, werden nur durch Patrouillengänge überwacht."

„Wir müssen also nichts weiter tun, als die Patrouillen abzuwarten und dann zu den Kränen zu schleichen."

„Genau. Markus, Flo, ihr tragt die großen Rucksäcke, Gudrun, du nimmst den kleinen hier. Seht ihr die Baumgruppe dort vorne? Die müssen wir ungesehen erreichen, dann bietet uns das Wäldchen Schutz. Auf geht's!"

Lucies Hand in der seinen eilte Florian hinter Nadine über die Obstwiese Richtung Wäldchen. Hinter ihnen folgten Gudrun und Markus, die unverständlich miteinander tuschelten. Flo war nicht nach reden zumute. Er hing seinen Gedanken nach. Irgendetwas an der Schilderung des Ablaufs der Aktion hatte ihn beunruhigt, doch so sehr er auch darüber nachdachte, er kam nicht darauf, was es sein könnte. Letztendlich gab er es auf. Zurück blieb ein ungutes Gefühl.

An den letzten Bäumen hielt die Gruppe an. Imposant ragte der neue Deich vor ihnen in die Höhe. Erst aus der Nähe konnte man dessen gigantische Ausmaße erkennen. Über dreißig Meter hoch, an die hundert Meter Breite an der Basis. Allein diesen Koloss unbemerkt zu überwinden wird schwierig werden, dachte Flo. Andererseits waren sie durch dessen Höhe auch vor den Blicken von der Flussseite verborgen. Ein Vorteil, immerhin. Der Bauzaun davor war auch nicht ohne. Dickes Stahlgeflecht, etwa drei Meter hoch, die einzelnen Elemente fest miteinander verschweißt, wirkte er eher wie die Sicherheitsanlage eines Gefängnisses. Doch wenn Nadines Plan klappte, dann durfte der Zaun kein ernsthaftes Hindernis darstellen.

„Also, wir verteilen uns jetzt auf den Bäumen. Je zwei klettern hoch, einer bleibt unten und patrouilliert durchs Wäldchen; nicht dass uns unsere uniformierten Freunde eine böse Überraschung bereiten, ehe wir überhaupt loslegen können."

Lucie wollte Flo mit sich zum nächsten Baum ziehen, doch Nadine ging entschieden dazwischen. „Nein, nicht ihr zwei! Lucie, du kommst mit mir. Wir haben einiges zu besprechen und Flo geht mit Gudrun zu dem Baum dort drüben. Dann haben wir freie Sicht flussauf- und abwärts. Markus, du deckst uns den Rücken. Einverstanden?"

Markus und Gudrun nickten zustimmend.

„Gut. Jedes Team nimmt sich ein Fernglas und eine Taschenlampe. Kurzes Lichtsignal mit drei Sekunden Pause bedeutet, dass wir loslegen. Bei Gefahr dreimal kurz blinken. Alles klar? Gut. Die Rucksäcke können wir während des Beobachtens hier liegen lassen."

Während Flo mit Gudrun zu der ihnen zugewiesenen Eiche ging, verschwanden Lucie und Nadine schon im Blätterdach über ihnen. Da die erste Astgabel recht hoch über dem Boden hing, fasste Flo Gudrun um die Hüfte und stemmte sie auf den Ast. Anschließend ließ er sich von ihr hochziehen. So leise wie möglich versuchten sie in die Krone zu klettern. Hoch oben fanden sie einen guten Platz, an dem sie sich einrichteten und ihr Umfeld betrachteten. In dieser Höhe waren sie knapp über dem Scheitelpunkt des Dammes, der Boden lag tief unter ihnen. Ein Fehltritt wäre tödlich. Flo prüfte noch einmal die Stabilität des Astes, dann machte er es sich bequem.

Die Baustelle lag in ihrer ganzen Hässlichkeit vor ihnen. Der Abschnitt direkt unter ihrem Posten war schon fertig gestellt. Spärlich wuchs zartes Grün aus der Böschung. Weiter flussabwärts Richtung Kraftwerk war außer ockergelbem Lehm und nackter Erde nichts zu sehen. Die Staumauer, die sich mächtig in den Rhein schob, schien vom gleichen Grau, wie das von ihr gestaute Wasser. Florian verschlug es bei diesem Anblick die Sprache.

„Ist das trostlos!“

Gudrun war ebenso bestürzt wie er. „Das ist wie in so ’nem Science-Fiction-Film. Total surreal.“ Und nach einer kurzen Pause fügte sie noch hinzu: „Aber unglaublich beeindruckend.“

„Mhm.“

„Kannst du den Schotterplatz dort drüben sehen? Dort stehen auch ein paar Uniformierte rum, das muss der Abstellplatz für die Baufahrzeuge sein.“

Gudrun holte das Fernglas hervor und nickte bestätigend. „Ja. Einige Maschinen und vier Mann. Jetzt trennen sie sich. Zwei bleiben am Parkplatz, die anderen zwei marschieren los. Scheiße, die haben auch einen Hund dabei.“

„Das hatte ich mir fast gedacht.“

„Die gehen in unsere Richtung.“

„Na dann werden wir ja gleich sehen, ob der Hund eine feine Nase hat und uns wittert. Apropos: Wo sind denn die anderen? Kannst du sie sehen?“

Gudrun suchte mit dem Fernglas die Baumwipfel ab.

„Da drüben. Drei Bäume links. Das was da so blau leuchtet, ist Lucies T-Shirt.“

„Und zu mir hat sie gesagt, ich soll was Dunkles anziehen“, murmelte er vor sich hin.

„Wie bitte?“
„Nichts.“
Flo verrenkte sich den Hals, um besser sehen zu können. Wirklich, da drüben konnte er einen Farbtupfer erkennen. Hoffentlich ist der vom Damm aus nicht zu sehen, dachte er.

Drei Bäume entfernt suchte auch Lucie die Baumwipfel ab, um Flo auszumachen. Doch vergeblich. Alles, was sie sah, war Grün. Grün, Grün und nochmals Grün und etwas graubraun, wenn sie ihren Blick nach rechts zum Staudamm wendete. Nadines Stimme drang ununterbrochen auf sie ein. Sie berichtete von den letzten Treffen, die Lucie versäumt hatte und vergaß dabei auch nicht, ihr Fortbleiben ein ums andere Mal zu betonen. Lucie hörte jedoch kaum hin. Sie war genervt. Genervt von Nadine, deren Wichtigtuerei, den unterschwelligen Vorwürfen, von der ganzen Situation. Warum konnte sie jetzt nicht neben Flo sitzen, seine Hand halten, seine Wärme spüren. Ein Kuss, ein winziger Kuss nur und sie würde wieder Ruhe finden. So aber lief ein Kribbeln durch ihren Körper, der sehnsüchtig auf die lieb gewonnenen Berührungen wartete. Eigentlich wollte sie nur fort von hier und vor allem Nadines Stimme nicht mehr hören.

„Hörst du mir überhaupt zu? Sag mal, was soll der Scheiß? Lässt mich hier reden und träumst rum. Kacke! Wirst es wohl noch ein paar Minuten ohne deinen Superhero aushalten? Der ist ja in guter Gesellschaft bei Gudrun.“ Und gehässig fügte sie noch dazu: „Weißt du übrigens, dass Gudi auch in Flo verknallt ist? Ist doch witzig, oder?“

Das war gemein und durchaus so gewollt. Lucie spürte einen Stich in ihrer Brust. Wütend wandte sie sich Nadine zu, die sie grinsend ansah.

„Na, bin ich doch noch durchgedrungen? Jetzt schau mich nicht so an. Dein Flo hat ja nur Augen für dich, da passiert schon nichts.“

Lucie wusste nicht, ob sie Nadine jetzt dafür hassen oder ihr dankbar sein sollte. Sie verabscheute solche Spielchen mit den Gefühlen anderer. Aber das kannte sie ja von Tom und Nadine. Im Manipulieren anderer waren sie Weltmeister. Nicht umsonst herrschten sie mit uneingeschränkter Autorität über die Green Heroes.

„Nun beruhige dich schon und hör endlich zu. Hast du die Geschichte mit der BNN verstanden?"

Lucie schüttelte nur den Kopf. Zu mehr war sie momentan nicht fähig.

„Also noch mal! Dein Video auf Youtube hatte satte 85.000 Klicks, bevor sie es gesperrt haben. Die BNN ist Toms Mail nachgegangen und hat eine schöne Titelstory aus dem Bahnhofsgraffiti gemacht. Eine Titelstory! Nicht nur im Regio-Teil. Das heißt, dass uns jetzt wirklich jeder kennt. An uns kommt keiner vorbei!"

Endlich war Lucies Interesse geweckt. „Und was haben sie geschrieben."

„Viel. Es ging ganz allgemein um Umweltprojekte und wie grün Karlsruhe wirklich ist und dass es neue Formen des Protestes gegen Umweltausbeutung gibt etc, etc."

„Wow! Wissen die, wer wir sind?"

„Nee. Und das ist das Schöne. Die haben keine Ahnung. Sogar bei der Polizei hatten die nachgefragt, aber keine Auskunft erhalten."

„Das ist ja geil. Ich fass es nicht! Titelblatt!"

„Und genau da wollen wir spätestens übermorgen wieder hin. Jetzt wissen die Leute, dass die Green Heroes gegen Umweltzerstörung sind und wenn sie unser Logo auf den Kränen sehen, werden sie unterbewusst sofort Iffezheim mit Umweltzerstörung in Verbindung bringen."

Lucie konnte nicht anders, sie musste Tom und Nadine für diesen Schachzug bewundern. Vergessen waren alle Fluchtgedanken und Nickeligkeiten. Hier ging es um die Zukunft des

Planeten. Nur dafür waren sie hier. Ihre unbedeutenden Bedürfnisse konnten da gerne mal zurückstecken.

„OK. Dann lass uns die Heinis mal ausspionieren, schließlich haben wir heute noch was vor." Lächelnd nahm Nadine das Fernglas und flüsterte Lucie ihre Beobachtungen zu.

Das Licht im Westen verblasste bereits, als das Signallicht aus den Blättern hervorbrach. Flo machte Gudrun darauf aufmerksam. Schnell kletterten die zwei zurück zum Boden. Dort warteten schon die drei anderen, im dumpfen Zwielicht kaum erkennbar. Mit hereinbrechender Dunkelheit wurde es auch deutlich kühler und Flo war froh, dass er sein Sweatshirt mitgenommen hatte. Flüsternd teilten sie sich ihre Beobachtungen mit, machten sich auf kleinste Details aufmerksam, schließlich konnte jeder Hinweis für den Erfolg der Unternehmung wichtig sein. Tom hatte gut vorgearbeitet, fast alles lief genau wie von ihm beschrieben ab. In diesen zwei Stunden blieben die meisten Wachtrupps, immer mindestens zwei Mann, manchmal plus Hund, in der Nähe der eigentlichen Baustelle. Am strengsten wurden die Fahrzeuge überwacht, wohingegen bisher niemand an den Kränen vorbeigegangen war.

Noch einmal rekapitulierten sie ihren Plan, dann brachen sie auf. Flo und Markus schnallten sich die großen, schweren Rucksäcke um, Nadine und Gudrun befestigten ein Seil an einem Ast, der seine Zweige weit über den Bauzaun streckte.

Nacheinander kletterten sie auf den Baum und ließen sich am Seil auf der anderen Seite des Zauns herunter. Das Erklimmen der steilen Böschung war mit dem großen Gewicht auf dem Rücken eine Herausforderung. Mehr als einmal hatte Flo das Gefühl, nach hinten zu kippen. Ein Seitenblick auf Markus verriet ihm, dass es ihm nicht besser erging.

Als sie den Kamm erreicht hatten, kauerten sie sich geduckt nieder, beobachteten den Dammweg. Kein Wachmann weit und breit. Nach ihren Berechnungen durfte die nächste Patrouille erst in zwanzig Minuten aufbrechen. Dann wären sie schon längst bei und auf den Kränen. Markus und Nadine hoben die Daumen, schnell huschten fünf Schatten über die Krone und verschwanden auf der anderen Seite. Hier ging es nicht so weit hinunter. Der Damm hatte das Wasser schon gut zwanzig Meter hoch gestaut. Falls eine Streife ihren Weg kreuzen würde, hätten sie keine Möglichkeit, sich zu verstecken. Selbst die sich wie große Pfützen ausbreitende Dunkelheit würde sie nicht zu schützen vermögen, weshalb sie so schnell wie möglich Richtung Kräne rannten.

Gut dreihundert Meter weiter warfen sie sich erschöpft zu Boden. Sie waren völlig außer Atem von diesem kraftraubenden, gebückten Sprint und mussten eine kurze Rast einlegen, selbst wenn das Risiko, dadurch entdeckt zu werden, dabei stieg. Allerdings konnten sie unmöglich völlig ausgepumpt weiterlaufen. Um die Kräne zu besteigen, brauchten sie Ruhe und Kraft. Nach wenigen Minuten robbte Flo nach oben, streckte vorsichtig seinen Kopf über den Damm. Unmittelbar vor ihm lag die Baustelle. Linkerhand befand sich der Rohbau der Kraftwerksgebäude, daran anschließend der Staudamm, der irgendwo hinter ihm im Dunkel verschwand. Richtung Osten erstreckte sich ein weites, offenes Gelände, aus dem vereinzelt Berge aus Sand, Schotter und Stein aufragen. Diese würden sie sich zunutze machen müssen, wenn sie die Kräne, die rechts von diesem Feld lagen, erreichen wollten. Am gegenüberliegenden Ende des Geländes konnte Florian die Baustellenfahrzeuge deutlich erkennen. Flutlichtmasten waren über dem Parkplatz und der Staumauer angebracht, ihre gleißenden Lichtkegel zu durchqueren, schien aussichtslos. Also mussten sie sich rechts rum halten, immer im Schatten der Hügel.

Er bedeutete seinen Freunden, dass die Luft rein war. Auf Nadines Zeichen stürmten alle los zum nächstgelegenen Sandberg. Dort verharrten sie bewegungslos. Niemand schien die schnellen Schatten bemerkt zu haben und so hasteten sie in den Schutz des nächsten Berges. Wieder blieb alles ruhig. Noch einmal atmeten sie tief durch, dann nahmen sie die letzte Etappe, erreichten die Kräne, warfen ihr Gepäck ab und verschanzten sich hinter den mannshohen Bodenauslegern.

Flo rang heftig nach Atem. Obwohl sein durchtrainierter Körper vor Anstrengung schmerzte, durfte er sich keine weitere Pause erlauben. Ein Kopfnicken von Nadine, schon ging es weiter. Flo und Lucie nahmen den ersten Kran, Markus und Nadine den zweiten. Gudrun blieb am Boden zurück. Im Fall einer Entdeckung sollte sie die anderen zuerst warnen und anschließend davonlaufen, um so die Aufmerksamkeit der Wachtrupps auf sich ziehen. Dann hätten die Kranbesetzer eventuell die Möglichkeit hinunterzuklettern und zu flüchten. So weit der Plan.

Als Flo die erste Plattform erreichte, hielt er kurz inne. Schlagartig wurde ihm klar, was sich auf dem Weg hierher in seinem Kopf verhakt hatte. Der Fluchtplan! Wie um alles in der Welt sollten sie aus diesem Areal wieder herauskommen? Es war fast unmöglich, sich am Seil wieder hochzuziehen, zumindest für Schwächere und schon gar nicht in Eile. Und das Tor war zu gut bewacht. Verdammt! Warum war ihm das nicht früher eingefallen? Jetzt half nur noch, auf ihr Glück zu vertrauen! Hoffen, dass sie nicht entdeckt wurden, denn mit diesen muskelbepackten Jungs da unten wollte er wahrlich keine Bekanntschaft machen.

Je höher er stieg, desto mehr hatte er das Gefühl, der Kran würde im Takt seiner Kletterei schwanken. Ein Blick nach unten ließ ihn schwindeln. Sofort klammerte er sich fester an die Sprossen. Leise flüsterte er Lucies Namen. Deren Antwort konnte er nicht verstehen. Immerhin, sie war noch da. Vorsichtig schob er sich Sprosse für Sprosse höher. Jeder Schritt nach oben verlangte eine fast unmenschliche Willensanstrengung. Mittlerweile hatte er das Gefühl, der ganze Kran schlingere wie ein Schiff auf hoher See.

Nach gefühlten Stunden stand er endlich ganz oben, am Beginn des Kranauslegers. Hinter sich hörte er Lucie schnaufen, zu ihr umdrehen wollte er sich lieber nicht.

„Kannst du den Rucksack öffnen und das Vorhängeschloss rausholen?"

Als Lucie am Verschluss ruckelte, wurde er kurz nach hinten gezogen. Erschrocken griff er nach den Eisenstreben. Das kalte Metall in seinen Händen beruhigte ihn. Lucie reichte ihm das Schloss nach vorne, so dass er die Krantüre versperren konnte.

„Das dürfte den ganz schön ärgern, wenn er endlich oben angelangt ist und dann merkt, dass er wieder runtersteigen muss, um Werkzeug zum Türöffnen zu holen."

Mittlerweile hatte er sich an die Höhe gewöhnt und konnte sich umsehen. Im Norden konnte er die Lichter Karlsruhes sehen, die beleuchteten Schornsteine des Kraftwerks im Rheinhafen ragten mahnenden Fingern gleich in den Nachthimmel.

Wäre es nicht vollkommen dunkel gewesen, hätte Gudrun vom Boden aus, einen eigenartigen Tanz bewundern können. Hochseilartisten gleich umkreisten sie einander, stiegen vorsichtig über- und nebeneinander, reckten sich auf Zehenspitzen in die Höhe, vollführten eine Drehung, tänzelten vor und zurück, um am Ende zu einem einzigen Schatten zu verschmelzen.

Eng aneinandergeklammert standen Flo und Lucie oben auf dem Stahlkoloss. Der kühle Nachtwind spielte mit ihren Haaren, Metallseile klackerten an Verstrebungen, einem unangenehm schrappenden Schlagzeug gleich, das außerhalb jeglicher Rhythmik seine Todestrommeln schlug.

Alle Haken waren montiert, die Seile durch die Schlaufen gezogen, das Banner zu einem Stoß zusammengefaltet lag neben ihnen auf dem Ausleger. Ein wahnsinniger Kraftakt, den sie da soeben bewältigt hatten. Arbeiten nur mit einer Hand, während die andere ständig darum bemüht war, den Körper dem drohenden Abgrund zu verwehren.

„OK. Ich glaube, wir sind so weit. Nur noch das Banner und dann nichts wie runter!“

Lucie versuchte, den Stapel mit dem Fuß zur Seite zu schieben.

„Halt!“, schrie Flo und hielt ihr Bein fest. Dann schob er sie nach hinten, zur Leiter, drückte sie ein paar Sprossen nach unten.

„Was hast du vor?“, wollte Lucie wissen. „Wir müssen doch noch das Banner hinunterstoßen. So hatte das doch alles keinen Sinn.“

„Ich weiß. Aber das war fast Selbstmord, was du da eben gemacht hast. Wenn das Banner erst mal über die Kante rutscht, wird es sich rasend schnell entfalten und wenn du da in der Nähe stehst, reißt dich das mit runter. Das war ganz schön gefährlich.“

Flo kletterte neben Lucie auf die Leiter, entnahm dem Rucksack einen Stab, beugte seinen Oberkörper so weit wie möglich vor, erwischte das Ende des Stoffhaufens und versetzte ihm einen Stoß. Als die erste Stoffbahn ins Leere fiel, riss sie den restlichen Haufen zur Seite hin mit nach unten, die Halterungsseile spannten sich und mit einem lauten Knall entfaltete sich das Banner im Wind. Wären Flo und Lucie auf der Plattform oben stehengeblieben, wären sie unausweichlich mitgerissen worden.

„Danke“, hauchte Lucie, dann begannen sie mit dem Abstieg, Als sie das erste Drittel zurückgelegt hatten, ließ sie ein weiterer Knall zusammenfahren. Erschrocken schauten sie sich um, aufs Schlimmste gefasst. Gleichzeitig erfassten sie die Situation. Auch am anderen Kran wehte nun eine riesige Plane im Wind, der neongrüne Schriftzug „Green Heroes“ war selbst in der Nacht deutlich zu erkennen. Lucie war überrascht, dass die Banner selbst nachts so gut zu sehen waren. So gut, dass selbst Menschen am Boden den Schriftzug klar und deutlich erkennen können müssten. Doch wenn man von unten ... Weiter mochte sie nicht denken. Ängstlich schaute sie nach unten, versuchte zu erkennen, ob die Wachmannschaften schon alarmiert waren. Doch der Boden verschwamm vor ihren Augen. So schnell wie möglich setzte sie den Abstieg fort, Flo kletterte hastig hinter ihr her.

Erschöpft aber zufrieden kamen sie unten an. Eine mächtige Woge Glück überschwemmte Florian und Lucie. Sie waren stolz, diesen Auftrag erfolgreich ausgeführt zu haben, stolz auf ihre Leistung und ihren Mut, den sie dort oben bewiesen hatten. Solche Freude hatte Flo noch nie erlebt. Alles Gewicht der Welt war von ihm abgefallen, er war überzeugt, dass ihm jetzt nichts und niemand mehr etwas anhaben konnte. Dieses Abenteuer unbeschadet, ja lebend überstanden zu haben, grenzte im Nachhinein betrachtet an ein Wunder.

Als auch die anderen unten angekommen waren, fielen sich alle in die Arme und klatschten sich ab. Übermütig sprang Markus auf und nieder, auch er konnte seinen Glücksrausch kaum bezwingen.

„Los, kommt schon!“, mahnte Gudrun zum Aufbruch. Sie schob Lucie und Nadine vor sich her, Flo und Markus folgten hinterdrein.

Sie hatten gerade den ersten Schotterberg erreicht, als lautes Hundegebell losbrach. Vor Schreck erstarrt blieben sie stehen. Da löste sich ein Schatten aus der Dunkelheit, preschte auf sie zu. Nadine fing sich als Erste.

„Lauft! Zurück zu den Kränen. Dahinter liegt der Zaun.“

Dann ging alles ganz schnell. Gleichzeitig stürmten alle los.

Flo lief, als gelte es sein Leben. Er überholte Nadine, erreichte die Kräne und sprintete weiter ins Dunkel Richtung Zaun. Hinter sich hörte er aufgeregte Stimmen, Hundegekläffe. Im Laufen drehte er sich. Ihm blieb fast das Herz stehen. Lucie war gestolpert und hatte sich am Fuß verletzt. Während er und

Nadine den Zaun erreicht hatten, kam sie nur noch humpelnd vorwärts. Eilig half Flo Nadine über den Zaun und schob anschließend auch Gudrun von unten hoch.

„Komm rüber! Mach schon!“ Nadine brüllte ihn durch das Gitter an. „Die sind gleich da!“

„Bin gleich zurück. Ich muss Lucie helfen!“

„Zu spät! Schwing dich rüber!“

„Nein, allein schafft sie es nicht!“

Flo rannte zurück, Lucie und ihren Verfolgern entgegen. Markus, der ihm entgegenkam, schaute ihn aus ungläubigen Augen an, bedeutete ihm, die Richtung zu wechseln. Doch Flo lief unbeirrt weiter, nur noch wenige Meter trennten ihn von Lucie. Er streckte seinen Arm nach vorne, als ihn von der Seite etwas Haariges ansprang. Seine Hand griff ins Leere, er verlor das Gleichgewicht und stürzte zu Boden. Sofort wollte er sich wieder hochstemmen, doch ein bösartiges Knurren ließ ihn erstarren. Direkt über seinem Gesicht erschien ein weit geöffnetes Maul mit großen Zähnen. Als er sich bewegte, knurrte der Hund über ihm erneut und kam bedrohlich näher. Flo konnte sich nicht mehr rühren. Er war gefangen. Diese Bestie hielt ihn in Schach. Aus den Augenwinkeln konnte er erkennen, wie wenige Meter neben ihm Lucie grob von einem uniformierten Mann fortgeschleppt wurde. Da packte ihn die Wut. Aus vollem Hals brüllte er los. „He! Lass sie sofort los, du Arsch!“ Da schoss ein Schmerz in seine rechte Seite und nahm ihm die Luft.

„Schnauze, Bürschchen! Wehe, wenn du noch mal das Maul aufmachst, verstanden?“

Tränen der Wut und des Schmerzes in den Augen vermochte Flo nur zu nicken.

„Gut, und jetzt auf mit dir!“

Er wurde unsanft nach oben gerissen und Richtung Parkplatz gestoßen. Der Hund neben ihm knurrte ihm immer noch angsteinflößend zu.

„Brav, Jenny! Hast du gut gemacht." Der Mann beugte sich zu dem Hund und steckte ihm etwas ins Maul, woraufhin dieser augenblicklich verstummte und folgsam neben seinem Herrn hertrottete.

Am Ende des Parkplatzes standen einige Container. Bis auf einen waren alle erleuchtet. Der Wachmann hielt auf den dunklen zu, riss die Türe auf und stieß Florian hinein. Mit einem lauten Schlag fiel die Türe hinter ihm ins Schloss und er konnte hören, wie ein Schlüssel zweimal herumgedreht wurde.

„Hey, was soll das! Machen Sie sofort die Tür auf!"

Doch Florians Worte verhallten ungehört. Allein saß er in dem dunklen Container, der von dem schwachen Licht, das durch das kleine Fenster hereinfiel, nur spärlich erleuchtet wurde. Noch einmal rief er laut nach Hilfe. Vergebens, die Türe blieb verschlossen. Vor Wut und Verzweiflung trommelte er mit seinen Fäusten so lange gegen die Wände, bis die Knöchel blutig geschürft waren. Nichts geschah. Alles blieb ruhig. Er war allein, vollkommen allein. Wie hatte es nur so weit kommen können? Er verfluchte seine Dummheit, sich auf so etwas Verrücktes eingelassen zu haben, er verfluchte den Größenwahn von Nadine und Tom, die vermutlich über Leichen gehen würden, um ihre Ziele zu erreichen und er verfluchte diese verdammten Wachleute. Er fragte sich, was die wohl mit Lucie gemacht hatten? Wenn ihr etwas geschah, würde er sich das nie verzeihen können. Bilder übler Misshandlungen erschienen vor seinem inneren Auge. Die schrecklichsten Vorstellungen marterten sein Gewissen.

Er hatte versagt! Als es darauf ankam, hatte er es nicht geschafft, Lucie zu helfen, die nun irgendwo allein diesen gefährlichen Männern ausgeliefert war. Männern, die mit unberechenbarer Brutalität gegen unbewaffnete Menschen vorgingen. Er befürchtete das Schlimmste und während Wut und Verzweiflung durch seinen Körper tobten, liefen Tränen seine Wangen hinab.

Als er endlich das Geräusch eines Schlüssels hörte, schrak er auf. Seine Gedanken überschlugen sich. Durfte er sein Gefängnis nun verlassen, oder kamen sie, um ihn zu holen? Und was hatten sie anschließend mit ihm vor? Gebannt starrte er auf die langsam aufschwingende Tür, unfähig, auch nur einen vernünftigen Gedanken zu formulieren. Sein Kopf war leergefegt, zurück blieb nackte, hässliche Angst, die ihn fest gepackt hielt.

Es war ein Uhr nachts, als sich Benjamin Lienz einen starken Kaffee aus seinem Büro holte. Einmal mehr freute er sich über die gute Investition, denn dieser Kaffeeautomat war wahrlich nicht billig gewesen. Dafür hatte er ihm seit seiner Anschaffung manche Nachtschicht versüßt und den Neid einiger Kollegen erweckt.

Nachdenklich stand er am Fenster und betrachtete den nur punktuell erleuchteten Parkplatz vor dem Kommissariat. In Gedanken ging er die Vernehmungen der letzten Stunde durch. Zwei anscheinend vernünftige junge Menschen, nicht dumm, Studenten, keine Vorstrafen, nie polizeilich auffällig geworden, gepflegt. Er könnte diese Liste positiver Eigenschaften noch fortsetzen. Trotz allem saßen die beiden hier im Kripo-Mutterbau und wurden von zwei Kollegen zu nachtschlafender Zeit vernommen. Was hatte die bloß geritten, sich und andere derart in Gefahr zu bringen? Vom unerlaubten Betreten abgesperrten und gesicherten Gebietes sowie Sachbeschädigung ganz zu schweigen! Wurden sie von jemandem aufgehetzt? Von einem oder einer, die still im Hintergrund blieb und dort die Fäden zog. Lienz erschien diese Möglichkeit plausibel, allerdings wusste er auch, warum. Sie würde erklären, was eventuell nicht erklärbar war. Doch war das nicht zu einfach? Wieder einmal musste er sich fragen, ob er nicht längst zum Opfer seiner eigenen Phantasien geworden war. Ob seine Schlussfolgerungen nicht übereilt und einfachen Klischees entlehnt waren.

Die artigen Kinder, die von bösen Verführern zu Untaten angestiftet wurden, während diese fern allen Risikos nur die goldenen Früchte ernteten? Wie im Märchen, viel zu schön um wahr zu sein.

Um die Wahrheit herauszufinden, musste er dranbleiben, den beiden weiter auf die Pelle rücken, Druck ausüben, täuschen, manövrieren, schmeicheln, überlisten. Alle Techniken der Verhörkunst anwenden, auch wenn er manchmal ein mieses Gefühl dabei hatte. Er trank den letzten Schluck Kaffee und ging zurück zu den Vernehmungszimmern.

Im Flur zögerte er kurz, ob er sich zuerst das Mädchen oder den Jungen vorknöpfen sollte, entschied sich für sie, da von ihr die größere Autorität ausging. Wenn überhaupt, war sie die Anführerin.

Er betrat das Vernehmungszimmer, gab seiner Kollegin ein Zeichen, dass er ab sofort übernehmen würde.

„Frau Augustini, gehen wir noch mal den letzten Abend durch."

Er erntete gelangweiltes Schulterheben.

„Also gut. Sie behaupten, dass Sie und Herr Sendler zu zweit nach Iffezheim gefahren sind, um ein Zeichen gegen die Umweltzerstörung durch den Kraftwerksbau zu setzen. Richtig?"

„Ja."

Lienz schwieg, schaute die junge Frau durchdringend an, die seinen Blick zuerst zu ignorieren und dann, als ihr das nicht gelang, dagegen zu halten versuchte. Aber kurz nur, denn dieses Kräftemessen konnte sie nicht gewinnen, dazu hatte Lienz zu viel Erfahrung mit solchen Situationen. Nach einigen Minuten hielt Lucie das Schweigen nicht mehr aus.

„Was wollen Sie denn noch? Ich haben Ihnen doch alles schon erklärt."

„Was haben Sie erklärt?"

„Dass Flo und ich gegen diese Umweltsünder protestieren wollten."

„Mit Plakaten?“

„Genau. Alle sollten es sehen können. Wir müssen die Öffentlichkeit darauf aufmerksam machen, welches Verbrechen an der Natur dort begangen wird.“

„Ist das nicht ein wenig mau, ein Plakat flattern zu lassen?“ Lienz hielt mit einfachen Fragen das Gespräch am Laufen, provozierte gezielt und versuchte so, Lucie aus der Reserve zu locken.

„Es waren zwei Plakate.“

„Oh, ja dann! Gratuliere! Da kommt wohl keiner dran vorbei?“

„Was soll denn das jetzt?“

„Na, mit zwei Plakaten kann man sicher ein Kraftwerksprojekt aufhalten.“

„Es waren ja nicht nur die Plakate“, erwiderte Lucie aufgebracht. „Wir hatten auch Schlösser angebracht, sodass die Kräne für eine Zeit unbenutzbar wären.“

Lienz registrierte zufrieden Lucies beginnende Wut.

„Die Schlösser sind im Handumdrehen aufgeschnitten.“

„Eben nicht! Dort oben gibt es kaum genug Platz, die Arme zu bewegen.“

„Ach Kindchen, deine Naivität möchte ich haben. Glaubst du wirklich ...“

„Was wissen Sie denn!“, brüllte Lucie erregt und sprang auf. „Sie haben doch überhaupt keine Ahnung! Sitzen hier in Ihrem Büro und schwingen kluge Reden, während draußen vor Ihrer Tür die Welt zugrunde geht!“

„Ich habe keine Ahnung? Das scheint mir aber eher umgekehrt zu sein.“

„Ich keine Ahnung? Das ist ja lächerlich!“

„OK, du Neunmalklug. Hör mal gut zu!“ Fast unbemerkt wechselte Lienz in der Ansprache zum Du. „Du glaubst also, dass dieses Kraftwerk ein ökologisches Desaster ist?“

„Sie haben es erfasst.“

„Dann erklär mir mal, woher du deinen Strom hast, den du für deinen Fernseher, deine Stereoanlage, dein Handy etc. brauchst."

„Aus der Steckdose? Ha, ha. Alter Witz! Es gibt genug Möglichkeiten, regenerative Energie umweltfreundlich auszubauen."

„Windkraft? Solarenergie?"

„Zum Beispiel."

„Dann lass mich mal schätzen, wie viele Windräder gebaut werden müssten, um die Strommenge des Kraftwerkes Iffezheim zu liefern. Hunderttausend? Mehr? Wo willst du die denn alle hinstellen und was ist mit der Landschaft dort?"

„Offshore ist viel Platz", gab Lucie trotzig zurück.

„Deutschland gehört nur ein kleiner Streifen Meer vor unserer Küste. Zu wenig, um dort die vielen Windräder unterzubringen. Außerdem, was machst du während eines ausgeprägten Kontinentalhochs, wenn Flaute herrscht, eventuell über mehrere Tage? Schalten wir dann einfach mal die Fabriken aus, nehmen den Geschäften ihren Strom, schließen die Krankenhäuser?"

„Es gibt ja noch die Solarenergie und genug Wasserkraftwerke."

„Auch dabei könnte es haken: Entweder es regnet lange Zeit, dann sind zwar die Staubecken voll, aber die Kollektoren liefern keine Energie oder umgekehrt gewinnen wir viel Strom aus der Sonne, aber der Wasserstand sinkt und die Wasserkraftwerke schwächeln."

„Das ist aber arg konstruiert."

„Gar nicht. Das ist die Realität. Außerdem sollte dir endlich klar sein, dass das alles zu wenig Strom gibt. Wenn du also den Ausbau der Wasserkraft blockierst, müssen wir noch mehr Atomkraftwerke bauen, oder noch schlimmer auf Kohle setzen, womit wir die Klimakiller Nummer eins fördern würden."

Lienz lehnte sich, zufrieden mit seinen Ausführungen, zurück. Lucie schaute den Kommissar entgeistert an. Damit hätte sie am allerwenigsten gerechnet, dass der ihr einen Vortrag über Energieversorgung und die Klimaauswirkungen hält. Ganz gegen ihren Willen war sie beeindruckt von diesem Mann. Etwas an ihm war besonders, zumindest war er kein typischer Bulle. Zu freundlich irgendwie und obwohl er nicht das kleinste bisschen Verständnis für ihre Aktion zeigte, meinte Lucie, so etwas wie Akzeptanz in seiner Stimme zu hören. Im Moment war sie zu verblüfft, um ihm etwas Vernünftiges entgegen zu setzen.

Lienz spürte Lucies Unsicherheit und hakte sofort nach. Nun galt es, ihr eine unbedachte Aussage zu entlocken. Um sie noch mehr zu provozieren, ließ er das verständnisvolle Du in der Anrede wieder fallen. „Und Sie glauben wirklich, dass Sie zusammen mit Herrn Sendler diese Probleme lösen können? Sie zwei – allein gegen das Establishment?"

Lucie war wie vor den Kopf gestoßen. Natürlich kannte sie schon lange all die Einwände des Kommissars, doch aus seinem Mund hörten diese sich irgendwie unwiderlegbar an. Nicht so durchschaubar wie die Aussagen der Atomlobbyisten, oder der Grünen, die doch nur an der Macht bleiben wollten, ganz wie jede andere Partei auch. Sie startete einen letzten Versuch, ihre Gesinnung zu rechtfertigen.

„Wenn alle so dächten wie Sie, dann würde sich nie etwas verändern. Dann würden wir immer noch in einer Monarchie leben und unsere Flüsse wären mittlerweile so vergiftet, dass alles Leben unwiederbringlich verloschen wäre. Außerdem erhalten wir durch unsere Aktionen öffentliche Aufmerksamkeit, sodass unsere Gruppe bald noch größer werden wird."

„Noch größer als ...?"

Die Frage nach der Zahl stand unbeantwortet im Raum. Zwei, drei, vier ...

„Zwei natürlich."

„Kommen Sie, Frau Augustini, ich hätte Sie für klüger gehalten. Die Wachmannschaft hat noch mindestens drei andere

Leute fortlaufen sehen. Die ganze Ausrüstung, die Logistik, die Vorbereitung, das Auskundschaften. Das können Sie nie zu zweit bewerkstelligt haben."

„Sie haben es doch gesehen, dass wir es können."

„Ach, hören Sie auf! Wer steckt hinter den Green Heroes? Wer macht noch mit?"

„Das weiß ich nicht! Ich habe es doch schon erklärt! Wir haben das Green Heroes-Logo auf Youtube entdeckt und fanden es klasse, was die gemacht haben."

„Verdammt noch mal! Verarschen Sie mich doch nicht!"

Lucie zuckte merklich zusammen bei Lienz' Ausbruch. Wie ein Blitz brach die aufgestaute Spannung durch die freundliche Aura, ohne diese jedoch gänzlich zu beseitigen. Faszinierend und beängstigend zugleich. Da sich der Kommissar weit über den sie trennenden Tisch nach vorne gebeugt hatte, war sein Gesicht nur noch eine Handbreit von Lucies' entfernt.

„So einen Blödsinn habe ich noch nie gehört. Allein um diese Planen herzustellen, brauchen Sie Kontakte. Das ist eine höchst professionelle Arbeit. Sie wollen mir nicht ernsthaft erklären, dass Sie dieses Video gesehen haben und innerhalb weniger Tage den Schriftzug, die Planen, den Druck, die Beobachtung und die Ausführung umgesetzt haben. Und das alles zu zweit?"

Lucie erkannte, dass es keinen Sinn hatte, zu widersprechen. Außerdem wollte sie diesen Polizist nicht weiter provozieren. Sie focht einen schweren Kampf in ihrem Inneren. Ein Teil von ihr wollte sich diesem Mann offenbaren, wollte sich in dessen Schutz und Sicherheit begeben und alles, wirklich alles preisgeben. Der andere Teil schalt sie eine Närrin, eine Verräterin, eine nichtswürdige Opportunistin, die beim kleinsten Hauch von Gegenwind alle Ideale verrate. Heftig wogten die Gefühle hin und her, wüteten auf dem Schlachtfeld der Meinungen und richteten ihre Aggression nach innen, gegen sie selbst; eine unglaublich schmerzhafte Erfahrung. Da keine der beiden Seiten den Sieg erringen konnte, beschloss sie, fortan zu schweigen, was, wie ihr jetzt klar wurde, von Anfang an das Beste gewesen wäre. Lienz, der die Gemütsregungen auf dem Gesicht der jungen Frau sehen konnte, erwog, seinen letzten Trumpf zu ziehen und die zwei Festgenommenen gegeneinander auszuspielen, ganz nach dem Motto: der andere hat aber gesagt, dass ... Irgendetwas in ihm wehrte sich jedoch dagegen. Seine Intuition hielt ihn von diesem Schachzug ab, aus Gründen, die er selbst nicht verstand.

Also stand er resigniert auf und wies seine Kollegin an, sich von Frau Augustini das Vernehmungsprotokoll unterzeichnen zu lassen und diese anschließend zur Pforte zu begleiten. Zu Lucie gewandt fügte er noch hinzu. „Sie können jetzt gehen, Frau Augustini. Allerdings werden Sie sich noch mit einer Anzeige des Bauunternehmens auseinandersetzen müssen. Das kann recht ungemütlich für Sie werden. Manchmal kann man sich jedoch selbst helfen, indem man mit den richtigen Leuten spricht. Denken Sie in Ruhe noch einmal über alles nach und falls Ihnen doch noch etwas auf der Seele liegt, können Sie mich jederzeit anrufen. Hier ist meine Karte."

Dann verließ er den Raum und begab sich ins Nachbarzimmer, wo Florian Sendler schon auf ihn wartete. Bevor er die Klinke hinunterdrückte, seufzte er vernehmlich auf. Der Platz neben Judith würde heute Nacht wohl kalt bleiben.

Die Kirchenglocken schickten elf lange Töne auf die Reise. Lienz kletterte müde aus dem Dienstwagen. Seine Augen brannten, alles in ihm lechzte nach Schlaf. Dieser würde sich jedoch gedulden müssen, ehe er seine milde Decke über ihm ausbreiten könnte. Momentan war der Typus Kriminalkommissar gefragt, mit eisernem Willen hielt er sich aufrecht; seit 29 Stunden schon und weitere würden folgen. Heftig gähnend rieb er sich die Augen, streckte und dehnte verspannte Arme und Schultern, dass es herrlich knackte.

Iffezheim. Schon wieder. Langsam begann ihn dieser Ort zu nerven. Im Rathaus wollte sich der Rastatter Kollege mit ihm treffen. Lienz kehrte der Kirche den Rücken und war erstaunt über die schlichte Modernität des Rathausneubaus. Früher war das mal ein herrlich altmodisches Gebäude gewesen, er konnte sich noch daran erinnern, als er vor Jahren hier vorbeikam, als Neu-Badener auf der Suche nach einer Wohnung. Gut, dass er das Angebot damals ausgeschlagen hatte, sonst wäre er nie an die traumhafte Wohnung in der Hirschstraße gekommen – und wahrscheinlich nie über seine Nachbarin Judith gestolpert. Nicht auszudenken, was dann mit ihm passiert wäre! Außerdem hatte sich Iffezheim in den letzten Jahren nicht unbedingt zu seinem Vorteil verändert. Der Kraftwerksbau hatte seine Spuren in der Landschaft hinterlassen. Ein Großteil der Obstwiesen hatte einer abgezäunten Grasfläche weichen müssen, an deren Ende der Seitendamm in die Höhe ragte. Von Südwest kommend schob er sich in nordöstlicher Richtung knapp an Iffezheim vorbei, beschrieb hinter der Galopprennbahn einen Bogen, hinter dem sich das große Sammelbecken befand. Die Brücke zum Elsass war abgerissen worden, Plittersdorf ausgebaut, sodass die Straße nach Iffezheim nun eine Sackgasse war. Wenn die Bauarbeiten endlich fertiggestellt sein werden, würde es wohl ruhig werden in diesem Dorf. Immerhin ein Vorteil, den das neue Kraftwerk mit sich brachte.

Lienz betrat das Rathausfoyer und lief direkt einem großgewachsenen Mann in blauer Uniform in die Arme.

„Reng, Kripo Rastatt. Wünsche einen guten Tag."

„Lienz, sehr erfreut Herr Kollege."

„Da ich hier keine Diensträume zur Verfügung habe, würde ich vorschlagen, wir setzen uns in die Sonne. Dort können wir alles in Ruhe bei einem Kaffe besprechen."

„Kaffee hört sich gut an. Aber Sonne? Sie meinen nicht zufällig, das Gasthaus vorne an der Hauptstraße?"

„Doch, genau das."

„Nein, nie und nimmer. Da gehe ich nicht mehr rein. Vor Jahren haben die mal versucht, mich mittels eines Espresso zu vergiften. Ich weiß bis heute nicht, was man an einem Espresso eigentlich falsch machen kann, aber er schmeckte nach altem Maggi und hat mir zwei Tage Magenkrämpfe verursacht. Gibt es nichts anderes?“

Reng schmunzelte, schüttelte den Kopf. „Vertrauen Sie mir, Lienz. Das ist was ganz Feines, die ‚Sonne‘. Nicht mehr so wie früher! Damals allerdings ...“

Freundschaftlich legte Reng einen Arm um seinen Kollegen und nahm den sich immer noch sträubenden Lienz mit sich.

Die „Sonne“ war wirklich eine positive Überraschung. Der Gastraum wirkte hell, obwohl das alte Gemäuer bei der Renovierung erhalten geblieben war. Freundliche Wirtsleute bemühten sich um ihre Gäste, der Espresso war stark, wohlriechend und ließ Lienz’ Lebensgeister erwachen. Nachdem er ausführlich Ambiente und Kaffee gelobt hatte, kam er zur Sache.

„Mich würde Ihre Einschätzung der gestrigen Vorfälle interessieren. Die zwei Festgenommenen behaupten, alleine gewesen zu sein, aber dem steht die Aussage der Wachleute entgegen, die sich sicher sind, mindestens drei weitere Helfer über den Zaun flüchten gesehen zu haben.“

„Gäbe es ein Motiv für die Wachmannschaft, zu lügen?“

Lienz schaute überrascht. Daran hatte er keinen Moment gedacht, allerdings erschien es ihm doch recht abwegig.

„Ich glaube nicht.“

„Auch nicht, dass dadurch der Einbruch dramatischer dargestellt wurde und so das teilweise Versagen der Sicherheitsvorkehrungen in milderem Licht erscheint?“

„Daran habe ich ehrlicherweise nicht gedacht.“

Ein Kriminalkommissar, der Fehler zugab. Reng nahm dies angenehm erstaunt zur Kenntnis.

„Nun ja, wenn man die Schlagzeilen der Zeitungen liest, kann man schon Mitleid mit den Verantwortlichen haben.“

„Verdammt. Ich habe noch keine Zeitung gesehen heute. Ist es wirklich so schlimm?“

„Die Zeitungen wurden vorab informiert. Die kamen bei Tagesanbruch und haben sofort an die Verlage gefunkt. Irgendwie haben die es geschafft, das noch in einen Teil der Auflage aufs Titelblatt zu bringen.“

„Und ich hatte gehofft, dass die versuchen würden, alles unter den Teppich zu kehren Das gibt Stunk ... aber wenn das so ist, spricht das noch mehr dafür, dass die zwei Helfer hatten. Die müssen irgendjemanden dabei gehabt haben, der ortskundig ist. Meinen Sie, die von der Ini, dieser Iffezheimer Protestbewegung, sind darin verwickelt?“

„Fast unmöglich. Obwohl, gefreut haben die sich sicher über diese Aktion.“

„Was macht Sie so sicher?“

„Die Rädelsführer werden seit den ersten Protestaktionen stichprobenartig beobachtet, für mehr reicht die Personaldecke einfach nicht. Es gab aber keine Anzeichen auf eine Aktion. Keine Treffen und so.“

„Aber theoretisch wäre es schon möglich, oder?“

„Der Bürgermeister meint auch, dass keiner von der Ini dabei war.“

„Woher will der das denn wissen?“

„Der ist teilweise selbst Aktivist.“

„Als Bürgermeister?“

„Ja. Aber selbstverständlich nur bei genehmigten Veranstaltungen. Die Iffezheimer haben sogar mit den Elsässern zusammengearbeitet.“

„Ich dachte immer, die können sich nicht ab?“

„Das war früher. Seit die Grenzen gefallen sind, unterteilt der Rhein nicht mehr in hüben und drüben. Es gibt auf beiden Seiten viele Pendler, man shoppt hier und dort, Deutsche wohnen in kleinen Dörfern, weil die Steuern dort niedriger sind, genießen das savoir vivre. Auch politisch ist viel geschehen:

die Pamina-Region wurde gegründet, sogar die Polizei arbeitet grenzüberschreitend. Ich dachte, ihr arbeitet auch mit Straßburg zusammen?“

„Ja, schon. Offiziell zumindest.“ Aber unter der Oberfläche gab es doch viele Reibungsverluste, ein Hauen und Stechen um Kompetenzen, fügte er in Gedanken hinzu. „Manchmal ist es aber doch schwierig. Gerade jetzt, als ich die Wachmannschaft aus dem Elsass angeheuert habe. Da wird ganz schnell Druck aufgebaut.“

„Von Stuttgart?“

Lienz schenkte Reng einen vielsagenden Blick, der diesen erwiderte. „Warum glauben Sie, sind die Umspannwerke alle auf deutscher Seite? Auf französischer Seite liegen die Schleusen und die sagenhafte Fischtreppe. Den ökologischen Ruhm ernten also die Franzmänner. Die Deutschen haben dafür den Strom. Irgendwer wird sich dabei etwas gedacht haben.“

„Getreu dem Motto: Sicher ist sicher?“

„Wahrscheinlich. Deshalb wundert es mich nicht, dass es Bedenken gegen einen Wachdienst aus dem Ausland gibt. Es gab da ein paar Vorfälle, na egal. Apropos Wachleute: Das sind schon krasse Typen. Kennen Sie die?“

„Nur den Chef. Ich fahre anschließend rüber und spreche mit den Leuten.“

„Stellen Sie sich auf wenig Gegenliebe ein.“

„Wieso?“

„Mit mir wollten die gar nicht reden. Sagten, dass sie nur mit Ihnen persönlich sprechen, wenn deren Chef dabei ist. Die Festgenommenen haben sich nämlich über Misshandlungen beschwert.“

„Ja, das haben sie auch zu Protokoll gegeben. Wobei keine Verletzungen zu sehen waren. Meinen Sie, da ist was dran?“

„Schwer zu sagen, schauen Sie einfach selbst.“

„Dann werd ich mal. Danke für Ihre offenen Worte.“

„Gern geschehen und viel Vergnügen mit den Jungs.“

14

Die Bibliothek der Villa Reitzenstein lag in einem angenehmem Dämmerlicht. Auf einem Ledersessel sitzend, die Beine vor sich auf einen Hocker gestreckt, hing Lisa Enzle ihren Gedanken nach.

Die letzten Schlagzeilen über Iffezheim bereiteten ihr Kopfschmerzen. Seit Wochen schon dauerte die Negativpublicity an. Alle, aber wirklich alle Medien hatten sich darauf eingeschossen. Selbst der sonst treu zu ihr stehende Südwestfunk erging sich in bitterer Häme über die Pannenserie und die Fehler der Projektleitung. Mittlerweile war es so weit, dass die Umweltinitiativen, die schon fast eingeschlafen waren, neuen Zulauf erhielten. Das hatte ihr gerade noch gefehlt. Außerdem fühlte sie sich äußerst unwohl dabei, als grüne Ministerpräsidentin gegen Sitzblockaden ihrer eigenen Gefolgsleute vorzugehen. In aller Öffentlichkeit musste sie sich von diesen Menschen, die doch eigentlich ihre Basis waren, distanzieren.

In den letzten Monaten hatte sie begonnen, die Gedankengänge berühmter Strategen wie Macchiavelli und Napoleon zu verstehen. Hin und wieder führte kein Weg an einem Bauernopfer vorbei. Das Problem dabei war, dass viele Parteimitglieder das nicht verstehen wollten. Die Basisdemokratie war ihnen heilig, Beschlüsse von kleinen, wenngleich kompetenten Arbeitsgruppen würden sie nicht einfach akzeptieren. Fast alle Projekte der Landesregierung mussten parteiintern zur Abstimmung gelangen, sonst würden sie mit vehementem Widerstand bekämpft. Egal, ob es um die Errichtung neuer Windparks, um das Pumpspeicher-, oder den Standort für ein zukunftsweisendes Biomassekraftwerk ging, überall protestierten Anwohner gegen eventuell dadurch entstehende Gefährdungen ihres Wohles.

Jetzt rächte sich, dass die Landesregierung, allen voran ihre grünen Parteigenossen, es versäumt hatten, die Bevölkerung rechtzeitig über die Projekte aufzuklären. Obwohl sie von Anfang an versucht hatte, ihre Gefolgsleute davon zu überzeugen, Geld in die Hand zu nehmen und Kampagnen zu starten, kam es nur zu vereinzelten, halbherzigen Infoveranstaltungen. Zu wenig, um das Bewusstsein der Bürger dahingehend zu verändern, dass sie Teil eines nie dagewesenen Fortschrittes sein könnten. Dass sie die epochale Möglichkeit hatten, am Ausbau einer nachhaltigen, ökologischen Energieversorgung der Menschheit zu partizipieren, damit sogar in die Geschichtsbücher eingehen würden. Auch die wirtschaftliche Bedeutung wurde unterschätzt, die gesicherte Auftragslage für Baufirmen, die neu entstehenden Arbeitsplätze. Es war der Regierung nicht gelungen, aufzuzeigen, dass die Chancen die Risiken bei Weitem überstiegen.

Erst seit letztem Sonntag nach der Großdemo in Südbaden dämmerte es ihren Kollegen, dass sie einen Teil ihrer Arbeit nicht gemacht hatten. Im heutigen Führungskreistreffen stimmte eine breite Mehrheit für ihren Vorschlag, endlich mit groß angelegten Kampagnen zu beginnen. Sie hoffte nur, dass es jetzt dafür nicht zu spät war. Teurer und aufwändiger würde es auf alle Fälle werden. Wenigstens waren ihre besten Leute mit der Aufgabe betraut worden; sie wusste, dass sie sich auf deren Arbeit hundertprozentig verlassen könnte.

Damit hatte sie sich Freiraum geschaffen, um sich dem unangenehmsten aller Probleme zu widmen: Der Großbaustelle in Iffezheim. Dieses Kraftwerk, das von der Mehrheit der grünroten Regierung am Anfang der Legislaturperiode zum Vorzeigeprojekt erkoren wurde, könnte sie nun, wenn es so weiterginge, ihre Mehrheit bei den Wahlen im nächsten Frühjahr kosten. Der Widerstand gegen das Projekt war zu neuem Leben erwacht, diese Gruppe junger Umweltschützer hatte es geschafft, das Augenmerk der Medien sowie der Bevölkerung auf die nicht unerheblichen Risiken zu lenken. Die Regierung war unter Zugzwang geraten, vor allem mussten die Pannen unverzüglich gestoppt werden. Ein Mitarbeiter des Umweltministeriums würde sich morgen auf der Baustelle mit den Bauherren treffen, um das noch einmal in aller Deutlichkeit klarzustellen. Ansonsten würden Köpfe rollen.

Allerdings war sich Lisa Enzle bewusst, dass der Besuch aus dem Ministerium allein nicht ausreichen würde, um das Projekt wieder auf Kurs zu bringen. Sie brauchten einen Strategiewechsel, am besten sofort. Allerdings durfte der nicht wie ein hektischer Rückzug aus dem Projekt wirken, der auf öffentlichen Druck hin erfolgte. Ihre Aufgabe war es, in den nächsten Tagen einen Plan auszuarbeiten, um heil aus diesem Schlamassel wieder herauszukommen. Eine Herkulesaufgabe.

Sie beschloss, ihren Umweltminister anzurufen, fischte sich ihr Handy vom Lesetischchen und drückte Kurzwahltaste vier.

„Lisa?"

„'n Abend, Frederik. Hab ich dich geweckt?"

„Nö. Ich denke, wir werden wohl noch länger nicht ins Bett kommen."

„Wohl wahr. Neue Erkenntnisse?"

„Noch nicht. Und bei dir? Wie läuft's denn beim Strategiewechsel?"

„Es grummelt im Untergrund."

„Wie hab' ich mir das vorzustellen?"

„Ich glaube, das willst du gar nicht so genau wissen. Momentan herrscht in meinem Kopf ein wildes Durcheinander von Ideen und Meinungen. Noch ist da nicht der Ansatz einer klaren Linie. Immerhin ein, zwei Ansatzpunkte habe ich schon gefunden."

„Lass mich raten: Kombikraftwerk?“

„Bingo!“ Sie musste schmunzeln. Wäre es doch immer so einfach. Leider gaben sich nicht alle Leute, die sie umgaben, solche Mühe, sie zu verstehen. Wie viel Reibungsverlust dadurch vermieden werden könnten, wenn nur alle etwas aufmerksamer wären. „Wir müssen dafür sorgen, dass die Aufmerksamkeit wieder mehr auf diese Projekte gelenkt wird. Immerhin ist dieser Kraftwerkstyp durch seine Mischung aus Wind-, und Solarkraft sowie des Biomasseanteils der größte Hoffnungsträger. Außerdem sind Störfälle so gut wie ausgeschlossen.“

„Etwas Stabilität also, nach dem Auf und Ab in Iffezheim. Ja, das würde uns sicher gut tun.“

„Und da kommst du ins Spiel.“

„Das hatte ich schon erwartet. Also, was soll ich tun?“

„Ich möchte, dass du morgen mit dem Bürgermeister Kontakt aufnimmst und ihn mit freundlichem Druck davon überzeugst, das Projekt abzusegnen. Das dürfte dir doch nicht so schwer fallen, immerhin gehört er zur Truppe.“

„Hört sich einfach an, wenn du es sagst. Aber ich werde mein Bestes geben.“

„Du wirst mehr als das tun. Wir brauchen den Erfolg, jetzt.“

„OK Chef. Geht klar. Falls er aufmuckt, hab ich da noch was in der Hinterhand. Der wird unterschreiben.“

„Sehr gut. Anschließend kümmerst du sich um die Presse. Ich will, dass du das persönlich machst und mir die Mitteilungen, bevor sie rausgehen, auf den Tisch legst.“

„Ich setz die Schneider dran. Die macht das hervorragend. Wirst sehen.“

„Gut. Wir sehen uns dann morgen Abend in meinem Büro.“

„Eine Frage noch: Was unternimmst du eigentlich in dieser Sache?“

„Ich? Ich denke nach und halte meinen Kopf hin, falls alles schief läuft. Gute Nacht, Frederik.“

„Nacht, Lisa.“

15

Die Nacht war eine Katastrophe. Als der Polizist die Vernehmung endlich beendet hatte, war es nach zwei Uhr. Das Angebot des Pförtners, ein Taxi zu bestellen, musste er ausschlagen. Das hätte sein knappes Studentenbudget über die Maßen belastet. Über eine Stunde trottete er durchs nächtlich ausgestorbene Karlsruhe nach Bulach zurück, eine Stunde, in der seine Gedanken und Gefühle Achterbahn fuhren. Hundemüde und zerschlagen kam er zu Hause an. Seine Kehle war ausgedörrt. Gierig trank er zwei Halblitergläser Wasser nacheinander, doch der Durst blieb, egal wie viel Flüssigkeit Florian auch zu sich nahm. In ihm loderte ein Feuer, das ihn unaufhörlich schwitzen ließ und mit herkömmlichen Mitteln nicht zu löschen war. Er riss sich seine Klamotten vom Leib, schleuderte sie ins Eck des Wohnzimmers und nahm eine lange Dusche. Den ganzen Schmutz dieser Nacht versuchte er abzuwaschen, sich und sein Gewissen zu reinigen. Sein Gewissen, das nicht müde wurde, ihn mit Vorwürfen zu konfrontieren, Schuld an Lucies Schicksal zu sein. Lucie! Schon auf dem Nachhauseweg hatte er versucht, sie anzurufen, ohne Erfolg. Dreimal innerhalb dieser Stunde sprach er auf ihre Mailbox, einen Rückruf hat er bis jetzt nicht erhalten.

Als er wieder abgetrocknet in Boxershorts und frischem T-Shirt in seiner Bude stand, warf er einen letzten verzweifelten Blick auf sein Handydisplay: Nichts. Resigniert ließ er sich aufs Bett fallen, versuchte einzuschlafen. Obwohl jeder Muskel schmerzte und die Augen vor Müdigkeit brannten, wollte der

Schlaf nicht kommen. Eine Zeit lang wälzte er sich unruhig von einer Seite auf die andere, versuchte sich erfolglos an diversen Schlafstellungen. Der Fluss der peinigenden Gedanken jedoch wollte nicht versiegen.

Am Ende stand er wieder auf, streunte ziellos in der Wohnung umher, öffnete den Kühlschrank und schloss ihn wieder, ohne etwas herausgenommen zu haben, verräumte hier eine Zeitschrift, dort eine Tasse, holte die schmutzige Wäsche aus dem Eck, stopfte sie in die Waschmaschine, um doch nur erneut in der Küche zu landen. Noch einmal sah er im Kühlschrank nach dem Rechten, fand eine Flasche Rothaus, öffnete sie und verzog sich damit aufs Sofa. Er bemerkte, dass sein Durst bei Weitem noch nicht gestillt war und trank zügig die Flasche leer. Der Alkohol in seinem leeren Magen wirkte schnell, eine angenehme Dösigkeit verschaffte ihm ein wenig Ruhe. Endlich flossen die Gedanken träger, konnte er beginnen, Ordnung in das Durcheinander aus Vorstellungen und Sorgen zu bringen.

Als Erstes beschloss er, es noch einmal bei Lucie zu versuchen, doch auch dieser Anruf endete im Nichts. Der einzige Unterschied war, dass keine Mailbox mehr ansprang. Florian wusste nicht so recht, ob er sich darüber freuen sollte oder nicht. Einerseits bedeutete das, dass Lucie ihr Handy nicht verloren gegangen war, da sie es inzwischen ausgeschaltet hatte. Also musste auch sie frei sein, denn, so vermutete er zumindest, im Gefängnis hätten sie ihr Handy wohl konfisziert. Andererseits hatte sie nicht auf seine Anrufe geantwortet, was nur heißen konnte, dass sie stinksauer auf ihn war. Oder etwa nicht? Gab es noch eine andere Möglichkeit, die ihm in seinem benebelten Zustand nur nicht einfiel? Lucie könnte doch auch vom Festnetz aus anrufen, falls sie denn zu Hause war. Falls aber nicht, wo war sie dann? Warum kam sie nicht zu ihm in die Wohnung? Hatte sie nicht auch das dringende Bedürfnis, sich auszutauschen, Halt zu suchen, nach den schrecklichen Erfahrungen der letzten Stunden?

Es gab da noch eine Möglichkeit, die weiterzudenken er sich verbot: Lucie könnte im Krankenhaus liegen, verletzt, misshandelt von der brutalen Wachmannschaft, vor der er sie nicht zu beschützen vermocht hatte.

Die Sorgen waren wie ein Bad aus dunklem Blei, in das er wieder und wieder getaucht wurde. Sie raubten ihm die letzten Kräfte, mutlos rutschte er auf den Fußboden hinunter, fand nicht mehr die Energie wieder aufzustehen und blieb einfach so sitzen, mit dem Rücken ans Sofa gelehnt. Sein Kopf sackte auf die angewinkelten Knie und erneut spürte er Tränen aufsteigen. Er begriff nicht, was eigentlich schiefgelaufen war in der vergangenen Nacht. Alles hatte so gut begonnen und sie waren doch erfolgreich gewesen! Die Planen flatterten weit sichtbar im Wind, die Bauarbeiter würden lange brauchen, um die Kräne wieder nutzbar zu machen. Die Zeitspanne müsste ausreichen, um die von Tom informierten Medienvertreter vor Ort ein paar schöne Photos vom Sabotageakt schießen zu lassen. Ihre Entdeckung und panische Flucht war nicht unerwartet, er hätte sich sogar in Sicherheit bringen können, wenn er nicht zurückgeeilt wäre, um Lucie zu helfen. War das sein Fehler gewesen? Warf sie ihm das vor? Ein Weichei zu sein, die Ideale der Bewegung verraten zu haben? Daran hatte er in dieser Sekunde nicht einen Augenblick gedacht. Alles was er wollte, war, Lucie zu retten. Fand sie es am Ende lächerlich, dass er den Helden markieren musste und wollte er das wirklich? Plötzlich erschien ihm seine heroische Tat lächerlich, er schämte sich seiner selbst und fürchtete, sich vor Lucie blamiert zu haben.

Die Morgendämmerung brach schon an, als er endlich in einen unruhigen Schlaf fiel, der allerdings nur kurz währte. Mit pochendem Kopfschmerz erwachte er am frühen Vormittag. Seine schmerzenden Glieder streckend, erhob er sich, schlurfte in die Küche, wo er immer eine Schachtel Aspirin im Küchenschrank verwahrte. Hastig schluckte er zwei Stück davon, spülte mit etwas Wasser hinterher und schlich zurück aufs Sofa, wo er auf das Einsetzen der schmerzlindernden Wirkung wartete. Nach einer halben Stunde war es so weit, das Stechen hinter der Stirn war zu einem milden Ziehen geschrumpft. Endlich hatte sich auch die Müdigkeit eingestellt, sein Körper lechzte gierig nach Schlaf. Doch diesem verlockenden Angebot konnte er sich jetzt nicht hingeben. Er musste Lucie suchen. Mühsam rappelte er sich auf, zwang sich ins Freie. Von den Tabletten angenehm benebelt und im Angesicht eines strahlenden Frühsommermorgens erschienen ihm die Ereignisse der vergangenen Nacht nicht mehr ganz so dramatisch. Ein wenig schalt er sich, so hysterisch gewesen zu sein. Mit neuer Energie bestieg er sein Fahrrad und fuhr Richtung Südstadt.

Der Werderplatz lag friedlich im warmen Morgenlicht. Das fröhliche Treiben der letzten Nacht fand seinen Widerklang ihm steten Plätschern des Brunnens, ansonsten herrschte Ruhe. Noch waren Geschäfte und Cafes geschlossen. Vor dem Wolfbräu entfernte eine junge Kellnerin gerade die Ketten von den Tischen, eine andere kam mit Eimer und Lappen, um sie sauberzuwischen. Die Treppen zur Kirche wurden noch nicht von allerlei buntem Volk belagert. Der Platz wirkte so idyllisch und kleinstädtisch, bieder und rein, eine perfekte Illusion kleinbürgerlicher Sicherheit. Unmöglich, dass in dieser Stadt Böses lauern könnte. Im Licht des frühen Vormittags wirkten die Ereignisse der letzten Nacht vollkommen irreal. Und doch hatte sich alles genau so zugetragen, war Lucie seitdem vermisst.

Flo sperrte sein Fahrrad vor dem Haus Nummer 7 ab und klingelte. Einmal, zweimal – nichts. Er drückte wie ein Besessener auf den Knopf, läutete Sturm und endlich, als er sich schon abgewendet hatte, ertönte der Summer. Hastig stürzte er auf die Tür zu, drückte sie nach innen auf, stürmte nach oben, immer zwei Treppen auf einmal nehmend. Die Wohnungstür stand eine Handbreit auf, die Kette hing im Schloss. Der Spalt gab den Blick auf ein verquollenes Gesicht frei, ein dunkelhäutiger junger Mann stand dort, nur mit einer Unterhose bekleidet und sah Flo unfreundlich aus zusammengekniffenen Augen an.

„Bist du der Penner, der hier wie verrückt klingelt?“, fragte er in einwandfreiem, wenn auch verschlafenem Hochdeutsch.

Flo fehlten die Worte, zum einen war er völlig außer Atem, zum anderen hatte er dem Typen keinen vollständigen deutschen Satz zugetraut. Soviel zu deiner vorurteilsfreien, linksintellektuellen Haltung, schalt er sich.

„He, bist du taub? Was willst du hier?“

„Wer isses?“

Die Stimme aus dem Hintergrund konnte Flo erkennen. Sie gehörte zu Lucies Mitbewohnerin Em.

„Hey, Em! Ich bin's, Flo!“ Endlich hatte er seine Sprache wiedergefunden. „Ich will zu Lucie! Ist sie zu Hause?“

Zwei schlanke, blasse Arme drängten das Männergesicht zur Seite. In der Türöffnung erschien eine arg mitgenommene Em.

„Scheiße!“, entfuhr es Flo. „Wie siehst du denn aus?“

„Haben ein bisschen lange gefeiert gestern ... oder heute. Mann, tut mir der Kopf weh.“ Sie drückte beide Hände fest gegen die Schläfen, hielt den Kopf gesenkt. „Was wolltest du?“

„Ich will zu Lu. Los mach die Tür auf!“

Em hob ihren Kopf wieder, was ihr anscheinend heftige Mühe oder Schmerzen oder beides bereitete und schaute Flo direkt ins Gesicht.

„Lu ist nicht da.“

„Wie ... Was?“

„Sie ist nicht da!“

„Aber ...“, zu mehr war er nicht in der Lage. Die ganze Hoffnung der letzten Stunden, die Euphorie des Morgens, alles fiel in sich zusammen, wie ein Haufen welkes Laub.

„Aber ...“, begann er von Neuem, den Satz unvollendet lassend.

Mitfühlend betrachtete Em das Häuflein Elend, das eben noch Florian Sendler gewesen war. Sie versuchte, etwas Tröstendes zu sagen, aber in ihrem Zustand fiel ihr nichts weiter ein, als dass er es doch an der Uni versuchen sollte. Dann schloss sie die Tür.

Betrübt kletterte Flo auf sein Rad. Der Campus war nur einen Steinwurf entfernt und noch bevor er seine Gedanken ordnen konnte, hatte er die kurze Strecke zurückgelegt. Er versuchte sein Glück beim Altbau, wenn überhaupt, würde er Lucie dort finden. Er selbst hätte ja eigentlich auch um diese Uhrzeit in der Vorlesung über Vanitas in der barocken Lyrik sitzen sollen. Wie passend! Ein heiserer Lacher entrang sich seiner Kehle. Ja, heute könnte er eine ganze Ode über die Vergänglichkeit dichten. Über den Wankelmut der Leichtigkeit, oder die Flügel der Liebe, die sie immer wieder weiter tragen, kaum dass man sich ihrer auch nur annähernd sicher fühlen könne.

Flo zögerte, ob er das Gebäude wirklich betreten sollte. Wie sollte er sich verhalten, wenn er Lucie begegnete? Ganz natürlich? Aber was bedeutete das unter diesen Umständen?

Die Entscheidung wurde ihm genommen, denn in diesem Moment fiel sein Blick auf eine Gestalt, die zwei Häuser weiter um die Ecke bog und aus seinem Blickfeld verschwand. Lucie! Sofort trat er in die Pedale, legte die Entfernung in Rekordzeit zurück, raste um die Ecke und musste so fest bremsen, dass er ins Schleudern kam und nur mit großer Mühe einen Sturz vermeiden konnte. Fast wäre er mit Lucie zusammengestoßen, die direkt hinter der Ecke stehengeblieben war.

„Lu! Verdammt noch mal ...“ Er wollte einen Schritt auf sie zu machen, verhedderte sich in der Fahrradstange, drohte erneut umzukippen und warf kurzentschlossen das Rad zu Boden. Dann stand er da, unentschlossen, ob er sie in den Arm nehmen sollte, sie an sich drücken und einfach nur festhalten, bis alles wieder gut werden würde. Ein Teil von ihm, ein großer Teil, wollte nichts anderes, ein anderer jedoch mahnte ihn zur Vorsicht.

Lucie musste ob der unfreiwilligen Komik der Situation lächeln, ein Lächeln, das die Befangenheit der beiden hätte lösen können. Doch das Schicksal ist zuweilen grausam, gerne spielt es mit seiner Beute. Flo missdeutete ihr Lachen und fühlte sich verspottet. Wut stieg in ihm hoch. Wut über diese ungerechte, herablassende Behandlung, Wut über Lucies Ignoranz, sich nicht gemeldet zu haben, Wut über die eventuelle Blamage der letzten Nacht und um alles noch zu verkomplizieren Wut über seine eigene Wut, seine Unsicherheit.

Deshalb fuhr er Lucie an: „Wo warst du die ganze Nacht, hä? Ich bin halb wahnsinnig geworden vor Sorgen!"

Lucie, über den aggressiven Ton in Flos Stimme überrascht, gab scharf zurück: „Und du?"

„Wie, ich? Was meinst du?"

„Wo du warst, will ich wissen?"

„Na zu Hause ... auf dem Revier ..."

„Ha!"

„Ha? Ha, was?" Flo war völlig konsterniert. „Was soll denn das jetzt? Ich habe die ganze Nacht über versucht, dich zu erreichen, habe auf deine Mailbox gesprochen, aber du, du hast dich nicht bei mir gemeldet!"

„Wie sollte ich denn? Ich wurde verhaftet, falls du das vergessen hast. Und anschließend bin ich dann zu Nadine und Tom gegangen."

„Zu denen? Wieso?"

„Sag mal, raffst du gar nichts? Wieso wohl? Weil sie unsere Anführer sind! Immerhin hatten wir gerade eine gescheiterte Sabotageaktion hinter uns! Da musste ich erst mal Bericht erstatten, musste hören, wie es Nadine und den anderen ergangen war. Außerdem mussten wir uns abstimmen, wie es weitergehen soll!"

„Und das ist so wichtig, dass du es mitten in der Nacht erledigen musstest?"

„Selbstverständlich! Was sonst?"

„Was ist mit uns? Wir waren gerade durch die Hölle gegangen, sollten wir uns da nicht erst mal um uns kümmern? Lucie, ich wollte wissen, wie es dir geht! Wollte hören, was du erlebt hast, ob dir etwas zugestoßen ist."

„Wie du siehst lebe ich noch – ist also nichts passiert!"

Flo hörte Lucies Worte, konnte aber deren Sinn nicht greifen. Warum war sie so grob? Versuchte sie ihm etwas mitzuteilen, das er nicht verstand?

„Aber Lu! Was hast du? Ich weiß gar nicht, warum du so aggressiv bist. Habe ich etwas falsch gemacht?"

Ja, warum war sie so geladen? Sie wusste es selbst nicht genau, war sich nur sicher, dass Florians Gefühlsduselei sie auf die Palme brachte. Seine unverstellte Liebe, die sie gestern doch noch so genossen hatte. Jetzt aber war sie davon fast angewidert. Sie wollte ihn nicht um sich haben, kapierte er das denn nicht?

„Hör auf, Flo! Es geht hier nicht um dich und mich. Wir sind nicht wichtig! Die Green Heroes sind es, wir aber nicht. Wir kämpfen für eine Sache, da müssen wir mal zurückstecken."

Flo war fassungslos. Das konnte unmöglich seine Lucie sein. Ein böser Gedanke stieg in ihm auf und obwohl er wusste, dass er diesen besser für sich behalten sollte, schleuderte er ihn Lucie entgegen.

„Es geht nicht um uns, ja? Um wen denn dann? Ich kann's dir sagen! Um dich und Tom geht es doch. Das ist es doch, was du mir sagen willst. Du warst bei Nadine und ihm? Das glaube ich dir nicht. Gib es doch zu, dass Nadine gar nicht da war, dass du die Nacht bei dem Superhero verbracht hast. Konntest es anscheinend gar nicht erwarten, dich ihm an den Hals zu werfen. Direkt von der Polizei bist du zu ihm. Und ich? Scheißegal, was der einfältige, uninteressante Streber denkt und fühlt. Hier geht es um was Größeres! Um die ganz große Leidenschaft, die man wohl nur mit dem Alphatier erleben kann!"

Er hatte sich in Rage geredet, längst die Kontrolle über das Gesagte verloren. Er spürte seine Wut wie ein mächtiges Feuer und er fand Gefallen daran. Sollte es ihn doch verzehren und seine Umwelt gleich mit.

Lucie hörte mit offenem Mund zu. Diese Anschuldigungen waren so absurd. Und verletzend! Sie war doch keine billige Nutte, die sich dem Erstbesten an den Hals warf! Was dachte er nur von ihr? Wie konnte er sie nur so missverstehen? Hatte er denn gar nicht zugehört, die letzten Tage, nichts, aber auch gar nichts von ihr verstanden? Aber das würde sie nicht einfach hinnehmen, nun wollte auch sie ihn verletzen.

„Was soll denn das jetzt? Meinst du, ich bin ein Flittchen, oder was? Aber vielleicht hast du ja recht, vielleicht sollte ich wirklich mit Tom in die Kiste springen. Der hätte nämlich gar nichts dagegen. Und im Unterschied zu dir sieht er meine Talente und zweifelt nicht an mir. Weißt du was? Hau einfach ab und lass mich in Ruhe! Für immer!"

„Genau das werde ich auch tun! Du und deine Scheiß Green Heroes. Du merkst gar nicht, was die aus dir machen, wie hart du geworden bist. Geh doch zu deinem Helden! Viel Spaß dabei!"

„Ach, leck mich!", war das einzige, was Lucie noch hervor brachte. Dann wandte sie sich um und lief davon.

Heftig atmend blieb Flo allein zurück. Halb verrückt vor Zorn, Wut und Enttäuschung trat er ein paar Mal mit voller Wucht gegen sein Fahrrad. Doch auch das brachte ihm keine Erleichterung. Schließlich hob er es hoch und radelte zur Richard-Willstätter-Allee. Dort setzte er sich an den Beckenrandrand des Springbrunnens und spritzte sich kaltes Wasser ins Gesicht.

Nur mit Mühe kam er zur Ruhe. Dachte an die zurückliegende Nacht, an den Kriminalkommissar, an den Streit mit Lucie. Der immer noch klare Frühsommermorgen, die Ruhe hier im Park, das stete Rauschen des Wassers löschten seine Wut und klarten seine Gedanken. Er erkannte, wie dumm er sich verhalten hatte und fühlte wie seine Wangen vor Scham glühten. Doch auch Lucie trug Schuld an dem Vorgefallenen. Und natürlich Tom. Vor allem Tom, der die Green Heroes mit eiserner Hand führte und sie mit seinen Ideen infizierte, entmenschlichte.

Tom war das eigentliche Problem. Ihm musste er das Handwerk legen. Und während er so dasaß, nahm langsam ein Gedanke Form an, verfestigte sich, wurde greifbar, bis er groß und übermächtig vor ihm stand. Nun konnte er ihm nicht mehr aus dem Weg gehen. Er würde sich dem Unvermeidlichen stellen müssen. Und er würde es gerne tun.

16

Lienz war unterwegs zu seinem Auto, das er in der Freiburger Straße abgestellt hatte, auf dem Rückweg von Rüppurr, wo er einen extrem unbefriedigenden, weil ergebnislosen Besuch bei dem Mann gemacht hatte, der die vermeintliche Erscheinung im Oberwald hatte. Wie Lienz schon im Vorfeld vermutete, war nur wirres, bedeutungsloses, vor allem aber für ihn unnützes Gefasel aus dem alten Mann herauszuholen gewesen. Reine Zeitverschwendung. Dagegen war das Gespräch mit dem Philosophen ein Paradebeispiel glasklarer Logik gewesen.

Eigentlich wollte er so schnell wie möglich nach Hause, der Arbeitstag war lang und die Nachbearbeitung der Kranbesetzercausa von Iffezheim mühsam gewesen. Einer plötzlichen Eingebung folgend beschloss er jedoch, einen kurzen Abstecher zum Weiherwald zu machen, einen von Judiths Lieblingsplätzen in Karlsruhe. Sie hatte ihm öfters davon vorgeschwärmt und als sie ihn zum ersten Mal zu diesen Seen mitnahm, hatte er sich auf Anhieb in diesen Ort verliebt. Die Silberweiden, die sich im flachen Wasser spiegelten, bewegungslos verharrende Reiher auf Fischjagd, ein strahlblauer Blitz, der sich beim zweiten Hinsehen als Eisvogel entpuppte, hundertfache Vogelgesänge. Wenn sein Geist zur Ruhe kommen musste, fuhr er seit jenem Tag hierher und jedes Mal staunte er aufs Neue, über dieses Paradies in unmittelbarer Stadtnähe.

Der Kies unter seinen Schuhen knirschte, als Lienz den Weg einschlug, der zu den Seen führte. Langsam ging er hinunter zur Schranke, umging diese, machte noch ein paar Schritte, verharrte. Vor ihm lag der Weiher in absoluter Verlassenheit. Die Luft war stickig und schwül, Mücken schwirrten in dichten Spiralen über dem Wasser. Kein Lufthauch war zu spüren. Alles stand still, die Landschaft schien in Bernstein gegossen. Sogar die Vögel schwiegen, die sonst die Abenddämmerung mit ihren Stimmen erhellten. Die Abwesenheit jedweden Geräuschs ließ die liebliche Landschaft fremd und abweisend erscheinen. Lienz horchte auf, sein Blick schweifte umher, auf der Suche nach – ja, wonach eigentlich? Lienz wusste nicht, wonach er Ausschau hielt. Er suchte nach Vertrautem, etwas Lebendigem, das dem Wäldchen mit seinen Weihern wieder seine Natürlichkeit zurückgab.

Die schnell am Himmel heraufziehenden schwarzen Wolken verstärkten die beginnende Dunkelheit und erschwerten seine Bemühungen, mehr zu erkennen. Sein Blick verlor sich in den breiter werdenden Schatten. Vom Liebreiz dieses Ortes war gar nichts zu erahnen, düster und unheimlich drückte er schwer aufs Gemüt. Lienz bemerkte, dass diese Szenerie mit dem sich nähernden Gewitter die perfekte Kulisse für einen Gruselschocker wäre. Er fragte sich, wann er das letzte Mal so richtig Angst verspürt hatte. So ein bisschen Angst hatte man ja öfters: Angst, bei einem Einsatz verletzt zu werden, Angst vor der Verantwortung und ähnliches. Das Gespräch mit dem Philosophen kam ihm in den Sinn. So ein Gefühl, wie der es beschrieben hatte, so eine abgrundtiefe Angst hatte er schon lange nicht mehr gehabt. Das letzte Mal wohl in seiner Kindheit, als er auf der Kellertreppe saß.

In dem Dorf, in dem er aufgewachsen war, war es früher üblich, dass unartige oder einfach nur lästige Kinder für eine Zeit in den Keller gesperrt wurden. Wie lange er dort sitzen musste, wusste er nicht mehr genau, eine Viertel- oder halbe Stunde vielleicht. Es kam ihm jedenfalls unendlich lange vor. Immer saß er auf der obersten Stufe, direkt hinter der Tür, das Ohr ans Holz gepresst, um seine Familie dort draußen zu hören und doch irgendwie bei ihnen zu sein. Das Licht war an, das schon, aber es war ein schummriges Licht. Die Treppe bog nach dem ersten Absatz um die Ecke, das untere Ende verschwand hinter einer Mauer, so dass er es von seinem Sitzplatz aus nicht einsehen konnte. Die Minuten tropften wie zäher Honig und während ein Teil von ihm damit beschäftigt war, nach oben zu lauschen, richtete sich ein anderer Teil seiner Aufmerksamkeit auf den düsteren Kellerboden, der dort hinter der Wand weiß Gott welche Kreaturen beherbergte. Von Kopf bis Fuß angespannt wartete er darauf, dass etwas unfassbar Böses und Gefährliches von unten zu ihm hochgekrochen kam, seine kleinen Fäuste fest gepresst, zum Sprung bereit, um sich notfalls mit aller Kraft auf das Ungetüm zu werfen. Denn das hatte er sich geschworen, dass er nicht still hockenbleiben würde, um den Moment seines Todes hinauszuzögern.

Und plötzlich war sie wieder da, gänzlich unerwartet. Diese Angst aus Kindertagen war ins Hier und Jetzt des abendlichen Weiherwaldes gelangt. Das war das Letzte, womit Lienz gerechnet hatte, dass er sich aufs Neue dieser überwunden geglaubten Furcht stellen musste. Er überlegte, umzudrehen, zum Auto zurückzukehren, doch sofort schüttelte er diesen Gedanken wieder ab. Das war doch lächerlich. Er würde nicht davonlaufen wie ein kleines Kind. Aus Erfahrung wusste er, dass das nichts half. Man musste sich seinen Ängsten stellen, je eher, desto besser.

Also setzte er seinen Weg fort, weiter ins Wäldchen hinein. Da zerriss ein Blitz das Dunkel, ließ lange Baumschatten in den Himmel wachsen. Erschrocken zuckte er zusammen. Hatte er da vorne auf der Brücke einen Schatten gesehen? War da was? Er blieb stehen, fixierte den gerade noch zu erkennenden Weg vor sich, abwartend. Ein weiterer Blitz schoss über den Himmel, diesmal gefolgt von einem grollenden Donner. Lienz erstarrte. Diesmal hatte er es genau gesehen. Eine Gestalt stand ungefähr fünfzig Meter vor ihm auf dem Weg. Wenn er sich nicht täuschte, seitlich gewandt, den Blick ins Gebüsch am Ufer gerichtet, hatte sie einen länglichen Gegenstand in der Hand. Eine Schattengestalt, die etwas Längliches bei sich hat! Heiß und kalt durchfuhr es ihn. Die zuvor notierten Schilderungen der Brunners vermischten sich mit der panischen Angst Zehntners in seinem Kopf. Unmöglich, da einen klaren Gedanken zu fassen. Er versuchte sich einzureden, dass er sich das alles nur einbilde, während seine Augen seine Gedanken Lügen straften und sein Instinkt ihn mahnte, fortzulaufen. Trotzdem blieb er wie gelähmt stehen, unfähig, auch nur einen Schritt zu tun.

Da brach ein Schatten aus dem Unterholz, stürzte direkt auf ihn zu und sprang ihn an. Überrascht schrie er auf. Instinktiv riss er die Arme hoch, stieß etwas Schweres, Felliges von sich. Dann überwältigte ihn der Schock und sein Körper versteifte sich. Bewegungsunfähig stand er da, umrundet von einem bedrohlich knurrenden Fellknäuel. Erst nach einigen Momenten erkannte er, dass dieses Ding nur ein Hund war. Trotz dieser Erkenntnis gelang es ihm nur mit Mühe, die Kontrolle über seine Sinne wieder herzustellen. Sein Atem keuchte stoßweise in die dunkle Nacht, von jedem Taktzwang befreit stolperte sein Herz.

„Dana! Aus!“ Eine tiefe Stimme dröhnte aus dem Dunkel, die Lienz sofort der Schattengestalt weiter vorne zuordnete. „Aus, habe ich gesagt!“ Direkt neben ihm materialisierte sich ein Mann mit Regencape und Spazierstock, den er mit voller Wucht auf den Boden rammte, aus der Dunkelheit. Ein kurzes Winseln, dann herrschte Ruhe.

„Entschuldigen Sie. Der laute Donner vorher hat sie verschreckt.“ Und zur mittlerweile brav bei Fuß stehenden Hündin gewandt, fügte er noch ein „Komm, wir gehen“, dazu.

Da fand auch Lienz endlich seine Sprache wieder. „Sie wissen aber, dass in Karlsruhe Leinenpflicht besteht? Dann wäre er Ihnen auch nicht davongelaufen.“

Der Mann fuhr herum und blaffte: „Sie sind wohl auch so ein Hundehasser."

Lienz war von dieser Reaktion vollkommen überrumpelt. „Nein, eigentlich nicht. Aber Polizist."

Noch während er es aussprach, wunderte er sich über seine Worte. Warum er das anfügen musste? Normalerweise machte er kein Aufheben von seinem Beruf, im Gegenteil, er versuchte so gut wie möglich, diesen zu verschweigen. Da der Mann mit seinem Hund ihm mittlerweile schon wieder den Rücken zugewandt hatte und einfach weiterging, als hätte er nichts gehört, zuckte Lienz mit den Schultern und schickte ihn zum Teufel. Kurz darauf war alles wieder so still wie zuvor. Nein, nicht ganz. In der ganzen Aufregung hatte Lienz nicht gemerkt, dass es zu regnen begonnen hatte. Dicke Tropfen platschten auf die Blätter, zersprangen auf dem Boden. Wind ließ die Bäume rauschen, die Äste knackten. Angenehm kühl lief das Regenwasser an Lienz herunter, alle Schwüle wurde fortgespült.

Er machte sich auf den Rückweg, langsam erst, dann immer schneller werdend joggte, lief, rannte er dem trockenen Auto entgegen. Je weiter er lief, desto mehr fiel alles Bedrückende von ihm ab. Er schalt sich selbst einen Narren, verfluchte seine Sensibilität. Nein, im Wald um ihn lauerte nicht das geringste Übel, alles, was es hier zu sehen gab, waren zwei Seen in der Nacht, auf die laut tosend das Wasser wie ein Vorhang fiel.

17

Das Wasser ist lauwarm und angenehm weich auf seiner Haut. Mit kräftigen Zügen durchmisst er das Becken, das sich leicht gekrümmt Richtung Horizont erstreckt. Nach den Gesetzen der Physik müsste das Wasser in diese Richtung strömen, doch die Oberfläche gleicht einem glatten Spiegel. Diese Landschaft gleicht den Illusionen Eschers und tief in seinem Inneren registriert Heiner, dass er sich wohl in einem Traum befindet. Diesen abzuschütteln ist ihm allerdings unmöglich. Eine vage Hoffnung treibt ihn dazu an, immer weiter Richtung Horizont zu schwimmen. Plötzlich befindet er sich inmitten einer unendlichen Wasserfläche, die sich bis zum Horizont erstreckt.

Längst ist sein Gefühl für Raum und Zeit verloren gegangen. Seine Oberarme beginnen schwer zu werden, ein unangenehmes Ziehen legt sich quer über die Brust. Er versucht, mehr Kraft aus den Beinen zu schöpfen, dreht sich auf den Rücken. Dabei erhascht er im Augenwinkel eine Bewegung. Eine Gestalt huscht einem Schatten gleich den Uferdamm entlang, bis sie in einem beschatteten Abschnitt des Deiches verweilt. Heiner ist sich sicher, dass sie ihn interessiert beobachtet. Verzweifelt versucht er, auf sich aufmerksam zu machen, seine Notlage zu verdeutlichen. Mit beiden Händen fuchtelt er jetzt in der Luft. Da winkt die Gestalt zurück, langsam und bedächtig. Einmal von links nach rechts beschreibt ihr Arm einen Bogen, der die ganze Gegend mit einzuspannen scheint, den Himmel und das Wasser, das gesamte Erdreich, alles Leben und den Tod. Schlagartig erfasst er die Bedeutung dieser Geste: Es ist ein Abschiedsgruß, ein Vermächtnis liegt darin verborgen.

Ein Sog erfasst ihn, so gewaltig wie ein gottentfachter Sturm, der gnadenlos auf seine Opfer niederfährt. Er weiß, dass es keinen Sinn hat, dagegen anzukämpfen. Lärm, um ihn und auf ihm und in ihm, der anschwillt, aufsteigt wie eine Mauer, ein Tosen und Brausen und Wirbeln. Er wird emporgehoben und niedergeworfen, wie ein Strohhalm im Tornado. Plötzlich ist vor ihm diese scharfe Linie, wie mit dem Messer in den Himmel geritzt und er schießt sie auf sie zu, gleitet darüber hinaus und spürt die Leere unter sich. Nichts hält ihn mehr. Kurz schwebt er über den silbrig niederfallenden Tropfen, dann stürzt er hinterher. Er schreit, schreit um sein Leben ...

„Heiner, Heiner! Wach auf!"

Julia schüttelte ihren Mann so kräftig wie möglich, presste ihre Hände auf seine Schultern. Er öffnete die Augen, starrte sie angsterfüllt an.

„Heiner! Was ist mit dir?"

Sie erhielt keine Antwort.

„Sprich mit mir! Sag, was los ist!"

Panisch schüttelte sie ihren Mann erneut, dann schlug sie zu, mit aller Kraft mitten ins erstarrte Gesicht. Er zuckte zusammen, ein Riss spaltete das erstarrte Antlitz, das einer Totenmaske gleich seine Züge verdeckte.

„Gott sei Dank! Da bist du ja wieder!", flüsterte sie und ließ ihren Kopf auf seine Brust sinken.

Mechanisch strich seine Hand über ihr Haar. Weich und gut fühlte es sich an und doch konnte er es nicht genießen.

„Was hast du geträumt, dass du so schreien musstest?"

„Geschrieen habe ich?"

Julia nickt.

„Tut mit leid, aber ... jetzt erinnere ich mich wieder ... ich stürzte ab ... es war schlimm, so schlimm!"

„Schon wieder? Wie beim letzten Mal?"

„Ja und nein. Diesmal war alles anders. Schön erst, aber dann ..."

„Dann?“

„Veränderte es sich ... aber nicht so unheimlich, wie im letzten Traum ... er war da!“

„Wer, er?“

„Na, er. Der Mann aus dem Schlosspark!“

Ein kalter Schauer durchlief Julia. Kaum vernehmbar flüsterte sie: „Und was hat er gemacht?“

„Nicht viel. Er stand nur da. Unheimlich und doch auch wieder nicht ... es war, als ob alles gesagt wäre, als würde er mir ... ach, ich kann es nicht in Worte fassen. Im Traum jedenfalls war alles klar.“

„Im Traum scheint immer alles klar, auch der größte Unsinn.“

„Das war es aber nicht – und du weißt das! Du hast ihn ja selbst gesehen, im Park, wolltest noch einmal hingehen, nachforschen. Du hast doch auch gespürt, wie er ist.“

„Ich weiß ...“

Ihr Schweigen war kein vertrautes.

„Was hast du jetzt vor?“

„Keine Ahnung! Ich bin nur so, so erschöpft. Am liebsten würde ich mich in meinem Zimmer einschließen und tagelang schlafen.“

„Hein?“

„Mhm?“

„Bitte geh zu dieser Psychologin heute, lass dich krankschreiben. Ich glaube, du brauchst eine Auszeit. Diese Baustelle, weißt du, die macht dich fertig!“

„Ich überleg's mir.“

„Versprich es mir! Gleich heute Mittag.“ Ihr Flehen war so eindringlich, dass sich Heiner nicht länger davor verschließen konnte.

„OK. Heute Mittag.“

„Nein, nicht schon wieder!“, stöhnte er, als er auf die Titelseite der BNN blickte. „Hört das denn nie auf?“

„Mas bem?“, fragte Judith mit vollem Mund.

„Schau selbst.“

Lienz reichte ihr die Zeitung über den Tisch. Während sie den Artikel über Iffezheim las, schlürfte er langsam seinen schwarzen Tee, ohne den er unmöglich in den Tag starten konnte.

„Das ist ja richtig stark! Flaustelle statt Baustelle! So viel Wortwitz hätte ich der BNN gar nicht zugetraut.“

„Um die künstlerische Qualität der Zeitung mache ich mir ehrlich gesagt weniger Sorgen. Mein Problem ist, dass es die Baustelle schon wieder auf die Titelseite geschafft hat. Die Kranbesteigung dieser Umweltaktivisten ist ja quasi noch warm. Durch das Foto der Fahnen kennt nun auch der verpennteste Hinterwäldler den Namen der Green Heroes. Die neuen Helden der grünen Bewegung! Jeder weiß, dass der neue Wachdienst auch nicht in der Lage war, ein Eindringen von Demonstranten zu verhindern. Ein gefundenes Fressen, dass das auch noch Franzosen sind, angeheuert von einem ebenfalls zugezogenen Kriminalkommissar, der schon öfters durch seine eigenwilligen Ermittlungsmethoden auffällig geworden ist.“ An dieser Stelle musste Lienz kurz Luft holen, nur um danach umso erregter fortzufahren. „Ja, da hat die wortgewitzte Zeitung aber ordentlich an die heimatverbundene badische Seele appelliert. Da stehen die Leute hier meinen Landsleuten um nichts nach, wenn es um die Abgrenzung nach außen geht. Kein Wort schreiben die davon, dass die Wachfirma immerhin einen Teil der Eindringlinge geschnappt und erst kurz zuvor ihren Dienst angetreten hat, kein Wort über meine Ermittlungserfolge, nur über die Absonderlichkeiten meiner Methoden! Würde zu gerne wissen, wer ihnen das gesteckt hat!“

„Reg dich doch nicht gleich so auf! Das bringt doch nichts“, versuchte Judith ihn zu besänftigen.

„Ich soll mich nicht aufregen? Weißt du, was mir die Kerner heute wieder erzählen wird?“

Judith warf ihm einen mitfühlenden Blick zu. Beschwichtigend lenkte sie ein.

„Natürlich verstehe ich, dass dich das ärgert, wenn du ungerecht behandelt wirst. Aber, ich meine wirklich, dass du da drüber stehen solltest – und auch kannst. Niemand, der noch bei Trost ist, zweifelt deine Ermittlungserfolge an. Im Gegenteil! Die meisten bewundern dich insgeheim."

„Ja, und verpetzen mich an die Zeitung."

„Neider gibt es überall, lass dir nur von denen nicht deine Laune verderben. Sollen sie doch in ihrem trüben Saft schmoren. Außerdem ..."

„Ja?"

„Außerdem ist der Rest des Artikels nicht dazu angetan, dich weiter in die Pfanne zu hauen. Lies doch!"

Sie gab ihm die Zeitung zurück, hastig überflog er den Artikel.

„Mhm ... Gewitter hat den Damm aufgeweicht ... Beschädigungen ... die Ingeneure, aha ... Ministerpräsidentin verteidigt das Projekt... nun, ich weiß nicht so recht."

Lienz faltete die Zeitung zusammen, nahm noch einen Schluck vom Tee. Der war mittlerweile kalt geworden, angewidert verzog er das Gesicht. Kalten Tee konnte er nicht ausstehen.

„Ich hoffe, dass die genug mit sich selbst zu tun haben und mich in Ruhe lassen, zumindest heute."

„Mhm ... Aber sag mal, das hört sich ja übel an: aufgeweichter Damm. Nicht gerade beruhigend!"

„Vor allem nicht, wenn man dieses Monstrum mal aus der Nähe gesehen hat. Die Vorstellung, dass der Staudamm bricht und alles unterhalb gelegene Gebiet flutet ..."

„Und dann soll ja auch noch eine Hochwasserwelle angerollt kommen. In der Schweiz und am Oberrhein muss es heftig geregnet haben. Da werden die aber ranklotzen müssen auf der Baustelle ... Der arme Brunner. Der wird ganz schön was aushalten müssen. Dabei hast du doch erzählt, dass der eh schon so neben der Spur war."

„An den musste ich auch schon denken. Ich glaube, ich fahre mittags mal bei ihm vorbei. Um zu schauen, wie die Dinge so stehen."

„Du bist heute aber ein ganz Lieber, du."

„Ja, ja, die Polizei, dein Freund und Helfer. Apropos Helfer: Wolltest du nicht in der Bibliothek für mich ein wenig schnüffeln."

„Zu Befehl Herr Kommissar. Heute Abend fest eingeplant, da du dich ja mit meinem Lieblingsstefan triffst und die neuesten Leichen durchkaust."

„Iihh, jetzt wirst du aber eklig! Durchkauen tue ich höchstens dich! Sehen wir uns noch heute Nacht?"

„Wer weiß? Mal schauen, wann du nach Hause kommst und ob ich mich von den Büchern losreißen kann."

„Das hört sich nicht gerade vielversprechend an."

Judith beugte sich über den Tisch, gab Lienz einen innigen Kuss.

„Nicht genug bekommen letzte Nacht, Herr Kommissar?"

Lienz warf einen Blick auf seine Uhr.

„Wir könnten ja jetzt noch schnell ... ein wenig Zeit hätte ich noch."

„Nichts da! Ich habe lange genug vor dem Spiegel gestanden, um meine Haare ordentlich hinzukriegen, die lass ich mir jetzt bestimmt nicht von dir zerstören! Übe dich in Geduld und Vorfreude!"

„Die ja angeblich die schönste ist ... ich weiß nicht, wer diese Lüge verbreitet hat, ich jedenfalls ..."

„ ... gehe jetzt zur Arbeit. Tschüss, mein Lieber!"

Damit packte sie ihre Sachen und verschwand im Treppenhaus. Lienz trat auf den Balkon, schaute ihr die Hirschstraße entlang nach, bis sie auf der Brücke von den Bäumen verdeckt wurde. Die weißen Blüten der Robinien entließen ihre süßlichen Düfte in die milde Morgenluft. Bald würden die Linden blühen und damit die schönste Zeit des Jahres anbrechen. Allerdings führte dieses Geruchsübermaß eine Spur Vergänglichkeit mit sich, eine wehmütige Melancholie auslösend, das baldige Ende der besten Jahreszeit vorwegnehmend. Der Sommer ist doch im Frühjahr am schönsten, dachte er.

Noch einmal schaute er nach oben. Das Gewitter gestern hatte den Himmel reingewaschen, es blaute nur so herab. Ein viel zu schöner Tag zum Arbeiten, dachte Lienz. Dann packte auch er seine Sachen und machte sich auf den Weg. Die Balkontüre ließ er offen stehen, um das Zimmer mit klarer, guter Luft zu fluten. Bis nach Karlsruhe schafften es ja nur die wenigsten der angekündigten Gewitter.

Der Pförtner an der Einfahrt zur Kraftwerksbaustelle winkte ihn brötchenkauend durch. Mittlerweile kannte man sein Gesicht, seine Besuche, anfangs noch mit Bemerkungen wie „Guten Tag Herr Kommissar“ oder „ach, der Herr Kommissar ist wieder hier“ lösten mittlerweile keine erstaunten Reaktionen mehr aus. Lienz war es recht. Er begab sich schnurstracks zu den Containern der Bauleitung, in Gedanken den BNN-Artikel über die Pannenserie bei dieser Baustelle durchgehend. Es war wirklich zum Verrücktwerden. Es gab kaum eine Fehlermöglichkeit, die hier ausgelassen wurde. So viel Pech auf einmal war eigentlich ein Ding der Unmöglichkeit. Oder war es eben kein Pech, vielleicht sogar dessen genaues Gegenteil?

Um das herauszufinden war er hier. Vormittags hatte er zum wiederholten Male die Akte des verunglückten oder getöteten Wachmanns Goran Vidic durchgesehen. Wobei, viel zu sehen, gab es da nicht. Seine Ex-Frau war schon vor vielen Jahren mit einem anderen Mann fortgezogen, ins Rheinische. Hatte keinen Kontakt mehr zu Vidic unterhalten, wusste also nichts Gewichtiges beizutragen. Seine zwei Kinder, ein Junge und ein Mädchen, beide erwachsen, waren vor einiger Zeit nach

Kroatien zurückgekehrt, wohl in der Meinung, nach dem Balkankrieg Aufbauhilfe leisten zu müssen. Über Interpol konnte er deren Adressen ausfindig machen und sie vom Tod ihres Vaters unterrichten. Beide waren betroffen, aber nicht schockiert; sehr innig schien ihr Verhältnis zum Vater nicht gewesen sein. Allerdings konnten auch sie keine Hinweise auf Streitigkeiten oder Menschen, die ihm etwas Böses wollten geben. Wie auch, hunderte Kilometer entfernt?

Alle anderen Spuren verliefen im Sand. Der Vermieter hatte nichts Auffälliges an Vidic entdecken können, seine Nachbarn beschrieben ihn als still und zurückhaltend, hatten keine Besuche registriert, und auch auf der Baustelle: Nichts! Es war, als wäre Vidic ein Meister der Tarnung gewesen, hätte ein Leben im Verborgenen gelebt. Seltsam ...

Erst bei den Containern fiel Lienz auf, wie ruhig die Baustelle heute war. Wo sonst laute Maschinen die Ohren betäubten, konnte er von fern den Rhein über das unfertige Teilstück der Staumauer rauschen hören. Er klopfte an die Tür zu Brunners Büro. Klopfte erneut und drückte, als niemand öffnete, die Klinke herunter. Die Türe war versperrt. Verwundert sah er sich um. Da kam ein Mann aus dem benachbarten Container, schaute auf Lienz, folgte mit seinem Blick dessen Arm, der immer noch ausgestreckt auf der Klinke lag und schüttelte den Kopf.

„Der Brunner ist nicht mehr da."

„Wissen Sie, wann er wieder kommt? Lohnt es zu warten?"

Der Mann zögerte einen Augenblick und antwortete dann vage. „Ich weiß nicht so genau."

Lienz hatte das Zögern bemerkt und reagierte sofort.

„Kriminalkommissar Lienz. Kripo Karlsruhe. Ich ermittle im Todesfall des Wachmannes Vidic. Es ist wichtig, dass ich Herrn Brunner sprechen kann."

Dieser Satz funktionierte fast immer; wahrscheinlich weil ihn die Adressaten aus dem Fernsehen kannten und wussten, was nun von ihnen verlangt wurde. Umfangreiche Kooperation, andernfalls ...

„Heiner, ich meine, Herr Brunner ist zum Arzt gefahren, er ... es ging ihm nicht gut."

„Die Nerven?"

„Also, ich kann unmöglich ..."

Weiter kam der Mann nicht. Lienz brachte ihn mit einem Blick aus seinen klaren Augen zum Schweigen, worauf er sich seufzend seinem Schicksal ergab und erzählte, dass Heiner Brunner mit den Nerven am Ende war, die Größe der Baustelle, die Pannen, der immense Druck aus Stuttgart und dann noch die Medien. Das alles war zu viel für ihn gewesen und es wäre noch nicht klar, wann und ob überhaupt er zurückkäme. Und das gerade heute ...

Lienz hatte genug gehört. Er verabschiedete sich und stieg die Stahltreppen hinunter. Unten angekommen drehte er sich noch einmal um und fragte, warum es denn so still sei heute. Die Antwort war nicht gerade ermutigend: Die meisten Arbeiter seinen damit beschäftigt, auf der französischen Seite den beschädigten Damm zu sanieren und den Rest der Baustelle zu sichern, denn es rolle ja eine neue Hochwasserwelle heran.

Lienz bedankte sich und verließ eilig das Kraftwerksareal. Aus irgendeinem Grund beunruhigte ihn das Hochwasser, auch wenn er nicht den Eindruck hatte, dass die Leute auf der Baustelle dieser Situation nicht gewachsen seien.

In Iffezheim meldete sich sein Magen. Er parkte an der Kirche, stieg die Treppen zum Vorplatz hoch, sah sich um. Ein Glück, dass die Bürgerbewegung schon im Vorfeld des Baues dagegen protestiert hatte, noch größere Teile des Dorfes umzusiedeln. Immerhin hatten sie damit erreicht, dass dieses Ensemble stehen blieb. Obwohl er normalerweise nicht allzu viel von diesen Protestbewegungen hielt, da sie seiner Meinung nach bloß Sammelbecken wirrer Agitatoren bildeten, zollte er dieser Gruppe Respekt. Er war froh, dass die Iffezheimer

Kirche nicht der Erneuerungswut der Planer zum Opfer gefallen war und betrat den sakralen Bau. Er liebte Kirchen, je älter, desto inniger. Schon als Kind war er an heißen Sommernachmittagen in die kühlen barocken Kirchlein geschlichen. Ihr Geruch beruhigte ihn. Auch jetzt wirkte die Mischung aus feuchtem Putz, poliertem Holz und süßlichem Weihrauch sofort. Die Unruhe, die ihn beim Verlassen der Baustelle erfasst hatte, verschwand.

Er ging die paar Schritte zur „Sonne", bestellte sich Schäufele und einen Baden-Badener Weißwein und freute sich, dieses urbadische Gasthaus wiederentdeckt zu haben. Der Nachmittag mit viel dröger Büroarbeit konnte noch ein wenig warten. Die Akte Vidic würde er mit einem Zwischenbericht versehen und erst mal zur Seite legen. Immerhin.

Frau Elsa Granzow beobachtete den Mann vor ihr jetzt schon seit geraumer Zeit. Etwas anderes blieb ihr auch nicht übrig, denn seit einer geschlagenen halben Stunde redete dieser ohne Unterbrechung. Ein Damm war gebrochen, der wohl so schnell nicht wieder geflickt werden würde; das zumindest war ihr schon klar, ebenso wie die Tatsache, dass heute die Mittagspause ausfallen musste, was sie allerdings gerne in Kauf nahm, denn die Geschichte, die Heiner Brunner erzählte, war mindestens genauso wirr wie interessant.

Dabei hatte sie sich erst gesträubt, ihre immer zu kurze mittägliche Ruhepause zu opfern, eine Unterbrechung, die sie dringend brauchte, um neue Kraft für die Nachmittagstermine zu sammeln. Noch dazu für einen Patienten, den sie nicht einmal kannte. Nur weil dessen Ehefrau mit ihrer Ulli befreundet war und ihr anvertraute, dass sie sich große Sorgen um ihren Mann mache, Angst habe, dass er durchdrehen könne, hatte sie sich bereit erklärt, Heiner Brunner zu empfangen. Bisher hatte sie es jedenfalls nicht bereut.

Erst nachdem sich Heiner Brunner die ärgste Last von der Seele geredet hatte, versiegte sein Redefluss. Plötzlich herrschte Stille im Zimmer, eine Stille, die es kühler wirken ließ. Heiner war es recht.

Hier saß er nun, nur eine Armeslänge von einer ihm unbekannten Frau entfernt, der er soeben seine intimsten Träume erzählt hatte. Normalerweise würde er sich unbehaglich fühlen, eine derart intensive emotionale Nähe zu jemand völlig Fremden zugelassen zu haben, aber bei dieser Frau ging ihm das nicht so. Von Anfang an, schon als sie ihn an der Tür begrüßte, empfand er ein fast schon unschickliches Vertrauen zu ihr. Sie schien von einer Art sanfter Aura umgeben zu sein, die unmittelbar ein Gefühl der Geborgenheit hervorrief. Die Gründe hierfür hinterfragte er lieber nicht.

Seine Zunge klebte unnatürlich geschwollen am Gaumen fest. Mühsam brachte er seine Frage nach einem Glas Wasser hervor. Elsa Granzow erhob sich, durchquerte das Zimmer, verschwand hinter seinem Rücken. Während er weiter geradeaus starrte, auf den leeren Platz der Therapeutin, vernahm er das Geräusch fließenden Wassers, bei dem er unwillkürlich zusammenfuhr, so deutlich hatte sich die Erinnerung an seinen Albtraum letzte Nacht eingeprägt. Einen Moment später war der Platz ihm gegenüber wieder besetzt und er hielt ein kühles Glas in der Hand.

Elsa Granzow wartete noch einige Minuten, bis sich ihr Klient einigermaßen beruhigt hatte und eröffnete dann erst vorsichtig das Gespräch.

„Herr Brunner, habe ich richtig verstanden, dass Sie einen Zusammenhang zwischen Ihren Träumen und dieser Gestalt im Schlosspark sehen?“

An seinem Gesicht konnte sie ablesen, dass er langsam wieder ins Hier und Jetzt dieses Zimmers zurückkehrte. Von weit weg schien er zu kommen und es war ihm anzusehen, dass ihm das eine große Kraftanstrengung abverlangte. Sein Blick klarte sich zunehmend auf und fokussierte sie. Dieser Blick, der in den letzten Minuten heftig zwischen scharfer Klarheit und verschwommener Verdüsterung pendelte, faszinierte sie. In dieser Ausgeprägtheit hatte sie das lange nicht mehr beobachten können. Da er ihre Worte anscheinend nicht verstanden hatte, wiederholte sie ihre Frage.

Es war, als ob ein verrostetes Tretwerk mühsam wieder in Gang gebracht werden musste. Haufenweise Schmiermittel wurde benötigt, gepaart mit Fleiß und Geduld, um wieder einen runden Gang zu ermöglichen. Sukzessive leerte er die Glaskaraffe, die die Therapeutin zwischenzeitlich für ihn gefüllt hatte. Schluck für Schluck kehrte die Möglichkeit zu sprechen zurück. Seine Träume verloren ein wenig ihrer Herrschaft über seinen Geist. Seine Träume, die ihn so heftig marterten, seine Träume, deren Bedrohung selbst am Abend darauf noch deutlich spürbar war. Die einzige Frage, die ihn wirklich interessierte, war, wie er diese Fremdherrschaft abschütteln konnte, bevor sie seinen Geist angriff und zerstörte, denn das war es, was er heimlich befürchtete, auch wenn er das anderen gegenüber vehement bestritten hätte. Frau Granzows Frage jedoch zielte am Kern des Problems vorbei, weshalb er auch nicht recht wusste, was er darauf erwidern sollte.

„Ich denke schon ..."

„Ja?"

„Ich meine, also ich kann die Bedrohung dieser Gestalt deutlich in meinen Träumen spüren."

„Das ist also die Verbindung? Die Bedrohung?"

„Irgendwie schon."

„Welcher Art ist sie denn? Können Sie sie beschreiben?"

„Sie ist immens, nimmt ganz von mir Besitz. Es beginnt immer mit einem Gefühl der Unbehaglichkeit, das sich schnell steigert und bald schon übermächtig ist. Alles um mich herum scheint feindlich gesinnt, nur darauf aus, mein Leben zu bedrohen. Ich habe Angst, eine unbändige, unbezwingbare Angst, die ihre Klauen tief in mich schlägt."

Heiner sprach hektisch, verschluckte halbe Wörter, atmete heftig.

Elsa Granzow wunderte sich, wie massiv diese Träume Heiner Brunners Gefühlsleben selbst hier in ihrer Praxis am helllichten Tag beeinflussten. Ihr Klient schien den Boden der Realität längst verlassen zu haben, die Frage war nur, ob ihm das selbst klar war.

„Sie meinen also ernsthaft, Ihr Leben würde bedroht?"

„Genau."

„Von wem?"

„Von diesem Wesen, oder seinen Dienern?"

„Von einer Traum- oder Spukgestalt?" Ihre eigene Frage selbst verneinend schüttelte sie ihren Kopf. „Das kann nicht Ihr Ernst sein?"

„Ich weiß, das hört sich alles verrückt an! Komplett durchgedreht. Aber was soll's – ich kann nicht anders! Genauso empfinde ich es."

„Haben diese Erscheinungen auch zu Ihnen gesprochen?"

„Nicht so, wie wir es hier tun. Ich höre keine Stimmen. Aber etwas sprach zu mir, direkt in mich hinein. Ich konnte hören, was es sagt, fühlen, was es denkt. Es will etwas von mir."

„Und, was ist das?"

„Das kann ich noch nicht sagen. Es sind keine klaren Anweisungen wie, gehe einkaufen, töte den Bürgermeister."

Elsa merkte erschrocken auf. „Sie sollen Menschen töten?"

Erst jetzt fiel ihm auf, was er eben gesagt hatte. Hastig versuchte er zu beschwichtigen. „Nein, ganz und gar nicht. So habe ich das nicht gemeint. Eben nicht! Es war nur ... ein Beispiel ... für Stimmen, wie man es aus Thrillern kennt, von so durchgeknallten Typen, die dann losgehen, um Leute zu massakrieren." Er merkte, dass das alles wirr und wenig überzeugend klang. Hilflos versuchte er es erneut. „Ich will keine Menschen töten und ich höre auch keine Stimmen, die mir so etwas auftragen!", sagte er so bestimmt als möglich. „Bitte, glauben Sie mir!"

Elsa war immer noch beunruhigt, glaubte ihm aber. Die Frage, was sie mit diesem Mann machen sollte, wurde immer dringlicher und gleichzeitig komplizierter. Sie beschloss, sich weiter auf dieses seltsame Gespräch einzulassen und erst später zu entscheiden.

„Schon gut, ich glaube Ihnen. Was aber sagt Ihnen denn nun diese Erscheinung?"

„Das ist nicht so einfach. Eigentlich werde ich mir erst in diesem Moment, da ich mit Ihnen darüber rede, klar darüber, dass es eine Botschaft für mich hat. Ich frage mich nur ..."

„Was denn?"

„Ich frage mich nur, warum es derart heftige Angstzustände auslöst? Ich meine, eine Botschaft ist eine Botschaft, nichts Schlimmes eigentlich, oder?"

„Nun ja, kommt wohl auf den Inhalt der Botschaft an."

„Das ist es! Sie sind ein Schatz!" Heiner sprang auf, wanderte aufgeregt durchs Zimmer. Heftiger Agitationszustand, notierte Elsa im Kopf.

„Sie haben den Nagel auf den Kopf getroffen! Warum ist mir das nicht früher eingefallen? Dieses Wesen sucht mich! Es will mir etwas mitteilen und ich habe Angst vor der Botschaft, oder deren Folgen! Unbewusst ahne ich vielleicht schon, was es von mir verlangt und wehre mich nach Kräften. Vielleicht muss ich diese Angst aushalten, um an den Inhalt der Nachricht zu kommen, muss mich ihr stellen und ausliefern."

„Sich stellen und ausliefern sind zwei ganz verschiedene Möglichkeiten, Herr Brunner. Sich seinen Ängsten zu stellen, ist sicher ein richtiger Ansatz, sich ihnen aber auszuliefern, womöglich gefährlich."

„Ja, da haben Sie wahrscheinlich recht." Nachdenklich betrachtet er die leere Karaffe auf dem Beistelltisch. „Ich muss also vorsichtig vorgehen. Nur, wie mache ich das?“ Langsam nahm er wieder auf der Sitzecke Platz, verbarg sein Gesicht in den Händen. „Nur wie?“, wiederholte er durch die Finger gepresst. „Nur wie?“

Elsa Granzow hatte ihre Entscheidung getroffen. Spätestens nach dieser letzten extremen Gemütsschwankung war klar, dass Heiner Brunner eine Auszeit und psychologische Betreuung brauchte. Je eher, desto besser.

„Herr Brunner, Sie brauchen Ruhe. Sie müssen sich ein wenig von den Strapazen der letzten Zeit erholen.“

„Ruhe? Wie soll das gehen? Wissen Sie eigentlich, wie es sich anfühlt, unter ständiger Bedrohung zu leben?“

„Beschreiben Sie es mir.“

„Es ist, also ob mir ein Schatten folgt. Ein Schatten, der auf meiner Seele lastet, der mir das Gefühl nimmt, frei atmen zu können, meinen Geist blockiert, die Beine schwer macht, ja meinen ganzen Körper schlapp und träge werden lässt. Am liebsten würde ich mich nur ins Eck verkriechen, eine Decke bis zum Hals ziehen und auf den Abend warten, der mit der einsetzenden Dunkelheit auch die Angst wieder mitbringt. Dann kommt die Nacht: Düster, unberechenbar, Gefahren bergend. Stunden um Stunden liege ich wach, warte auf das erste Anzeichen der Dämmerung, kann endlich, wenn die Helligkeit zaghaft durch die Jalousienritzen dringt, loslassen und einschlafen. Doch was finde ich dort, in diesem Nebelreich? Aufs Neue bin ich meinen Ängsten ausgeliefert, hilfloser sogar als zu allen anderen Tageszeiten ... Ruhe? Sie haben ja keine Ahnung!“ An diesem Punkt konnte er nicht weiter. Schluchzend beugte er sich nach vorne, ließ die Tränen laufen.

„Sie müssen sich selbst dazu zwingen, sonst ...“

„Das geht nicht! Ich stecke mitten im Abschluss der Iffezheim-Baustelle. Das ist ein Großprojekt, das einen Tag und Nacht auf Trab hält.“

„Das ist es ja eben. Sie müssen sich regenerieren. Ihr Köper und Ihr Geist sind ausgebrannt."

„Ausgebrannt? Burn-out meinen Sie?"

„Richtig. Wenn Sie jetzt nicht ruhiger treten, werden Sie kollabieren. So geht es nicht weiter, Herr Brunner. Ich schreibe Sie für die nächsten zwei Wochen krank."

„Das wäre eine Katastrophe! Mein Job! Und überhaupt: Was soll ich denn dann machen?"

„Bleiben Sie zu Hause, schlafen Sie sich aus. Gehen Sie spazieren. Zeitunglesen ist auch eine hervorragende Möglichkeit, sich abzulenken. Schnappen Sie sich Ihre Frau, führen Sie sie aus, zum Essen, ins Kino – ganz egal. Aber tun Sie etwas, um auf andere Gedanken zu kommen."

„Das kann ich nicht, ich ...", Heiner verbarg das Gesicht hinter seinen Händen. Das war zu viel für ihn. Sollte dieser ganze Wahnsinn nun auch noch seine Karriere ruinieren? Dann wäre alles aus! Dann könnte er sich ja ebenso gut gleich ... Nein, das nicht! Noch nicht zumindest. So weit war es schon gekommen. Dass er diese letzte Möglichkeit in Betracht zog! Er war am Ende. Sein Oberkörper wippte gleichmäßig auf und ab, während er unter Wimmern ein ums andere Mal wiederholte: „Ich kann nicht mehr ... kann nicht ... halt das nicht mehr aus ..."

Zum Glück war nicht allzu viel los gewesen heute im Kripo-Mutterbau. Es war, wie Judith es vorhergesagt hatte: Alle waren mit sich selbst beschäftigt, die Kerner unterwegs nach Stuttgart, wo sie sich zum Rapport beim Kriminaldirektor melden musste. Lienz war klar, dass er nur einen Tag Aufschub erhielt, doch was kümmert's mich, wenn morgen die Welt in Scherben liegt, ist der heutige Tag doch so wunderschön. Getreu diesem Motto machte er früher als üblich Schluss, fuhr nach Rüppurr, spazierte über die Felder an der Alb entlang und ordnete seine Gedanken. Während des Gehens konnte er das am besten.

Er überdachte die Ereignisse der letzten Tage, die Aktionen der Green Heroes, die vielen Unfälle auf der Baustelle in Iffezheim, seine Treffen mit Brunner, der sich so chamäleonartig wandelte und dadurch schwer fassbar wurde. Wer oder wie war er wirklich? Der toughe Baustellenleiter, der Erfolgsingenieur, der Yuppie aus der Vorstadt, leicht verschnöselt, oder der von einer Urerfahrung gezeichnete, durch und durch verunsicherte Mensch, der dem Absturz nahe war. Heute hatte Brunner sich also wegen Burn-out krankschreiben lassen. Eine weit verbreitete Diagnose derzeit. Er persönlich hielt das ja für eine Modekrankheit, die im nächsten Jahrzehnt durch eine neue ersetzt werden würde. Früher war man einfach mal müde und kaputt, heute ausgebrannt mit Krankschreibung. Irgendwie misstraute Lienz der Kaste der Psychologen, warum, wusste er selbst nicht so genau. Und er war schlau genug, nicht bei einem von ihnen nachzufragen, denn dann würde er wahrscheinlich gleich einige Gründe für sein Misstrauen aufgrund von erlittenen Defiziten genannt bekommen.

Ein Gespräch mit dem Philosophen bei reichlich Bier war einer Therapiesitzung deutlich vorzuziehen, auch dabei konnte man einiges über sich und die Menschheit lernen. Doch so sehr er sich auch den Kopf zermarterte, diese ganze Geschichte von der mysteriösen Erscheinung und deren Auswirkungen blieb ihm ein Rätsel. Nicht zum ersten Mal fragte er sich, ob es wirklich nur Zufall gewesen war, dass die Schlossparkgeschichte und die Iffezheimstörfälle bei ihm zusammenliefen. Manchmal hatte er vage das Gefühl, einen Ansatzpunkt auszumachen, eine Verknüpfung zwischen den beiden Fällen zu erkennen, doch wenn er den Gedanken festpinnen wollte, verflüchtigte sich dieser wieder. Es war zum aus der Haut fahren.

So ergebnislos seine Gedankenspiele, so erfolgreich war seine Tischsuche im Kofflers, da er rechtzeitig, noch bevor der Feierabendansturm losbrach, den Gastgarten betrat und direkt unter dem Baum in Türnähe einen für schnelle Biernachbestellungen strategisch günstig gelegenen Tisch besetzte. Und da die kleine, quirlige Bedienung mit dem lustigen Akzent gerade vorbeilief, bestellte er schon mal eine dieser wunderbar spritzigen Kaiserschorlen gegen den ersten Durst.

Das erste Glas war noch nicht geleert, als sein Freund Stefan Reuß den Biergarten betrat und sich suchend umschaute. Groß gewachsen überragte er die anderen Gäste um einen Kopf und war schwer zu übersehen. Auch an diesem heißen Tag war er tadellos gekleidet, sein heller Sommeranzug hob sich angenehm von der Menge der Jeans und Jogginghosenträger ab. Lienz erhob sein Glas und prostete ihm zu. Grinsend nahm er auf der gegenüberliegenden Holzbank Platz, entwendete Lienz das Glas und leerte es in einem Zug.

„Danke für die edle Spende. Mann, so eine Hitze aber auch. Wenn das so weitergeht, werden die Leichen noch grässlicher stinken."

Eine ältere Frau am Nachbartisch wandte sich den beiden zu. Verblüffung und Missbilligung standen ihr ins Gesicht geschrieben. Lienz reagierte sofort.

„Entschuldigen, die Dame, mein Freund hat einen Hang zum schwarzen Humor. Ist bei seinem Beruf auch nicht verwunderlich." Er beugte sich näher zu der Frau, flüsterte. „Er ist Bestatter, deswegen die Leichen. Sie wissen schon, im Hinterzimmer ..."

Weiter kam er nicht. Stefan brach in schallendes Gelächter aus. „Glauben Sie ihm kein Wort. Dieser Mensch ist ein Lügner, kein Wunder, er ist ja Vorstandsvorsitzender einer großen Bausparkasse."

Da musste auch Lienz loslachen. Der Gesichtausdruck der Frau wechselte von Missbilligung in Empörung. Sie holte tief Luft, war aber zu fassungslos, um etwas Vernünftiges zu erwidern. Hilfesuchend schaute sie zu ihrem Mann, der ihr bedeutete, ruhig zu bleiben und krampfhaft versuchte, jeglichen Blickkontakt mit den gestörten Nachbarn zu vermeiden.

Weiter vor sich hinglucksend, widmeten sich die beiden Freunde ihrer Bestellung. Das Pärchen am Tisch nebenan hatten sie schon wieder vergessen, es fiel ihnen nicht einmal auf, dass es bei der nächsten Gelegenheit bezahlte und das Restaurant verließ. Dafür dufteten der Backhendlsalat und die handgeschabten Kasspatzen im gusseisernen Pfandl viel zu lecker. Der dazu genossene Pinot Blanc erhöhte noch ihr Wohlbefinden, sodass sie sich eine Zeit lang schweigend ihrem Essen widmeten.

Lienz war als Erster fertig und begann sogleich von seinen zwei Fällen zu erzählen. Stefan begnügte sich zuzuhören und nur hin und wieder einmal kurz nachzufragen. Die Unterhaltung mit dem Obdachlosen konnte er aber nicht unkommentiert lassen.

„Das ist ja ein ganz schönes philosophisches Schwergewicht, dieser Zehntner, was!"

„Der macht sich schon so seine Gedanken."

„Wenn das mal keine österreichische Galanterie ist!"

„Wie meinst 'n das?"

„Na, Gedanken würde ich das nicht nennen. Wahnvorstellungen trifft's eher."

„Wohl wahr. Aber das Verrückte daran ist, dass es mich ganz schön mitgenommen hat. Stell dir vor, als ich gestern Abend durch den Weiherwald spaziere, gerade als das Unwetter losbricht, da steht plötzlich wie aus dem Nichts eine verhüllte Gestalt vor mir. Hab ich mich erschreckt! Ich dachte schon, die Schlossparkerscheinung hätte mich erwischt." Er schickte ein paar Lacher hinterher, die aber irgendwie falsch klangen.

Stefan bemerkte die Veränderung sofort. „Oje, du glaubst doch diesen Mist nicht etwa?"

„Nun ja ..."

„Aber sicher! Nun schau sich mal einer unseren Kriminalkommissar an. Jagt neuerdings bedrohlichen Fabelwesen hinterher. Sag mal, habt ihr nicht genug zu tun?"

„So stimmt das nicht. Ich jage niemanden, schon gar keine Wesen! Aber so dumm hört sich das alles gar nicht an, was der Zehntner gesagt hat."

„Ja, wenn man sternhagelvoll ist, dann erschließt sich einem eine gewisse Logik. Ben, ich bitte dich."

„Wieso? Viele Menschen haben von übersinnlichen Erfahrungen berichtet."

„Ja, eigentlich hast du Recht. Wurde auch mal Zeit, dass sich endlich jemand dieser Heerscharen von gefallenen Engeln annimmt, die hier ihr Unwesen treiben. Wird das ne neue Sonderkommission? Wie heißt die denn? Soko Angel?"

„Nein ..."

„Natürlich nicht! Ich rede Mist. Angel ist ja Englisch, da hapert es mit der Aussprache bei einigen Teilnehmern. Also wohl eher: Soko Luzifer. Klingt auch besser. Da bin ich ehrlich erleichtert, dass die Polizei endlich mal aufräumt mit all dem mystischen Gesocks, das unsere Wälder unsicher macht."

Stefan schaute seinen Freund erwartungsvoll an. Sie liebten diese gegenseitigen Sticheleien, ließen sich selten eine Gelegenheit entgehen, den anderen auf den Arm zu nehmen. Nein, in dieser Beziehung übten sie wahrlich keine Zurückhaltung. Oft entspann sich daraus ein abendfüllender Schaukampf, der heftig, wenngleich immer mit einem Augenzwinkern geführt wurde, manchmal noch unter Einbeziehung uneingeweihter Zuseher, zur kolossalen Belustigung beider Parteien. Diesmal jedoch blieb sein Freund Ben still. Dass er sich so eine Steilvorlage entgehen ließ, konnte nur eines bedeuten.

„Hallo! Wer bist du und wo ist mein Ben geblieben? Ich beginne mir ernsthaft Sorgen zu machen. Du willst dich doch hoffentlich nicht auf eine Stufe mit all den Ufo-Spinnern, Geisterbeschwörern, Lichtessern, et cetera stellen. Uri Geller hat nie wirklich Löffel verbogen."

Lienz war peinlich berührt. Natürlich wusste er, dass sein Freund mit Spott auf diese Geschichte reagieren würde. Es war ja nicht so, dass er sich nicht selbst schämte, so empfänglich für diese Spinnereien zu sein, aber andererseits konnte er nicht alles einfach abtun. Zu viele Personen hatten übereinstimmend von dieser Erscheinung berichtet. Warum verstand Stefan das denn nicht? Er versuchte es erneut.

„Aber die Brunners haben genau das Gleiche beschrieben. Warum sollten die das? Dann ist da noch der Mann aus Rüppurr, mit einem ähnlichen Bericht vom Oberwald. Sogar meine Judith hat gesagt, dass sie das an eine alte Sage erinnert."

„Das hat sie gesagt?"

„Ja. Und sie will recherchieren."

„Großartig. Wenn es eine derartige Sage gibt, wird Judith sie finden. Ich glaube nicht, dass es jemanden gibt, der sich besser mit Karlsruher Geschichten auskennt. Es beruhigt mich, dass auch noch vernünftige Menschen in deinem Umfeld existieren. Sie wird dir diesen Unfug schon austreiben."

„Sie ist ganz fasziniert von der Geschichte ... und jetzt mal ehrlich: Das was der Zehntner über die Bedrohung gesagt hat, ist doch wirklich kein Schwachsinn, oder?"

Stefan stöhnte theatralisch. Ein wenig wollte er sich noch zieren, obwohl er schon wusste, dass das abendfüllende Thema gefunden war. Eigentlich hatte er sich auf ein paar unbeschwerte Stunden gefreut. Diesen Gedanken konnte er getrost abhaken. Seltsamerweise war er aber nicht all zu traurig darüber. Ohne dass es ihm bewusst geworden war, hatte sich diese verrückte Geschichte in seinem Kopf festgesetzt. „Na gut. Lass uns darüber reden. Sonst gibst du eh keine Ruhe."

„Danke. Obwohl ich jetzt gar nicht weiß, wo wir anfangen sollen."

„Na bei der Annahme, dass der Zehntner recht hatte."

„Jetzt nimmst du mich auf den Arm!"

„Gar nicht. Ich meine es ernst. Klar, der Zehntner ist etwas durchgeknallt. Wahrscheinlich hat sein Gehirn unter dem jahrelangen Alkoholgenuss gelitten. By the way: Wäre übrigens interessant, mal da reinzugucken, rein fachlich natürlich. Trotzdem – die Grundidee vom Zehntner ist gar nicht so blöd, ein irgendwie darwinistischer Gedanke."

„OK. Ich beginne beim Zehnter. Der hatte echt Angst. So richtig meine ich. Ich kenne den ja nun schon lange, eine unglaubliche Frohnatur. Den erschüttert so schnell nichts. Doch als ich auf diese Begegnung zu sprechen kam ... sein Gesicht hättest du mal sehen sollen. Da lief's mir richtig kalt den Rücken runter."

„Konnte er denn sagen, wovor genau er sich so gefürchtet hatte?"

„Er meinte, es war die Ausstrahlung dieser Gestalt. Ich bin mir da jedoch nicht so sicher. Während der letzten Tage musste ich oft daran denken. Mittlerweile glaube ich eher, dass diese Begegnung etwas in ihm ausgelöst hatte; etwas, das unbemerkt in ihm schlummerte. So ähnlich ging es mir doch auch im Weiherwald. Die düstere Szenerie muss mich aus irgendeinem Grund an meine Kindheitsängste erinnert haben. Deshalb habe ich mich auch so über das unvermittelte Auftauchen dieses Hundebesitzers erschreckt. Seltsam ist dabei nur, dass die Ängste derart stark von mir Besitz ergriffen."

„Fast so wie beim Zehntner."

„Genau. Ein ähnliches Erlebnis mit ähnlichen Auswirkungen. Wenn man jetzt noch die Brunners und den Rüppurrer dazu nimmt, frage ich mich, ob diese Kongruenz wirklich ein Zufallsprodukt sein kann."

„Die Frage ist wohl eher: Was ist sie sonst?"

„Womit wir wieder beim Philosophen wären. Irgendeine Bedrohung, die sich materialisiert hat? Hört sich spinnert an, ich weiß."

„Durchaus. Aber wir können das ja kulanterweise mal ignorieren. Also, welche Bedrohung?"

„Zehntner faselte zuerst ja von veränderter Bedrohungslage. Deshalb dachte ich automatisch an etwas Neues. Erst später wurde mir bewusst, dass es sich auch umgekehrt verhalten kann. Wir haben uns verändert, aber die Bedrohung blieb die gleiche."

„Also etwas Altes. Etwas, das schon immer da war, uralt, lauernd, böse?"

„Dämonen?"

„Geister? Kobolde?"

„Teufel?"

Kurz schwiegen beide, von den heraufbeschworenen Bildern in Bann geschlagen. Stefan fing sich als Erster.

„Und wenn es unbenannt ist? Unfassbar für uns und unsere auf das Überleben in dieser Realität spezialisierten Sinne?"

„Dann könnte es durchaus in der Lage sein, große Verwüstungen in unserem fadenscheinigen Ich anzurichten. Angst ist da wahrscheinlich noch das kleinste Übel."

„Wer weiß schon, welche Mächte im Verborgenen walten. Hinter der sichtbaren Welt gibt es doch genug, von dem wir keine Ahnung haben."

Nun war es an Lienz überrascht zu sein. „Du glaubst an mysteriöse Mächte, Mann der Wissenschaft? Ist das jetzt ein religiöses Coming-out?"

„Ganz ohne geht es wohl nicht. Was meinst du, wie viele Leichen ich schon in meinem Leben gesehen habe, sehen musste? Alle sind sie unterschiedlich: Schön die einen, hässlich die anderen, entstellt, verzerrt, erhaben, kalt, aber es gibt welche, die berühren mich. Warum? Ich weiß es nicht. Obwohl der Tod als Faktum unwiderlegbar ist, kann doch niemand darüber Auskunft geben. Er ist mir immer noch das gleiche Mysterium wie vor all den Jahren am Anfang meiner Karriere. Und wenn schon eine so allgemeine Sache wie der Tod sein Geheimnis bewahrt, wie viele Mysterien mögen dann erst hinter weniger öffentlichen Dingen verborgen sein?"

Einige Minuten vergingen, in denen beide dem Gesagten nachlauschten. Jeder mit seinen eigenen Mutmaßungen beschäftigt. Die helle Stimme der Kellnerin riss sie aus ihren Grübeleien.

„Wollen die Herren noch etwas zu trinken?"

„Zwei Marillenschnäpse bitte", erwiderte Lienz.

„Bringen Sie am besten gleich vier, auf dem Holzbrett", fügte Reuß hinzu. „Das müssen wir erstmal verdauen."

Die in der milden Nacht beschlagenen Gläser klirrten hell beim Anstoßen. Das erste Stamperl leerten sie in einem Zug. Lienz fühlte das angenehme Brennen bis in den Magen. Sofort ließ die Anspannung nach. Machte er ein ebenso beseeltes Gesicht wie Stefan? Egal. Mittlerweile war es ja dunkel geworden und hier draußen kannte ihn sowieso niemand.

„Schade nur um die Soko Teichkehrer", meinte Stefan.

„Was soll denn das sein?"

„Ist doch klar! Die mysteriöse Gestalt natürlich. Ein Mann, der mit einem Besen durch den Teich stapft, was ist das? – Eben."

„Der Teichkehrer. Gar nicht mal so schlecht."

An dieser Stelle endete ihr Gespräch abrupt. Wie von unsichtbarer Hand ausgegossen fielen mit einem Mal dicke Tropfen aus der Dunkelheit über ihnen. Mist, dachte Lienz, haben die Wetterfrösche doch einmal recht gehabt.

18

Es war schon nach acht Uhr, als Judith endlich im 2. Stock der Stadtbibliothek an einem Lesetisch Platz genommen hatte. Eigentlich war es ein viel zu schöner Frühsommerabend, um ihn hier drinnen zwischen all den Büchern zu verbringen. Andererseits saß Ben wahrscheinlich gerade mit Stefan in einem Biergarten und trieb seine schwarzhumorigen Späße mit ahnungslosen Unbeteiligten. Einmal nur hatte sie sich überreden lassen, mitzukommen, und diesen Entschluss den ganzen Abend über bereut. Danach hatte sie beschlossen, dass es das letzte Mal gewesen war, die beiden kamen auch ohne sie gut zurecht.

An diesem Abend würde sie wohl auch nicht so schnell nach Hause kommen. Sie würde einige Bücher durchsehen müssen, wenn sie die Sage aufspüren wollte, an die sie während Bens Erzählung unlängst erinnert wurde. Diese eigenartige Geschichte hatte ihre Neugier geweckt. Sie musste einfach hierher kommen, um in aller Ruhe recherchieren zu können. Zum Glück war sie mit der Leiterin der Bibliothek befreundet, so dass diese ihr alle Bücher über Sagen aus Karlsruhe und der Region zusammengetragen hatte. Gut, dass Judith nicht auf die Idee gekommen war, alleine zu suchen – sie würde immer noch die langen Regalreihen auf und nieder wandern und hätte nicht halb so viele Titel gefunden. Nun aber stapelte sich ein ansehnlicher Berg Bücher vor ihr auf dem Lesetischchen.

Judith schloss die Augen, versuchte die Hektik des Büroalltags zu vertreiben. Sie lauschte der Stille der mittlerweile geschlossenen Bibliothek. Bis vor Kurzem konnte sie noch die letzten Mitarbeiter hören: Stühle wurden verschoben, Bücher in Regale verräumt, Computer heruntergefahren. Der eine oder andere wünschte ihr noch eine erfolgreiche Nacht, bevor sie plaudernd und lachend das Gebäude verließen. Die zufallende Tür verschluckte die letzten Silben. Danach kam die Ruhe und umhüllte alle Gegenstände mit einem Mantel aus Schweigen.

Judith seufzte wonniglich. Das würde eine lange Nacht mit Kaffe aus der Thermoskanne und trockenen Keksen werden. Typisches Polizistenessen um endlose Nachtschichten zu überstehen, hatte Ben ihr einmal erklärt. Judith überflog die Titel der vor ihr stapelnden Bücher. Ludwig Vögely, Sagen rund um Karlsruhe; Bernhard Baader, Volkssagen aus dem Lande Baden; Bücher von einem Anton Birlinger und Johannes Kunzig und noch einige Sagensammlungen ohne Verfasser waren dabei. Eigentlich viel zu viele Seiten für eine einzelne Person auf der Suche nach einem Hinweis auf diesen Sagenstoff.

Sie beschloss mit dem Buch jüngsten Erscheinungsdatums anzufangen und sich anschließend zurück in die Geschichte zu arbeiten. Das fiel ihr auch insofern leichter, als dass ihr alte Bücher von jeher ungeheuren Respekt eingeflößt hatten. Sie griff also nach der Sammlung von Vögely, der Erstausgabe von 1998. Ja, so hatte es ihr die Bibliothekarin erklärt. Immer die Erstausgaben lesen, darin steht alles irgendwie unverstellter, ehrlicher. Spätere Auflagen werden meist überarbeitet, geschliffen, um die Ecken und Kanten eines Werkes zu entfernen. Gerade diese Stellen aber machen oft das eigentlich Besondere eines Buches aus, machen es einzigartig und unverwechselbar. In Erstausgaben ist deshalb auch immer eine Menge über den Autor und dessen Zeit versteckt.

Judith war von der Vorfreude auf die vor ihr liegenden Stunden ganz beseelt. Einem spontanen Impuls folgend änderte sie ihre erste Absicht und zog das unterste Buch aus dem Stapel.

Es roch nach muffigem Keller, fühlte sich aber überraschend trocken und warm an. Die Schrift auf dem Einband war verblasst, so dass Judith die erste Seite aufschlagen musste, um den Titel lesen zu können. Braune Flecken waren über das Papier verteilt, die Schrift eigenartig schief gesetzt, eher einer Handschrift als einem Druck ähnelnd. Stockend erst, dann flüssiger begann Judith zu lesen.

Aus Bernhard Baaders Tagebuch:

Durlach in Baden im Maien des Jahres 1848:

Die letzte Stunde des Tages ward wohl schon angebrochen, als ich mich gen Heymstatt aufmachte. Wie öfters in letzter Zeyt, gab es im Wirtshause im Dörfl eynige nicht wenig laute Wortmeldungen. Da wurden Proklamationen verlesen, dort ereyferte sich eyner dagegen, größte Aufruhr der Seele und des Geystes beherrschte wohl die Mehrzahl der späten Gäste. Mehr als eynmal musste der Wirt die Ordnung in seynem Hause wieder herstellen, wobey der Umfang seyner Oberarme viel zu dessen erfolgreycher Durchführung beytrug. Als ich endlich aus der Wirtsstube trat, klangen mir die Ohren und so war es nicht weyter verwunderlich, dass mir die nächtliche Stille wohl behagte. Da auch die Lüfte äußerst milde wehten, entschied ich mich für eynen kleynen Umweg über die Felder, um meyn Gemüte am Busen der Natur zu beruhigen.

Kurz vor dem Dörfchen Aue, gleych hinter dem kleynen Wäldchen, dort wo das Wegkreuz steht, verweylte ich für eynen Moment, um den nächtlichen Frieden auf mich wirken zu lassen. Der Mond, zur Hälfte nur bereyt mir Licht zu geben sowie von dichtem Gewölke auf dreyer Seyten belagert, übergoss die Scenerie mit wunderhübschester Diffusio. Weyt öffnete sich mir die von tagtäglichen Calamitäten eng geschnürte Brust.

Nun, wie ich so da stehe und in die Stille lausche, erscheynt es mir, als ob vom Weyher leyses Getuschel zu mir treybt. Neugierig geworden, wer oder was um diese nachtschlafende Zeyt sich wohl am Weyher zu schaffen macht, gehe ich die wenigen Schritte vom Wege ab auf das Gewässer zu. Nachdem ich eyne Gruppe mannshoher Büsche umrunde, eröffnet sich mir nun der Blick auf die dunstige Wasserfläche. Leychter Wind kommt auf, sanfte Wellen kräuseln das Wasser und wie ich mich noch frage, woher denn bey diesem linden Lüftchen Wellen kommen mögen, erfasst meyn Auge eyne Silhouette, fast in der Mitte des Gewässers. Anfangs kann ich nichts rechtes erkennen, aber nach und nach gewinnt die Erscheynung Kontur, scheynt näher zu kommen. Mit eynem Mal erkenne ich, dass dieser Mensch, denn Größe und Schattenriss lassen nur diesen Schluss zu, keyn Boot unter seynen Füßen hat. Vielmehr scheynt er in zermürbender Ruhe das Wasser zu durchschreyten, denn seyne Beyne verschwinden bis über die Knie im Weyher. Wie ist das möglich? schießt es durch meynen Kopfe. Der Weyher ist an dieser Stelle wohl seyne sieben Ellen tief! Obgleych mich eyn Gefühl des Unwohlseyns überkommt, bleybe ich an Ort und Stelle, fest gebannt von diesem Schauspiel.

Eyn eygenartiger Geruch weht zu mir herüber. Es riecht wie dürres Schilf im späten Sommer, verdorrt und von der Sonne Kraft in Brand gesteckt. Doch es schwingt noch etwas anderes in diesem Dufte mit: Eyn Hauch von Moder, so daß eyn bitter-süßer Geschmack sich auf meyne Zunge legt. Ich beobachte weyterhin in absoluter Stille den vor mir liegenden dunklen Spiegel und nach Momenten, die mir wie Jahre erscheynen, tritt dieser Mensch heraus aus dem ihn umgebenden Dunst und ich kann sehen, dass er in der Hand eyn Werkzeug hält. Ich verenge meyne Augen zu schmalen Schlitzen in dem genauso lobenswerten wie nutzlosem Versuche, genaueres zu erkennen. Just in diesem Moment bricht das Bollwerk um den Mond zusammen und das Gewölke raubt mir die letzten Silberstrahlen. Nun kann ich kaum noch die

Hand vor meynen Augen sehen und so bleybt mir nichts weyter, als in Ruhe stehen zu bleyben, möchte ich nicht Gefahr laufen, durch meyne von außen verfügte Blindheyt ins Gewässer zu stolpern. Angestrengt lausche ich übers Wasser, versuche die Ursache des Plätscherns und – wie es mir scheynt – Schlürfens zu erforschen. Der Luftzug scheynt sich zu verstärken. Wo eben noch eyn laues Sommerlüftchen eyn Gespinst aus süßlich-herben Düften um mich webte, weht mir mit eynem Male modrige Kühle ins Gesicht und lässt mich frösteln. In dem Versuch den Rückweg anzutreten, drehe ich mich um die eygene Achse, nur um festzustellen, die Orientierung gänzlich verloren zu haben. Während ich noch versuche, die Richtung ausfindig zu machen, lässt mich eyn lautes Geräusch in unmittelbarer Nähe zusammenfahren. In diesem Augenblick bricht das Mondenlicht durch eyne Wolkenlücke und fällt auf dieses Wesen, das fast unmittelbar vor mir steht. Ich zucke zurück, stolpere und falle rückwärts auf den Boden. Das Wesen erscheynt riesenhaft gen Himmel zu wachsen. Nun kann ich auch endlich erkennen, was es in seyner Hand mit sich führt. Eyne Art Besen ist's. Und mit diesem kehrt er in Nerven zermürbender Gründlichkeyt das Wasser, sich mir dabey langsam nähernd. Ich bin nun aufs äußerste gespannt, will meynem unfreywilligen Compagnon anrufen, doch meynem Halse entwindet sich nur eyn schwächlich Gekrächze. In diesem Moment wendet sich dies Wesen mir zu. Ich versuche seyn Gesicht zu erkennen und was ich da erblicke lässt mir das Blute im Leyb gefrieren.

Mit eynem letzten verzweyfelten Ruck reyße ich mich von diesem Anblick los und mache kehrt. Grauen überfällt mich, es klettert meynen Rücken hoch bis es mich als ärgstes Entsetzen am Nacken klammert. So schnell mich meyne müden Beyne tragen, hetze ich nach Aue, ins Dorf hineyn, bis an den Marktplatz, wo ich am Brunnen erschöpft zusammensinke und sich eyne unergründliche Ödnis aus Trauer meynes Inneren bemächtigt.

Dort fand mich morgens zur fünften Stunde eyn frühes Marktweybleyn, in äußerst zerrütteten Zustand. Ich rappelte mich müh-

sam hoch und schleppte mich die letzte Etappe gen meyner Durlacher Wohnstatt zu.

Es dauerte viele Wochen bis von dem Schrecken ich mich erholte. Zudem spielten sich in den nächsten Tagen nach diesem Erlebnis schrecklichste Scenen zwischen den verschiedensten politischen Parteyen ab; nicht wenige fanden in diesen Getümmeln den Tod. Ich konnte mich glücklich schätzen, dass ich ob dieser Nervenzerrüttung nicht in der Lage war, mich draußen aufzuhalten. Wahrscheinlich bin ich nur deshalb mit dem Leben davongekommen. Lange habe ich mich gefragt, ob dieses Wesen eyn Vorbote der scheußlichen Vorkommnisse dieser Tage seyn sollte, und so begann ich alte Aufzeichnungen, vornehmlich von Dorfchronisten und Pfarrersleuten, zu studieren, ob nicht ein anderer Mensch in eine ähnlich incommodierte Lage geraten wäre und darüber berichtet habe.

Was ich nach langen Jahren des Forschens und Lesens zu Tage förderte, übertraf meine Erwartungen und schlimmsten Befürchtungen bei Weytem: Ich kann nur jedem Menschenwesen auf diesem Erdenkreise raten, bei solch einem Ereygnisse …

An dieser Stelle brachen die Tagebuchaufzeichnungnen des Bernhard Baaders ab. Judith klappte das Buch zu und fuhr sich über die müde gewordenen Augen. Mühsam versuchte sie, das eben Gelesene einzuordnen, ihm einen Sinn zu geben. Das konnte unmöglich wahr sein! Dieses vermeintliche Erlebnis des Tagebuchschreibers erinnerte sie sehr an romantische Schauerromane, die sie während ihrer Schulzeit lesen musste. Und doch wusste sie, dass sich diese Geschichte davon unterschied. Wellen ohne Wind, ein Wesen, das im Wasser nur halb unterzugehen scheint – wie war das möglich? Dieser Baader hatte die gleiche Geschichte erlebt, wie die Brunners und der Obdachlose. Nur 150 Jahre früher!

Auch dieses Etwas hatte eine Art Besen in der Hand gehabt, mit der es das Wasser kehrte. Die Gedanken in Judiths

Kopf wirbelten wild durcheinander. Wenn dieser Mann das wirklich erlebt hatte, und sie konnte keinen Grund dafür finden, der dagegen sprach, dann ... dann ging hier wirklich schon seit Jahrhunderten etwas um, trieb irgendeine Macht ihren Spuk.

Plötzlich fühlte sich Judith unwohl. Es schauderte sie und die Härchen an ihren Armen stellten sich auf. Sie versuchte die plötzliche Kälte abzuschütteln und stand auf.

Durch die Fenster im zweiten Stock der Bibliothek fiel mattes Straßenlaternenlicht aus der Ritterstraße. Kein Geräusch durchbrach die Stille im Gebäude. Judith wähnte sich weit weg, fort aus der Stadt, es war, als ob sich eine unüberwindbare Barriere zwischen sie und dem Rest der Menschheit geschoben hätte. Müde blickte sie auf ihre Armbanduhr; fast ein Uhr morgens. Kein Wunder, dass alles wie ausgestorben wirkte! Aber wie war das möglich? Sie hatte doch nur ein paar Seiten aus diesem Buch gelesen! War sie zwischendurch eingeschlafen? Die Erinnerung an die letzten Stunden fehlte komplett. Sie beschloss, dass es höchste Zeit war, nach Hause ins eigene Bett zu gehen. Die Bücher konnte sie sich ja morgen, wenn sie ausgeschlafen war, noch einmal ansehen.

Judith wandte sich vom Büchertisch an der Brüstung ab und betrat den Gang, in dem die Regionalia standen. Einige Meter vor ihr zeichnete sich im düsteren Licht die Rampe für die Rollstuhlfahrer ab. Gerade als sie überlegte, ob sie die kleine Treppe rechter Hand ins darunter liegende Stockwerk nehmen sollte oder doch lieber die Haupttreppe links von ihr, ließ sie ein Knacken zusammenfahren. Das Geräusch schien aus der benachbarten Regalreihe zu kommen.

„Hallo!“, rief sie in den dunklen Gang, erhielt aber keine Antwort.

Sie schimpfte sich selbst eine Idiotin. Wer sollte denn um diese Uhrzeit in der Stadtbibliothek herumschleichen? Die

Türen waren doch fest verschlossen und nur sie hatte den Ersatzschlüssel von ihrer Freundin gestern Abend erhalten, um das Gebäude nachts wieder verlassen zu können. Trotzdem war ihr doch ein bisschen mulmig zumute. Die Lust, die Bücher wieder zu verräumen, war ihr nun endgültig vergangen. Das konnten ja morgen früh immer noch die Bibliothekarinnen machen, dachte sie.

Sie beschleunigte ihre Schritte, um so schnell wie möglich die Haupttreppe zu erreichen. Sie meinte, die Anwesenheit von etwas Fremden in diesem Zimmer spüren. Als sie den ersten Fuß auf die Stufen setzte, drehte sie sich noch einmal um und warf einen Blick auf den Bücherstapel. In diesem Moment huschte ein Schatten durch ihr Blickfeld, flüchtete in die nächste Buchregalreihe und verschmolz mit der dort herrschenden Dunkelheit. Judith schrie auf. Panisch stürzte sie die Treppen hinunter, immer zwei bis drei Stufen auf einmal. Sie wagte nicht, sich umzusehen. Als sie endlich die Ausgangstüre erreichte, nestelte sie mit fahrigen Bewegungen den Schlüssel aus der Hosentasche hervor. Sie sperrte auf, schlüpfte nach draußen und schlug mit Wucht die Türe hinter sich zu. Zur Sicherheit dreht sie den Schlüssel zweimal um, dann rannte sie um die Ecke auf den Stephanskirchplatz. Dort blieb sie stehen, um ihren rasenden Puls zu beruhigen.

Was hatte sie eben in der Bibliothek gesehen? Wer oder was trieb sich dort drin herum? Wenn sie an den Schatten dachte, stieg erneut kalte Angst in ihr auf. Sie wurde das Gefühl nicht los, während ihrer Lektüre beobachtet worden zu sein. Nicht auszudenken was passiert wäre, wenn sie nicht so schnell die Flucht ergriffen hätte! Ängstlich blickte sie umher und erkannte verwundert, dass sie direkt vor der Kirche stand. Wie in alten Zeiten, schoss es ihr durch den Kopf. Wer Schutz sucht, rettet sich zur Kirche!

Die nächtliche Ausgestorbenheit Karlsruhes umhüllte Judith wie eine warme Decke. Langsam kam sie wieder zu sich.

Tief ein- und ausatmend versuchte sie das Geschehen zu fassen und mit einem Mal kam sie sich ziemlich dumm vor. Sie, eine erwachsene Frau, verließ panisch eine Bibliothek, nur weil sie Opfer ihrer eigenen Schauerphantasien geworden war.

Sie fragte sich, wie Ben wohl reagieren würde, wenn sie ihm davon berichtete?

Sie befürchtete, dass er sich über sie lustig machen und ein wenig den Macho raushängen würde und überlegte, ob sie diese ganze Geschichte für sich behalten sollte. Dann aber erinnerte sie sich an das nachdenkliche Gesicht, als er von seinem Gespräch mit dem Obdachlosen erzählte. Nein, Ben würde sie nicht auslachen! Schon gar nicht, wenn er erfuhr, dass vor vielen Jahren schon einmal so eine Erscheinung gesichtet wurde.

Nachdem sie sich beruhigt und das Adrenalin sich verflüchtigt hatte, kam die Müdigkeit zurück. Außerdem fror sie erbärmlich in ihrer dünnen Bluse. Die Luft hatte sich abgekühlt. Nass glänzte das Pflaster im Laternenlicht. Ein Gewitter musste sich, von ihr unbemerkt, über Karlsruhe entladen haben. Trotz ihrer müden Beine lief sie so schnell sie konnte Richtung Hirschstrasse und hoffte, dass Ben schon zu Hause wäre.

Sie hatten sich für vier Uhr nachmittags in der Alten Bank verabredet. An diesem Morgen hatten sie sich nur kurz gesehen, da Judith so spät nach Hause gekommen war und Ben deshalb in seiner Wohnung übernachtet hatte. Vom Maklerbüro aus, in dem sie vier Vormittage die Woche die Buchhaltung in Schuss hielt, rief sie als Erstes ihre Freundin in der Stadtbibliothek an. Sie entschuldigte sich tausendmal für das Chaos, das sie bei ihrem fluchtartigen Verlassen des Gebäudes zurückgelassen hatte und bat ihre Freundin, ihr dieses alte Buch von Bernhard Baader auf die Seite zu legen, damit sie es auf dem Nachhausweg abholen könnte.

Judith freute sich schon darauf, ihren Fund Ben am Abend präsentieren zu können. Der würde Augen machen. Mit so einem aufregenden Ergebnis hätte sie nie gedacht, aufwarten zu können. Es war einfach unglaublich, dass sich diese Geschichte schon einmal so zugetragen haben sollte. Womöglich waren sie einem Mysterium auf der Spur. Sie spürte ein aufgeregtes Kribbeln im ganzen Körper. Das war doch mal etwas anderes als die dröge Büroarbeit.

Das Klingeln des Telefons riss sie aus ihren Gedanken. Es war der erwartete Rückruf ihrer Freundin aus der Stadtbibliothek. Was sie jedoch berichtete, drang nur stückchenweise in Judiths Bewusstsein.

Die Freundin hatte alle Bücher gefunden und verräumt. Alle, bis auf eines: Die Tagebücher des Bernhard Baader. Auf dem Tisch lag kein Buch, das Judiths Beschreibung auch nur annähernd entsprach. Auch in den Regalen der Regionalia konnte sie nichts Vergleichbares finden. Deshalb begann sie nach diesem Buch zu recherchieren, musste dabei allerdings feststellen, dass es in keinem Verzeichnis geführt wurde. Sie erweiterte die Suchbegriffe, versuchte es mit ähnlich lautenden Titeln und Autoren, doch alle Versuche blieben ohne Ergebnis. Das ließe nur einen Schluss zu, dass nämlich dieses Buch überhaupt nicht existiere; Judith müsse sich wohl geirrt haben.

Zutiefst verwirrt legte Judith auf. Was sie soeben gehört hatte, konnte unmöglich wahr sein. Genau erinnerte sie sich an den dunklen Einband, an die Kühle des Leders, als sie es in der Hand gehalten hatte, die muffig riechenden Seiten. Und das darin aufgezeichnete Erlebnis! Das konnte sie nicht geträumt haben! Irgendetwas stimmte hier nicht. Und während sie nach logischen Erklärungen suchte, spürte sie, wie es ihr eiskalt den Rücken hochkroch.

Lienz nippte an dem heißen Kaffee. Es war sein zweiter und Judith redete immer noch. Was sie ihm erzählte, war so unglaublich, dass er es eigentlich als kompletten Irrsinn bezeichnen müsste. Eigentlich. Aber nach den Ereignissen der letzten Tage hielt er sich mit seinen Urteilen zurück. Er konnte einfach nicht mehr blindlings darauf vertrauen, dass er Wahrheit und Lüge auf Anhieb unterscheiden konnte. Als Judith zu Ende berichtet hatte, sahen sie sich lange an.

„Das klingt mehr als nur merkwürdig."

„Unglaubwürdig wolltest du eigentlich sagen."

„Hhm. Ich weiß nicht."

„Ich ja auch nicht. Aber meinst du wirklich, mein Hirn würde sich so eine Geschichte zurechtspinnen und sie mir als Realität vorgaukeln?"

„Unser Hirn macht viel mehr, als wir zu wissen meinen. Trotzdem ..."

„Trotzdem was?"

„Keine Ahnung. Kann es nicht sein, dass du das alles geträumt hast? Ich meine, das würde auch erklären, wie die Zeit so schnell verrinnen konnte."

„Ich hab dir doch schon erklärt, dass ich nicht eingeschlafen bin. Ich weiß doch, wie sich Träume anfühlen, zumindest hinterher. Noch nie in meinem ganzen Leben hatte ich so einen intensiven Traum, dass ich nach dem Aufwachen nicht bemerkt hätte, dass es eben nur ein Traum war. Außerdem verwischen Träume in unserer Erinnerung doch. Es gibt Szenen, an die man sich erinnert, aber eben auch ganz viel, das verloren geht. Ich aber erinnere mich an jede einzelne Minute der Geschichte. Nein, Ben, das war kein Traum!"

„Zumindest werden wir das Rätsel hier und jetzt nicht lösen können. Welcome to the club!"

„Welchen im speziellen?"

„Dem Club der Ahnungslosen."

„Sprichst du jetzt vom toten Wachmann?"

„Ja. Tot und fast sicher auch getötet. Die Spuren sind eindeutig."

„Täter?"

„Keine Ahnung. Der Hauch einer Spur wäre schon übertrieben. Nichts, rein gar nichts habe ich gefunden."

„Motiv?"

„Tja, Holmes, wenn ich das hätte, wäre ich auch dem Täter schon ein Stück näher gekommen."

„Ich würde jetzt gerne sagen, dass geteiltes Leid halbes Leid ist. Aber ..."

„... aber das ist bullshit. Es hilft ja keinem von uns, wenn der andere genauso dumm da steht. Es ist zum Verrücktwerden. Ich habe das gesamte Umfeld von diesem Vidic beleuchtet, die Tat von allen möglichen Seiten betrachtet, aber in diesem Fall komme ich einfach nicht voran. Ich finde nur eines: Immer neue Rätsel."

„Und dann komme auch noch ich mit so einer seltsamen Geschichte. Entschuldige."

„Ach was!"

Lienz winkte ab, starrte auf seine fast leere Tasse. „Ich muss immerzu an Zehntners Worte denken."

„Welche denn?"

„Die geänderte Gefahrenlage. Da ist echt was dran. Sogar Stefan hat das gestern Abend nicht als Blödsinn abgetan."

„Sprechen wir vom gleichen Stefan? Dem zynischen Gerichtsmediziner?"

„Stefan ist gar nicht so zynisch, wie du immer meinst."

„Vergiss es."

„Schon geschehen. Also, ich stelle mir vor, dass er recht hat. Was würde das für uns bedeuten? Welche Auswirkungen hätte das zum Beispiel auf meine Ermittlungen?"

„Inwiefern?"

„Nun, wenn unsere Sinne nicht mehr darin geschult wären, eine Gefahr zu erkennen, also die bisher angewandten Methoden scheitern, dann müsste man sich umstellen. Für mich bedeutet das, alle Indizien des Falles einer Neubetrachtung unter völlig anderen Gesichtspunkten zu unterziehen. Meine herkömmliche Herangehensweise könnte dann ja eben zu keinem Ergebnis führen."

„Langsam wird mir klar, worauf du hinauswillst. Stellt sich nur die Frage, wo du mit deiner Neubetrachtung beginnst."

„Genau. Das ist wie beim Puzzeln. Normalerweise arbeite ich vom Rand in die Mitte. Wenn dieses Puzzle aber nun keinen Rand hat, dann muss ich meine Methode ändern."

„Zum Beispiel irgendwelche zusammenhängenden Motive finden."

„Und mich von dort weiter voran arbeiten."

„Also?"

„Muss ich nur ein Thema finden, von dem aus ich den Fall erneut betrachte."

„Hört sich doch ganz gut an, fürs Erste."

Lienz Antwort war ein müdes Heben der Schultern. Wenn er doch nur wüsste, wo dieses Thema verborgen lag.

19

Es dunkelte. Die Konturen der verschiedenen Rampen zeichneten sich nur noch schwach vor dem späten Abendhimmel ab. Das Geräusch hell surrender Rollen auf Asphalt wechselte mit dem dunkleren, in dem Hohlraum unter der Rampe hallenden, ab. Zwei jugendliche Skater probten ihre neuesten Kunststücke, wobei sich Mensch und Brett am oberen Ende der Rampen atemberaubend in die Luft schraubten. Gleich darauf krachten sie mit lautem Knall auf die Bretter zurück und rasten abwärts, der gegenüberliegenden Seite der Halfpipe entgegen.

Normalerweise schaute er Skatern gerne bei ihrem Sport zu, doch heute passte ihm ihre Anwesenheit ganz und gar nicht. Die zwei mussten weg, am besten sofort.

Betont langsam schlenderte er zu ihnen hinüber, bis er dem gerade Pausierenden direkt gegenüber stand. Er kam direkt zur Sache. „Ich möchte, dass ihr verschwindet. Sofort!"

Der Junge sah ihn überrascht an. Bevor er jedoch etwas erwidern konnte, setzte er nach. „Ihr wollt doch keinen Stress, oder?"

„Äh, nein."

Mittlerweile hatte auch der andere Skater abgebremst und war zu ihnen herübergekommen. Sofort ergriff er die Initiative und fuhr den Dazugekommen an. „Was guckst du denn so? Hast du ein Problem?"

Der Neuankömmling war so perplex, dass er zu keiner Antwort fähig war. Er nutzte das Überraschungsmoment und sprach bedrohlich weiter. „Also, los jetzt! Schwingt eure Ärsche auf die Sättel und macht, dass ihr wegkommt!“

Der Kleinere der beiden schaute seinen Freund unsicher an. Es war unverkennbar, dass er fort wollte. Der andere jedoch zögerte noch, war anscheinend nicht so schnell bereit, klein beizugeben. Mit lauter Stimme probte er Widerstand. „Was soll denn das? Du kannst nicht einfach hierher kommen und den großen Macker raushängen!“

Sofort erkannte er den Bluff. Hinter diesen herausgeschleuderten Worten lauerte die Unsicherheit, wie ein Raubvogel auf seinem Ansitz. Die Lautstärke diente nur dazu, sich selbst Mut zu machen. Ein allzu durchschaubarer Anfängertrick. In diesem Moment wusste er, dass er schon gewonnen hatte. Er senkte seine Stimme zu einem bedrohlichen Flüstern. „Du meinst also, dass du mich herausfordern kannst? Ja? Willst jetzt die harte Nummer durchziehen, du Milchbart?“ Vielsagend senkte er seinen Blick auf seine ausgebeulte Jackentasche. „Ich glaube, du überschätzt dich, Freundchen.“

Das war für den Kleineren zu viel. Heftig zerrte er am Arm seines Freundes, zog ihn mit sich fort.

„Komm! Lass uns abhauen! Der tickt doch nicht richtig.“

„Was?“, fuhr er auf. Bedrohlich machte er zwei schnelle Schritte nach vorne. „Haut ab, bevor ich mir es anders überlege.“

Hastig schnappten sich die zwei Skater ihre Boards, schwangen sich auf ihre Sättel und verschwanden eiligst Richtung Durlach.

Zufrieden ließ er sich auf einer Holzrampe nieder. Er wusste, dass sie keinen Stress machen würden. Im Augenwinkel meinte er einen Schatten gesehen zu haben, der hinter die Rampe am gegenüberliegenden Ende des Platzes gehuscht war. Aufmerksam spähte er durch die Dämmerung hinüber. Nichts rührte sich. Wahrscheinlich war es nur eine Katze, oder ein anderes Tier auf seiner nächtlichen Jagd. Er wünschte ihm reiche Beute.

Vielleicht war das ja ein gutes Omen für seine Unternehmung. Bald würde er Gewissheit haben. Er musste nur noch warten.

Die Lichtkegel der Scheinwerfer streiften über den Asphalt. Langsam umrundete ein weißer Lieferwagen den Platz. Als seine Seite der Halfpipe erleuchtet wurde, stand er auf und streckte den linken Arm nach oben, winkelte ihn über dem Kopf ab und vollführte eine kunstvolle Verbeugung. Eine groteske Bewegung auf einem verlassenen Skaterplatz mitten in der Nacht, aber gerade deshalb als Erkennungszeichen gewählt. Die Antwort des Lieferwagens, dreimaliges Aufblenden erfolgte sofort. Dann erstarb das Motorengeräusch und die Scheinwerfer erloschen.

Seine Augen brauchten einige Momente, um sich an die Dunkelheit zu gewöhnen. Deshalb nahm er die sich nähernde Gestalt erst wahr, als sie wenige Schritte vor ihm stand. Im ersten Schreck versteifte sich sein Körper, mit großer Willensanstrengung zwang er ihn aber wieder in eine lockere Haltung. Darauf kam es jetzt an: Ruhe bewahren und Souveränität ausstrahlen.

Eine überraschend tiefe Stimme brummte: „Entschuldigen Sie, können Sie mir helfen? Ich muss heute noch nach Frankfurt."

Die vereinbarte Begrüßungsfloskel. Es konnte also losgehen. Er straffte seinen Körper, legte die größtmögliche Autorität in seine Stimme. „Frankfurt liegt im Norden. Im Süden ist es aber auch ganz schön."

Eine Hand schoss nach vorne, suchte die seine, drückte zu.

„OK. Dann können wir ja zur Sache kommen. Hast du die Kohle dabei?"

Anstelle einer Antwort deutete er auf den schwach vom Mondlicht erleuchteten Rucksack zu seinen Füßen.

„Wie abgesprochen?"

„Klar, Mann. Wo ist der Stoff?"

„Im Lieferwagen. Hinter der Verkleidung. Komm."

Er folgte dem kräftigen Mann mit der dunklen Stimme zum Auto. Als dieser die hinteren Türen des Lieferwagens öffnete, zogen wie in einer Nachrichtensendung Bilder entführter und verstümmelter Menschen vor seinem inneren Auge vorbei. Schlagartig wurde ihm bewusst, wie leichtsinnig er gewesen war, alleine hierherzukommen. Niemand wusste, wo er war, vor morgen früh würde ihn niemand vermissen. Und dann wäre es zu spät. Wahrscheinlich würde er da schon in einem etwas entlegenen Waldstück sein Leben ausgehaucht haben. Im besten Fall – falls er es nicht mit einem Psychopathen zu tun hatte, der sich am Schmerz seiner Opfer weidete.

Hektisch schlug sein Herz gegen die Rippen, die Zunge in seinem ausgetrockneten Mund fühlte sich dick und geschwollen an. Keinen Ton würde er herausbringen, falls er jetzt überwältigt würde. Wie dumm von ihm, unbewaffnet zu diesem Treffen zu gehen.

Er kämpfte gegen die aufsteigende Panik, zwang seine Gedanken in die Schranken des Hier und Jetzt. Er musste sich konzentrieren, sonst wäre alles vergebens gewesen.

Der Mann hatte mittlerweile die linke Seitenverkleidung abgenommen und fingerte sechs dicke Päckchen aus einem Hohlraum. Dann drehte er sich um.

„60 Kilo, wie vereinbart. Damit kannst du es ganz schön knallen lassen, also keine Zigarette jetzt, klar?"

Er griff sich die Päckchen, wog eines nach dem anderen in seiner Hand. Kompakt und schwer. Er meinte, die ihnen innewohnende, zerstörerische Kraft vibrieren zu spüren. Gut fühlte sich das an, sehr gut. Sein Gesicht entspannte sich. Ja, das müsste reichen.

Er griff in seinen Rucksack, holte drei dicke Geldbündel hervor und legte sie auf die Ladefläche. Der Mann nahm sie hoch, zählte die Scheine schnell und gekonnt blätternd ab und steckte sie in den Hohlraum des Wagens. Dann brachte er die Verdeckung wieder an, drückte noch einmal kräftig seine Hand, kletterte ins Auto und fuhr davon.

Als die Rücklichter des Lieferwagens hinter dem Erdwall verschwanden, erfasste ihn eine mächtige Woge Glück. Dies war das letzte nächtliche Treffen gewesen. Er hatte bekommen, was er wollte. Laut jauchzend sprang er in die Luft, boxte ein paar Mal in den Nachthimmel und lief vor Erleichterung die steile Holzrampe hoch.

Er hatte es geschafft! Er, ganz alleine. In diesem Moment fühlte er sich unbesiegbar. Niemand, wirklich niemand würde die Kraft haben, ihn aufzuhalten. Das ganze Establishment mit all seinen machterhaltenden Apparaten war nichts im Vergleich zu ihm und seiner Entschlossenheit.

Er ließ sich auf einem Holzverschlag nieder, starrte nach oben. Eigentlich hätten dort Millionen funkelnder Sterne auf sein Glück herniederleuchten sollen, stattdessen verdeckte eine dichte Wolkendecke den Nachthimmel. Der angekündigte Wetterumschwung. Den hatte er in der Aufregung gar nicht bemerkt. Richtig kalt war es geworden. Ungemütlich. Ein Schauer schüttelte ihn und für einen Moment wusste er nicht, ob es die Kälte war, die diesen ausgelöst hatte oder ein leichtes Unbehagen darüber, sich völlig alleine nachts in diesem verlassen wirkenden Winkel Karlsruhes aufzuhalten.

Dann wischte er dieses störende Gefühl beiseite und sofort stellte sich die Euphorie wieder ein. Ein herrlicher Zustand, über alle Misslichkeiten dieser Welt erhaben zu sein, ergriff von ihm Besitz. Genüsslich stellte er sich vor, wie die von Macht und Geld gemästeten Bonzen ahnungslos in ihren Betten schliefen, immer noch den süßen Traum der Unverwundbarkeit träumend. Aber ihre Tage waren gezählt! Bald, schon bald würde er ihnen einen bösen Albtraum bescheren, dem ein noch schlimmeres Erwachen folgen würde. Dann würde sich niemand mehr sicher fühlen.

20

Frierend saßen die deutlich zu dünn angezogenen Green Heroes im Wintergarten des Cafes Palaver. Alle hatten sich vom Witterungseinbruch überraschen lassen. Jo und Markus vergruben die Hände in ihren Hosentaschen, was nicht sonderlich gemütlich war, aber ein Minimum an zusätzlicher Wärme lieferte. Heidi, in leichter Bluse, umschlang mit beiden Armen ihren Oberkörper, Gudrun rutschte in dem Versuch, ihre vom Minirock unbedeckten Beine irgendwie vor dem Auskühlen zu bewahren, unruhig auf ihrem Stuhl herum, Lucie fror sichtlich in kurzen Hosen und dem dünnem Jäckchen und Florian ärgerte sich zum wiederholten Mal über seine Dummheit, nur sein cooles Lieblings-T-Shirt übergestreift zu haben. Einzig Tom und Nadine saßen entspannt am Tisch und versuchten die Aufmerksamkeit der anderen vom Körperlichen zum Geistigen hinzulenken.

Es gab vieles zu besprechen und noch mehr zu planen. Im Gegensatz zu anderen Mitgliedern der Green Heroes interpretierten Tom und Nadine die letzte Aktion der Kranbesteigungen als vollen Erfolg. Die Zeitungen berichteten seitenlang über die Pannenserie beim Bau des Monsterkraftwerks Iffezheim, die Umweltgruppe Green Heroes war in aller Munde. Einige Kommentatoren erwogen sogar die Möglichkeit, das Projekt aufzugeben oder wenigstens im kleineren Maßstab umzusetzen. Wenn schon während der Bauarbeiten derart viele Missgeschicke passierten, stellte sich doch die Frage, ob die Betreiber die Sicherheit des Riesendamms unter Betrieb gewährleisten könnten.

Nicht zum ersten Mal an diesem frühen Vormittag lobte Tom seine Gefolgschaft über den grünen Klee.

„Das war mehr als wir erwarten konnten. Das habt ihr wirklich super hingekriegt! Von der Badischen Zeitung über BNN, Rhein-Neckar-Zeitung bis hin zu den Stuttgartern habe alle darüber berichtet. Die Landesregierung ist dadurch mächtig unter Druck geraten. Die können nun nicht einfach so zur Tagesordnung übergehen."

„Bei aller Euphorie, das glaube ich nicht", warf Markus skeptisch ein. „Die kümmern sich doch einen Scheißdreck um die Ansicht ihrer Bürger. Die ziehen einfach ihren Stiefel durch."

Tom schien zufrieden. „Gut gebrüllt. Das ist es ja gerade. Aber, glaub mir, das können die nicht mehr lange. Dafür werden wir schon sorgen."

Nun war es an Florian einzuschreiten. Viel zu lange hatte er still dagesessen und Toms ausschweifenden Reden gelauscht. Er hatte immer noch eine Stinkwut auf ihn und Lucie, obwohl es unheimlich schwer war, diese aufrecht zu erhalten, denn sooft er zu Lucie hinüber sah, fühlte er einen schmerzhaften Stich im Inneren. Er konnte und wollte nicht glauben, dass es aus war zwischen ihnen. Das würde er nicht überleben.

Überhaupt fragte er sich, welchen Sinn das Leben noch haben sollte, ohne die Aussicht, morgens neben dem innigst geliebten Menschen aufwachen zu können. Nie mehr ihr helles, sie kräftig durchschüttelndes Lachen zu hören, nie mehr das Entstehen der lotrechten Falte auf ihrer Stirn zu beobachten, die immer dann erschien, wenn er etwas von sich gab, das ihrer Meinung widersprach, dieses „nie mehr" erschien ihm die schlimmste aller denkbaren Strafen.

Umso wütender war er auf Tom, der ihm diesen Engel in Menschengestalt abspenstig gemacht hatte. Er fand, dass es an der Zeit war, Widerstand zu proben.

„Wie willst du das denn machen? Zugegeben, die letzte Aktion war, was die Medien betrifft, ein voller Erfolg. Aber noch einmal können wir das so einfach nicht mehr machen."

„Und warum nicht?“, wollte Tom wissen.

„Weil wir beschattet werden. Gestern Nacht stand ein Auto unweit meiner Haustür, das ich dort noch nie gesehen hatte. Und darin saß ein Mann. Mitten in der Nacht im dörflichen Bulach, versteht ihr? Heute Morgen schaute ich erstmal vorsichtig um die Ecke und was sah ich? Wieder saß ein Typ in einem Auto und starrte auf mein Haus. Ich habe sofort kehrt gemacht und bin in die Wohnung zurück Dort habe ich überlegt, ob das ein dummer Zufall sein könnte, ihr wisst schon, ein früher Handwerker mampft sein Brötchen im Auto, bevor er zu seinem ersten Kunden geht. Aber der Typ sah wirklich nicht wie ein Handwerker aus. Außerdem hatte er kein Brötchen. Ich habe mich also auf der Rückseite des Hauses durch den Nachbargarten davon geschlichen. Sonst wäre ich jetzt nicht hier; oder zumindest nicht alleine.“

Lucie hatte während seines Berichts fast unmerklich mit dem Kopf genickt. Jetzt sah sie ihn direkt an. Dieser Blick traf ihn völlig unvorbereitet. Er bohrte sich mitten in ihn hinein, fegte jede Verteidigungsanlage hinfort und hinterließ eine Trümmerlandschaft unterdrückter Leidenschaft.

„Ich glaube, Flo hat recht. Auch ich hatte das Gefühl, von einem Mann verfolgt zu werden. Deshalb bin ich auf dem Weg hierher in die U-Strab gestiegen. Als der Mann ebenfalls in meinen Wagen einstieg, war ich mir schon sehr sicher. Ich ging bis ganz nach hinten und stellte mich dort an die Tür. Am Marktplatz wartete ich, bis sich die Türen schlossen und sprang im letzten Moment hinaus. Dann lief ich im Zickzack hierher. Ich bin mir sicher, dass ich ihn abgeschüttelt habe.“

Noch einmal sah sie Flo direkt in die Augen. Sie meinte, etwas darin aufleuchten zu sehen. Verständnis, Mitgefühl, Liebe? Vielleicht ist es doch noch nicht zu spät für uns, dachte sie. Doch so sehr sie sich auch wünschte, sich wieder mit ihm zu versöhnen, so sicher wusste sie auch, dass sie nicht den ersten Schritt machen würde. Zu tief fühlte sie sich von seinen

Vorwürfen verletzt. Sie war immer noch schockiert darüber, wie wenig er ihr vertraute, wie wenig er von ihr verstanden hatte.

Tom hatte beiden ruhig zugehört. Jetzt räusperte er sich vernehmlich.

„So. Dann haben die euch also am Schlafittchen. Damit war zu rechnen."

„Damit war zu rechnen? Das ist alles, was dir dazu einfällt?", ereiferte sich Flo.

„Was sonst?", erwiderte Tom betont ruhig. „Klar beobachten die euch. Immerhin habt ihr euch schnappen lassen. Versteht das jetzt bitte nicht falsch!", schob er auf Flos lautes Schnaufen die Hände erhebend hinterher. „Ihr habt alles richtig gemacht. Wenngleich du, Florian, vielleicht besser nicht den Helden gespielt hättest. Dann hätten die Bullen jetzt nur eine Person der Green Heroes identifiziert. Aber trotzdem: Das war klasse von euch. Auch dass ihr bei der Vernehmung keinen von uns angeschwärzt habt, beweist, dass ihr zu Recht bei der aktiven Truppe seid."

„Mensch Tom!", entfuhr es Flo. „Begreifst du nicht? Wir werden observiert. Wir sind raus! Wir können nicht einfach weitermachen, als ob nichts passiert sei. Sonst kriegen die uns alle an den Arsch!"

Tom grinste schief. „Erstens: So schnell kriegen die uns nicht. Dafür wissen die zu wenig. Zweitens: Wir machen weiter ganz nach Plan."

„Und wie lautet der?", mischte sich Gudrun ein.

Tom warf einen Blick in die Runde, dann setzte er sich langsam auf, beugte seinen großen Oberkörper verschwörerisch Richtung Tischmitte, so dass die anderen gezwungen waren, es ihm gleichzutun, wenn sie verstehen wollten, was er zu sagen hatte.

Im Flüsterton begann Tom zu sprechen: „Ihr wollt Informationen? Gut, dann hört mal genau zu. Die Green Heroes werden demnächst die womöglich gewaltigste Protestaktion der Nachkriegsgeschichte durchziehen."

Ein Raunen ging durch die Gruppe. Tom genoss es sichtlich, seine Mitstreiter auf die Folter zu spannen, er liebte das Gefühl, die Fäden in der Hand zu haben. Er senkte seine Stimme noch weiter und fuhr fort: „Wir werden dem Kraftwerk seinen Todesstoß versetzen. Ich habe schon alles dafür vorbereitet, nur der geeignete Zeitpunkt muss noch gefunden werden. Aber ich vermute, dass es in den nächsten Tagen so weit sein wird."

„Mann, komm endlich zur Sache!", zischte Flo dazwischen, doch Tom ließ sich davon nicht aus der Ruhe bringen und sprach leise weiter.

„Ich kann hier nicht den gesamten Plan erläutern. Der ist viel zu komplex, außerdem wäre es zu gefährlich, wenn jeder alles wüsste. Falls einer geschnappt wird, kann er so nicht viel verraten und wir können die Sache noch zu Ende bringen. Wir haben nur diese eine Chance. Wenn wir scheitern, war's das ... Ich werde in den nächsten Tagen mit jedem von euch sprechen und dabei genau erläutern, was jeder zu tun hat. Nur so viel vorweg: Die Leitung der Operation obliegt mir. Ich werde auch am Einsatz teilnehmen, ich werde sogar den gefährlichsten Part übernehmen. Wir werden in der Nacht zuschlagen und ich brauche Männer, die in der Lage sind, schweres Gepäck zu tragen. Wir werden gleichzeitig in Iffezheim und Neuburgweiher operieren, weshalb auch die ganze Truppe zum Einsatz kommt. Und ich verspreche euch: Wenn wir damit fertig sind, werden die das Projekt aufgeben. So, das war's."

Am Tisch herrschte Stille. Alle waren damit beschäftigt, das Gehörte einzuordnen, ihm einen Sinn zu entlocken.

Florian war noch nicht zufrieden und hakte nach: „Und was ist mit der Polizei?"

Da brach Tom in lautes Gelächter aus. Er prustete: „Die Polizei? Scheiß auf die Polizei! Die kann uns mal! Jetzt macht es doch erst richtig Spaß!"

Flo hob erstaunt den Kopf. Auch Lucie, Gudrun und Jo blickten skeptisch zu Tom. Lucie wusste nicht so recht, wie sie diese Aussage einordnen sollte. Drehte Tom jetzt völlig durch? So ruhig als möglich erwiderte sie: „Aber das ist unmöglich!"

„Ist es nicht! Aber es wird anstrengend werden. Komplizierter. Allerdings habe ich auch nie gesagt, dass das ein Spaziergang wird. Das ist euch doch allen bewusst?"

Tom blickte fragend in die Runde. Alle nickten stumm.

„Sehr gut. Damit eines klar ist: Ich zwinge niemanden hier mitzumachen. Wer gehen will, soll das jetzt bitte tun. Wenn ihr aber bleibt, dann hört endlich auf mit dieser Kleinlichtuerei. Hier geht es ums Ganze. Da müssen die persönlichen Befindlichkeiten hinten anstehen. Flo, was ist mit dir?"

Florian war in der Zwickmühle. Würde er jetzt gehen, hätte er keine Möglichkeit mehr, Tom bloßzustellen und Lucie vor Unheil zu beschützen. Jetzt, da er mehr über Tom wusste als die anderen, war es seine Pflicht, dabei zu bleiben und aufzupassen. Er konnte sich nicht verkrümeln, selbst wenn er noch so gern aufgeben wollte.

Mürrisch erwiderte er deshalb: „Klar bin ich dabei! Meinst wohl, du kannst den ganzen Ruhm alleine einstreichen. Nee, daraus wird nichts!"

Er hoffte den richtigen Ton zwischen Aufmüpfigkeit und Entschlossenheit getroffen zu haben. Er hasste es, falsche Spielchen zu treiben. Insgeheim wunderte er sich aber darüber, wie leicht es ihm fiel.

„Schön. Da wir uns nun darüber einig sind, sollten wir zur Sache kommen. Erstens: Lucie und Flo, ihr könnt eure Handys nicht mehr benützen. Ich denke, die werden abgehört. Ich werde euch heute Abend neue Prepaidhandys geben. Die dürft ihr nur zu unseren Zwecken benützen! Ist das klar? Sonst schöpfen die Bullen doch sofort Verdacht."

Er konnte nicht anders. Er war beeindruckt. Natürlich wusste Flo durch seine vorsichtigen Nachfragen, dass Tom der

Sohn eines steinreichen Unternehmers war und relativ einfach über größere Summen Geldes verfügen konnte. Aber dessen Organisationstalent, beziehungsweise kriminelle Ader verblüffte ihn stets aufs Neue. Je mehr er über Tom erfuhr, desto schwieriger war es, ihn einzuschätzen.

„Treffpunkt: Neun Uhr am Indianerbrunnen. Dann können wir auch noch ein Bierchen im Wolf trinken. Markus, Jo, ihr kauft heute bitte drei große, massive Rucksäcke. Die müssen was aushalten. Und bitte nicht bei Jack Wolfskin mit persönlicher Beratung. Ihr sollt, wenn möglich, unerkannt bleiben. Vielleicht schafft ihr es ja noch nach Landau oder Mannheim. Markus bringt sie dann heute Abend zu mir. Treffpunkt 22 Uhr. Gudrun, du kommst um drei zu Nadine in die Wohnung. Bring deinen Laptop mit. Mal schauen, wie die reagieren, wenn wir noch ein Filmchen bei Youtube unterbringen."

Gudrun schaute überrascht auf. „Welchen Film denn?"

„Na den von der Kranbesteigung!"

Wie auf ein Stichwort brach ein großer Tumult los. Alle redeten durcheinander, wollten wissen, wie er einen Film darüber hatte machen können.

Tom jedoch saß mit einem eigenwilligen Lächeln entspannt da und antwortete auf keine dieser Fragen. Er war glücklich. Diese Momente waren es, die das Leben lebenswert machten. Er genoss die Aufregung seiner Mitstreiter. Deutlich konnte er deren Verunsicherung spüren, die er so leicht in Bewunderung ummünzen konnte. Wie wenig die Menschen doch im Allgemeinen von Psychologie verstanden! Er warf einen Seitenblick auf Nadine. Auch sie fläzte lässig auf ihrem Stuhl.

Deshalb hatte er sie erwählt. Sie war die Einzige, die ihn verstand. Er wusste, ohne dass sie es ihm sagen musste, dass sie die Aufregung der anderen genauso genoss wie er. Sie war seine perfekte Ergänzung, zusammen konnten sie so etwas wie die rechte und die linke Hand des Teufels werden. Nur noch selten gewann die christlich-moralische Erziehung ihrer Eltern die Oberhand, wie letztens auf dem Rückweg vom Schloss Gottesaue, als er ein wenig seines grandiosen Plans preisgab. Ihre Reaktion hatte ihm gezeigt, dass sie noch nicht bereit war, dabei mitzumachen. Was auch besser war, dann wäre sie zumindest in Sicherheit.

Tom hob lässig eine Hand. Sofort wurde es still am Tisch.

„Ich habe nicht behauptet, dass ich selbst den Film gedreht habe. Also beruhigt euch. Wenn ich wirklich in eurer Nähe gewesen wäre, hätte ich eingegriffen. Ich hätte doch nicht zugelassen, dass solche Proleten in Uniform meine Green Heroes schnappen. Wartet's ab. Ich denke, für heute haben wir genug geschwätzt. Wir haben noch einiges zu erledigen. Zieht ab. Die Rechnung übernehme ich."

Wie Florian dieses großkotziges Gerede hasste.

Er fragte sich, ob es den anderen genauso erging. Er musterte ihre Gesichter, konnte allerdings nichts anderes als Erleichterung darin erkennen, endlich aufstehen zu können und für Wärmezufuhr zu sorgen. Überrascht stellte er fest, dass er von intensiver Abneigung gegen diese Leute erfüllt war. Dabei hätte er vor wenigen Wochen noch alles dafür gegeben, von ihnen akzeptiert zu werden. War er denn wirklich so wankelmütig? Er wusste nicht, wie er diesen plötzlichen Meinungsumschwung einordnen sollte. Am Ende war er einfach nur enttäuscht über sich und seine Unfähigkeit, Tom die Stirn zu bieten, und lenkte diesen Groll auf andere um. Weil es einfacher war, als sich selbst anzuklagen? Falls er sich auch morgen noch mit reinem Gewissen im Spiegel betrachten wollte, durfte er das nicht zulassen.

Er hatte den Lidellplatz halb überquert, als er beschloss, zurückzugehen und Tom wegen seiner Beobachtung letzte Nacht zur Rede zu stellen. Gerade wollte er die Hofeinfahrt betreten, um zum Café zu gelangen, als ihm Toms Stimme unangenehm entgegenzischte.

Instinktiv blieb er stehen. Dann lugte er vorsichtig ums Eck, um sehen zu können, was dort vor sich ging. Was er sah, ließ ihn vor Schreck erstarren.

Tom stand mit dem Rücken zu ihm keine fünf Meter entfernt. Mit der linken Hand drückte er Nadines Hals an die Wand, die rechte schwebte erhoben über seinem Kopf. Nadines Augen waren weit aufgerissen. Mit beiden Händen versuchte sie, Tom wegzudrücken.

Dieser zischte ihr unverständliche Worte zu. Er schien sehr wütend zu sein.

Florian hatte Angst, dass Tom gleich zuschlagen würde. Er spürte, wie sein Zorn in ihm wuchs. Bald würde er unbeherrschbar aus ihm hervorbrechen. Er musste einschreiten, bevor es zu spät war.

Mit einem Satz war er im Durchgang, schon eilte er die wenigen Schritte auf Tom zu. Er wollte ihn an der Schulter packen und, falls dieser sich zur Wehr setzte, sofort zuschlagen.

Gerade als er seinen Arm ausstreckte, erblickte ihn Nadine. Mit einem stummen Schrei reagierte sie auf sein Erscheinen. Wild zuckten ihre Augen umher, schienen Flo zu bedeuten, innezuhalten. Flo schickte ihr einen fragenden Blick, den sie mit unmerklichem Kopfschütteln beantwortete.

In diesem Moment drehte sich Tom um. Langsam lockerte er den Griff um Nadines Hals und sagte in einem Tonfall, als hätten sie sich gerade zufällig beim Einkaufen getroffen: „Hey Flo. Alles klar? Nadine und ich wollten gerade gehen."

Dann klopfte er ihm auf die Schulter und verließ den Durchgang.

Das alles ging so schnell, dass Florian ihm nur völlig perplex hinterherstarrte. Als sich auch Nadine zum Gehen wandte, hielt er sie am Oberarm zurück.

„Was war da los, Nadine? Hat er dich verletzt?"

„Ist schon in Ordnung, Flo. Danke."

„Aber er hat dich gewürgt. An deinem Hals sind ganz deutliche Abdrücke zu sehen. Ich dachte, gleich würde er dich schlagen."

„Nein. Das würde er nie tun."

„Doch, das war sehr schlimm. Das darfst du dir nicht gefallen lassen. Das kann er nicht machen!"

Nadine sah ihn aus blitzenden Augen an.

„Hast du nicht gehört, was ich gesagt habe? Tom liebt mich. Nie würde er mir etwas antun. Das ist es ja gerade! Und jetzt lass mich los!"

„Aber Nadine. Der schlägt dich. Du kannst ihm nicht hinterher laufen. Der Typ ist völlig durchgeknallt!"

Sie entwand sich seinem Griff und fauchte zurück: „Halt den Mund, Flo! Du weißt nicht, was hier los ist, du verstehst überhaupt nichts. Also halt dich raus! Klar?"

Dann verschwand auch sie.

Florian war völlig konsterniert. Das konnte, das durfte nicht wahr sein. Alles lief aus dem Ruder, irgendetwas musste geschehen.

Aber es geschah nichts. Er stand nur frierend in dem zugigen Durchgang und die Welt draußen drehte sich unbeirrt weiter. Das war zu viel für ihn, er brauchte jemanden, mit dem er sprechen konnte und er wusste auch, wer das war. Er war sich nur nicht sicher, ob dieser jemand das auch wollte. Aber es war seine einzige Chance. Er musste es versuchen.

Es dauerte fast zwei Stunden, bis Flo endlich in der Lage war, den Klingelknopf zu drücken. Die Zeit davor hatte er mit unsinnigen Blockumrundungen verbracht. Marienstraße – Werderplatz – Wilhelmstraße – Schützen- oder Baumeisterstraße – zurück in die Marienstraße, um wieder vor dem alten Haus am Werderplatz innezuhalten. Unentschlossen warf er einen Blick auf die Fenster im ersten Stock, dann zog er weiter, drehte eine neue Runde. So ging es ein ums andere Mal. Erst nach der sechsten Runde obsiegte der neu aufwallende Groll über die Angst, zurückgewiesen zu werden, und Flo klingelte.

Als Lucie die Tür öffnete und Flo davor stehen sah, war ihre erste Reaktion: Verblüffung. Dann Freude, schnell gefolgt von Angst. Ein heftiger Gefühlscocktail. Dementsprechend unschlüssig blieb sie in der Türe stehen und starrte Florian an.

Dieser räusperte sich und fragte, ob er nicht reinkommen dürfe.

Lucie nickte mit dem Kopf und führte ihn in die kleine Küche. Ihr Zimmer war ihr zu intim erschienen, mit zu vielen Erinnerungen aufgeladen. Was sie jetzt dringend brauchte, war ein neutraler Ort, an dem sie zumindest wieder einen Teil ihrer Fassung zurückgewinnen konnte. Noch besser wäre ein Spaziergang im Freien gewesen, bei dem man nicht so dicht beieinander säße und der Blick frei herumwandern könnte. Aber das ging nun nicht mehr. Flo hatte schon am ovalen Tisch in der Ecke Platz genommen und sah sie erwartungsvoll an.

Flo fühlte sich schrecklich. So nervös war er nicht einmal bei ihrem ersten Treffen gewesen. Ein dickes Etwas schien in seinem Hals festzustecken und von Minute zu Minute anzuschwellen. Er räusperte sich heftig, doch die Beengung blieb. Hilflos nestelte er vorne an seinem T-Shirt herum, ganz so, als ob er eine zu enge Krawatte lösen müsste. Das Schweigen zerrte an seinen Nerven und auch wenn er Angst davor hatte, sich mit seinem Anliegen lächerlich zu machen, musste er es versuchen.

„Lucie“, krächzte er. „Ich wollte mich bei dir entschuldigen.“

Jetzt war es raus und sofort fühlte er sich besser. Bis eben war ihm noch gar nicht klar gewesen, dass er sich überhaupt entschuldigen wollte. Nun, nachdem er es getan hatte, merkte er erst, wie schwer der Abschied im Streit auf ihm gelastet hatte. Jetzt war er erlöst und konnte freier atmen.

Lucie traute ihren Ohren nicht. Hatte er sich tatsächlich entschuldigt? Das hatte sie noch nie erlebt, dass sich ein Typ nach einem Streit bei ihr entschuldigte. Immer musste sie angekrochen kommen, musste die gute Stimmung wieder herstellen und den Jungs schmeicheln, um deren angeknackstes Ego aufzurichten. Das war eine Sache, die sie an ihren männlichen Mitmenschen nicht verstand: Dieses extrem überhöhte Ehrgefühl, an das scheinbar die gesamte Persönlichkeit unheilvoll gekettet war. Was mussten diese armen Kerle tief in ihrem Inneren doch unsicher sein! Flo war da anscheinend eine Ausnahme und eine Woge tiefer Zuneigung überflutete sie, ließ Tränen der Erleichterung in ihren Augenwinkeln aufblitzen. Schnell wandte sie sich ab. Sie mochte es nicht, wenn andere sie weinen sahen.

Florian jedoch hatte das Glitzern in ihren Augen bemerkt. Er freute sich, nahm er das doch als Zeichen, dass alles wieder gut werden konnte.

„Es tut mir wirklich leid, dass ich dir so bescheuerte Vorwürfe gemacht habe. Ich war einfach so ... so unglaublich fertig. Nach dieser Nacht fast ohne Schlaf konnte ich keinen klaren Gedanken mehr fassen. Ich war zu aufgewühlt, um vernünftig zu sein. Weißt du, ich war verrückt vor Angst um dich. Ich fürchtete, die Wachleute würden dir etwas antun. Diese Vorstellungen haben mich total fertig gemacht. Ich saß da in meinem dunklen Container alleine eingesperrt und wusste nicht, was da draußen vor sich ging. Die haben mich da drinnen schmoren lassen. Ich war so erleichtert, als ich von Polizisten rausgeholt wurde. Auf dem Revier kam die Angst zurück. Ich wusste nicht, wozu die in der Lage wären. Ja, wir leben in Deutschland, hatte ich mir die ganze Zeit vorgesagt, aber richtig beruhigt hat's mich nicht. Immer noch nagte die Angst an mir, eingesperrt zu werden. Ach Lucie, ich bin kein Held und ich will auch keinen Ruhm."

Lucie hatte sich während seines Berichts neben ihn gesetzt. Nun schmiegte sie ihren Kopf an seine Schultern. Behutsam begann er, über ihre Haare zu streicheln. Er war so unfassbar glücklich, am liebsten wollte er für immer so hier sitzenbleiben, sich gegen den Rest der Welt abschotten. Aber das ging nicht und er wusste es. Zu viele unangenehme Dinge warteten darauf, erledigt zu werden. Er wusste, dass er die Beziehung zu Lucie gefährden würde, wenn er ihr erzählte, was er über Tom herausgefunden hatte. Aber er hatte keine andere Wahl. Auch wenn es bitter für ihn enden könnte, würde er ab sofort keine faulen Kompromisse mehr schließen.

Vorsichtig begann er: „Lucie, ich muss dir etwas über Tom erzählen, etwas, das du noch nicht weißt."

Lucie setzte sich ruckartig auf, betrachtete ihn argwöhnisch. „Geht das schon wieder los?", fragte sie mit Argwohn in der Stimme.

„Nein", antwortete er. „Nichts geht wieder los. Es beginnt gerade erst."

„Flo, bitte hör auf. Mach's nicht kaputt. Ich habe nichts mit Tom und da wird auch nie was laufen."

„Das meine ich doch gar nicht! Ich weiß doch mittlerweile, wie dumm das von mir war. Gerade eben habe ich mich doch dafür entschuldigt. Nein, Lu, es geht um etwas anderes. Um die Aktion ... Ich glaube, ich weiß, was Tom vorhat ... zumindest kann ich es vermuten. Und wenn meine Überlegungen stimmen, dann müssen wir ihn stoppen."

„Jetzt bin ich aber mal gespannt. Nicht mal Nadine weiß, was er vorhat, aber du meinst, seine Pläne zu kennen. Wie kommt's?"

Flo machte ein schuldbewusstes Gesicht, dann legte er los.

„Ich habe ihn beobachtet nach unserem Streit. Ich wollte wissen, ob er sich mit dir trifft. Weißt du, ich wollte einfach Gewissheit! Wenn es so gewesen wäre, hättest du nichts mehr von mir gehört und ich hätte mich, so schmerzhaft das auch für mich gewesen wäre, von dir ferngehalten ... Sag jetzt bitte nichts. Ich weiß ja, wie dumm das war ... aber rückblickend war's das vielleicht doch nicht, denn ich habe Tom bei etwas beobachtet, das mir Angst macht. Am Abend unseres Streites fuhr Tom bei Anbruch der Dunkelheit mit seinem Fahrrad Richtung Durlach und ich folgte ihm."

Anschließend berichtete er Lucie alles, was er gesehen und gehört hatte.

„Erst stutzte ich bei der Bemerkung des Unbekannten, dass Tom es mit dem Zeug ganz schön knallen lassen könnte. Ich dachte an Stoff. Drogen. Einen Mordsrausch. Aber 60 Kilo? Dann wäre Tom ja einer der großen Dealer hier in Karlsruhe und das konnte ich mir einfach nicht vorstellen. Erst zu Hause im Bett wurde mir klar, wovon die gesprochen haben."

Lucie bohrte nach: „Und wovon bitte schön?"

„Na von Sprengstoff natürlich. Damit kannst du es knallen lassen. Deshalb auch keine Zigarette, wegen der Explosionsgefahr."

Lucie kaute nachdenklich auf ihrer Unterlippe, die steile Falte auf ihrer Stirn trat deutlich hervor. Sie war nicht wirklich überzeugt von Flos Geschichte, auch wenn viel davon zusammenpasste. Aber einen Sprengstoffanschlag? Ganz so wie irgendwelche irren Selbstmordattentäter?

„Ich kann das nicht so recht glauben!"

„Konnte ich erst auch nicht. Bis heute Morgen. Überleg mal, was er gesagt hat: Die größte Aktion der Nachkriegsgeschichte und dass das Kraftwerk danach vielleicht gar nicht mehr gebaut wird."

„Hm. Ich kenn mich ja nicht aus damit, aber mit 60 Kilo wird man ja wohl kein Kraftwerk sprengen können, oder?"

Darauf kannten sie beide die Antwort nicht. Umso belastender hing die Frage im Raum.

„Ich glaube, wir sollten diesen Kommissar anrufen. Der wirkte recht vertrauenswürdig.", meinte Florian endlich.

„Die Polizei? Und damit die ganzen Green Heroes verraten?"

„Scheiße, ja. Willst du etwa, dass es Tote gibt?"

„Aber was, wenn wir uns doch irren?“

„Ich glaube nicht, dass ich mich irre.“

„Und wenn doch? Wie kannst du dir da nur so sicher sein? Hast du schon darüber nachgedacht, was unser Verrat für die anderen bedeuten würde, für unser Projekt? Die Green Heroes wären gestorben!“

„Darüber habe ich nachgedacht und bin zu dem Entschluss gekommen, unser Scheitern zu riskieren. Lieber das, als der umgekehrte Fall. Dieses Wagnis möchte ich nicht eingehen, Lu, und du doch auch nicht, oder?“

„Ich weiß nicht so recht ...“

„Was soll das bedeuten, du weißt nicht? Lucie, sieh mich an!“ Er fasste nach ihren Händen und zog sie näher zu sich heran. „Lucie, stell dir doch mal vor, es passiert wirklich etwas und wir hätten es verhindern können. Stell dir vor, Tom jagt wirklich diesen Staudamm in die Luft. Alle anwesenden Green Heroes würden draufgehen und wenn die Sprengung gelänge, dann ... das will ich mir lieber erst gar nicht vorstellen. Lucie, mit dieser Schuld können wir nicht leben!“

Die letzten flehenden Worte waren zu viel für Lucie. Sie schlug die Hände vors Gesicht und schüttelte fortwährend ihren Kopf. Sie konnte und wollte diese Möglichkeit nicht in Betracht ziehen. Das alles war doch absurd! Damit wären all ihre Ideale verraten worden.

Flo löste sanft ihre Hände vom Gesicht und drückte sie fest an sich.

„Hey du, beruhige dich. Wird ja alles wieder gut. Hauptsache wir halten zusammen und passen auf uns auf, ja?“

„Mhm.“

„Gut. Also hilfst du mir jetzt?“

„Ja“, antwortet Lucie zögernd. „Aber unter einer Bedingung: Erst versuchen wir Tom heute Abend zum Reden zu bringen.“

„Das wird schwierig, denn woher wissen wir das denn mit dem Sprengstoff? Soll ich ihm sagen, dass ich ihn beschattet habe? Meinst du wirklich, dass wir dann noch irgendetwas aus ihm rauskriegen? Wenn er das erfährt, sind wir raus, alle beide!"

„Stimmt. Wir müssen mit Geschick vorgehen. Ich werde versuchen, etwas aus ihm rauszuquetschen. Lass es uns wenigsten versuchen und danach sehen wir weiter."

Obwohl Flo davon überzeugt war, dass es ihnen nicht gelingen würde, Tom zu täuschen, stimmte er Lucies Vorschlag zu. Auf die paar Stunden kam es wohl auch nicht an. Morgen könnten sie immer noch zur Polizei gehen.

„OK. Lass es uns versuchen. Wenn es aber nicht klappt, gehen wir zur Polizei."

„Versprochen!", erwiderte Lucie.

Jetzt da alles besprochen war, wussten sie nicht mehr, was sie machen sollten. Einerseits wollte Lucie nichts lieber, als sich mit Flo in ihrem Zimmer zu verkriechen und in der Intimität der Zweisamkeit Trost und Halt zu finden. Andererseits war da immer noch ihr Streit. Auch wenn er sich entschuldigt hatte, wäre es vielleicht noch zu früh, ihn zu nah an sich heranzulassen. Außerdem überschlugen sich die Gedanken in ihrem Kopf und sie brauchte dringend ein wenig Ruhe, um sie zu ordnen.

Auch Flo wusste nicht, wie er sich nun verhalten sollte. Deshalb standen sie sich eine Weile schweigend in der Küche gegenüber. Als er die Spannung nicht mehr aushielt sagte er: „Ich geh dann besser mal."

„Ja mach das. Wir sehen uns später. Holst du mich ab?"

„Klar, mach ich."

Dann verschwand er ins Treppenhaus. Als seine Schritte verklungen waren, wollte sich Lucie am liebsten ohrfeigen. Warum um alles in der Welt hatte sie ihn fortgehen lassen? Sie bereute es jetzt schon, ihn nicht mit in ihr Zimmer genommen zu haben, das sie nun allein betrat. Sie plumpste auf ihr Bett und fühlte sich plötzlich unendlich müde. Sie hatte keine Kraft mehr, gegen das Chaos ihrer Gefühle anzukämpfen und so lag sie einfach da und ließ die Tränen laufen.

21

Das einheitliche Grau des Himmels drückte auf Lienz' Stimmung, der aus dem Fenster im ersten Stock des Kripogebäudes starrte. Was für ein Frustwetter, dachte er. Weit fort erschienen ihm die Sommerabende der letzten Tage, unvorstellbar, bei dieser nasskalten Witterung ein Feierabendbier auf dem Balkon zu sich zu nehmen, von einem Prosecco-Aperol ganz zu schweigen. Seine gute Sommerlaune war dahin, fortgespült mit dem vielen Wasser, das seit gestern unablässig vom Himmel fiel. Der Wetterdienst hatte sogar eine Hochwasserwarnung für den Rhein ausgegeben, da auch in der Schweiz seit Tagen starke Regenfälle niedergingen. Der Scheitelpunkt des Hochwassers würde morgen Abend Karlsruhe erreichen, immerhin: Die Niederschläge sollten im Lauf der Nacht nachlassen. Vielleicht würde morgen sogar die Sonne wieder scheinen.

Eigentlich sollte diese Aussicht dazu angetan sein, seine Stimmung zu heben, trotzdem geschah das genaue Gegenteil: Von Minute zu Minute wurde Lienz trübsinniger – und er hatte auch allen Grund dazu. Die Ermittlungen, falls man seine Arbeit der letzten Tage überhaupt so nennen konnte, steckten fest.

Der Mordfall des Wachmanns Vidic würde sich wohl nur aufklären, wenn der Täter sich selbst stellte. Was er natürlich nicht tun würde. Den ganzen Vormittag hatte er damit zugebracht, die Akte noch einmal genauestens durchzuackern, um doch noch das eine Detail zu finden, das ihm bisher entgangen war. Auch sein Versuch, einen anderen Ansatzpunkt zu finden, war kolossal gescheitert. Nicht den Hauch einer Spur, nicht einmal den Ansatz einer Verdächtigung hatte das von ihm verfasste Dossier bereitgehalten.

Dann war da noch die Sache mit der verunglückten Observation der Umweltaktivisten. Lienz könnte aus der Haut fahren vor Wut, wenn er daran dachte. Beiden war es gelungen, ihre Bewacher abzuschütteln, weshalb er nun immer noch nicht wusste, mit wem sie sich getroffen hatten. Dabei war er sich so sicher gewesen, dass ihn die zwei Studenten zum Rest der Green Heroes führen würden. Scheiße! Es wäre schon schlimm genug gewesen, wenn die Kollegen nur enttarnt worden wären und deshalb keine verwertbaren Ergebnisse gebracht hätten, aber dass sie die zwei auch noch entwischen ließen, setzte deren Versagen die Krone auf. Jetzt waren sie nicht einmal in der Lage zu erfahren, ob diese fehlgeleiteten Idealisten womöglich etwas Neues ausheckten. Nun, wenigstens wurden ihre Wohnungen rund um die Uhr überwacht. Irgendwann würden sie ja wieder nach Hause kommen müssen und dann begänne das Spiel von Neuem. Er war sich immer noch sicher, dass sie nicht alleine operierten, die Aussagen der Wachleute waren eindeutig. Über kurz oder lang würden sie den Rest der Gruppe finden. Die Frage war nur, wann? Und ob die Zeit reichte?

„So eine Scheiße!" Es passierte nicht oft, dass er die Beherrschung verlor, aber den gescheiterten Kollegen würde morgen noch der Kopf brummen nach der Abreibung, die sie von ihm erhalten hatten. Nur leider hatte das weder seine Stimmung gebessert noch irgendetwas zur Lösung des Problems beigetragen. Wie immer eigentlich, wenn man die Beherrschung verlor. Er hatte sich absolut unprofessionell verhalten und das wurmte ihn zusätzlich. Eigentlich schätzte er ein kollegiales Miteinander, das Herunterputzen von Untergebenen gehörte nicht zu seinem Repertoire. Aber nun war es zu spät und seine im Verborgenen agierenden Gegner würden mit Freude seinen

Fehltritt an die Kerner weitergeben. Noch ein Grund mehr, miese Laune zu haben.

Zu all dem kam noch diese Schlossparkgeschichte, die ihn nicht mehr losließ. Seit dem Gespräch mit Zehntner nagte etwas Undefinierbares in seinem Inneren, war er von einer nervösen Unruhe befallen. Immer öfter musste er an diesen Vorfall denken. Anfangs war er wirklich gewillt gewesen, die Theorien des Obdachlosen als Auswüchse eines kranken Geistes abzutun, doch mittlerweile erschienen ihm dessen Überlegungen zur allgemeinen Gefahrenlage durchaus plausibel. Immerhin musste sich Heiner Brunner als Folge dieses Ereignisses im Schlosspark therapieren lassen. Lienz spürte, dass es da ein Geheimnis gab, das vor ihm verborgen blieb. Dieser Umstand piekste ihn wie ein tief sitzender Stachel, der von Tag zu Tag mehr störte und doch nicht zu entfernen war. So sehr er sich auch bemühte, weiterhin nach der Verbindung zwischen den Brunners und dem Obdachlosen zu forschen, das fehlende Glied in der Kette zu finden, so ergebnislos blieben alle seine Bemühungen. Es war zum Verrücktwerden, vor allem da er sich sicher war, dass in dieser Verbindung die Lösung zu dem Rätsel lag. Mehr als ihm lieb war, hatte diese Geschichte Besitz von ihm ergriffen. Mittlerweile steckte er bis über beide Ohren darin fest, so fest, dass er es selbst schon mit der Angst zu tun bekam, wenn er nächtlichen Spaziergängern mit Hund begegnete. Allmählich begann er sich um seine emotionale Stabilität zu sorgen und nicht zum ersten Mal fragte er sich, ob er dabei war, sich lächerlich zu machen.

Gar nicht lächerlich war allerdings, was ihm Judith von ihren Recherchen in der Stadtbibliothek erzählt hatte. Es war schon mehr als verwunderlich, dass in einer alten Aufzeichnung genau dasselbe Erlebnis geschildert wurde, dass dieses Buch aber am nächsten Morgen nicht mehr auffindbar war, ja schlimmer noch, in keinem Verzeichnis existierte, war richtiggehend unheimlich. Der Gedanke daran ließ ihn frösteln.

Lienz seufzte. War er gerade im Begriff durchzudrehen? Er stand auf und stellte sich ans Fenster. Trübsinnig starrte er weiter auf den Regen, der mit unverminderter Intensität niederprasselte.

Während Lienz das Auffüllen seiner Tasse durch den Kaffeeautomaten beobachtete, hatten zwei Gestalten sein Dienstzimmer betreten, deren Erscheinen, als er sie nach Beendigung des Brühvorgangs endlich bemerkte, ihm einen ordentlichen Schreck einjagte, in dessen Folge die Tasse in seiner Hand bedrohlich auf dem Unterteller schwankte.

Vor ihm standen Lucie Augustini und Florian Sendler. Die zwei Personen, die sich der polizeilichen Observierung so gekonnt entzogen hatten und deren Erscheinen er sich mehr als alles andere gewünscht hatte. Er war so überrascht, dass er sich erst mal hinter seinen Schreibtisch setzte und schlürfend einen Schluck vom heißen Kaffee nahm. Dann erst setzte sein Denkvermögen wieder ein. Er stand auf und holte einen weiteren Stuhl aus dem Nebenzimmer. Nachdem er die beiden gebeten hatte, Platz zu nehmen, bot er ihnen mit einem fragenden Blick auf seinen Kaffee ebenfalls etwas zu trinken an. Beide lehnten mit einem simultanen Kopfschütteln ab. Anschließend verfielen sie in ein aufgeladenes Schweigen.

Lienz hatte seine Souveränität wieder erlangt und trank in aller Ruhe seinen Kaffee. Währenddessen beobachtete er Lucie und Flo dabei, wie sie sich kurze Blicke zuwarfen, um wohl den anderen aufzufordern, zu beginnen. Insgeheim wettete er darauf, dass Florian Sendler als Erster an der Reihe wäre. Und so war es auch.

Unsicher begann dieser. „Also Herr Lienz, oder ... äh ... Herr Kriminalkommissar?“

„Lienz ist schon OK.“

„Gut. Wir wollen mit Ihnen reden, Herr Lienz. Und Ihre Meinung hören.“

Lucie saß still nickend daneben. Nicht wiederzuerkennen das Mädchen, dachte der Kommissar. Das konnte unmöglich dieselbe Person sein, die ihm noch vor Kurzem bei der nächtlichen Befragung erbitterten Widerstand geleistet hatte und vor Selbstbewusstsein nur so zu strotzen schien. Etwas musste geschehen sein, etwas Großes, und er war gespannt darauf, zu erfahren, was sie so verändert hatte. Mit einem Kopfnicken forderte er den Jungen auf, fortzufahren.

Zögernd begann Florian erneut. „Es ist so. Ich ... wir haben einen Verdacht und wir wollen hören, was Sie dazu sagen. Dabei gibt es allerdings ein Problem: Zur Erklärung müssten wir von Ereignissen berichten, die, nun ja, vielleicht nicht ganz legal waren. Deshalb wollen wir zuerst von Ihnen wissen, ob Sie dieses Gespräch vertraulich behandeln können, soll heißen, dass wir uns nicht strafbar machen, wenn wir jetzt gewisse Umstände zugeben, die wir beim letzten Mal verschwiegen haben?"

Lienz schaute ihn überrascht an. „Das hört sich alles sehr kompliziert an. Also, ich würde vorschlagen, wir vereinfachen die Sache und Sie erzählen mal drauflos. Anschließend schauen wir dann weiter. Vertraulich muss ich dieses Gespräch sowieso behandeln."

„Und wie sieht's mit Straffreiheit aus?", warf Lucie dazwischen.

„Moment mal. Wir sind hier nicht auf einem türkischen Basar!", antwortete der Kommissar streng, allerdings wurden seine Mundwinkel von einem unterdrückten Schmunzeln leicht nach oben gezogen, was seinem Gesicht einen freundlichen Ausdruck verlieh.

Lucie hatte diese kleine Gemütsregung wahrgenommen und sie genügte ihr, um Lienz zu vertrauen. Mit einem kurzen Seitenblick versicherte sie sich Flos Zustimmung, dann begann sie zu erzählen. „Also, wie Sie schon vermuteten, bestehen die Green Heroes aus mehreren Mitgliedern. Wir haben einen breiteren Unterstützerkreis, über die Aktionen bestimmen aber nur

Tom, Nadine, Markus, Jo und ich. Gudrun, Heidi und Flo gehören auch noch zum engeren Kreis. Der Kopf und Gründer der Gruppe ist Tom Reichle, der von seiner Freundin Nadine Genthner unterstützt wird. Wir haben uns zusammengetan, um auf Umweltprobleme aufmerksam zu machen, die auch unter der grünen Landesregierung nicht gänzlich verschwunden sind. Im Gegenteil. Wir sind der Meinung, dass es jetzt umso wichtiger ist, auf Missstände aufmerksam zu machen, denn die breite Masse glaubt, dass unter einer grünen Ministerpräsidentin automatisch alles auf ökologische Richtigkeit überprüft wird."

„Aber dem ist natürlich nicht so?", stellte Lienz fragend fest.

„Natürlich nicht. Das kann man ja vor allem in Iffezheim sehen. Die Kollateralschäden dieses Projektes sind gewaltig. Dutzende Familien mussten umgesiedelt werden, halbe Dörfer wurden verlegt, die Auen wurden abgeholzt oder deren Wasserzufuhr abgeriegelt. Das führte zum größten Artensterben seit ewigen Zeiten! Und meinen Sie, in den Medien würde darüber berichtet? Nein, da werden nur immer fleißig die fortschreitenden Baumaßnahmen thematisiert sowie die Vorreiterrolle Baden-Württembergs beim Ausbau regenerativer Energien!" Lucie hatte sich in Rage geredet und musste innehalten, um Luft zu schöpfen.

Lienz hakte nach. „Deshalb haben Sie also die Baustelle sabotiert."

„Genau."

„Was wollten Sie denn damit erreichen?"

„Wir wollten einen Baustopp."

„Aber das ist doch lächerlich! Meinen Sie wirklich, dass die Landesregierung und ihr Energiekonzern wegen ein paar kleinen Störfällen solch ein Prestigeobjekt aufgibt?"

„Selbstverständlich glauben wir das! Wir sind ja auch auf dem richtigen Weg. Haben Sie denn nicht die Berichte gelesen, die über das Kraftwerk verfasst wurden? Jede einzelne Aktion von uns wurde genüsslich in den Zeitungen breitgetreten. Und seit der Kranbesetzung und dem Gerüsteinsturz kriegen sich die Medien gar nicht mehr ein. Die Regierung steht ganz schön unter Druck!"

Das alles war für Lienz nichts Neues, immerhin hatte er ja selbst die unerfreulichen Konsequenzen zu spüren bekommen. Innerlich schimpfte er auf diese Bande von Unruhestiftern, die ihm sein Leben schwer gemacht hatten, seine Stimme jedoch blieb ruhig. „Es ist recht zweifelhaft, ob Ihr Weg der richtige ist, Frau Augustini. Das werden andere Leute beurteilen." Er machte eine bedeutungsschwere Pause. „Sie haben soeben den Gerüsteinsturz erwähnt. Was wissen Sie darüber?"

„Nichts."

„Sie haben ihn aber gerade in einer Reihe mit Ihren Aktionen genannt. Das vermittelt den Eindruck, als ob Sie auch dafür verantwortlich wären."

Florian, der bisher schweigend zugehört hatte, schaltete sich aufgeregt ein. „Nein, natürlich nicht! Das wäre doch viel zu gefährlich, außerdem wollten wir ja nicht, dass jemand zu Schaden kommt. Uns geht es nur um die Sache."

„Und wie weit wären Sie bereit zu gehen für die Sache? Baustellenfahrzeuge beschädigen? Kräne und Gerüste sabotieren? Wachleute ermorden?" Lienz durchbohrte ihn mit seinen Blicken.

Flo bekam es mit der Angst zu tun. Mord? Hatte er sich in dem Kommissar getäuscht? Wollte der jetzt nur zwei Sündenböcke für den ganzen Mist, der auf der Baustelle geschah? Sollte ihnen jetzt die Tötung eines Menschen untergeschoben werden? Er wollte etwas erwidern, seiner Empörung Luft machen, doch die richtigen Worte entzogen sich seinem Zugriff. Sein Gehirn war eine weite, weiße Fläche.

Zu seinem Glück sprang ihm Lucie bei. „Jetzt hören Sie uns doch mal zu!", erwiderte sie hitzig. „Wir wollen nicht, dass irgendeiner Person etwas zustößt, deshalb sind wir doch hierher gekommen! Wir wollen verhindern, dass ein Unglück geschieht!" Und zu Flo gewandt: „Los, sag ihm, was du gesehen hast."

Er schloss die Augen, konzentrierte sich und begann zu erzählen. Er erzählte die ganze lange Geschichte, die durchgeführten Aktionen, die von Tom geforderte Steigerung dabei, seine wachsende Skepsis, Toms Beschattung und dessen Treffen mit dem Unbekannten in Durlach, seine Schlussfolgerungen und schließlich von dem Versuch gestern Abend, Tom auf den Zahn zu fühlen. Nur seinen Streit mit Lucie verschwieg er. Er fand, dass das den Kommissar nichts anging.

Lienz lauschte Florians Bericht mit wachsender Beunruhigung. Als Florian geendet hatte, hingen alle im Raum ihren eigenen düsteren Gedanken nach.

Lienz versuchte, das Gehörte einzuordnen. Obwohl alles sehr überzeugend vorgebracht worden war und er nicht den geringsten Ansatz von Unsicherheit oder Lüge in Florians Gesicht ausmachen konnte, hatte er Zweifel.

Ein Sprengstoffanschlag? Und eventuell ein großer? Wie wahrscheinlich war es, dass irgendein beliebiger Student in Deutschland an so große Mengen Sprengstoff herankommen könnte? Und das nötige Geld dafür hätte? Und ein oder mehrere Treffen mit Lieferanten unbeschadet überstehen würde? Er wusste, die Chancen dafür waren gering, wobei gering noch deutlich übertrieben war.

Andererseits musste er sich eingestehen, dass er vor allem, was Internetkriminalität betraf, nicht auf dem Laufenden war. Er konnte beim besten Willen nicht einschätzen, was über dieses Medium alles zu bekommen war, zumal die Zeitungen ja regelmäßig über alle undenkbaren Grausamkeiten berichteten, die im Netz angebahnt wurden. Neben Pornografie, Menschenhandel und Tötungen wirkte Sprengstoffhandel da fast schon wie eine Lappalie. Er müsste die Kollegen vom OK oder einem anderen Dezernat hinzuziehen, die mehr mit Internetkriminalität zu tun hatten. Doch dazu fehlte ihm womöglich die Zeit. Falls nur der Hauch einer Wahrscheinlichkeit bestand, dass das Szenario eines Sprengstoffanschlags in die Tat umgesetzt werden konnte, musste er die Warnung ernst nehmen. Nur wusste er noch nicht, wie er darauf reagieren sollte. Diesen Tom Reichle in Schutzhaft nehmen? Falls die zwei auf der anderen Schreibtischseite gelogen hatten oder sich schlicht und einfach irrten, würde das unangenehme Folgen für ihn haben. So viel hatte er zumindest verstanden, dass der Vater dieses Reichle ein hohes Tier mit Geld und Einfluss war.

Er wandte sich wieder Flo und Lucie zu, die ihn erwartungsvoll ansahen. „Das hört sich alles etwas unglaubwürdig an, meinen Sie nicht?"

„Doch, ja", gab Flo zu.

„Es gibt da einiges zu klären. Zum Beispiel frage ich mich, wie Herr Reichle an solch große Geldsummen kommen kann."

„Das ist nicht so ungewöhnlich. Sein Vater ist sehr reich. Tom hat eine eigene Kreditkarte mit unbegrenztem Limit. Wenn ich das richtig verstanden habe, kümmert sich sein Vater kaum darum, wie viel Geld er ausgibt."

„Nehmen wir mal an, er hätte genügend Geld beschaffen können. Bleibt die Frage, was er damit gekauft hat. Haben Sie irgendwelche Beweise für ihre Vermutungen?"

„Das ist es ja. Tom ist gerissen. Außerdem macht er aus allem ein Geheimnis. Er liebt das. Wir haben also keine direkten Beweise, aber nach gestern Abend ..."

„ ... als er sich nicht direkt dazu geäußert hat ...", fuhr Lienz fort.

„Ja, aber nichts zu sagen, reicht manchmal aus", fiel Lucie ihm ins Wort. „Sie kennen ihn nicht. Ich schon. So wie er gestern reagiert hat, habe ich Tom noch nie gesehen. Der war echt verwundert darüber, dass wir etwas wussten. Er brauchte einige Momente, um seine Coolness wiederzuerlangen."

„Und den Rest des Abends verhielt er sich sehr zurückhaltend. Der hielt keine Reden, ließ nicht den coolen Macker raushängen. Ich hatte die ganze Zeit das Gefühl, dass er, während er mit uns sprach, intensiv über etwas nachdachte." Erst jetzt, als er dieses Gefühl formulierte, wusste Flo, dass es so gewesen war.

„Ja, genau. Und dann gab er uns die Handys. Aber irgendwie war da die Luft raus. Ganz so, als wäre es egal, ob wir die bekämen. Mensch Flo, mir wird jetzt erst klar, dass er wahrscheinlich im Lauf des Abends seine Pläne änderte. Ich glaube, wir sind raus."

„Das wäre schlecht", bemerkte Lienz. „Hat er denn einen Zeitpunkt genannt?"

„Nein, nicht genau. Aber es war klar, dass es demnächst passieren würde. Jo und Markus hatte er ja schon losgeschickt, um Rucksäcke zu kaufen, uns mit den Handys ausgestattet."

„Wer könnte sonst etwas wissen? Seine Freundin vielleicht?"

„Das kann man nie wissen bei Tom. Er ist wirklich ziemlich unberechenbar und vertraut niemanden. Aber wenn überhaupt jemand etwas weiß, dann sie."

„Können Sie Kontakt mit ihr aufnehmen?"

„Wann? Jetzt?"

„Ja. Am besten sofort."

Lucie fischte ihr Handy aus der Jackentasche. „Und was soll ich sie fragen?"

Lienz überlegte. Das war die entscheidende Frage, je nachdem konnte sie die Türen öffnen oder für immer zuschlagen. Was er dringend brauchte, war ein Plan, wie er an diesen Tom Reichle herankommen könnte, ohne mit einer ganzen Schar Kollegen dort aufzutauchen. Je länger er darüber nachdachte, desto überzeugter war er, dass er das nur über dessen Freundin erreichen konnte. Er bedachte Lucie und Flo mit einem langen Blick, dann fasste er einen Entschluss. Und hoffte, dass er diesen später nicht bereuen würde.

„Fragen Sie, ob Tom zu Hause wäre und ob Sie vorbeikommen könnten."

Lucie suchte Nadines Nummer und rief an.

Nach dem fünften Klingelzeichen landete sie auf der Mailbox. Sie drückte das Gespräch weg.

„Mailbox."

„Die Frage ist, ob das nun ein gutes oder ein schlechtes Zeichen ist", schaltete sich Flo wieder ein. „Ich finde, wir sollten einfach hinfahren. Vielleicht sind sie dann ja zu Hause und wir können Tom zusammen umstimmen." Fragend blickte er den Kommissar an, der aber gar nicht zu antworten brauchte, denn in diesem Moment klingelte Lucies Telefon.

„Lucie hier ... Ja, genau ... ich wollte fragen, ob Tom zu Hause ist ... äh, weil ich Tom nicht erreicht habe ... ja? ... ach so ... gut, also bis gleich dann." Sie steckte das Handy weg und grinste die beiden Männer an.

„Und?", platze es aus Flo hervor.

„Sie sitzt gerade in der U-Strab, deswegen hatte sie davor keinen Empfang. Sie ist unterwegs nach Hause, weiß also nicht, ob Tom dort ist. Aber sie hatten vereinbart, sich später am Nachmittag zu treffen. Sie meinte, dass wir einfach auch kommen sollen."

„Gut. Dann nichts wie hin." Lienz erhob sich und kam hinter dem Schreibtisch hervor. Auch Lucie und Flo standen auf und folgten dem Kommissar zu seinem Wagen in den Hof.

„Wo wohnt Herr Reichle denn?"

„Oststadt. Rudolfstraße."

Lienz startete den Motor und rollte langsam aus dem Polizeihof hinaus. Er bog in die Hertzstraße und gab Gas. Im Rückspiegel konnte er das junge Pärchen eng beieinander sitzen sehen. Ein schönes Bild, das aber ein vages Unbehagen in ihm auslöste. Er wusste um die Zerbrechlichkeit jeglicher Idylle. Viel zu oft hatte er die Ergebnisse gescheiterter Träume mitansehen müssen, die sich in Wut und Frustration wandelten. Schnell schob er diese Gedanken zur Seite und versuchte sich auf die bevorstehende Aufgabe zu konzentrieren.

Es dauerte eine Weile bis die Tür geöffnet wurde. Eine junge Frau mit langen dunklen Haaren, die ein ausdrucksstarkes Gesicht einrahmten, schaute ihn fragend an. Sie verströmte eine kühle Aura, fand Lienz. Vielleicht reagierte er aber auch nur auf ihre abweisende Körperhaltung, mit der sie den Eingang blockierte.

Hinter ihm machte sich Lucie bemerkbar. „Hi Nadine. Dürfen wir reinkommen? Das ist Kriminalkommissar Lienz."

Es war nur ein kurzer Moment gewesen, währenddem sich Nadines Züge verhärteten, aber Lienz hatte es trotzdem wahrgenommen. Wie ein schneller Schatten war Verärgerung über ihr Gesicht gehuscht. Als sie Lucie antwortete, war davon jedoch in ihren Stimme nichts zu merken.

„Hi Lucie, Flo", und an Lienz gewandt: „Guten Tag. Ich hoffe, es ist nichts Schlimmes passiert?"

Doch Lucie ließ Lienz nicht zu Wort kommen. „Lass uns doch erst mal rein. Dann erklären wir dir alles."

Nadine warf noch einen skeptischen Blick auf den Polizisten, dann trat sie zur Seite und führte ihre Gäste ins Wohnzimmer. Lucie und Flo warfen sich auf ein weiches braunes Sofa mit Cordbezug, Nadine plumpste in einen sichtlich aus einer anderen Epoche stammenden Lehnsessel, so dass alle Sitzgelegenheiten belegt waren und Lienz wohl oder übel stehen bleiben musste, wollte er nicht auf dem niedrigen Tischchen in der Mitte des Zimmers Platz nehmen Den Studenten schien diese Unhöflichkeit allerdings nicht aufzufallen. Sie verhielten sich ganz so, als ob er nicht im Raum wäre.

„Wann kommt denn Tom nun zurück?", fragte Lucie.

„Ich weiß es nicht genau", antwortete Nadine ausweichend. „Er meinte, er wäre am späten Nachmittag wieder hier, aber sicher war er sich nicht. Was ist denn eigentlich los?"

Flo ergriff das Wort. „Das ist nicht so einfach zu erklären, Lucie und ich meinen ... wir befürchten, dass Tom eine Dummheit begeht."

Nadine bestrafte ihn mit einem vernichtenden Blick. Ihr Gehirn reagierte blitzschnell und entschied sich für eine Angriffsstrategie. „Und deshalb habt ihr die Polizei mitgebracht? Na, das habt ihr euch aber toll ausgedacht. Hat euch euer Gewissen gedrückt, weil ihr einmal im Leben etwas Verbotenes getan habt und auf einen Kran geklettert seid, oder hat man euch eine schöne Belohnung versprochen, wenn ihr den Drahtzieher der Aktion verratet? Oder wie soll ich das verstehen?" Mit honigsüßer Stimme wandte sie sich an Lienz, den sie anscheinend doch nicht vergessen hatte. „Aber, lieber Herr Kommissar, da muss ich Sie enttäuschen, wenn Sie nun meinen, einen bösen Buben erwischt zu haben. Tom hat mit dieser Sache nichts zu tun. Es war meine Idee gewesen, die Kräne zu sabotieren, ja das gestehe ich. Aber, wissen Sie, ich war genauso überrascht wie die Polizei, als ich mitbekommen habe, dass Lucie und Flo das echt durchgezogen haben. Meine Güte, daran hatte ich nie gedacht! Sie wissen ja, wie das ist, wenn junge Leute zusammensitzen. Man spinnt so verrückte Ideen, riskiert eine große Lippe, lässt dem aber keine Taten folgen. Sprücheklopfer. Ich und Tom wären viel zu feige, um so eine waghalsige Aktion durchzuziehen, wobei ich sagen muss, dass ich schon Respekt vor Lucie und Flo habe. Freiwillig in diese Höhen zu klettern, das ist ja saugefährlich!"

Flo blieb der Mund offen stehen und auch Lucie starrte betroffen auf Nadine.

Lienz erwiderte nüchtern. „Ich muss Sie enttäuschen, Frau Genthner. Ich weiß nicht, wie das mit dem Sprücheklopfen so ist. Vielleicht bin ich ja auch schon zu alt dafür. Allerdings erscheint mir Ihre These, dass das alles ganz harmlos sei, sehr gewagt."

„Aber ..."

„Lassen Sie mich bitte ausreden", unterbrach er Nadines beginnenden Protest. „Wie stehen Sie dazu, wenn ein paar Rechtsradikale sich gegenseitig heiß machen, ein paar wehrlose Ausländer zu vermöbeln? Ist das auch nur ein dummer Spruch? Wenn man die rechten Jungs fragt, würden sie genau das behaupten; nie und nimmer wollte einer das ernst verstanden wissen. Sind ja schließlich alles rechtschaffene Bürger, genauso wie Sie."

Nadine schoss aufgebracht aus ihrem Sitz hoch, doch mit einer schnellen Handbewegung wischte Lienz ihren Protest zur Seite. Sein erstes Ziel hatte er erreicht. Nadines coole Fassade bröckelte. Zufrieden fuhr er mit betont sachlicher Stimme fort. „Haben Sie schon mal von dem Tatbestand der Aufforderung oder Verleitung zu einer strafbaren Handlung gehört? Damit macht man sich mindestens genauso strafbar wie der Ausführende. Sie sollten also nicht so leichtfertig von dummen Sprüchen reden. Ich persönlich wäre ja gerne gewillt, jungen Menschen so eine Dummheit durchgehen zu lassen, aber hinter mir steht der mächtige Apparat der Gerichtsbarkeit. Vor dem Gesetz sind alle Menschen gleich, da gibt es keinen Schutz, weil einer ein paar Jährchen jünger ist. Im Gegenteil: Seit die Jugendkriminalität so zugenommen hat, gibt es in der Staatsanwaltschaft einige Hardliner, die gerne nach dem Prinzip ‚Wehret den Anfängen' handeln und hohe Strafen verhängen. Und da wir das jetzt geklärt hätten, wären Sie bitte so freundlich, uns zu sagen, wann Herr Reichle zurückzukommen gedachte?"

Die zweite Stufe in der Skala: Druck aufbauen. Unsicherheit erzeugen. Den Kontrahenten frontal angreifen.

Die verbitterte Entschlossenheit war aus Nadines Zügen gewichen. Lienz registrierte es mit Genugtuung. Ohne ihn anzublicken, gab sie leise Antwort. „Ich weiß es wirklich nicht. Tom ist ein freier Mensch mit einem starken Willen. Er kann kommen und gehen, wann er will. Das gilt übrigens auch für mich.

Eigentlich sollte er schon längst hier sein, aber man kann bei ihm eben nie wissen."

Jetzt musste er noch etwas draufsetzen. „Ihr Freund plant einen großen Anschlag! Und wir müssen das verhindern."

„Einen Anschlag?" Es arbeitete heftig in Nadines Gehirn. Darauf war sie nicht vorbereitet gewesen. Sie hatte wirklich gedacht, dass es um die Kranbesetzung ging. In ihr schrillte es laut Alarm und sie wusste, dass sie jeglichen Verdacht weit von sich weisen musste.

„Einen Anschlag?", wiederholte sie. „Ja, worauf denn?"

Lienz hatte das Flackern in ihren Augen gesehen. Das genügte. Dritte Stufe: Freundlichkeit. An die Moral appellieren. Einen Ausweg aufzeigen. Lienz seufzte theatralisch. „Das wollten wir ja von Ihnen wissen. Falls Sie etwas davon wissen, sollten Sie es uns unbedingt erzählen. Sie könnten dazu beitragen, dass ein großes Unglück verhindert wird, dass keine unschuldigen Menschen zu Schaden kommen. Geben Sie sich einen Ruck, Frau Genthner, noch ist ja nichts passiert. Sie können alles zum Guten wenden."

„Aber ich weiß doch von nichts."

Nun konnte Flo sich nicht länger zurückhalten. „Mensch Nadine. Natürlich weißt du was! Tom will das Kraftwerk in die Luft jagen."

„Das ist doch absurd! Wie sollte er denn das machen?"

„Na, wie wohl? Mit Sprengstoff natürlich! Er hat dir doch sicher davon erzählt, du weißt doch sonst immer alles!"

„Das kann ich nicht glauben. Wie schon gesagt, ich weiß von nichts und ich denke, er hätte das sicher mit mir besprochen."

„Und hat er das?", hakte Lienz nach.

„Natürlich nicht."

Nadine hatte dicht gemacht. Lienz wusste, dass er diese Schlacht verloren hatte. Einen letzten Vorstoß wollte er aber noch versuchen. „Dürfte ich mich mal ein wenig in der Wohnung umsehen?"

„Wüsste nicht, was das bringen sollte. Ich sagte doch schon, Tom ist nicht da und er hat sich auch nicht im Kleiderschrank versteckt."

„Er nicht. Aber der Sprengstoff vielleicht. Also?"

„Dürfen Sie denn das, einfach so in meiner Intimsphäre wühlen? Haben Sie denn einen Durchsuchungsbefehl oder so etwas?"

Lienz seufzte. Diesen Spruch hatten die Leute aus dem Fernsehen. Manchmal verfluchte er die Fülle an Krimis, die auch dem letzten Hinterwäldler genauestens erklärten, wie die Polizei arbeitete und was sie dabei tun darf und was nicht. „Nein, ich habe keine derartige Befugnis. Deshalb fragte ich Sie ja auch um Erlaubnis. Wenn Sie nichts verbrochen haben, brauchen Sie sich ja keine Sorgen zu machen."

„Ich lasse Sie trotzdem nicht in mein Zimmer. Das geht Sie nichts an. Überhaupt würde ich mich jetzt gerne frisch machen. Wären Sie so freundlich, zu gehen? Alle?", fügte sie mit einem Seitenblick auf Lucie und Flo hinzu.

Im Aufstehen startete Lucie einen letzten Versuch. „Nadine, überleg's dir. Bitte! Wenn Tom das wirklich durchzieht, werden Menschen sterben. Viele vielleicht."

„Da gibt es nichts zu überlegen."

An der Tür drehte sich Lienz noch einmal um. „Ihnen ist vielleicht das ganze Ausmaß dieser Aktion noch nicht bewusst. Herr Reichle ist dabei, einen schweren Fehler zu machen. Wenn er diese Aktion wirklich durchzieht, werden viele unschuldige Menschen sterben – er selbst mit großer Wahrscheinlichkeit auch. Das ist ein reines Selbstmordkommando! Wenn Ihnen irgendetwas am Leben Ihres Freundes liegt, rufen Sie mich an."

Mit diesen Worten überreichte ihr Lienz seine Karte, dann ging er mit müden Schritten die Treppe hinunter. Beim Auto fragte er Lucie und Flo, wo er sie absetzen sollte, doch die beiden wollten lieber zu Fuß gehen, es wäre ohnehin nicht weit.

„Bitte lassen Sie Ihre Handys eingeschaltet. Vielleicht meldet sich Frau Genthner ja doch noch und dann könnte ich Ihre Hilfe brauchen."

Obwohl Skepsis aus ihrem Blick sprach, nickte Lucie. Sie verabschiedeten sich und Lienz fuhr ins Präsidium zurück. Eine fast unmenschliche Müdigkeit drückte ihn nieder, es war einer dieser Momente, in dem die sich ewig wiederholenden Lügen seiner Mitmenschen ihn einfach nur verdrossen.

22

Die untergehende Sonne sandte rotgoldene Strahlen vom Horizont, die die tiefhängende Wolkendecke von unten hellorange bemalte. Weit im Westen klarte der Himmel auf und das schlechte Wetter verzog sich. Der üppig bewässerte Landstrich um Karlsruhe dampfte in der milden Luft, die so unerwartet vom Mittelmeer herüberwehte, eine Ahnung maritimen Sommers im Gepäck.

Auch das nach Westen gehende graue Büro von Kriminalkommissar Benjamin Lienz wurde mit breiten Pinselstrichen verschwenderisch bemalt, auf dass der Tristesse für immer der Garaus gemacht wurde. Lienz bemerkte es nur am Rande. Seine Gedanken kreisten immer noch um den Nachmittagsbesuch bei Nadine Genthner. Dass sie die Unwahrheit gesagt hatte, war klar. Doch in welchem Punkt? Wusste sie wirklich nichts von der Sache, beziehungsweise wie viel hatte Tom Reichle ihr verraten? Wie konnte er sic dazu bringen, zu kooperieren, Vertrauen in die Staatsgewalt zu fassen. Denn darum ging es letztendlich, das begriff er intuitiv. Trotzdem fiel ihm keine Möglichkeit ein, genau das zu bewerkstelligen.

Vielleicht sollte er besser nach Hause gehen, seine Gedanken mit Judith bei einem Glas Cidre besprechen. Oft kamen ihm dabei die besten Ideen. Allein das Ausformulieren der Problemstellung lieferte manchmal schon deren Lösung. Natürlich half dabei auch, dass Judith eine begnadete Zuhörerin war.

Er schnappte sich die Jacke von der Rückenlehne und wollte gerade das Zimmer verlassen, als das Telefon klingelte. Er kehrte zum Schreibtisch zurück und nahm den Hörer ab. Als er die Stimme erkannte, zog er heftig die Luft ein. Langsam glitt er auf seinen Stuhl zurück und während er mit gespannter Aufmerksamkeit zuhörte, verfinsterte sich sein Gesicht.

Nadine saß in ihrem Wohnzimmer und erwartete die Dämmerung, das Dunkel, die Nacht. Sie hatte genug von der schreienden Aufdringlichkeit des Tages, ihr Geist sehnte sich nach Ruhe.

Gleich nachdem der Polizist mit Lucie und Flo verschwunden war, hatte sie Tom angerufen. Sein Handy war nicht zu erreichen gewesen. Eine Tonbandstimme empfahl ihr, es zu einem späteren Moment erneut zu versuchen. Sie bereitete sich einen Tee, wartete bis er abgekühlt war, wählte wieder die vertraute Nummer. Ohne Erfolg. Sie blieb am Küchentisch, beide Hände um die warme Teetasse gestülpt und wartete. Beobachtete das Fortschreiten des Minutenzeigers. Die Zeit wurde zu einem trägen gleichförmigen Fluss, unterteilt nur von den wiederholten Versuchen, Tom zu erreichen.

Irgendwann hielt sie es nicht mehr aus. Sie begann ziellos durch die Wohnung zu laufen. Von der Küche ins Wohnzimmer, weiter zum Schlafzimmer, am Bad vorbei wieder zurück in die Küche. Mulmige Unruhe nistete in ihrem Magen. Tom hätte längst zurück sein müssen. Sie hatten sich zum Einkaufen verabredet und wenn es um seinen Essensnachschub ging, ließ er sich normalerweise nicht zweimal bitten. Etwas musste aus dem Ruder gelaufen sein. Zuerst das unerwartete Auftauchen des Polizisten, dann Toms Verschwinden. Nadine glaubte nicht an Zufälle; sie war sich sicher, dass die zwei Ereignisse zusammen hingen. Ein böser Verdacht begann in ihr zu keimen.

Sie dachte an die Worte des Polizisten. Noch sei nichts geschehen, alles könne sich zum Guten wenden. Wenn es doch nur so wäre. Sobald Tom zurückkäme, würde sie mit ihm sprechen. Sie musste ihm ins Gewissen reden, sein Gewissen sein. Das war sie doch immer. Auch wenn er nicht aufhörte, sich darüber zu amüsieren, ihre Skrupel und ihre christliche Familie zu verspotten. Doch so sehr sie sich auch wünschte, das alles hinter sich zu lassen, es gelang ihr nicht. Die Werteskala ihrer Eltern hatte sich unauslöschbar in ihr eingebrannt. Sie fand den Gedanken, dass alles Leben zu schützen sei, dass man anderen Menschen und der Natur mit Achtung begegnen sollte, überhaupt nicht lächerlich. Tom hingegen meinte, dass diese übertriebene Rücksichtnahme ihr größter Fehler sei. Darin läge die Ursache für ihr Zaudern, was sie letztendlich davon abhielte, mit letzter Konsequenz einen Gedanken zu Ende zu denken.

Aber das stimmte nicht. Je mehr sie darüber nachdachte, desto sicherer war sie sich, dass es sich genau umgekehrt verhielt. Sie war es, die alles bis ans Ende durchdachte, alle Konsequenzen durchspielte und genau deshalb vor gewissen Aktionen zurückschreckte. Eigentlich war es Tom, der die Augen vor den Folgen seiner Taten verschloss. Seine großartigen, atemberaubenden Aktionen, für die sie ihn so liebte, seine impulsiven, unbedachten Handlungen, die ihr Angst machten. Sie musste mit ihm sprechen, ihn unbedingt von seinem Vorhaben abbringen. Der neue Plan war zu gefährlich, ihn umzusetzen unverantwortlich. Niemand hätte einen Nutzen davon, am allerwenigsten er selbst, wenn er dabei sein Leben ließe.

Im Dämmerlicht saß Nadine auf ihrem Sofa, nervös mit ihrem Handy spielend. Zum wiederholten Mal fragte sie sich, wo Tom bloß steckte und warum er sein Telefon ausgeschaltet hatte. Der an ihr nagende Verdacht steigerte sich zur Gewissheit. Sie hielt es nicht länger aus und wählte Markus' Nummer. Sein Mobiltelefon war nicht erreichbar. Nadine brach der Schweiß aus. Hastig wählte sie Jos Nummer, dann Gudruns – vergebens.

Schlagartig wurde ihr die Bedeutung dessen bewusst: Die Aktion hatte begonnen. Das war purer Wahnsinn! Sie hatten sie nicht eingeweiht, weil Tom geahnt hatte, dass sie ihn nie hätte gehen lassen. Und er hatte recht damit gehabt! Wenn nötig, hätte sie sich an ihn gekettet, um ihn von dieser gefährlichen Aktion zurückzuhalten. Wild hämmerte ihr Herz in ihrer Brust. Panische Angst erfasste sie, dass Tom getötet werden könnte. Sie musste die anderen stoppen, sonst würde alles in einer Katastrophe enden. Hektisch lief sie durchs Zimmer, überlegte, was sie tun könnte. Sie hatte keine andere Wahl, es gab nur einen, der diesen Wahnsinn noch verhindern könnte. Sie nestelte die Karte aus ihrer Hosentasche und drückte die Zahlenfolge auf ihrem Display.

„Kommissar Lienz?“

„Ja.“

„Sie müssen mir helfen, schnell!“

„Ist Ihnen noch etwas eingefallen?“

„Ja ... heute Nachmittag ... ich glaube, Sie haben recht. Tom könnte wirklich diesen Anschlag planen. Wahrscheinlich ist er schon dabei. Sie müssen ihn aufhalten!“

Mehr konnte Lienz nicht verstehen, denn der Rest ging in Schluchzen unter. Lienz gab Nadine Zeit, sich wieder zu beruhigen, zählte innerlich aber nervös die Sekunden. Er musste handeln und zwar so schnell wie möglich. „Beruhigen Sie sich! Jetzt atmen sie erst mal tief durch und dann erzählen Sie. Aber diesmal bitte alles!“

Was Lienz dann erfuhr, sträubte ihm die Haare. Tom hatte Nadine vor einigen Tagen den Plan grob umrissen, dabei aber so getan, als wollte er bloß Rauchbomben anbringen. Und zwar gleichzeitig in Iffezheim und am Staudamm Neuburgweiher. Wenn jedoch echter Sprengstoff in den Paketen war und sich die Flutwellen addierten ... Ein Horrorszenario!

Lienz’ Puls beschleunigte, seine Atmung ging schneller. Seine schlimmsten Befürchtungen waren soeben von der Studentin bestätigt worden. Sie durften keine Zeit mehr verlieren und obwohl sein Herz wie verrückt in seiner Brust hämmerte, zwang er sich, nach außen ruhig zu wirken.

„Das hört sich sehr schlimm an. Geben Sie mir eine Minute zum Nachdenken." Seine Gedanken überschlugen sich. Er wusste, dass die Zeit gegen ihn arbeitete, dass er eigentlich keine Sekunde zögern durfte. Trotzdem zwang er sich, das eben Gehörte zu überdenken um die richtigen Schlussfolgerungen daraus zu ziehen. Die Dienstvorschrift war eindeutig: In so einer Situation musste er eigentlich seine Vorgesetzte benachrichtigen, die dann die Führung des Einsatzes übernehmen würde. Allerdings würde das eine weiter Verzögerung bedeuten, was im schlimmsten Fall dazu führen könnte, dass sie zu spät kamen. Der Druck, sich keinen Fehler erlauben zu dürfen, lastete schwer auf ihm. Er musste sich sofort entscheiden, allerdings hingen von dieser Entscheidung Dutzende Menschenleben ab. Wenn er den Dienstweg einhielte, wäre auf der sicheren Seite; niemand könnte ihm einen Vorwurf machen, aber wenn es dann zu spät wäre ... das konnte er nicht verantworten. Seine Entscheidung war gefallen.

„Gut. Zusammen können das Unglück vielleicht noch verhindern. Kann ich auf Sie zählen?"

„Klar. Ich mache alles, was Tom hilft."

„OK, wir machen Folgendes: Ich fahre jetzt gleich los und hole Sie ab. Anschließend fahren wir gemeinsam zur Baustelle und versuchen Herrn Reichle zuvorzukommen. Sie rufen bitte Frau Augustini und Herr Sendler an. Sie sollen so schnell wie möglich zu Ihnen kommen. Ich glaube, wir werden ihre Hilfe gut gebrauchen können. Also, bis gleich."

Er schlüpfte endgültig in seine Jacke und verließ sein Büro. Auf dem Weg zum Auto verständigte er als erstes die Rastatter Kollegen. Diese sollten sofort zur Baustufe fahren und das Gelände abriegeln. In einem zweiten Telefonat alarmierte er noch die Wachmannschaften und bat um sofortigen Rückruf, falls jemand etwas Außergewöhnliches bemerken sollte. Dann hatte er seinen Wagen erreicht.

Die einsetzende Dunkelheit ließ sie mit ihrer Umgebung verschmelzen. Sie waren so gut wie unsichtbar. Nur das Auftreffen der Paddel auf der Wasseroberfläche war zu vernehmen. In gleichmäßigem Rhythmus stachen sie ins Wasser und zogen flussabwärts am Boot vorbei. Das Boot gegen den hochwasserführenden Rhein aufwärts zu bewegen war enorm kräftezehrend und obwohl Tom gut durchtrainiert war, schmerzten seine Oberarme und Schultern von der ungewohnten Bewegung. Auch Markus stöhnte leise, biss aber ansonsten die Zähne zusammen und zog ein ums andere Mal das Paddel durch. Tom war froh, ihn als Begleitung gewählt zu haben. Markus grenzenlose Bewunderung zahlte sich heute Abend aus und wenn weiter alles nach Plan verlief, würden sie in Kürze die Staustufe Iffezheim erreichen. Das einzig Gefährlich bisher war, dass sie sich wegen der starken Strömung nah am Ufer halten mussten. Allerdings hatte er die Gewohnheiten der Wachleute lange genug ausspioniert, um ziemlich sicher zu sein, dass ihnen hier flussabwärts des Dammes keine Entdeckung drohte. Er hatte wirklich alles bis ins kleinste Detail geplant.

Gudrun und Jo hatte er mit genauen Anweisungen in Neuburgweiher in den Resten des Auwaldes abgesetzt. Sie hatten die Instruktion, dort auf die völlige Dunkelheit zu warten. Dann mussten sie sich im Schutz der Bäume Richtung Kraftwerk vorarbeiten und an einer von ihm bestimmten Stelle den Rucksack mit der – wie sie meinten – Rauchbombe deponieren. Das sollte eigentlich kein größeres Problem sein, denn Neuburgweiher wurde kaum bewacht, da es eine kleinere Staustufe war und es dort noch nie irgendwelche Probleme gegeben hatte. Um Punkt 23.30 Uhr würden sie die Zündschnur anbrennen und dann würde es ein Feuerwerk geben. Er hoffte, dass sie sich an seine Anweisungen halten und sich weit genug zurückziehen würden, damit ihnen nichts geschah, denn so genau konnte er die Explosionskraft der Bombe nicht abschätzen. Gudrun und Jo würden große Augen machen, wenn sie die Wucht der Sprengung spürten. Er wusste, dass sie sauer sein würden, doch dieses Risiko musste er eingehen. Es war einfach sicherer so. Die Aktion durfte unter keinen Umständen von Verzögerungen gefährdet werden.

Währenddessen war er mit Markus weiter flussaufwärts gefahren. Bei Wintersdorf hatte er vor einigen Tagen ein Kanu im Wald versteckt. Mit diesem näherten sie sich nun dem Damm vom Wasser aus, um die Wachleute zu umgehen. In Iffezheim würden Markus und er dann die größere Sprengladung anbringen. Nach langen Recherchen hatte er den Übergang vom Damm zum Kraftwerksgebäude als schwächste Stelle ausgemacht. Dort würden sie die zwei Rucksäcke deponieren und gegen elf Uhr zünden. Dann könnte die Hochwasserwelle von hier die beschädigte Stelle des Neuburgweiherdamms im besten Fall noch erweitern. Somit wäre endgültig klar, dass die Bonzen aus Wirtschaft und Regierung nicht einfach über die Köpfe der Bevölkerung hinweg entscheiden könnten. In Zukunft würden sie sich genau überlegen, ob sie den Lebensraum von Mensch und Natur weiter so rücksichtslos zerstören können.

„Ich glaube, da vorne ist der Damm“, flüsterte Markus nach hinten.

Tom beugte sich zur Seite, um an ihm vorbeisehen zu können. Tiefschwarz ragte der riesige Damm vor ihnen in den grauen Nachthimmel. Von der Wasseroberfläche aus dem kleinen Kanu heraus wirkten seine immensen Ausmaße schier unglaublich, schrumpfte der Mensch zu einem kleinen, unbedeutenden Nichts zusammen. Tom deutete auf eine Sandbank, die sich etwas heller vom dunklen Wasser abhob und bis zum Fuß des Staudamms zog. „Dorthin“, zischte er Markus zu.

Sie waren am Ziel, die Show konnte beginnen.

Seine Finger trommelten nervös gegen das Lenkrad, das feucht von seinen schweißnassen Händen war. Seit einer gefühlten Ewigkeit wartete Lienz darauf, dass Heiner Brunner endlich aus seinem Haus kam. Die Studenten auf der Rückbank unterhielten sich im Flüsterton. Trotzdem konnte er deren Anspannung deutlich spüren.

Lienz hatte vor zwanzig Minuten bei den Brunners angerufen, um sein Kommen anzukündigen und Heiner Brunner aufzufordern, zur Baustelle mitzukommen. Da waren sie gerade in der Oststadt losgefahren und erst als er die Weiherfeldbrücke passiert hatte, konnte er den zögerlichen Brunner dazu bringen, sich anzuziehen. Während des gesamten Telefonats hatte die Frau aus dem Hintergrund auf Brunner eingeredet. Er solle zu Hause bleiben, er sei immerhin krankgeschrieben, sein Stellvertreter solle das übernehmen und so fort. Es kostete ihn all seine Überredungskunst, Brunner eine Zusage zu entlocken. Warum er sich nicht mit dessen Stellvertretung zufrieden gab, wusste er selbst nicht genau. Aber irgendwie spürte er, dass er Brunner brauchen würde.

Er hupte zweimal. In einem so verschlafenen Vorort wie Weiherfeld hallte der Hupton doppelt so laut von den Wänden wider. Lienz versuchte sich vorzustellen, wie sich einige Leute in ihren Häusern über die Krachmacher empörten. Sollten sie ruhig! Immerhin war er derjenige, der dafür sorgte, dass sie wohlbehütet und sorglos in ihren gepflegten und teuren Häusern schlafen konnten.

Sein Handy klingelte. Schrill trafen die Schallwellen von Elke Kerners Stimme auf seine ohnehin überreizten Nerven.

„Was geht da vor sich, Lienz? Warum haben Sie die Rastatter Kollegen alarmiert? Wieso erfahre ich vom dortigen Chef von Ihrer Aktion?“

Die Fragen prasselten nur so auf ihn ein. Nur mit großer Mühe gelang es ihm, ruhig zu bleiben. „Es ist sehr wahrscheinlich, dass auf die Staustufe Iffezheim ein Sprengstoffanschlag verübt werden soll.“

„Wie bitte?“

„Eine Bombe soll gelegt werden, um Teile des Kraftwerks zu zerstören.“

„Aber das wäre ja …“, brachte Kerner hervor, dann schwieg sie, im Kopf die schlimmsten Szenarien durchspielend. Nach einigen Momenten hatte sie sich wieder gefangen und konnte wieder in ihre Chefrolle zurückschlüpfen. „Sind die Quellen zuverlässig?“

Lienz warf einen Blick in den Rückspiegel. „Ja. Ziemlich.“

„Warum haben Sie mich nicht sofort verständigt?“

„Ich musste unverzüglich handeln. Gefahr im Verzug! Allerdings wollte ich Sie auch gerade anrufen. Sie sind mir um einige Momente zuvorgekommen.“

„Das ist gegen die Dienstvorschrift!“

„Ich weiß. Aber ich hatte keine andere Wahl.“

„Man hat immer die Wahl, Lienz. Nun, lassen Sie uns hoffen, dass Sie richtig entschieden haben. Andererseits …“

Elke Kerner ließ den Satz unvollendet, allerdings wusste Lienz auch so, was ihn im Falle eines Scheiterns erwarten würde. Doch dieses Problem war zum jetzigen Zeitpunkt zweitrangig. Wahrscheinlich war sich auch seine Vorgesetzte dessen bewusst, denn betont sachlich setzte sie das Gespräch fort. „Wann soll der Anschlag durchgeführt werden?“

„Heute Nacht. Vielleicht schon in diesem Moment.“

Wieder herrschte beredtes Schweigen.

„OK. Ich setze die Truppe in Bewegung, ich denke in einer halben Stunde sind wir so weit. Sind die Wachleute in Iffezheim schon informiert?“

„Ja. Die sind gewarnt. Zusammen mit den Rastatter Kollegen müssten sie das Gelände mittlerweile abgeriegelt haben.“

„Gut. Wissen wir, wie viele Personen den Anschlag ausführen wollen?“

„Maximal vier, wahrscheinlich aber nur zwei. Leider kennt niemand die Pläne des Anführers genau.“

„Sind die bewaffnet?“

„Soweit wir wissen nicht. Bis auf die Bombe natürlich.“

„Natürlich.“

Eine Tür schlug zu. Heiner Brunner kam aus dem Haus. Nichts an diesem Mann erinnerte an den toughen Macher, der das größte Kraftwerksprojekt des Landes leitete. Seine sonst so tadellose Kleidung sah aus wie zusammengewürfelt, seine Haare standen wirr vom Kopf ab, umrahmten ein aschfahles Gesicht. Lienz drückte die Beifahrertür auf, winkte ihn neben sich.

„Ich muss Schluss machen. Ich fahre jetzt mit dem zuständigen Projektleiter zur Baustelle.“

„Gut, wir sehen uns dann später.“

Während der Fahrt zum Kraftwerk erklärte Lienz dem sichtlich überforderten Brunner noch einmal genau die Situation. Ihm ging es darum, dass Brunner sie dorthin führte, wo ein Sprengstoffanschlag die größte Wirkung erzielen würde. Schon von Weitem konnten sie die blauen Blinklichter sehen, die die Kraftwerkszufahrt seltsam fremdartig erscheinen ließ. Dutzende Polizisten standen vor dem Eingangstor, wurden vom Rastatter Kollegen in Trupps eingeteilt, um das Gelände zu durchstreifen. Gerade als Lienz mit seinen Schutzbefohlenen hinzukam, begann die Gruppe sich zu zerstreuen.

Monsieur Lambert und Reng von den Rastatter Kollegen kamen auf ihn zu.

Lienz ergriff sofort das Wort. „Monsieur Lambert, sind Ihre Männer postiert?“

„Hallo Herr Kommissar. Alle Mann sind auf den vereinbarten Posten.“

„Irgendwelche außergewöhnlichen Vorkommnisse?“

„Bisher ist alles ruhig.“

„Hat niemand etwas Auffälliges beobachtet? Huschende Schatten, aufflatternde Vögel, egal was?“

„Nein. Nichts. Allerdings hat die Dunkelheit die Überwachung erschwert. Wir arbeiten daran, Scheinwerfer in Position zu bringen, um damit den Damm auszuleuchten. Momentan herrscht dort allerdings noch Dunkelheit."

„Danke." Dann wandte Lienz sich an Reng. „Läuft alles nach Plan bei Ihrer Truppe?"

„Ja. Meine Männer sind ausgeschwärmt. Die durchforsten jetzt das Gelände entlang der Zäune. Wenn da jemand rumlungert, treiben sie ihn auf. Spürhunde haben wir angefordert. Die kommen aber erst mit Ihren Kollegen aus Karlsruhe."

„Gut. Die müssten demnächst hier eintreffen. Ich werde mich mit Herrn Brunner und den drei jungen Leuten beim Damm umsehen. Herr Brunner kennt sich hier wohl am besten aus. Er wird uns den Weg zeigen."

„Was ist mit dem Jungvolk?" Reng warf den Green Heroes einen skeptischen Blick zu. „Sollten die nicht besser hier bleiben?"

Lienz zögerte einen Moment. „Nein. Falls wir auf ihre Freunde stoßen, könnte ihre Anwesenheit hilfreich sein."

Reng schien nicht davon überzeugt, sparte sich aber jeden weiteren Kommentar. „Soll ich mitkommen?"

„Gerne. Ja. Herr Lambert, Sie warten bitte am Tor und begleiten die Karlsruher Truppe dann zum Damm. Die müssten bald eintreffen."

Lambert nickte zur Bestätigung mit dem Kopf, dann knisterte sein Funkgerät und er wandte sich ab.

Lienz bat Brunner voranzugehen und ihnen den Weg zum Kraftwerk zu zeigen.

Sie hatten die Stelle, an der der Damm an die Betonwand des Kraftwerks schloss, unbemerkt erreicht und stellten ihre Rucksäcke ab, froh, von deren Gewicht befreit zu sein. Ihre nassgeschwitzten Rücken schmerzten und Markus Beine zitterten ein wenig, wobei ihm nicht klar war, ob die Anstrengung oder die Aufregung der Grund dafür war.

Er hatte nicht gedacht, dass sie es bis hierhin schaffen würden. Jetzt, wo sie ihr Ziel erreicht hatten, breitete sich ein mulmiges Gefühl in seiner Magengrube aus. Vorher, als sie damit beschäftigt waren, ungesehen an den Wachmannschaften vorbeizugelangen, hatte er sich noch wirklich gut gefühlt. Er war viel zu konzentriert gewesen, um negative Gedanken zuzulassen. Jetzt aber holten ihn seine Befürchtungen ein. Er wäre gerne so cool gewesen wie Tom, der sich gerade lässig auf das Gerüst setzte, die Beine ins Leere baumeln ließ und sich eine Zigarette anzündete. Seiner Aufforderung, sich neben ihn zu setzen, kam Markus nicht nach. Er wollte so schnell wie möglich die Rucksäcke deponieren, die Zündschnüre verlegen und dann abhauen. Toms Ruhe ärgerte ihn.

„Jetzt schau nicht so bedrückt. Ist doch alles gut gelaufen."

„Ja, bis jetzt. Wir sollten hier allerdings so schnell wie möglich wieder weg."

Tom lachte kurz auf. „Hab ich's mir doch gedacht! Kriegst du etwa Fracksausen?"

„Mensch Tom! Hör auf, den Coolen zu spielen. Los, lass uns das Zeug deponieren und dann abhauen."

„Immer mit die Ruhe und 'ner juten Zigarre, wie der Berliner so schön sagt. Hier, nimm auch einen Zug!"

Er hielt Markus die Zigarette hin, der jedoch kopfschüttelnd ablehnte. Darauf zog sich Tom seufzend an einer Gerüststange hoch und sagte beschwichtigend: „Ist ja gut. Beruhig dich! Ich ziehe das jetzt durch und du gehst schon mal zum Boot zurück und hältst uns den Rücken frei. Wenn dich jemand entdeckt, dann springst du ins Kanu und versuchst mich hier abzuholen, klar?"

„Und du bleibst allein hier? Ich dachte, ich soll dir helfen?"

„Du hast mir schon genug geholfen. Wenn wir gleich hier abhauen wollen, dann sind wir uns doch nur gegenseitig im Weg. Also: Geh vor, ich komme gleich nach!"

Markus verharrte noch einen Moment wartend, aber als Tom ihm den Rücken zuwandte und im Rucksack zu kramen begann, machte er sich auf den Weg zurück. Er war unglaublich erleichtert, dass er in sicherer Entfernung sein würde, wenn die Rauchbombe gleich hier hochgehen sollte.

Vorsichtig bewegten sie sich die Böschung hinunter. Der Regen der letzten Tage hatte das Gras nass gemacht und den Boden aufgeweicht. Immer wieder rutschten ihre Füße auf der glitschigen Oberfläche ab. Außerdem verschlechterte sich mit jedem Meter die Sicht, da das Licht der Scheinwerfer kaum über die hohe Deichkrone fiel. Nur langsam gewöhnten sich ihre Augen an die schlechten Sichtbedingungen. Die letzten Meter legten sie in fast vollständiger Dunkelheit zurück. Unsichtbar rauschte unmittelbar vor ihnen der mächtig angeschwollene, Hochwasser führende Fluss.

Plötzlich blieb Heiner Brunner, der die Gruppe anführte, stehen. Da war er wieder, dieser Geruch. Unverkennbar. Süß und schwer hing er über dem Gelände. Von überall schien er auf ihn einzudringen. In langen Fäden zog er dem Ufer entlang, wölkte über dem Stausee, schwappte über den Damm, um sich wolkengleich vor ihm zu verdichten. Wie der Rauch einer mächtigen, abgebrannten Zigarre.

Angst kroch in ihm hoch. Kalte Angst. Fest hielt sie sein hilflos pochendes Herz umklammert. Unfähig, auch nur einen einzigen weiteren Schritt zu tun, blieb er stehen.

Lienz, der direkt hinter ihm ging, schaffte es gerade noch auszuweichen. Der Rest der Gruppe schlug einen kleinen Bogen und setzte seinen Weg Richtung Deichsohle fort. Auch Lienz rutschte weiter, merkte aber nach einigen Schritten, dass Heiner Brunner ihm nicht mehr folgte.

„Was ist los?“, rief er ihm zu. „Los, kommen Sie, wir müssen weiter!“

„Der Geruch ...“, krächzte Heiner aus zugeschnürter Kehle.

Lienz blieb stehen. Auch die anderen verlangsamten ihre Schritte.

„Welcher Geruch?“

„Die Zigarre!“

„Zigarre?“

„Na, der Geruch eben! Von ihm! Er ist hier, ganz in der Nähe ... ich kann nicht weiter. Es geht nicht ...!“

Lienz blähte seine Nasenlöcher, schnupperte begierig. Was meinte der Brunner bloß, fragte er sich. Er konnte beim besten Willen nichts riechen! Oder doch? Etwas, das vor Kurzem noch nicht da gewesen war? Ein Hauch von ... ja, wovon denn eigentlich? Lienz überlegte fieberhaft. Eine vage Erinnerung verharrte knapp außerhalb seines Sichtfeldes. Immer wenn er meinte, er hätte die Antwort auf seine Frage gefunden, er bräuchte sie nur noch laut auszusprechen, rutschte diese wieder ein Stück nach hinten, so dass sie sich beharrlich seinem Zugriff entzog.

Gerade als er sich fragte, ob diese Erinnerung überhaupt einen Geruch beinhaltete, blitzte mit Macht das Bild einer brennenden Bergwiese auf. Vor seinem inneren Auge hüpften aufgeregte Kinder am Rand der Feuersbrunst entlang, die Gefahr, die von ihr ausging, nicht erkennend. Wind fuhr in die Flammen, eine dichte Rauchwolke vor sich herschiebend. Wenige Sekunden später hatte die Wolke die Kinder erreicht und hinter einem undurchdringlichen Schleier seinen Blicken entzogen. Irgendjemand begann laut zu schreien ...

„He, was ist denn los? Kommt weiter!“

Die Erkenntnis überkam ihn wie ein schmerzhafter Stich in den Kopf: Über der Baustelle hing der Geruch von Gefahr. Eine übermächtige Bedrohung hatte sich in diesem unübersichtlichen Gelände versteckt und lauerte auf ihr nächstes Opfer.

Die Angst lähmte Heiner. Der Geruch versetzte ihn wieder ans Ufer des Schlossparks zurück, wo er mit Julia diesem Grauen zum ersten Mal begegnet war. Damals konnte er sich noch aus dessen Sog befreien, nun aber war seine Willenskraft vom Kampf der letzten Wochen aufgezehrt.

Lienz jedoch kämpfte die Erinnerung nieder. Mit aller Kraft zwang er seinen Geist in die Gegenwart zurück. Er schaute sich um. Alle standen jetzt still. Warteten. Warteten auf ihn, den Anführer. Das war der falsche Moment, um Schwäche zu zeigen. Er hatte eine Aufgabe zu erledigen, die keinen Aufschub duldete. Er musste zum Gerüst und zwar sofort! Jede weitere Verzögerung könnte den Tod von vielen ahnungslosen Menschen bedeuten. Er konnte spüren, wie sich die Angst ein kleines Stück zurückzog. Mit einem Ruck sprang er vor, packte Brunner am Arm und zerrte ihn mit sich Richtung Gerüst. Hintereinander schob sich die Gruppe auf das schmale Zugangsbrett.

Als Erster ging Reng, dann Lienz, der den Bauingenieur vor sich herschubste. Ihnen auf den Fuß folgte Nadine, gleich dahinter Flo und Lucie. Das Schlusslicht bildeten zwei Wachmänner. Plötzlich schrie Nadine auf. Sie deutete aufgeregt nach rechts unten. Lienz Blick folgte ihrem Arm. Eine Sandbank zog sich vom Fuß des Gerüstes weit in den Fluss hinein. Etwas weiter entfernt konnte er ein Boot und einen Schatten ausmachen.

Er reagierte blitzschnell. „Reng, da unten ist einer!", rief er seinem Kollegen zu und schwang sich schon unter dem Geländer durch. Dann ließ er sich nach unten fallen. Gut zwei Meter tiefer traf er weich auf der Sandbank auf. Direkt hinter ihm landete noch jemand. Er hoffte, dass es sein Kollege wäre, drehte sich aber nicht mehr um, sondern sprintete los. Der Schatten vor ihm hatte das Boot erreicht. Er hörte, wie dessen schwerer Rumpf über den Sand schrappte, als es Richtung Wasserlinie geschoben wurde. Ihn trennten noch gut dreißig Meter von dem Flüchtenden, der den rettenden Fluss bald erreicht haben würde. Da überholte ihn ein weiterer Schatten und raste auf das Boot zu. Reng bewegte sich mit ungeheurer Geschwindigkeit auf dem tiefen Sandboden. Schon hatte er den Flüchtenden erreicht, warf sich mit voller Wucht auf ihn, riss ihn zu

Boden und blieb auf ihm liegen. Gleich darauf hatte auch Lienz die beiden erreicht.

„Gute Arbeit, Kollege!“, keuchte er.

Dieser band schon die Hände des unter ihm Liegenden mit einem Kabelbinder fest. Dann hievte er den Delinquenten hoch. In diesem Moment flutete Licht über den Damm und beleuchtete das Gesicht eines jungen Mannes.

„Ah, die Wachmannschaft hat die Lichter installiert!“, stellte Lienz zufrieden fest. Dann griff er dem jungen Mann unters Kinn und drehte dessen Gesicht ins Licht.

„Lienz, Kripo Karlsruhe. Wer sind Sie und was machen Sie hier?“, fuhr er ihn an.

„Ich wollte bloß ...“

„Reden Sie keinen Stuss! Ich weiß, warum Sie hier sind und mit wem! Also: Wo ist der andere? Wo ist Tom Reichle?“

Hätte Lienz nicht Markus Kinn festgehalten, wäre es in diesem Moment aufgeklappt. Fassungslos starrte er Lienz an.

„Jetzt glotzen Sie nicht so blöd und sagen mir lieber, wo Ihr Freund abgeblieben ist!“

Markus versuchte zu denken. Er suchte nach einem Ausweg aus dieser Situation, etwas, das ihm helfen würde, mit heiler Haut davonzukommen. Allerdings war er seit der Erwähnung von Toms Namen vollkommen blockiert. Wenn die wussten, dass Tom hier war, dann wussten sie wahrscheinlich auch, warum. Was konnte er jetzt noch machen, um ihm zu helfen? Die Polizei auf eine falsche Spur locken?

Reng drückte Markus Arme schmerzhaft nach oben. „Pass auf, Bürschchen. Wenn du nicht gleich den Mund aufmachst, wirst du das noch bereuen!“

„Au! Sie tun mir weh! Hören Sie auf!“

„Schön, dass Sie Ihre Stimme wiedergefunden haben. Und jetzt raus mit der Sprache: Wo ist Tom?“, fragte Lienz erneut. Und nachdem Markus weiter beharrlich schwieg, fügte er etwas leiser hinzu. „Mensch, Junge. Hier geht es um viele Menschenleben! Weißt du überhaupt, was du da tust?“

Dieser halb geflüsterte Nachsatz verwirrte Markus und brach dessen Widerstand. „Tom ist oben auf dem Gerüst. Wo der Damm auf das Kraftwerksgebäude trifft, will er die Bombe anbringen. Allerdings glaube ich, dass Sie zu spät kommen. Gleich müsste der Rauch zu sehen sein."

„Reng, Sie bleiben bei ihm. Nehmen Sie ihn mit zum Parkplatz. Dort übergeben Sie ihn bitte meinen Kollegen. Ich muss los!"

„Lienz, warten Sie! Das ist gefährlich!"

„Das ist Nichtstun auch!"

Mit diesen Worten verschwand er Richtung Gerüst.

Dort angekommen, erklärte er dem Rest kurz, was geschehen war.

„Das muss der Markus sein", meinte Lucie. „Da bin ich mir sicher, so wie der reagiert hat."

„Wie dem auch sei. Er hat bestätigt, dass Tom Reichle, genau wie Sie vermutet hatten, Herr Brunner, weiter vorne, wo der Damm auf den Kraftwerksbau stößt, eine Bombe anbringen will. Wenn wir ihn stoppen wollen, müssen wir uns beeilen!"

Nadine wollte sofort losrennen, wurde von Lienz aber am Arm festgehalten.

„Damit eines klar ist: Ich gebe hier die Befehle! Jeder hört genau auf das, was ich sage! Sie alle halten sich so lange im Hintergrund, bis ich Ihnen ein Zeichen gebe, verstanden? Wir wissen nicht, wie Reichle reagiert, wenn er uns sieht. Vergessen Sie niemals, dass er gefährlich ist. Immerhin hat er eine Bombe dabei!"

Nadine, Flo und Lucie nickten stumm.

„OK, los geht's. Kommen Sie nach vorn, Herr Brunner. Sie führen uns."

Kurze Zeit später konnten sie die riesigen, glatten Betonwände des Kraftwerks sehen. Lienz setzte sich an die Spitze der

Gruppe und schickte Brunner ganz nach hinten. Dieses Nervenbündel wollte er so weit wie möglich aus dem Weg haben. Als sie sich langsam näherten, konnte Lienz jemanden am Boden knien sehen. Das musste Tom Reichle sein. Zum Glück hatte er ihnen den Rücken zugekehrt. Er wandte sich zu den anderen um und führte den Zeigefinger an die Lippen. Dann schlichen sie so leise wie möglich näher.

Sie waren nur noch wenige Meter von ihm entfernt, als Lienz erwog, sich auf ihn zu werfen, selbst wenn das in dieser Höhe auf einem Gerüst lebensgefährlich sein konnte. In diesem Moment wirbelte Tom plötzlich herum.

„Bleiben Sie stehen! Keinen Schritt weiter, sonst gibt es ein Unglück!“, schrie er Lienz entgegen. In einer Hand hielt er das Ende einer Schnur, in der anderen ein Feuerzeug.

Lienz machte vorsichtig einen kleinen Schritt in seine Richtung. Sofort riss Tom Reichle beide Hände in die Höhe. „Stopp jetzt, habe ich gesagt! Oder ich zünde die Schnur. Dann fliegen wir alle in die Luft!“

Lienz blieb stehen, hob beschwichtigend seine Hände. „Bitte beruhigen Sie sich, Herr Reichle. Ich will Ihnen nichts tun.“

„Wer sind Sie? Polizei?“

„Lienz, Kripo Karlsruhe.“

„Was wollen Sie hier?“

Lienz Gehirn arbeitete auf Hochtouren. Er wusste, dass seine einzige Chance, Tom von seinem Vorhaben abzulenken, darin bestand, ihn in ein Gespräch zu verwickeln. Dabei musste er äußerst umsichtig vorgehen, auf keinen Fall durfte er Tom provozieren. „Ich will, dass Sie mitkommen. Lassen Sie's gut sein.“

„Warum sollte ich das?“

„Wenn Sie freiwillig mitkommen, dann hat das positive Auswirkungen auf Ihren Prozess!“

„Sie machen mir also schon den Prozess! Nun, dazu müssten Sie mich erst mal verhaften.“

„Hören Sie, Herr Reichle, ich will Ihnen nur einen Rat geben: Machen Sie Schluss, solange Sie noch können. Ihre Situation ist ausweglos!“ Das ist ja eben das Problem, fügte der Kommissar in Gedanken hinzu. Er hoffte stark, dass sich Reichle zu keiner Kurzschlussreaktion verleiten ließ, was bei in die Ecke getriebenen Menschen häufig vorkam. Er musste mit allen Mitteln versuchen, ihm einen Ausweg aufzuzeigen.

„Wenn meine Situation wirklich ausweglos ist, warum sollte ich dann auf Ihren Rat hören?“ Tom hatte seine Hände immer noch erhoben, Zündschnur und Feuerzeug waren gut zu erkennen.

„Weil der einzige Ausweg die Annahme meines Rates ist. Deswegen.“

„Schön. Was raten Sie mir also?“

„Legen Sie die Zündschnur aus der Hand und kommen Sie langsam zu mir rüber. Dann nehme ich Sie mit aufs Präsidium und wir unterhalten uns in Ruhe.“

„Klingt nach einem gemütlichen Kaffeekränzchen.“

„Warum nicht? Ist doch besser, als hier in der kalten Nacht herumzustehen mit einer Bombe im Rücken.“

„Kommt ganz auf die Perspektive an“, gab Tom mit einem bitteren Lächeln zurück. „Ich glaube, dass ich momentan die besseren Argumente habe.“ Demonstrativ ließ er das Feuerzeug in seinen Händen aufschnappen.

„Hören Sie auf damit!“, fuhr ihn Lienz an. „Seien Sie doch vorsichtig!“

Tom lachte. „Tja, Herr Kommissar. Pech gehabt! Ich hänge nämlich nicht so sehr an meinem Leben wie Sie an Ihrem. Das kann ein Vorteil sein.“

Ja das kann es, in einer seltsam verqueren Sichtweise, wie sie Selbstmordattentätern zu eigen ist. Doch Lienz spürte, dass Tom nicht so tickte. Der hatte mit seinem Leben noch nicht abgeschlossen. Vielleicht konnte er die Situation doch noch entschärfen.

„Lassen Sie doch diese Spielchen! Das bringt nichts. Ich schlage vor, wir gehen jetzt einfach. Alle zusammen."

„Und wenn ich nicht will?"

„Aber warum sollten Sie denn nicht wollen?", fragte Lienz zurück.

„Dafür gibt es genügend Gründe. Vielleicht, weil Sie mich sofort einsperren würden, wenn ich die Zündschnur weglege und ich wahrscheinlich auf Druck der mächtigen Energieversorger für immer im Gefängnis verschwinden würde."

„Wir sind hier doch nicht in Russland."

„Vielleicht muss aber auch einfach mal etwas Großes passieren, damit die Bonzen dort oben aufhören, über die Köpfe der Bevölkerung hinwegzubestimmen."

„Aber dafür gibt es doch ein einfacheres Mittel."

„Nämlich?"

„Wahlen! Alle vier Jahre haben Sie die Möglichkeit, Ihre Bonzen abzuwählen, wenn die gegen den Willen des Volkes regieren."

„Sind Sie wirklich so naiv? Damit tausche ich doch nur ein Übel gegen das andere. Außerdem ist das ja nur ein Punkt von vielen."

Vor Anstrengung schwitzte Lienz unerträglich. Immerhin war es ihm bisher gelungen, das Gespräch am Laufen zu halten, was allerdings zunehmend schwieriger wurde.

„Wenn Sie tot wären, dann könnten Sie gar nichts mehr ändern."

„Stimmt. Aber andere Leute würden mein Werk fortsetzen. Die Menschen wären wachgerüttelt und würden sich nicht mehr klaglos alles gefallen lassen."

„Das machen sie jetzt doch schon nicht. Gerade hier in Iffezheim gab es doch Dutzende Proteste gegen das Kraftwerk."

„Und was hat es genützt? Gar nichts! Das ist es ja eben!"

Die Diskussion lief in die falsche Richtung. Lienz fragte sich, wo nur die Verstärkung aus Karlsruhe blieb. Die Sondereinheit würde Reichle ausschalten. Da war er sich sicher. Er musste ihn nur noch ein wenig hinhalten.

„Aber dafür gibt es jetzt bald viel sauberen Strom aus Wasserkraft und die Atomkraftwerke können endgültig abgeschaltet werden. Das müsste für Ihre Green Heroes doch eigentlich ein Grund zum Jubeln sein!"

„Das Problem sind solche Bürger wie Sie, Herr Kommissar. Sie glauben alles, was man Ihnen nur lang genug vorkaut. Bei diesem Kraftwerk wurde so lange behauptet, dass es ein grünes Vorzeigeprojekt sei, bis alle das geglaubt haben. Selbst die Menschen, die ihre Häuser und Wiesen verloren haben, sind vom ökologischen Inhalt überzeugt. Aber kann etwas wirklich ökologisch sein, wenn dafür der Lebensraum von Hunderten Tieren und Menschen zerstört wird?"

„Gegenfrage: Ist es ökologisch, ein Kraftwerk zu sprengen und damit das Leben von unzähligen Unschuldigen zu bedrohen? Gibt es überhaupt eine Rechtfertigung dafür, das Leben eines anderen Menschen zu beenden? Können Sie es ihm denn zurückgeben, falls Sie später bemerken, dass Sie sich doch getäuscht haben? Und wenn nicht: Können Sie mit dieser Schuld leben? Wollen Sie das wirklich?"

„Was soll dieses Gequatsche von Schuld? Schluss jetzt. Wenn Ihnen Ihr Leben lieb ist, dann hauen Sie jetzt ab. Ich gebe Ihnen eine halbe Minute, bevor ich die Bombe zünde!"

Lienz beschloss, seinen letzten Trumpf zu spielen. Er schob Nadine, die bis zu diesem Moment hinter ihm im Schatten stand, nach vorn. Toms Gesicht spiegelte seine Überraschung wider, völlig perplex schaute er auf seine Freundin.

„Nadine!", entfuhr es Tom. „Was willst du hier?"

„Ich will, dass du mit mir kommst."

„Das geht nicht. Jetzt nicht mehr."

„Doch Tom. Natürlich geht das. Du musst nur wollen."

„Verdammt, Nadine! Du solltest nicht hier sein. Warum bist du nicht zu Hause geblieben?"

„Das kann ich nicht. Ich werde nicht tatenlos zusehen, wie du dich und andere umbringst. Lass es gut sein, Tom. Es reicht." Mittlerweile war Nadines Stimme zu einem Flüstern geschrumpft. Tränen zogen nasse Spuren über ihre Wangen.

„Nichts reicht, jetzt geht's erst richtig los! Nach heute Abend werden die Bonzen sich nicht mehr bequem in ihren Sesseln zurücklehnen."

„Das ist Wahnsinn ..."

„Manchmal muss man an die Grenzen gehen – und wenn nötig, dann darüber hinaus."

Nadine schüttelte ihren Kopf. „Das ist nicht wahr. Du irrst dich."

Plötzlich wuchs eine unbeschreibliche Wut in Tom. Wie konnte es sein, dass Nadine ihn nicht verstand? Warum hatte sie ihn an die Polizei verraten, ihn dem System ans Messer geliefert? Die Wut kochte in ihm, steigerte sich zur Raserei.

„Dann verschwinde. Sofort!", spie er ihr entgegen. Wütend schleuderte er die Lunte hinter sich.

Lienz sah aus den Augenwinkeln einen Funken glimmen, dann wurde seine Aufmerksamkeit wieder auf Tom gelenkt, der plötzlich ruhig mit Nadine sprach.

„Hast du schon vergessen: Wir tun alles dafür, um die regierende Kaste davon zu überzeugen, eine wahrhafte und nachhaltige ökologische Politik zu betreiben."

„Nein. Das habe ich nicht vergessen. Aber das Sprengen von Kraftwerken gehört nicht in diese Kategorie."

„Ich wusste schon, warum ich euch nichts davon erzählt habe. Tief in euch drin seid ihr feige Zauderer!"

„Hör auf, Tom!", schleuderte ihm Nadine entgegen. „Das ist gemein! Du bist selbstgerecht. Wir stehen zu dir, aber das hier, das hier ist totaler Mist! Hör auf jetzt und komm mit mir. Bitte." Die Bitte rutschte fast stimmlos über ihre Lippen und hing wie ein zerbrechliches Gespinst aus Glas über ihnen.

Tom zögerte, unschlüssig, was er nun tun sollte. „Nadine, vertrau mir", flüsterte er ihr so leise zu, dass nur sie seine Worte verstehen konnte. „Ich weiß, was ich tue. Alles bis ins kleinste Detail geplant. Wenn das hier erledigt ist, werden alle wissen, von welchen Heuchlern wir regiert werden. Heute Abend wird eine Revolution ausgelöst. Das wird überwältigend!"

Nadine sah ihn entgeistert an und machte einen Schritt zurück. „Nein, Tom. Das kann ich nicht. Entschuldige ..."

Der Brandgeruch, der schon die ganze Zeit in der Luft hing, wurde stärker. Lienz wandte sich nach hinten zu den anderen um, die jedoch nichts davon zu bemerken schienen. Irgendetwas in seinem Kopf schlug Alarm. Sein Ermittlergehirn, das alles speicherte, hatte etwas registriert, das seiner Aufmerksamkeit entgangen war. Er versuchte, sich zu konzentrieren, darauf zu kommen, was ihn so nervös machte.

Nadine hatte Toms Arm gepackt und redete auf ihn ein. Lienz hatte die Kontrolle über die Situation verloren, ihm blieben nur noch wenige Momente, um einzugreifen. Im Kopf ging er die Geschehnisse des Abends durch, ihre Ankunft, die Festnahme am Boot, das Gerüst, sein Gespräch mit Tom.

Lienz bemerkte einen Schatten, der über die untere Plattform huschte. Die Sondereinheit arbeitete sich Richtung Rucksack vor. Sein Gehirn rastete ein. Der Rucksack mit der Bombe. Tom, der die Lunte fortschleuderte. Ein Funke in der Dunkelheit. Das war es!

„Alle nach hinten!", schrie er. „Sofort! Die Bombe!"

Schritte polterten auf den Brettern. Er machte einen Satz auf Tom und Nadine zu, die sich in Wut aneinander festklammerten. Er versuchte sie zu trennen, bekam einen Arm zu fassen und zog ihn mit aller Kraft mit sich, weg vom Rucksack. Zusammen stolperten sie ein paar Schritte nach hinten. Dann zerriss ein lauter Knall die Luft und er wurde zu Boden geschleudert.

Nadine spürte einen harten Aufprall auf ihrem Brustkorb, gefolgt von einem heißen Schmerz. Dann rutschte der Boden unter ihren Füßen weg. Sie wurde heftig nach oben gerissen, rotierte um die eigene Achse. Es war ein merkwürdiges Gefühl. Ein Zustand zwischen Schweben und Fallen, eingeschlossen von verdichteter Luft, die sie weiter aufwärts trug. Sie spürte den Impuls, ihre Arme seitlich von sich zu strecken, um mehr Auftrieb zu erhalten, wie ein Vogel im warmen Sommeraufwind höher zu steigen, weit über dem Fluss zu kreisen und den kleinen, über den Kraftwerksdamm eilenden Menschen zuzusehen. Sie wunderte sich darüber, wie das möglich sein könnte. Das war gegen alle Regeln der Physik. Eigentlich müsste sie die Schwerkraft längst nach unten gezogen haben. Doch sie wirbelte weiter um die eigene Achse, ein Spielball der Kraft der Elemente. Die Luft um sie herum verdichtete sich immer mehr, übte immensen Druck auf ihren Körper aus, der jetzt heftiger als zuvor durchgerüttelt wurde. Das war anders als alles, was sie bisher erlebt hatte. Auf einmal merkte sie, dass sich die Luft gar nicht warm anfühlte; sie war das genaue Gegenteil, nämlich eiskalt. So kalt, das es ihr den Atem nahm. Sie konnte unmöglich so lange durch diese veränderten Lüfte fliegen. Um endlich Klarheit zu erlangen, riss sie die Augen weit auf.

Dunkelheit. In diesem Moment wusste Nadine, was nicht stimmte: Sie flog nicht durch die Luft, war nie geflogen. Vielmehr fiel sie seit geraumer Zeit nach unten, beziehungsweise wurde nach unten gedrückt. Das kalte Dunkel um sie herum war Wasser. Die Explosion musste sie vom Gerüst geschleudert haben und dabei hatte sie die Orientierung verloren. Jetzt erst spürte sie die gnadenlose Kraft des Flusses, der sie in seinen Klauen hielt. Panik erfasste sie. Heftig begann sie mit Armen und Beinen auszuschlagen, irgendwie der schieren Kraft des Wassers zu entkommen. Allerdings wusste sie schon lang nicht mehr, in welcher Richtung sich die rettende Oberfläche befand. Sie trat noch zweimal kräftig mit den Beinen nach unten, dann wurde sie unsanft zur Seite gerissen und von der Strömung gegen ein Hindernis gedrückt. Mit all ihrer verbliebenen Kraft stemmte sie sich mit den Händen davon ab, merkte aber schnell, dass sie dieser gewaltigen Macht aussichtslos unterlegen war. Der Fluss gab ihr keine Chance. Er hatte sie gefangen und war nicht mehr gewillt, von seinem Opfer zu lassen.

Sie wusste nicht, wie lange sie schon unter Wasser war. Ihre Lungen brannten, ihr Kopf drohte unter einem inneren Druck zu platzen. Sie meinte, ihre Augen aus den Höhlen treten zu fühlen. Sie brauchte Luft, sofort, doch immer noch wurde sie nach unten gedrückt. Arme und Beine ermüdeten schnell in dieser Kälte, bald würde sie nicht mehr in der Lage sein, um sich aus eigener Kraft an die Oberfläche zu retten. In diesem Moment wurde ihr klar, dass es vorbei war. Sie hatte den Kampf gegen den Fluss verloren. Sie würde sterben. Sie stellte diese unumstößliche Tatsache mit einer sie selbst erstaunenden Gleichmütigkeit fest. Jegliche Panik war von ihr abgefallen, vielleicht von der Strömung fortgerissen worden, genau wie ihr Wille weiterzukämpfen. Plötzlich war ihr Geist wieder frei, so frei wie noch nie. In den vorbeiströmenden Wasserfluten entstanden Bilder, die sie durchströmten. Sie erblickte die Schönheit, die allem innewohnte, fühlte die unnachahmliche Einzigartigkeit der Schöpfung, die für sie in wenigen Momenten unwiederbringlich verloren sein würde. Das Raster des Lebens breitete sich klar erkennbar vor ihren Füßen aus, und sie fragte sich, wie sie die mannigfaltigen Zeichen bloß so beharrlich übersehen gekonnt hatte. Gerne hätte sie ihre Lieben darauf aufmerksam machen, doch ohne sie zur Kenntnis zu nehmen, zogen diese mit der Strömung stumm an ihr vorüber. Alle, die ihr etwas bedeuteten, waren dabei. Manche fröhlich und heiter, manche traurig und von Kummer zerfurcht, glichen sie einer viele Zimmer füllenden Ahnengalerie.

Auch wenn das Wasser immer noch um sie herumsprudelte, wurde die Strömung endlich langsamer. Ein Bild nach dem anderen wurde von den wirbelnden Blasen davongetragen, bis am Ende ein letztes Standbild übrig blieb. Es war Tom, den sie darauf erkennen konnte, wie er zusammengekauert auf dem Boden lag und mit schreckgeweiteten Augen auf ein Grauen blickte, das außerhalb ihres Sichtfeldes lag. Dann zerplatzte auch dieses Bild und ließ sie im Dunkeln mit einer unstillbaren Sehnsucht zurück. Die pochenden Schmerzen überfielen sie erneut und brachten die Trauer mit, die sich fest in ihr einnistete und bis in die hintersten Winkel des Verstandes drang. Sie trauerte um all die unerfüllt bleibenden Wünsche, die nie zu Ende geträumten Träume.

Der letzte spärliche Lichtpunkt am Horizont begann zu flackern und verglomm. Um sie und in ihr herrschte eine alles umfassende Schwärze. Sie öffnete ihren Mund und sog in einem letzten gierigen Zug ihre Lungen voll Wasser.

Lienz blinzelte Staub aus den Augen. Sein Rücken schmerzte, er lag krumm auf dem Bodenbrett des Gerüstes, seinen linken Arm unangenehm verdreht unter sich begraben. Er wälzte sich auf die andere Seite, rappelte sich hoch. Vorsichtig bewegte er Arme und Beine. Jede Bewegung schmerzte, aber es schien nichts gebrochen zu sein. Er schaute sich um. Wenige Meter hinter ihm konnte er Flo, Lucie und die zwei Wachleute ausmachen. Keiner von ihnen schien ernsthafte Verletzungen davon getragen zu haben. Direkt vor ihm lag Tom Reichle. Sein Gesicht zu einer Grimasse verzerrt, der Mund weit aufgerissen. Er schien zu brüllen, aber Lienz konnte ihn nicht hören. Ein durchdringender Summton in seinem Ohr überlagerte alle anderen Geräusche. Das Kraftwerk wirkte eigenartig fremd in seiner kalten Stille. Die Menschen um ihn herum glichen Pantomimen in Zeitlupe, doch ihre verlangsamten Bewegungen brannten sich in übernatürlicher Klarheit in Lienz Kopf ein. Nie mehr würde er den Ausdruck auf Toms Gesicht vergessen, jedes einzelne Fältchen dieser entstellten Grimasse war für immer in sein Gedächtnis gebrannt.

Wenig Meter hinter Tom fehlte ein Stück der Dammkrone. Weggesprengt. Der angeschwollene Fluss drückte mit Macht gegen die Schwachstelle, mit Wucht schossen die Wassermassen durch die Bresche.

Lienz suchte mit den Augen nach Nadine, konnte sie aber nirgends entdecken. Sein Blick wanderte von der Gruppe weiter hinten, die sich mittlerweile wieder erhoben hatte, zurück zu Tom, dem Staudamm und dem Wasserfall. Keine Spur von Nadine. Nirgends.

In diesem Moment gab es in seinem Ohr ein schmerzhaftes Reißen und seine Hörfähigkeit kehrte zurück. Ein überwältigender Lärm stürzte auf ihn ein. Laut donnerte das Wasser in den Abgrund, etwas entfernt wimmerte eine Frauenstimme und in unnatürlich schrillem Stakkato schrie Toms heisere Stimme Nadines Namen. Lienz wollte sich die Hände auf die Ohren drücken, jeder von Toms Schreien war ein Nadelstich in seinem Gehörgang. Neben ihm erschienen zwei verstaubte Polizisten. Sie waren von der unteren Ebene hochgeklettert. Lienz sah sie fragend an, doch sie schüttelten nur die Köpfe, deuteten nach unten. „Das Mädchen ist von der Flutwelle mitgerissen worden. Sie schoss an uns vorbei und verschwand am Fuß des Gerüstes in den Wassermassen."

Schlagartig wich jede Spannung aus seinem Körper. Lienz knickten die Beine weg, kraftlos sackte er am Geländer zusammen.

An die anschließenden Stunden konnte er sich später nicht mehr erinnern. Wie durch einen dichten Nebel drangen äußere Reize nur dumpf zu ihm vor. Er hatte all seine Kraft, all seine Emotionen verbraucht. Nach außen funktionierte die Maschine Kriminalkommissar einwandfrei. Er leitete die Ermittlungen, überwachte die Zeugenbefragungen, sorgte dafür, dass die Spurensicherung noch etwas Verwertbares vorfand, indem er alle Beteiligten aus der Gefahrenzone lotste, arrangierte den Abtransport der Verletzten, nicht ohne davor sicherzustellen, dass diese der Polizei so bald wie möglich zur Verfügung standen.

Der härteste Teil des Abends jedoch war der Rapport bei seiner Chefin. Elke Kerner hatte Heiner Brunners Büro im Baucontainer bezogen, wo sie eine Art Hauptquartier eingerichtet hatte. Dort saß sie wie die Spinne in ihrem Netz und sammelte alle Informationen. Jeder beteiligte Polizist hatte ihr Bericht zu erstatten. An einem kleinen Tisch zu ihrer Linken war ein Jungspund eifrig damit beschäftig, Gesprächsprotokolle zu tippen. Als die Nacht schon weit fortgeschritten war und die meisten Teams ihre Arbeit erledigt hatten, bat sie Lienz in ihr Büro. Nun ging es darum, die Ereignisse des Abends aufzuarbeiten. Dessen Bilanz war erschütternd: Eine Tote, zwei mittelschwere und drei Leichtverletzte, sich selbst nicht mitgezählt. Dabei hätte alles noch schlimmer enden können, wenn nicht nur ein Teil des Sprengstoffes explodiert wäre.

Am schlimmsten für Lienz waren nicht die sich ewig wiederholenden Fragen zum Wortwechsel, den er mit Tom Reichle vor der Explosion geführt hatte, auch nicht, dass er zum x-ten Mal seine Position und die der anderen auf einem Plan einzeichnen musste. Geduldig erklärte er auch stets aufs Neue, warum er die Studenten mit auf das Gerüst genommen hatte und sie so einer großen Gefahr ausgesetzt hatte. Obschon ihm die Augen nach dem langen und anstrengenden Tag zu fielen, antwortete er bereitwillig und ausführlich auf jede noch so detaillierte Frage. Wirklich schlimm war für ihn nur, dass er das Gefühl hatte, versagt zu haben. Er sah sich als alleinig verantwortlich dafür, dass die Dinge einen so katastrophalen Lauf nahmen. Diese Last konnte ihm niemand nehmen.

Der Morgen war während der Befragung dem Vormittag gewichen. Endlich beschloss Elke Kerner, auch sie mit dunkel beschatteten Augen, dass sie genug erfahren hatte. Mit müder Stimme legte sie ihrem Kommissar nahe, nach Hause zu fahren, um sich zu erholen. Den Rest des Tages gab sie ihm frei, allerdings sollte er sich am nächsten Morgen um neun bei ihr im Büro einfinden.

Lienz, zu müde um selbst zu fahren, ließ sich zum nahe gelegenen Bahnhof Baden-Baden chauffieren. Der enge Innenraum des Polizeiautos nahm ihm die Luft. Unter keinen Umständen würde er es damit nach Karlsruhe zurückschaffen. Als er auf dem Bahnhofsvorplatz ausgestiegen und der Dienstwagen verschwunden war, schlurfte er erschöpft und niedergeschlagen ins Bahnhofsgebäude. Um diese Uhrzeit hielten sich nur wenige Leute darin auf, Bäckerei, Coffeeshop und Buchhandlung waren wie ausgestorben. Der Gedanke an Essen bereitete ihm Übelkeit. Obwohl er seit Stunden nichts zu sich genommen hatte, würde er jetzt keinen Bissen hinunterbekommen in seinen Magen, der schwer wie eine Kugel Blei in ihm ruhte.

Doch das störte ihn nicht. Lienz spürte nichts, hörte nichts, sah nicht, was um ihn herum geschah. Er war ganz in seinem Inneren gefangen. Trauer, Frust, Wut hielten ihn fest gepackt, schirmten ihn vor seiner Umwelt ab. Erinnerungsfetzen jagten vorbei: Die hohe Staumauer, der angeschwollene Fluss, Gerüste, Taschenlampen, deren Lichtkegel durch die Nacht irrten, huschenden Schatten hinterher. Gesichter, viele Gesichter: alte und junge, müde, erschöpft, ängstlich, offene Münder, rufende Münder, Schreie und wieder und immer wieder die weit aufgerissenen Augen von Tom, der auf dem Gerüst liegend unaufhörlich Nadines Namen brüllte, als ob sie dadurch zurückkommen würde.

„Meine Damen und Herren, auf Gleis zwei hält Einfahrt der IRE von Konstanz nach Karlsruhe. Bitte Vorsicht bei der Einfahrt ...“ Die Lautsprecherstimme riss ihn aus seinen Gedanken. Er hob den Kopf, fixierte die näher kommenden Lichter, trat einen Schritt zurück und wartete darauf, dass sich die Türe öffnete. Im ersten Stock entdeckte er einen freien Zweiersitz, ließ sich quer darauf nieder und schloss die Augen. Als der Zug anruckelte, rutschte er ans Fenster, presste sein Gesicht gegen die Scheibe und starrte auf die vorüberfliegende Rheinebene. Wie erstarrt verharrte er in dieser Position. Das Fensterglas kühlte seine heiße Stirn, die liebliche, von Obstbäumen durchsetzte Landschaft, löschte alles Gewesene für den Moment aus. Das gleichmäßige Rattern des Zuges schaukelte ihn in ein angenehmes Zwischenreich irgendwo jenseits von Schlaf und Wachen. Nichts und niemand konnte ihn dort erreichen. Keine Bilder, keine Worte und auch kein Gefühl. Taub und Blind könnte er ewig dort verweilen, die völlige Abwesenheit von Gefühlen spendete endlich die ersehnte Erlösung und löste einen Knoten in seinem Inneren.

Als der Zug eine knappe halbe Stunde später in Karlsruhe Hauptbahnhof einfuhr, fiel Lienz Blick auf die großen, leuchtend grünen Lettern: Green Heroes.

„Helden“, murmelte er vor sich hin. Ein bitteres Lachen knarzte aus seiner Kehle. So eine Scheiße, dachte er. Helden enden tragisch. So war es doch immer schon gewesen. Nur hatte er gedacht, dass diese Zeit längst vorbei sei. Wer wollte denn schon heute noch sein Leben riskieren für irgendwelche Ideale, die doch morgen schon wieder überholt und ausgedient am Straßenrand lagen. Falsch gedacht, Lienz. Eine krasse Fehleinschätzung seinerseits. Ein Fehler, der ein junges, hoffnungsvolles Leben vernichtet hatte. Lienz konnte es einfach nicht fassen, dass ein Mensch derart irregeleitet werden konnte, um das Wertvollste, das er besaß, wegzuwerfen für eine abstrakte Idee.

Doch, stieg die nächste quälende Frage unbarmherzig in ihm hoch, war diese Idee wirklich so abstrakt? Hätte er nicht schon früher die volle Tragweite der Aktionen dieser Gruppe junger Aktivisten erkennen müssen? Spätestens nach der vereitelten Kranblockade und den anschließenden Verhören? Was war ihm da nur entgangen und wie hatte das geschehen können? Seine

Unaufmerksamkeit war das Geringste, das er sich vorwerfen musste. Überheblichkeit? Vielleicht. Auf jeden Fall hatte ihm seine langjährige Erfahrung nichts genützt, sein Bauchgefühl sich viel zu spät gemeldet. Am Ende hatte doch der Zehntner recht behalten mit seiner Prophezeiung, dass etwas Schreckliches geschehen würde und er die Gefahr nicht rechtzeitig erkennen konnte. War ihm vor wenigen Tagen ein Wink des Schicksals gegeben worden, den er übersehen hatte? Ganz so wie einer der tragischen Gestalten alter Mythologien? War es das? Oder konnte die Antwort noch einfacher sein, und er sich durch den Hinweis auf die geänderte Gefahrenlage, die der moderne Mensch nicht zu erkennen vermochte, selbst entlasten? Nein, so lief das nicht. Lienz wusste, dass er seinen Selbstvorwürfen nicht entkommen konnte, was auch immer er tun würde. Es steckte eine nicht zu leugnende Wahrheit in ihnen. Ein kleines Körnchen, mit einer unvorstellbaren Sprengkraft, dazu angetan, die Grundfesten seines Lebens zu erschüttern.

Von diesen düsteren Gedanken gepeinigt verließ Lienz den Zug. Auf dem Bahnsteig drängten sich die Reisenden. Sein Blick fiel auf ein kleines Mädchen. Geschützt lief es zwischen Mutter und Vater, fest deren Hände drückend. Mit strahlendem Gesicht, aus dem bedingungslose Liebe leuchtete, schaute es zu seinen Eltern auf. Da fühlte Lienz urplötzlich eine zarte Hoffnung in sich keimen. Solange es Kinder gab, konnte die Menschheit noch nicht ganz verloren sein.

23

Um den runden Tisch im blauen Salon saßen fünf Gestalten, ihre gebeugten Rücken vermittelten den Eindruck intensiven Arbeitens. Seit dem frühen Morgen waren sie schon damit beschäftigt, verschiedenste Regierungserklärungen zu verfassen und anschließend wieder zu verwerfen. Ihnen blieb noch gut eine Stunde bis zur Pressekonferenz, der auf ihnen lastende Druck steigerte sich von Minute zu Minute.

Die Tür öffnete sich und herein traten die Ministerpräsidentin, der Staatssekretär und der Umweltminister. Alle hatten angespannte, übermüdete Gesichter. Sie waren noch in der Nacht verständigt worden, dass ein Sprengstoffanschlag auf das Kraftwerk in Iffezheim verübt worden war, bei dem mindestens eine Person zu Tode gekommen war. Lisa Enzle hatte die Tragweite dieser Tragödie sofort verstanden und ihre zwei engsten Mitarbeiter in die Villa Reitzenstein zitiert. Bis in den frühen Morgen hatten sie darüber diskutiert, wie mit dieser Katastrophe umzugehen sei, wobei jedem von ihnen klar war, dass es ein „weiter so" nicht geben konnte. Dieser letzte Vorfall war zu viel, er hatte das Fass endgültig zum Überlaufen gebracht.

Schnell erzielten sie Einigkeit darüber, das gesamte Projekt auf den Prüfstand zu stellen. Enzle forderte, dass es dabei keine Tabuthemen geben dürfte, jedes Szenario musste möglich sein. „Spielen wir doch mal das schlimmste aller Szenarien durch."

„In welcher Hinsicht?"

„Was wäre, wenn Iffezheim gar nicht ans Netz ginge?"

„Ein unvorstellbarer Imageverlust."

„Millionen Euro in den Sand gesetzt. Es würde an die hundert Jahre dauern, diesen Verlust wieder auszugleichen."

„Hundert?"

„Fünfzig, wenn das Kraftwerk in Betrieb geht. Danach erreichen wir die Gewinnzone."

„Unser Image lässt sich aber doch durch andere Erfolge wieder herstellen, oder?"

„Wer weiß das schon?"

„Und wie sieht es mit der Energieversorgung aus? Würde ein Scheitern von Iffezheim die Grundversorgung gefährden?"

„Das nicht. Aber die Abschaltung der Kernkraftwerke würde sich verzögern, womit wir ein zentrales Wahlversprechen gebrochen hätten. Außerdem benötigen wir den mit Iffezheim erzielten Gewinn für die weitere Umstellung auf regenerative Energien."

„Ich möchte noch zu bedenken geben, dass Iffezheim immerhin zum Vorzeigeprojekt erkoren wurde."

„Ein schwerer Fehler, aus heutiger Sicht." Lisa Enzle fuhr sich über ihre müden Augen. „Eigentlich bin ich der Meinung, dass wir den Bürgern das alles offenlegen sollten. Dann werden sie unsere Entscheidung verstehen."

„Das ist aber ganz schön harter Tobak."

„Die Wahrheit ist dem Menschen zumutbar."

„Sagt wer?"

„Ingeborg Bachmann."

„Die Drogen brauchte, um das Leben auszuhalten."

„Dennoch ..."

Erst mit dem ersten Tageslicht konnten sie sich auf eine gemeinsame Strategie verständigen. Seitdem arbeiteten die Pressesprecher an der richtigen Wortwahl.

Lisa Enzle umrundete den Tisch, schaute über die Schulter der Schreiber auf deren Entwürfe. An einem Satz blieb ihr Blick hängen. Sie streckte die Hand aus, nahm das Blatt in die Höhe. Langsam ging sie zum Fenster, las aufmerksam die wenigen darauf notierten Zeilen. Dann hob sie ihren Kopf, betrachtete den wundervollen Park vor ihrem Fenster, lächelte.

„Hier haben wir unsere Rede. Mehr zu sagen ist nicht nötig."

Sie streckte ihren Arm zur Seite und reichte das Blatt an ihren Minister. Genau so würde sie es machen. Diese Worte waren ihre persönliche Exit-Strategie und mit einem Mal war sie sicher, dass sie doch noch heil aus dieser Geschichte herauskommen würde.

Die Chromstangen des Schreibtisches blitzen in der hellen Morgensonne, deren Strahlen schräg in Elke Kerners Büro fielen. Im blank geputzten, hellen Laminatboden hätte man sein Spiegelbild sehen können, die Ordner, die die Regale an der weißen Rückwand füllten, standen fein säuberlich in Reih und Glied. Schon auf den ersten Blick erkannte ein Besucher, dass hier ein Mensch arbeitete, der Ordnung und Struktur liebte.

Neben der Chefin des Dezernats 1 saß ein älterer Mann, schütteres Haar mit angegrauten Schläfen, das ein rundliches Gesicht einrahmte, in dem eine randlose Brille auf mächtigen Tränensäcken auflag. Aufgrund der für den frühen Vormittag ungewöhnlichen hohen Temperaturen hatte er sein überraschend modisches, anthrazitfarbenes Sakko abgelegt und über die Stuhllehne hinter sich gehängt. Die beiden Personen saßen einander zugewandt, in ein Gespräch vertieft. Einem Wechselgesang gleich wurde Kerners hohe Kopfstimme vom angenehmen Bass des Mannes unterbrochen. Als die Tür geöffnet wurde, beendeten sie ihre Unterredung. Sie wandten sich dem eintretenden Mann zu und Elke Kerner bedeutete ihm, auf dem Stuhl vor ihrem Schreibtisch Platz zu nehmen.

Benjamin Lienz sah in die müden Gesichter der zwei Menschen, die ihm gegenüber saßen und fragte sich, ob sein Gesicht die gleichen Spuren trug. Wahrscheinlich, spann er seinen Gedanken weiter, waren ihm schlimmere Verwüstungen eingekerbt, hatte er doch die letzten Nächte wenig bis gar nicht geschlafen. Obwohl er den gestrigen Tag über frei gehabt hatte, fand er keine Erholung. Die Ereignisse am Kraftwerk hatten ihn schwer mitgenommen, seine Gedanken kreisten in einem fort um Schuld und Verantwortung und ließen ihn nicht zur Ruhe kommen. Immer wieder war er in unruhigen Schlummer gefallen, aber den dringend benötigten Schlaf verweigerte ihm sein Körper.

Er konnte kaum glauben, dass er vor nicht einmal zwei Wochen mit der Iffezheimsache betraut wurde. So viel war geschehen, dass ihm die Zeit viel länger erschien. Zuerst der tote Wachmann, dann die verschiedensten Sabotageakte, der mysteriöse Vorfall im Schlosspark, der die Brunners und Zehntner so aus der Bahn geworfen hatte und nun musste als katastrophaler Schlusspunkt eine junge Frau ihr Leben lassen und ihre Freunde sich schmerzhaft von der Illusion verabschieden, das Leben sei ein leichtes Spiel. Sein Mund schmeckte nach bitterer Galle.

„Ich glaube, Sie sind sich noch nicht vorgestellt worden. Das hier ist Kriminalrat Theo Engert vom LKA Stuttgart", Elke Kerner deutete auf den Mann zu ihrer Rechten, „und vor Ihnen sitzt Kriminalkommissar Benjamin Lienz."

Mit einem Kopfnicken bestätigte er die Vorstellung.

Engerts dunkle Stimme. „Der berühmte Lienz also."

Überrascht sah er auf. „Berühmt? Wohl kaum."

„Ihr Ruf eilt Ihnen voraus, Lienz. Sie haben einige knifflige Fälle gelöst den letzten Jahren. Das kommt durchaus bei uns in Stuttgart an."

„Wie auch alle Verfehlungen.", erwiderte er bitter.

„Auch die", gab Engert schmunzelnd zurück.

Er ärgerte sich über den erheiterten Tonfall des Kriminalrats und fragte sich, worauf der hinauswollte. Er hatte keinen Nerv auf Spielchen. „Deshalb sind Sie doch hier?"

Engert schüttelte seinen Kopf. „Sie irren sich. Diesmal hat Sie Ihr Spürsinn im Stich gelassen."

„Wenn ich richtig informiert bin, sind Sie der Leiter für interne Ermittlungen. Vorgestern ist bei einem Einsatz, der von mir geführt wurde, ein Mensch gestorben. Ich weiß, dass ich dafür die Verantwortung trage und bin bereit dafür einzustehen. Ich bitte Sie nur, nicht lange um den heißen Brei herumzureden, sondern sofort zur Sache zu kommen."

Kerner ergriff das Wort. „Wir sind heute nicht hier, um über Sie zu richten, Lienz. Oder vielleicht doch, aber anders als Sie es erwartet haben. Ich habe Ihren Bericht – und meinen eigenen wohlgemerkt – an Herrn Engert weitergeleitet. Der Iffezheimeinsatz wurde vom LKA geprüft."

„Und unbeanstandet zu den Akten gelegt."

Er traute seinen Ohren nicht. War er in einem Tagtraum gefangen? Wenn jemand bei einem Einsatz ums Leben kam, endete das in der Regel mit Disziplinarverfahren. Und er sollte einfach so davonkommen?

„Das verstehe ich nicht."

„Da gibt es nichts zu verstehen. Sie sind von allen Vorwürfen freigesprochen. Basta."

„Und wo ist der Haken?"

„Kein Haken, Lienz." Seine Chefin schenkte ihm ihr strahlendstes Lächeln. „Das von Elke Kerner geführte Dezernat 1 der Kripo Karlsruhe konnte durch verdeckte Ermittlungsarbeit einer Gruppe gewaltbereiter Umweltschützer auf die Spur kommen und durch einen kompromisslosen Einsatz unter der Leitung des Kriminalkommissars Benjamin Lienz den womöglich schlimmsten Anschlag seit Kriegszeiten verhindern. Dabei setzten Lienz und sein Team ihr Leben aufs Spiel ... So stand es gestern in der BNN. Haben Sie den Artikel nicht gelesen?"

„Ich habe das Haus nicht verlassen."

„So eine gute Presse hatten wir schon lange nicht mehr."

Langsam ging ihm ein Licht auf. „Und die Tote?"

„Eine Terroristin, die trotz Ihres heroischen Einsatzes nicht mehr gerettet werden konnte. Tragisch."

„Stuttgart?“

„Bestätigt, dass es sich um eine Großtat der Karlsruher Kriminalpolizei handelt. Die Ministerpräsidentin bedauerte den Todesfall, drückte aber gleichzeitig ihre Freude und Erleichterung darüber aus, dass es uns gelungen ist, einen Terroranschlag zu verhindern. Alles Weitere überließe sie den Ermittlungsbehörden.“

Daher wehte der Wind, die Landesregierung wollte einen Schlussstrich ziehen. „Sie will also, dass endlich Ruhe einkehrt? Aber das wird nicht klappen, das können die Journalisten unmöglich glauben.“

Engert sprach ruhig, sachlich. „Die Medien haben großes Interesse an der Geschichte der Terroristen. Die Menschen im Land wollen nicht über komplizierte Schuldaufarbeitungen von Polizeidienststellen informiert werden, bei denen am Ende keine eindeutige Erkenntnis darüber gewonnen wurde, wer eigentlich gut oder böse ist. Letztendlich geht es um die Anteilnahme an tragischen Schicksalen, um sich selbst in seiner Sicherheit gebenden Mittelmäßigkeit zu verankern.“

Lienz konnte keine Spur von Ironie in seiner Stimme vernehmen und fand seine Vermutung bestätigt. Der Ärger in seinem Bauch schmerzte. Man hatte sich also hinter den Kulissen geeinigt. Wieder einmal den Weg gewählt, der niemandem wirklich wehtat. Außer vielleicht den beteiligten Menschen, doch wen interessierten schon deren Befindlichkeiten ...

„Dann ist ...“, weiter kam er nicht, denn seine Chefin unterbrach ihn und führte den Satz zu Ende. „... dann ist jetzt also alles wieder gut.“

Ein bitteres Lächeln schlich sich auf sein Gesicht. Ja, so ist das dann wohl, dachte er, wenn man mal davon absieht, dass ein Wachmann und ein junges Mädchen gestorben sind und mindestes ein weiteres Leben für immer zerstört worden war. Die Welt wird sich weiterdrehen, die Sonne auch Morgen wieder aufgehen. Ein einzelnes Leben ist ein unbedeutendes Nichts, weniger als ein Lichtblitz im Vergleich zu den großen Ereignissen im Weltenlauf.

Mit einem Mal hatte er wieder das Bild des auf dem Boden liegenden und in lauter Verzweiflung brüllenden Tom Reichle vor Augen. Die Wut wich einer eigenartig fremden Traurigkeit und er merkte, dass er bereit war, sich ihr auszuliefern. In dem Maß wie er losließ, kam die Müdigkeit und er hatte Schwierigkeiten, seine Augen noch länger offen zu halten.

„Wenn das alles war ..." Er schickte sich an, aufzustehen.

„Eines noch", hakte Elke Kerner nach. „Ich habe gehört, dass Sie sich nebenbei einer seltsamen Verschwundenensache angenommen haben, in die auch ein stadtbekannter Obdachloser verwickelt war. Was ist denn daraus geworden?"

Er antwortete nicht sofort. „Dem Obdachlosen geht es wieder gut. Ein Kollege hat mir eben auf dem Flur berichtet, dass er wieder im Schlosspark sitzt, Gitarre spielt und Schauermärchen von unheilvollen Sagengestalten erzählt. Mit den vermeintlich Verschwundenen ist das so eine Sache. Es wurde niemand vermisst gemeldet und unsere Leute haben weder eine Leiche noch sonst irgendwelche Spuren gefunden, die auf einen Ertrunkenen hindeuten. Wie Sie vorhin so schön gesagt haben: Alles ist wieder gut."

„Danke, Lienz. Sie können jetzt gehen. Nach Hause. Wenn Sie wieder auf dem Damm sind, melden Sie sich."

Er nuschelte eine Verabschiedung, wandte sich um und verließ das Büro. An der Türe erreichte ihn noch einmal Engerts Bass.

„Wir können solche Männer wie Sie gut gebrauchen, Lienz", sagte Engert.

„Ich stehe aber nicht zur Verfügung", antwortete er.

„Überlegen Sie es sich. Wir haben keine Eile."

Einige Zeit später

Kein Wölkchen bedeckte das unschuldige Himmelsblau an diesem Sonntagmorgen. Auf dem Frühstückstisch in der Zwei-Zimmer-Wohnung in der Bulacher Rolandstraße stapelten sich die Köstlichkeiten. Eine Karaffe mit Orangensaft, zwei Eier, helle und dunkle Marmelade, ein Schoko-Nuss-Aufstrich, eine Käseplatte, diverse Wurstsorten und ein Korb voll frischer Brötchen versprachen ein reichhaltiges Sonntagsfrühstück, die Hintergrundmusik bildete der Duft frisch gebrühten Kaffees, der verlockend durch das Zimmer zog.

Lucie registrierte amüsiert, dass sich Florian soeben sein drittes Brötchen dick mit Käse belegte.

„Man könnte meinen, du hättest seit Wochen nichts mehr zu essen bekommen."

„Ich sorge für die nötige Unterlage. Im Schwimmbad kriege ich immer einen Mordshunger. Das kalte Wasser, vermute ich."

„Dann würde ich vorschlagen, wir packen ordentlich Proviant ein."

Florian nickte kauend.

Eine halbe Stunde später gingen sie mit voll gestopften Rucksäcken Hand in Hand durch Bulach. In den gepflegten Vorgärten wetteiferten Flieder und Mairöschen um ihre Aufmerksamkeit, eine angenehme Stille lag über der Stadt. Sie überquerten die Bahnlinie, bogen rechts in die kleine Straße, die am Hügelpark endete. So nannte Florian den begrünten Südtangententunnel, der Bulach mit Beiertheim verband. Er zog Lucie hoch zum großen Springbrunnen.

„Diesen Platz wollte ich dir schon lange zeigen. Hier sitze ich und schaue der Sonne zu, wie sie hinter der Kirche untergeht. Richtig magisch ist das. Am Abend der Graffiti-Aktion wollte ich dich hierher mitnehmen, aber das ging dann ja nicht.“ Florian verstummte.

Immer wenn die Sprache auf die Green Heroes kam, überfiel ihn ein Gefühlschaos. Das alles war noch zu frisch, um in Ruhe darüber sprechen zu können. Nadines Tod belastete ihn, irgendwie gab er sich eine Mitschuld daran. Noch schlimmer erging es Lucie. Sie weigerte sich hartnäckig, über diesen Teil des katastrophalen Abends zu reden. Beide standen sie seitdem unter psychologischer Betreuung, nur auf sich alleine gestellt hätten sie diese Krise unmöglich bewältigt. Immerhin konnten sie sich über die älteren Aktionen der Green Heroes austauschen, auch wenn sie Nadines Tod aussparten.

Vorsichtig versuchte er, sich auf gefährliches Terrain vorzuwagen. „Weißt du etwas von den anderen?“

„Nicht viel. Gudrun und Jo sind auf Kaution draußen. Tom hat bestätigt, dass sie glaubten, es handelte sich bloß um Rauchbomben. Gudrun hatte mich ein paar Mal angerufen. Sie wollte sich mit mir treffen, über alles reden ... aber ich kann das nicht.“

„Kann ich verstehen. Mir geht es genauso.“

„Außerdem kommt bei ihnen mildernd hinzu, dass es erst gar nicht zu einer Explosion kam. Die Polizei war dank Nadine rechtzeitig vor Ort und konnte eine Katastrophe verhindern.“

„Ja. Aber angeklagt werden sie trotzdem. Jo hat eine Heidenangst vor dem Knast. Außerdem kann er es immer noch nicht fassen, dass Nadine tot ist.“

Florian wirft Lucie einen verstohlenen Blick zu. „Wie auch? Geht uns ja nicht anders.“

Lucie antwortete mit einer Gegenfrage. „Ob die Tom wohl verknacken?“

„Ich habe gehört, dass sein Vater die besten Anwälte engagiert hat. An Geld mangelt es ihm ja nicht.“

„Aber ob das ausreichen wird?"

„Ich weiß es nicht. Ich vermute schon, dass er erst mal ins Gefängnis muss. Für einen Freispruch ist der öffentliche Druck zu groß. Immerhin werden die Green Heroes als Terroristengruppe bezeichnet. Also ..."

„Das alles ist so brutal und ungerecht. Nadine hat dieses Schicksal nicht verdient. Keiner von uns! Ich würde alles dafür tun, um ..." Lucies Stimme wurde vom Weinen erstickt.

Behutsam nahm Florian sie in den Arm und wiegte sie sanft vor und zurück. Nach einigen Minuten hatte sich Lucie wieder beruhigt.

„Entschuldige."

„Ist schon gut ... Komm, lass uns weitergehen."

Als sie hinter dem Stephanienbad entlanggingen, fiel sein Blick an der Kirche vorbei auf ein kleines Häuschen. Auf der Terrasse davor saß ein Mann an einem runden Bistrotischchen. Genüsslich zog er an einer Zigarre, schaute dem aufsteigenden Rauch hinterher, dann wandte er sich wieder dem Buch zu, das auf seinen Knien lag.

Flo stupste Lucie an. „Schau mal! Wirkt wie eine Dichterszene."

„Ja, eine romantische Idylle."

„So stelle ich mir mein späteres Leben vor!"

„Mein Träumer", erwiderte Lucie lächelnd, hakte sich bei ihm unter und zog ihn weiter Richtung Albtalbahnhof. „Mein süßer Träumer."

Zur gleichen Zeit saßen Benjamin Lienz und Judith Reblein auf ihrem gemeinsamen Balkon über der Hirschstraße bei einem gemütlichen Brunch. Während er seinen Gedanken nachhängend die fast verblühten Robinien betrachtete, las sie die Wochenendausgabe der BNN.

„Du, da steht ein langer Bericht über Tom Reichle drin."

„Hhm."

„Klingt ja nicht gerade interessiert ... sag mal, was ist eigentlich aus diesem Brunner geworden?"

„Der ist noch eine Zeit lang krankgeschrieben."

„Der Arme. Das war's dann wohl mit der Karriere?"

„Nö. Gar nicht. Als ich vor ein paar Tagen bei ihm war, hat er mir erzählt, dass ein Freund seines Vaters ein größeres Bauunternehmen leitet. Die würden ihn sofort einstellen, aber er lässt sich noch ein wenig Zeit damit. Erst einmal will er sich noch ein wenig von dem Iffezheimstress erholen und anschließend einen längeren Urlaub mit seiner Frau machen."

„Der Papa hat es also gerichtet."

„Warum nicht? Besser so, als vor die Hunde gehen."

„Du hast natürlich recht." Nach einer kleinen Pause fuhr sie fort. „Habt ihr auch über dieses Erlebnis im Schlosspark gesprochen?"

„Nur am Rand. Es war ihm irgendwie peinlich. Immerhin meinte er, dass er keine Albträume mehr habe."

„Das war alles?"

„Ja. Mehr hat er dazu nicht gesagt."

„Und du?"

Lienz lächelt matt. „Ich? Ich bin Kriminalkommissar der Kripo Karlsruhe. Geisterjagd ist nicht mein Metier."

„Aber was glaubst du?"

„Das ist irrelevant. Es ändert ja doch nichts."

„Für mich schon. Immerhin bin ich auf ein Buch gestoßen, das es eigentlich nicht gibt. Mich lässt diese Geschichte nicht los, ich denke immer noch jeden Tag darüber nach."

„Und welche Schlüsse hast du daraus gezogen?"

„Komm mir jetzt nicht mit deinem ironischen Unterton!"

„Nein, ich meine es ernst. Ich will es wirklich wissen."

„OK. Ich denke Folgendes: Ich habe keine Ahnung, welchen Ursprung diese Erscheinung hat und welcher Art sie ist. Aber eines erscheint mir nach der Lektüre des alten Buches klar. Dieses Wesen ist nicht böse, im Gegenteil! Es will vor etwas

Schrecklichem warnen, Leben schützen, nicht zerstören. Immerhin hat dieser Schreiber die Unruhen dadurch überlebt, dass er im Bett bleiben musste. Und auch dem Brunner wollte es anzeigen, dass etwas Schlimmes geschehen würde."

„Hhm."

„Natürlich! Jetzt, wo die Sache vorbei ist, hat es ihn losgelassen. Seine Albträume sind verschwunden."

„Und wie passt der Zehntner in deine Geschichte?"

„Der ist nur zufällig Zeuge des Geschehens geworden. So was passiert, dass man zur falschen Zeit am falschen Ort ist."

„Wohl wahr."

Judith sah Lienz erwartungsvoll an. „Und? Was meinst du?"

Er überlegte, dann hob er die Schultern. „Ich weiß es nicht. Die ganze Geschichte ist eigenartig. Eigentlich will ich gar nicht versuchen, sie zu begreifen. Vielleicht müssen wir Menschen des 21. Jahrhunderts akzeptieren, was uns am schwersten fällt: dass es nämlich nicht für alles auf dieser Welt eine Erklärung gibt, dass Dinge geschehen, die unser beschränktes Gehirn nicht erfassen kann."

„Hoppla! Hört sich das nicht doch ein wenig esoterisch an?"

„Überhaupt nicht. Diese Erkenntnis ist ja an sich nichts Besonderes. Es kommt aber darauf an, was ich daraus ableite."

„Und?"

„Die Esoteriker sind ja wahre Interpretationsweltmeister. In allem meinen sie einen Sinn zu erkennen, etwas zu finden, das konkrete Auswirkungen auf ihr Leben hat. Völliger Unsinn natürlich! Und das ist der Unterschied zu mir. Ich stelle lediglich fest, dass auch etwas außerhalb unserer Wahrnehmung existiert. Und damit hat's sich. Keine Schlussfolgerungen."

„Das heißt also ..."

„ ... gar nichts!"

„Und der Teichkehrer?", hakte Judith nach.

„Ist, was er ist."

„Was denn nun?"

„Na, das Unerklärliche eben. Das Sein und das Nichtsein, wenn du so willst."

„Hä? Hamlet, oder was?"

Lienz prustete los.

„Jetzt hast du mich aber erwischt!" Judith versuchte beleidigt zu klingen, doch dann brach auch sie in Lachen aus.

Es dauerte eine Weile, bis sie sich wieder beruhigt hatten und Lienz seine Hand nach der Zeitung ausstreckte. „Jetzt sag schon, was in der BNN steht."

„Doch neugierig?"

„Nur wenn es etwas Neues ist."

„Nun ja. Toms Vater scheint steinreich zu sein. Er hat diesen jungen Staranwalt engagiert, der vor einem Jahr diesen Fernseh-Promi bei dessen Vergewaltigungsvorwurf vertreten hatte."

„Das wird ihm nichts nützen."

„Und weshalb? Die finden doch immer irgendwelche Kniffe, um ihre Mandanten so schnell wie möglich wieder rauszuholen."

„Der bleibt trotzdem im Knast."

„Was macht dich so sicher?"

„Ich habe da zufälligerweise etwas erfahren."

„Zufällig?"

„Stefan eben. Sie haben die DNS-Spuren auf der Leiche des Wachmanns mit denen von Tom Reichle abgeglichen."

„Treffer?"

„Exakt. Stimmen hundertprozentig überein."

„Dann kann er sich wohl wirklich nicht mehr rauswinden. Immerhin ein wenig Gerechtigkeit!"

„Die nur leider niemanden lebendig machen kann."

Die Verantwortung, die er für Nadine Genthners Tod verspürte, lastete immer noch schwer auf ihm. Mit dieser Schuld würde er fortan leben müssen. Die offizielle Lesart des Unglücks half ihm nicht dabei, sich selbst zu entlasten. Im Gegenteil: Er war gelobt und befördert worden und er verabscheute sich selbst dafür, Teil dieses verlogenen Spiels zu sein.

Judith ließ die Zeitung sinken und ergriff seine Hand. „Hör auf, dich verrückt zu machen, Ben. Du kannst nicht alle retten, du kannst es nur immer wieder aufs Neue versuchen."

Die Worte fielen wie Regentropfen auf sein verdörrtes Ich. Langsam hob er den Kopf und sah in Judiths wundervolle Augen.

Vielleicht gab es doch auch für ihn eine Art Vergebung.

Herzlichen Dank

An alle, die mich beim Schreiben des Teichkehrers durch Anregungen, Ermunterung oder Kritik unterstützt haben. Ganz besonders bedanken möchte ich mich beim Bürgermeister von Iffezheim, Herrn Peter Werler und – stellvertretend für die Grünen aus Karlsruhe – bei Harald Löffel für die Einblicke, die sie mir in das Spannungsfeld zwischen Umwelt- und Realpolitik gewährt haben. Außerdem bedanke ich mich bei Herrn Dr. Ing. Andreas Bieberstein von der Universität Karlsruhe für die fachliche Beratung in Sachen Kraftwerksbau, der meiner ausufernden Phantasie die nötige Kanalisierung verpasste.

Meiner Familie, die während des Schreibprozesses oft auf meine Anwesenheit verzichten musste und mir die für dieses Projekt benötigte Ruhe gönnte, danke ich von ganzem Herzen.

Mirjam, Daniel und Matthias, habt tausend Dank fürs Probelesen und eure positive Kritik, die das Buch weiter vorangebracht hat. Und zu guter Letzt möchte ich mich noch bei meinem Freund Johannes bedanken, der an einem nebligen Morgen im Schlosspark mit mir zusammen den Teichkehrer erblickt hat ...

Lindemanns Bibliothek
Literatur und Kunst im Info Verlag
herausgegeben von Thomas Lindemann

Titelfoto: Moreinput / pixelio.de

Bibliografische Information der Deutschen Nationalbibliothek
Die Deutsche Nationalbibliothek verzeichnet diese Publikation in der Deutschen Nationalbibliografie; detaillierte bibliografische Daten sind im Internet über http://dnb.d-nb.de abrufbar.

Käppelestraße 10 · 76131 Karlsruhe
www.infoverlag.de

Lindemanns Bibliothek · Band 149
ISBN 978-3-88190-663-0